Regine Kölpin
Der Nordseehof. Als wir träumen durften

PIPER

1

Zu diesem Buch

»Wir lieben uns«, sagte Johanna. »Und das wird niemals aufhören, was auch immer passiert.« Sie schauten über die nächtliche Marsch, und Johanna wies auf einen Stern, der hell am Himmel blinkte. »Das ist der Polarstern. Egal, wo auf dieser Welt wir sein werden: Er gehört uns, und er leuchtet für unsere Liebe.«
Rolf nickte. Sie wussten beide, dass sie zukünftig sehr oft zu diesem Stern würden schauen müssen. Aber sie sprachen es nicht aus, sondern hielten daran fest, dass es vielleicht doch einen Weg für ihre Liebe gab. Einen winzigen Pfad.

Dramatisch, atmosphärisch und lebensnah erzählt Regine Kölpin eine opulente Familiensaga über drei Generationen.

Regine Kölpin lebt seit ihrer Kindheit in Friesland an der Nordsee. Sie hat zahlreiche Krimis, historische und heitere Romane sowie Kurzgeschichten publiziert und ist auch als Herausgeberin tätig. Sie hat fünf erwachsene Kinder und zahlreiche Enkel.

Regine Kölpin

Der Nordseehof

Als wir träumen durften

Roman

PIPER

Mehr über unsere Autorinnen, Autoren und Bücher:
www.piper.de

Wenn Ihnen dieser Roman gefallen hat, schreiben Sie uns unter Nennung des Titels »Der Nordseehof – Als wir träumen durften« an *empfehlungen@piper.de*, und wir empfehlen Ihnen gerne vergleichbare Bücher.

Von Regine Kölpin liegen im Piper Verlag vor:
Der Nordseehof:
Band 1: Der Nordseehof. Als wir träumen durften
Band 2: Der Nordseehof. Als wir der Freiheit nahe waren
Band 3: Der Nordseehof. Als wir den Himmel erobern konnten

Das Haus am Deich:
Band 1: Das Haus am Deich – Fremde Ufer
Band 2: Das Haus am Deich – Unruhige Wasser
Band 3: Das Haus am Deich – Sicherer Hafen

Das Zitat auf Seite 7 stammt aus: Friedrich G. Jünger. *Werke. Erzählende Schriften. Spiegel der Jahre. Erinnerungen.* Klett-Cotta, Stuttgart 1958, 1980.

Unser Versprechen für mehr Nachhaltigkeit
• Klimaneutrales Produkt
• FSC®-zertifiziertes Papier
• Hergestellt in Europa

FSC www.fsc.org
MIX
Papier aus verantwortungsvollen Quellen
FSC® C083411

Originalausgabe
ISBN 978-3-492-31598-2
1. Auflage Oktober 2020
4. Auflage Juli 2021

Redaktion: Gisela Klemt, Lüra – Klemt & Mues GbR
Umschlaggestaltung und -abbildung: Johannes Wiebel | punchdesign, unter Verwendung von shutterstock.com
Satz: Uhl + Massopust, Aalen
Gesetzt aus der Stempel Garamond
Druck und Bindung: CPI books GmbH, Leck
Printed in the EU

Für meinen Vater, meine Mutter
und meinen Schwiegervater!

Dafür, dass ihr all eure Erinnerungen
mit mir geteilt habt und ich daraus
eine fiktive Geschichte spinnen durfte.

Wir träumen davon, einen Menschen zu finden, der ganz eins mit uns ist. Weder erfüllt sich der Traum, noch wird er vergebens geträumt; doch wer ihn nicht träumt, hat von der Liebe nie etwas erfahren.

Friedrich Georg Jünger

Personenverzeichnis

Familie Eilers

Johanna Eilers – Tochter
Keno Eilers – Sohn
Foline Eilers – Mutter
Marten Eilers – Vater

Familie Deeken

Eike Deeken – Erbe vom Nordseehof
Thilo Deeken – Eikes Vater
Lientje Deeken – Eikes Mutter
Reent Deeken – Eikes Bruder
Uwe Deeken – Sohn von Eike und Johanna

Familie Menzel

Rolf Menzel – Sohn
Mine Menzel – Mutter
Karl-Gerd Menzel – Vater

Familie de Vries

Helma de Vries (Tant Helma) – Ingos und Thedas Mutter

Ingo de Vries – Cousin
Theda de Vries – Cousine
Deike de Vries – Thedas Tochter
Hajo de Vries – Thedas Sohn

Weitere

Martha Selig mit ihren zwei Jungs – Flüchtlingsfrau aus Schlesien, wohnt auf dem Eilershof
Herwig Doden – Postbote
Maria Heeren – Hebamme
Dr. Joost – Hausarzt
Volker Cordes – Kutscher
Helmer Maurer – Volkers Freund
Gerda Bruns – Nachbarin von Volker
Dagmar König – Freundin von Rolf
Reinhold Ebert – Kumpel
Kalle Müller – Kumpel
Manu Ehlers – Freundin von Dagmar
Jan Oelrichs – Knecht
Dieter Müller – Kumpel
Thore Janßen – Feuerwehrmann

1948–1949

Kapitel 1

Das Unwetter war abgezogen, hatte die Luft gereinigt, und die verbliebenen wenigen Wolken sahen aus wie mit lässigen Strichen an den Himmel gewischt. Obwohl die Sonne an diesem Tag im Juni schien, war es ziemlich abgekühlt, sodass Johanna sich ein Wolltuch um die Schultern gelegt hatte. Nach dem Gewitter war es nötig gewesen, alle Kühe auf den Marschwiesen durchzuzählen und sich zu vergewissern, dass mit den Tieren alles in Ordnung war.

Kurz bevor Johanna zum Landwirtschaftsweg abbog, der zum Eilershof, dem Gehöft ihrer Eltern, führte blieb sie stehen, denn Rolf Menzel winkte zu ihr herüber. Er hatte gerade das Gatter der Schafweide verschlossen.

»Ist bei euch alles in Ordnung, Hanna?«, rief er, schob sich eine dunkle Strähne aus dem Gesicht und setzte die Schiebermütze wieder auf. »Das war aber ein Regen und ein Donnern! Ich habe eben nach den Tieren geschaut.« Er stellte den Eimer neben dem Gatter ab und kam auf sie zu. Verlegen und ein wenig unbeholfen. Er fixierte sie mit seinem einzigartigen Blick. Genau das mochte Johanna an ihm. Sie hatte noch nie einen Menschen mit so schönen blauen Augen gesehen.

»Ja, danke!« Johannas Stimme zitterte. Wie immer, wenn sie ihm nah war.

Rolf nahm die Schiebermütze wieder vom Kopf und drehte sie mit den Händen. »Hauptsache, alles ist heil geblieben«, sagte er schließlich mit seinem schlesischen Akzent.

Rolf war nach Ende des Zweiten Weltkriegs mit vielen anderen Flüchtlingen nach Ostfriesland gekommen und lebte seit einem Jahr auf dem Nordseehof, der großen Deichschäferei von Thilo und Lientje Deeken, die nicht weit vom Eilershof entfernt ebenfalls in der Marsch lag.

»Ein Fremder, aber fleißig«, sagte Lientje Deeken immer. »Kann man was mit anfangen. Ist ja nun wirklich nicht mit allen so.«

Johanna stieß es ab, wenn die Schäferin derart abfällig über die Vertriebenen redete. Und noch weniger mochte sie es, wenn sie solche Dinge über Rolf sagte.

»Mit eurem Vieh ist doch auch nichts passiert, oder?«, riss er Johanna aus ihren Gedanken. »Keine Kuh durch den Draht gegangen? Keine vom Blitz erschlagen?«

»N… nein, alles gut«, stotterte Johanna und begann, mit einer Schuhspitze über den Schotter zu scharren. Sie suchte krampfhaft nach einem unverfänglichen Thema.

»Bist du später bei der Friesen-Jugend?«, fragte Rolf.

Erleichtert sah sie ihn an. Dort hatten sie sich kennengelernt, zur Akkordeonmusik zum ersten Mal zusammen getanzt – und sich dabei ineinander verliebt. Seitdem schlichen sie umeinander herum wie eine Katze um einen Topf Sahne, die genau wusste, dass sie Schläge bekommen würde, wenn sie auch nur einen winzigen Tropfen davon kostete.

Johanna, die Tochter des Großbauern Eilers, und ein schlesischer Vertriebener. Ein Ding der Unmöglichkeit!

Johanna nickte rasch. »Ich versuche es.« Um jeden Preis, setzte sie in Gedanken hinzu. Es war ihre einzige Chance, sich zu sehen, herumzuflachsen und ab und zu ein Wort miteinander zu wechseln. Auch wenn das andere Jungvolk aus Neusiel dabei war.

Rolf lächelte sie an. »Das ist schön, dort können wir bestimmt in Ruhe und ein bisschen länger reden, weil keine Arbeit ruft.« Er fügte mit dunkler Stimme hinzu: »Allein.«

Johannas Herz klopfte wie verrückt. »Ja, gern.«

Rolf setzte sich die Mütze wieder auf den Kopf. »Ich muss dann mal, sonst bekomme ich Ärger mit dem alten Deeken. Bis später, Hanna.«

»Bis dann.« Johanna mochte es, wie er ihren Namen abkürzte, und auch, wie er ihn aussprach. Rolf nahm am Gatter den Eimer wieder auf und setzte seinen Weg fort. Immer mit leicht gebeugter Haltung und zugleich mit einem Stolz, der ihn unangreifbar erscheinen ließ.

Johanna wartete, bis Rolf um die Wegbiegung verschwunden war, und lehnte sich dann an ein Weidegatter. Sie sog die klare Luft tief ein und schaute über die Marsch, deren Grünfläche sich scheinbar endlos dahinzog und erst am Meer oder am nächsten Geestrücken endete.

Heute strich der Wind heftiger über die Wiesen und ließ das Gras in Wellen tanzen. Johanna liebte die Weite der Landschaft, die nur hin und wieder von vereinzelten Hecken oder Bäumen durchbrochen wurde. Oder von den paar Höfen und Katen, die wie kleine rote Sprenkel im Grün der Marsch wirkten.

Johanna liebte auch den Wind, der in Ostfriesland sein stetiges Lied sang, und sie liebte das Schreien der Möwen, wenn sie sich in seinen Armen wiegten. Hier war sie zu Hause, hier gehörte sie hin. Das Dorf, die Leute, der Hof…

Johanna wusste, was Heimat bedeutete, und hatte mit denen, die ihre verlassen mussten, unendliches Mitleid.

Bis zum Mittagessen dauerte es noch eine Weile, und so konnte sie die Zeit hier draußen in der Natur ein wenig genießen. Es war ohnehin besser, nicht derart aufgewühlt zu Hause zu erscheinen, denn Johanna hatte keine Lust, unangenehme Fragen beantworten zu müssen.

Wie immer hatte Rolf sie arg durcheinandergebracht, und allein die Vorstellung, ihn später wiederzusehen, machte sie nervös. Ihre Hände zitterten, sie konnte sich einfach nicht gegen diese Gefühle wehren. »Du musst ihn dir aus dem Kopf schlagen«, sagte sie zu sich selbst, als sie sich wieder etwas beruhigt hatte. »Egal, ob nun die neue Zeit anbricht oder nicht. In Neusiel wird es noch ein wenig länger dauern, bis alle die Veränderungen akzeptiert haben.«

Die neue Zeit, in der jetzt, nach der Währungsreform, alles besser werden sollte. Davon sprachen alle. Die Welt hatte sich in den letzten Jahren mit einer Geschwindigkeit gedreht, die Johanna, nein, allen im Dorf fast Angst machte. Die Wunden des Krieges waren noch zu präsent, hatten auch auf dem Land ihre Spuren hinterlassen. Vor allem die Bombardierungen von Wilhelmshaven und die vereinzelten Stabbrandbomben, die zwar keine größeren Schäden angerichtet hatten, aber über Neusiel abgeworfen worden waren, hatten zu großer Verunsicherung geführt.

Dann waren nach dem Krieg unzählige Flüchtlinge aus dem Osten gekommen. Von den Behörden wurde angeordnet, dass die Menschen auf den Höfen und bei anderen Familien im Dorf untergebracht werden mussten. Jede Kammer wurde genutzt. Und nicht nur das: Die Menschen lebten auf Dachböden, in Stallungen und Kammern. Gefreut hatte es keinen, aber es nützte ja nichts, den Vertriebenen musste geholfen werden, und alle packten irgendwie mit an.

Viele gingen freundlich und hilfsbereit mit den Neuankömmlingen um, andere reagierten weniger positiv und redeten verächtlich über die Ostländer.

Obwohl es den Menschen hier während des Krieges noch recht gut gegangen war, vor allem den Bauern, hatte es ohne den Schwarzmarkt auch bei ihnen an vielen Dingen gefehlt, und nicht alle waren gut über die Runden gekommen. Und nun sollten sie das wenige auch noch mit den Fremden teilen. Etliche Familien auf dem Land waren Teilselbstversorger und hielten das ein oder andere Schwein, von denen so manches schwarzgeschlachtet worden war. Für alles andere hatte es Lebensmittelmarken gegeben.

Inzwischen hatte sich das Leben recht gut eingespielt, und Johanna war davon überzeugt, dass die Menschen nach und nach Teil der heimischen Bevölkerung werden würden. Spätestens, wenn sie endlich eigene Häuser und Wohnungen hätten und nicht mehr bei den Neusielern in den Häusern und auf den Höfen untergebracht waren. Nur würde das bestimmt noch eine Weile dauern. Trotz der neuen Zeit. Seit einer Woche hatte sich mit der Währungsreform über Nacht allerdings viel verändert. Glaubte man den Neusielern, die in Oldenburg oder Wilhelmshaven gewesen waren, so waren die Lager in den Geschäften aufgefüllt, ja, diese brachen unter der Last des Angebots förmlich zusammen. Auch im Dorfladen war plötzlich alles zu haben.

Das Land wirkte wie befreit von einer festen Kette, deren Glieder noch vor ein paar Wochen unzerstörbar gewirkt hatten.

Johanna atmete einmal tief ein und aus.

Die Wunden heilten trotzdem nicht von heute auf morgen, und das Bedürfnis nach Sicherheit und festen Strukturen war nach wie vor das höchste Gebot. Ihre Eltern und viele andere im Dorf hielten deshalb weiter an ihren Traditionen fest und würden davon keinen Fingerbreit abweichen. Egal, ob das Herz ihrer einzigen Tochter für einen Vertriebenen aus Schlesien schneller schlug.

Wenn Keno da gewesen wäre, wäre die Lage gewiss anders. Er hätte sie verstanden, sie unterstützt … Johanna schluckte die aufkommenden Tränen hinunter, wie immer, wenn sie an ihren Bruder dachte. Sie hoffte wie ihre Eltern Tag für Tag, dass er noch lebte, denn Keno war nach dem Krieg bisher noch nicht zurückgekehrt. Er war 1943 bei der Schlacht vor Stalingrad dabei gewesen und entweder gefallen, oder er befand sich wie so viele andere in sowjetischer Gefangenschaft. Sie hatten seitdem kein Lebenszeichen mehr von ihm erhalten. Die Angst um den Erben war überall auf dem Eilershof spürbar. Lautes Lachen wurde augenblicklich verschluckt, und aus jeder Ecke kroch die unausgesprochene Trauer wie eine fette Spinne und wickelte die ganze Familie fest in ihren Kokon.

Mutter und Vater hatten natürlich alles darangesetzt, Keno zu finden, und durchforsteten ständig sämtliche

Vermissten-Listen des Suchdienstes vom Roten Kreuz. Und jedes Mal, wenn die Suche wieder erfolglos war, legte sich eine weitere Schicht Schwermut über den Eilershof, sodass Johanna oft glaubte, darunter zu ersticken. Vielleicht wäre es gut gewesen, endlich Klarheit zu haben.

Johanna schob die Gedanken beiseite und ließ ihren Blick lieber noch etwas über das flache Land schweifen, genoss das Summen der Bienen und Hummeln und den Schrei des Bussards über ihr.

Es war nicht nur Kenos Abwesenheit, auch ihr Vater war nach seiner Rückkehr aus Frankreich verändert.

Er war still geworden. Schlich tagsüber wie ein Schatten über den Hof, gab mechanisch seine Anweisungen und zog sich zurück, sobald er konnte. Einzig wenn er mit den anderen Männern aus dem Dorf oder den Nachbarhöfen über die politische Lage sprechen konnte, taute er kurzzeitig auf, um sich danach noch mehr zurückzuziehen. Johanna verstand ihren Vater oft nicht.

Mitten in der Nacht aber schrie er, weil ihn böse Träume quälten. Zudem hatte ihr Vater den »komischen Blick«, wie Johanna ihn nannte – alle Heimkehrer im Dorf schauten anfangs so. Die Augen wirkten wie tot, und sah man hinein, erkannte man das Dunkel der Seele. Was auch immer die Männer in diesem vermaledeiten Krieg erlebt hatten: Danach war mit ihnen eine Veränderung vorgegangen, die Angst machte. Keiner sprach über seine Erlebnisse. Aber diese Leere im Blick spiegelte deutlicher als jedes Wort wider, dass die Seelen der Männer zerstückelt worden waren. Zerhackt von Erlebnissen, die zu grausam waren, als dass man sie je aussprechen durfte.

Ob die Heimkehrer je wieder die Alten wurden, konnte

keiner sagen. Wo die Söhne und Ehemänner noch nicht nach Hause gekommen waren, hoffte einfach jeder, dass sie überhaupt zurückkehrten. Gleichgültig, in welcher Verfassung.

Ihre Mutter sagte, irgendwann würde Vater vergessen können. Und da er auch bessere Tage und Nächte hatte, gab Johanna die Hoffnung nicht auf, dass sie recht hatte.

»Wenn Keno zurückkommt, wird alles gut« – auch das sagte ihre Mutter Tag für Tag. Was sein würde, wenn es nicht so wäre, wurde totgeschwiegen. »Bis dahin belastest du deinen Vater nicht und bist eine gute und folgsame Tochter. Dann wird es schon werden.«

Rolf Menzel zu lieben, sich gar mit ihm einzulassen und auf dieser Liebe zu bestehen, war da sicher keine gute Idee. Ihr Vater brauchte die alten Strukturen, um gesund zu werden. Und Johanna wollte nicht schuld sein, wenn er seine trüben Gedanken nicht loswurde.

Sie seufzte so laut, dass einer der Schafböcke sie erstaunt anblickte. »Guck du nur!« Johanna lachte auf. »Deine Frauen grasen alle am Deich des Jadebusens, und du hast keinen Kummer mit der Liebe!« Der Bock gab einen kurzen Ton von sich und fraß weiter.

Johanna schrak zusammen, als die Glocke der Kirche in Neusiel zwölfmal schlug. Wenn sie sich jetzt nicht beeilte, kam sie zu spät zum Mittagessen. Das würde ihre Mutter verärgern, und dann könnte sie ihr vielleicht verbieten, heute Nachmittag zur Friesen-Jugend zu gehen. Johanna umfasste ihr Tuch und sputete sich.

KAPITEL 2

Schon wenige Minuten später war sie am Hofeingang angekommen. Vor ihr lag der Gulfhof ihrer Eltern.

Das Wohnhaus klebte wie eine Nase vorn rechts am breiteren Scheunen- und Stalltrakt. In der angrenzenden Scheune befand sich unten die große Diele, wo auch das Korn gedroschen wurde, und am Ende des Ganges das Plumpsklo. In einem weiteren Raum lagerten Futtervorräte. Von der Diele aus gelangte man in die rechts und links abgetrennten Kuhställe.

Oben auf der Tenne stapelten sich Heu und Stroh.

Als Johanna näher trat, glänzte das große grüne Scheunentor an der Giebelseite in der Sonne. Der Eilershof verfügte auch über Nebengelasse wie die geschlossene Remise, in der die Kutschen und Gerätschaften untergestellt waren. In einem Stalltrakt war Platz für die zehn Kutsch- und Arbeitspferde.

Im hinteren Teil des Hofes gab es ein paar Schweinekoben mit Auslauf. Der Obstgarten schloss sich der Scheune an, dort war auch der Hühnerstall zu finden.

Links vom Eilershof ging ein Weg zu einem kleinen Haus ab, das einmal das Altenteil der Eltern werden sollte.

Die Hühner stoben gackernd auseinander, als Johanna über das rot geklinkerte Pflaster des Hofes rannte. Ihre Mutter schaute ihr schon ungeduldig aus der Haustür entgegen. Sie hatte einen derben Leinenrock mit einer Strickjacke an, und ihr aschblodes Haar war zu einem Kranz geflochten. »Johanna!«, rief sie. »Was träumst du herum? Wir wollen essen!«

»Ich beeile mich!« Sie hastete in die Waschküche, wusch sich dort die Hände und stand kurz darauf in der Küche, wo auf dem weißen Ofen in einem großen Topf eine Hühnersuppe blubberte. Ihre Mutter hatte gestern zwei der Hennen geschlachtet.

Der rechteckige, grobe Holztisch war für vier Leute gedeckt. Ihre Mutter stellte Kenos Teller täglich mit dazu. Schließlich konnte er jederzeit überraschend zurückkehren und sollte sich dann sofort zu Hause fühlen. Immer diese Hoffnung. Diese grausame, verratene Hoffnung.

»Füllst du bitte etwas von der Suppe um, und bringst es nach nebenan?« Ihre Mutter sagte immer *nebenan* und nicht Diele. Sie zeigte auf einen schwarzen Emailletopf, der erheblich kleiner als der andere war.

Johanna nickte. Das Essen, das sie nach *nebenan* auf die Diele bringen sollte, war für die *anderen*, wie ihre Mutter sich ebenfalls stets ausdrückte, ohne auch sie genau zu benennen. Vielleicht fühlte sie sich dann besser.

Die *anderen* waren das Gesinde und die bei ihnen untergebrachte Flüchtlingsfamilie. Dem Eilershof war eine Frau mit zwei Kindern zugewiesen worden. Martha Selig und ihre beiden fünf- und siebenjährigen Jungs waren ruhige Mitbewohner. Frau Selig versuchte, so gut es mit den Kindern eben ging, auf dem Hof mitzuhelfen.

Die Unterkunft der Familie befand sich in der Achterkök, einem Anbau hinter der eigentlichen Hofküche. Johannas Mutter hatte sie notdürftig hergerichtet. Es war zwar eng, aber Frau Selig verfügte so über eine kleine Küche mit Brennhexe, eine Bank, einen Tisch mit Stühlen und einen alten, zerschlissenen Sessel. Hinter einem notdürftigen Vorhang aus alten Bettlaken standen zwei Feldbetten, die sie sich zu dritt teilten. Wasser bekamen sie aus der Pumpe. Es war leider sehr eisenhaltig, zum Teekochen taugte es ebenso wenig wie zum Wäschewaschen. Für richtig gutes Wasser mussten alle zum Brunnen hinter dem Feld laufen. Das Mittagsmahl brauchte Martha Selig aber nicht selbst zubereiten, das wurde stets von Johannas Mutter in der großen Hofküche für sie mitgekocht. »Den Rest bekommt Frau Selig dann schon hin«, sagte sie immer.

Nur mochte sie es nicht, Fremde am Tisch sitzen zu haben, weshalb die *anderen* eben in der Diele essen mussten.

Johanna bemerkte, dass ihre Mutter sie mit kritischem Blick ansah, als sie den Topf mit einer großen Schöpfkelle füllte. »Du wirkst noch immer völlig verschwitzt.«

»Der Weg war weit«, erwiderte Johanna ausweichend. »Ich habe alle Weiden kontrolliert, mit dem Vieh ist alles in Ordnung.« Sie nahm den Topf und brachte ihn in die Diele, wo die beiden Mägde, die Knechte und Frau Selig mit ihren Kindern schon sehnsüchtig warteten. Frisches Brot und Butter hatte ihre Mutter bereits hingestellt.

Jetzt im Sommer war es still hier. Im Winter konnte man durch die Wände die Kühe in dem dahinterliegenden Stall rumoren hören.

Johannas Eltern saßen mit gefalteten Händen am Tisch, als sie zurückkam. Kenos leerer Platz wirkte wie immer bedrückend, und Johanna mied den Blick dorthin.

Sie lauschte dem Gebet des Vaters und wartete dann, bis ihre Eltern sich von der Suppe genommen hatten, bevor sie sich selbst einen Teller auftat. Der salzige Duft der Brühe zog durch ihre Nase, und sie merkte, wie hungrig sie nach dem langen Weg durch die Marsch war.

»Morgen gehen wir zum Tee zu den Deekens«, sagte ihre Mutter unvermittelt und, wie Johanna fand, eine Spur zu beiläufig. Sie schob ihrer Tochter den Brotkorb rüber. Dabei zitterten ihre Finger ein wenig.

Johanna starrte in die Fettaugen der Suppe und schob mit dem Löffel ein Stück Hühnerhaut beiseite. Sie ahnte, was der Besuch in der Deichschäferei bedeutete.

Ihre Mutter bestätigte ihre Befürchtung, als sie hinzufügte: »Eike wird auch da sein. Der Jung hat sich ja wieder gefangen. Hat lange genug gedauert. Nun müssen wir, wo das auch mit der D-Mark angelaufen ist, so langsam wieder an die Zukunft denken. An deine Zukunft!«

Johanna schluckte.

»Wie meinst du das?«

Ihre Mutter lächelte versonnen. »So, wie ich es sage. Denk mal nach. Du und Eike, wäre das nicht schön? Ihr kennt euch schon so lange. Du hättest ausgesorgt. Und Vadder wäre wirklich glücklich.« Sie sah zu ihrem Mann, der unmerklich nickte, aber weiter schweigend seine Suppe aß.

Johanna umklammerte den Löffel so fest, dass er ihre Hand fast einschnitt. Sie wollten sie also wirklich mit Eike, dem Erben vom Nordseehof, verkuppeln. Sie hatte schon lange damit gerechnet. Sie und Eike, ihr Kinderfreund. Inzwischen hatten sie sich aber aus den Augen verloren, und auch er war nach dem Krieg ein anderer geworden.

Johanna wusste nur, dass er irgendwo in Afrika und anderswo gekämpft hatte und wie ihr Vater völlig verändert zurückgekommen war. Es gab den alten Spielkameraden von früher nicht mehr. Eike war in den ersten Monaten nach seiner Heimkehr stundenlang mit gesenktem Kopf durch die Marsch spaziert und hatte nicht mal ein »Moin« für seine Nachbarn übriggehabt. »Der wird schon wieder«, hieß es dennoch.

Und er wurde wieder, denn mittlerweile grüßte Eike die Nachbarn, und er legte auch Hand auf dem Hof an. Aber er lachte kaum, und wenn, wirkte es nicht echt.

»Der Jung kann ja man froh sein, dass er nicht in Gefangenschaft geraten ist wie unser Keno«, sagte Johannas Mutter nun. »Und man muss schließlich nach vorn sehen. Nie aufgeben, weißt du? Immer den nächsten Schritt machen.« Sie klang sehr zufrieden. »Nun sach du doch auch mal was, Marten!«

Johannas Vater nickte nur. »Jo«, kam es schließlich mit einem versuchten Lächeln.

Als seine Frau die Brauen hochzog und ihn noch einmal eindringlich ansah, wählte er langsam und bedächtig seine Worte: »Foline, also deine Mutter, hat recht. Eike ist eine gute Partie für dich, mien Deern.« Er tätschelte Johannas Hand. »Dir soll es ja mal besser gehen. Kein Krieg mehr, keine Angst und keine unnützen Toten. Alles in Butter. Überleg es dir, du würdest uns mit dieser Verbindung eine große Freude machen. Und für dich wäre es eine gute Absicherung!« Er tauchte den Löffel wieder in die Suppe und schlürfte sie ab. »Thilo Deeken findet die Idee, dass ihr heiratet, genauso gut wie ich, und Lientje wird sich schon fügen und sich an den Gedanken gewöhnen. Dieses eine Mal hat sie keine Wahl.« Ihr Vater nahm sich Suppe nach. »Am liebsten würde sie Reent den Hof geben, aber das ist nun mal ausgeschlossen, er ist der jüngere Sohn. Also braucht Eike eine Frau, damit das alles seinen Weg geht.« Er atmete tief ein, denn das war für ihn eine übermäßig lange Rede gewesen.

»Siehst du! Dein Vater würde sich freuen. Genau wie ich.« Ihre Mutter lächelte. »Bei Eike passt alles. Du kennst ihn seit deiner Kindheit, er ist ein guter Mensch.« Sie bemerkte Johannas skeptischen Blick und fügte hastig hinzu: »Herzklopfen ist keine Basis für ein ganzes Leben – und muss es auch nicht sein. Die Liebe kommt von allein, wenn man sich erst aneinander gewöhnt hat.«

Johanna war der Appetit vergangen. Sie legte den Löffel weg, starrte auf den Teller und schwieg. Was sollte sie auch erwidern? Sie wusste keinen Weg, wie sie ihren Eltern diesen Wunsch abschlagen sollte, ohne sich mit ihnen zu überwerfen. Trotzdem ging es doch um sie!

Der Nordseehof war ein zwar imposantes, aber auch düsteres Gebäude, und Eikes Eltern waren keine herzlichen Menschen, vor allem Lientje Deeken war eine unangenehme Frau. Zudem war Johanna Eikes jüngerer Bruder Reent suspekt. Sie konnte ihn nicht einordnen. Nach außen hin wirkte er freundlich, aber da lag etwas in seinem Blick, was Johanna nicht mochte. Es erinnerte sie an eine ihrer Katzen, die schnurrend auf alle Besucher zukam, ihnen dann aber ohne Warnung die Krallen in die Hand hieb.

Woher Eike sein freundliches Gemüt hatte, wusste Johanna nicht. Vielleicht war Thilo Deeken ein umgänglicher Mann, nur tat der es ihrem Vater gleich und sprach nur dann, wenn ihn etwas wirklich interessierte.

Weil Johanna immer noch schwieg, plauderte ihre Mutter munter weiter. Jede Silbe aber erschien Johanna wie ein winziger Nadelstich.

»Wenn Keno erst aus dem Krieg zurück ist, kann der unseren Hof übernehmen. Du hast dann ein neues Zuhause und eine Aufgabe. Das wünscht man sich in diesen Zeiten für seine Kinder! Absicherung.« Es klang, als wäre alles längst beschlossene Sache. »Von uns kriegst du eine Kuh, das unterschreibst du, und damit ist das mit dem Erbe geklärt. So wird es seit Generationen gemacht, das weißt du.«

Jetzt sah Johanna von ihrem Teller auf. Sie wollte ihren Eltern klarmachen, dass sie Eike nicht heiraten konnte. Dass sie Rolf Menzel mochte. Aber ihr blieben die Worte im Hals stecken. Nein, das konnte sie ihren Eltern nicht sagen. Es wäre bestimmt gut, erst einmal den Mund zu halten und mitzuspielen.

»Mach dich morgen ein bisschen hübsch. Wie sich das gehört.«

Johanna schluckte. »Ja.« Sie hegte noch den Funken Hoffnung, dass Eike sie vielleicht gar nicht wollte. Johanna fand selbst, dass sie keine Schönheit war. Sie hatte langes, leicht gewelltes aschblondes Haar, das sie meist unter einem Kopftuch zu einem Dutt zusammenband. Manchmal zog sie es auch vor, alles sorgsam zu flechten und zurückzustecken. Ihren Po fand sie eine Spur zu breit, die Schenkel zu dick. Es gab hübschere Mädchen im heiratsfähigen Alter. Und die Männer waren in der Unterzahl und konnten wählen.

»Was hast du heute noch vor?«, fragte ihre Mutter jetzt. »Der erste Heuschnitt ist eingefahren, wir haben ein bisschen Luft, bevor die Getreideernte beginnt.«

»Ich möchte mal wieder zur Friesen-Jugend. Die anderen sind aus dem Zeltlager in Upschört zurück. Mal sehen, was sie erzählen. Es waren nicht alle mit, aber ich habe gehört, dass es lustig gewesen ist.«

Johanna war auch nicht mitgefahren, weil Rolf auf dem Nordseehof arbeiten musste und sie ohne ihn keine Lust gehabt hatte. So konnten sie sich zumindest zwischendurch mal von Weitem sehen. Warum sollte sie im Zeltlager mit einem anderen tanzen, wenn ihr Herz bereits vergeben war?

Außerdem war auf dem Hof wegen der Heuernte eine Menge zu tun gewesen, weil das Gras vor dem Regen in die Scheune gebracht werden musste. Sie hatten es gerade noch geschafft. Manchmal beneidete sie die jungen Menschen in der Friesen-Jugend, deren Eltern keine Landwirtschaft hatten und die deshalb an viel mehr Aktivitäten teilnehmen konnten.

»Langsam bist du mit deinen zwanzig Jahren für die Friesen-Jugend eigentlich zu alt«, sagte ihre Mutter. »Aber gut, dann geh hin. Die Briten wollen es ja nicht anders mit ihrer demokratischen Umerziehung. Als ob wir das nicht selbst hinkriegen könnten.«

Johanna mochte die Treffen der Friesen-Jugend, weil sie eine Abwechslung zum anstrengenden Hofalltag darstellten. Unter Aufsicht der Britischen Militärregierung hatte sich dieser Jugendbund aus der Gruppe »Waterkant« gebildet. Die Besatzer legten Wert darauf, dass die jungen Menschen etwas über Demokratie lernten und auch, wie die Eingliederung der Vertriebenen unterstützt werden konnte. In Deutschland sollte ein anderer Wind wehen als während der Jahre des Faschismus. Und da wollten sie bei der Jugend beginnen. Deshalb waren alle im Dorf angehalten, den jungen Leuten keine Steine in den Weg zu legen, wenn sie sich treffen wollten.

Es war eine bunt gemischte Gruppe, die keine Unterschiede zwischen Einheimischen und Fremden machte. Dort herrschte Lockerheit. Lebendigkeit. Das Stück Freiheit, das ihnen abhandengekommen war und ihnen auch jetzt zu Hause oft fehlte. Bei der Friesen-Jugend durfte man unbeschwert lachen und fröhlich sein. Beides war dort ehrlicher als anderswo. Sie machten außerdem viel Musik, sangen und tanzten Volkstänze. Ja, Johanna war nicht mehr jugendlich, aber auch noch nicht volljährig.

Mittlerweile hatte sie die Suppe doch aufgegessen und wartete, bis auch die Eltern so weit waren. Dann stand sie auf und verabschiedete sich höflich. Sie wollte in ihr Zimmer gehen und sich ein wenig frisch machen.

In der Waschkumme befand sich noch ein Rest Wasser vom Morgen, und in der Schublade hatte sie ein kleines Stück Lavendelseife versteckt. Sie wollte gut riechen, wenn sie Rolf gegenüberstand.

Johanna schlüpfte aus dem derben Leinenrock und der Bluse, wusch sich gründlich, putzte die Zähne und suchte aus dem schweren Eichenschrank ihr Sommerkleid mit den halblangen Armen heraus. Es war aus dunkelgrünem, leichtem Stoff, auf dem sich ein paar rosafarbene Blumen verteilten. Vorn geknöpft umschmeichelte es Johannas

Oberkörper, von der Hüfte an war es leicht ausgestellt und umspielte ihre Waden.

Als sie das Kleid angezogen hatte, nahm sie sich die Haare vor. Es dauerte, ehe sie die ausgebürstet hatte.

Johanna entschied sich für einen geflochtenen Zopf, den sie nach vorn über die Schulter legen konnte. Die Kühle vom Morgen hatte sich verflüchtigt, und der Wind war abgeflaut, sodass sie auf ihr Schultertuch verzichten konnte.

Als sie fertig war, blieb ihr noch eine volle Stunde, die sich endlos vor ihr ausdehnte. Johanna legte sich aufs Bett.

In der Ruhe war es allerdings schwer, die dunklen Gedanken zu vertreiben. Also richtete sie sich wieder auf und trat ans Fenster.

Morgen würde sie zu Eike auf den Nordseehof gehen müssen. Aber heute war heute. Und gleich würde sie erst einmal Rolf treffen.

Kapitel 3

Als Johanna ankam, war es bereits recht voll im Gruppenraum der Friesen-Jugend, der in der Schule neben der evangelischen Kirche von Neusiel lag. Es waren bestimmt zwanzig junge Leute dort.

Johannas Cousin Ingo hatte das Akkordeon in der Hand und spielte Volkslieder von der Küste, die alle laut mitsangen. Sie schmetterten »Dat du mien Leevsten büst« oder »Wo de Nordseewellen trecken an den Strand«.

Die meisten waren textsicher. Vor allem Ingos Schwester Theda kannte sämtliche Strophen und riss alle mit. Wer nicht sang, schunkelte im Takt. Die Stimmung war ausgelassen.

Johanna sah sich suchend um und staunte wie jedes Mal über das fast drei Meter lange Wikingerschiff, das als Deckenbeleuchtung diente, bis sie an einem Paar tiefblauer Augen hängen blieb.

Sie fixierten sich kurz, schauten dann verlegen weg und konnten danach keinen Blick voneinander lassen.

Nun komm schon zu mir, dachte Johanna. Sie konnte und durfte nicht den ersten Schritt machen. Sie war ein Mädchen …

Endlich kämpfte Rolf sich zu ihr durch. Er versuchte, es wie zufällig wirken zu lassen. »Schön, dass du wirklich gekommen bist«, sagte er, als er endlich neben Johanna stand. Dann biss er sich auf die Lippen, als würde er mit sich ringen. Johanna sah ihn abwartend an.

»Ich wollte dich fragen«, begann er, holte tief Luft und stieß hervor, »ob wir gleich zusammen vor die Tür gehen wollen.« Und dann wiederholte er in demselben tiefen Timbre wie am Morgen: »Allein.«

Johanna nickte lebhaft. Ja, sie wollte mit Rolf allein sein! Wer wusste schon, wie lange sie das noch konnten. Heute war es ihr egal, ob jemand tratschte oder nicht. Sie waren Freunde und durften sich schließlich unterhalten. Auch mal zu zweit.

Rolf nahm Johanna an die Hand, und sie verschwanden aus dem Raum. Keiner der anderen achtete auf sie, weil gerade eines der Lieblingslieder der Friesen-Jugend angestimmt wurde, welches sie auf Neusiel umgedichtet hatten:

An de Eck steiht'n Jung mit'n Tüddelband …
Jo, jo, jo, klaun, klaun, Äppel wüllt wi klaun …
ruckzuck övern Zaun …
Ein jeder aber kann dat nich,
denn he mutt ut Neusiel sein.

Die Stimmung war bestens, alle johlten und klatschten. Rolf und Johanna zogen die Tür rasch hinter sich zu. Draußen sahen sie sich unschlüssig an. »Und nun?«, fragte Rolf.

»Lass uns um die Ecke zum Friedhof gehen, dort sind

wir ungestört«, schlug Johanna vor. Sie biss sich auf die Lippen. Ein Rendezvous zwischen Gräbern! Das war alles andere als ein romantischer Ort, aber jetzt ging es nur darum, von niemandem gesehen zu werden. Weil auf dem alten Gottesacker schon lange keine Verstorbenen mehr beigesetzt wurden – die anderen Toten bestattete man auf dem Friedhof am Ortsrand –, verlief sich hierher nur selten jemand. Für die nächste halbe Stunde sollte es nur sie und Rolf geben.

Die evangelische Kirche mit der alten Begräbnisstätte lag gleich neben dem Schulgebäude, und so huschten sie auf das Gelände und kauerten sich im Schutz eines großen Busches an die mächtige Mauer des Gotteshauses.

Es war das erste Mal, dass sie sich wirklich ungestört fühlen konnten und keine Furcht haben mussten, beobachtet zu werden.

Rolf breitete seine Jacke auf einem kleinen Rasenstück vor der Kirchenmauer aus und zog Johanna zu sich hinunter. Sie setzte sich neben ihn, und sie sahen einander an. Zuerst wussten beide nicht, was sie sagen sollten.

»Schön, dass du auch kommen konntest«, begann Johanna schließlich. Sie hielt Rolfs Hand weiter fest.

»Frau Deeken hat mir freigegeben, weil ich die ganze Nacht wegen des Unwetters draußen war, denn es hat in die Scheune geregnet, und ich musste rasch das Dach flicken.«

»Dann bist du sicher müde, oder?«

Rolf lächelte sie warm an. »Das stimmt zwar, aber ich wollte dich unbedingt sehen. Und wenn ich als Schlafwandler gekommen wäre.« Er löste seine Hand von ihrer, legte den Arm um ihre Schultern und zog Johanna ein wenig dichter an sich heran. Es fühlte sich gut und richtig an. Johanna schloss die Augen.

Rolf roch wunderbar. Ein bisschen nach frischer Wiese und ein bisschen nach Sonne. Darunter mischte sich ein herb-süßlicher Duft, den Johanna nicht zuordnen konnte, es war wohl einfach der Geruch von Rolf. Sie würde ihn immer wieder daran erkennen. Johanna legte ihren Kopf an seine Brust. Es fühlte sich so vertraut an, als hätte sie es schon hundertmal getan. Sein Herz schlug schnell und heftig.

»Erzähl mir von dir!«, forderte sie ihn auf. »Ich weiß so wenig. Nur, was man im Dorf tratscht.«

»Was möchtest du denn wissen?« Rolf spielte mit einer Haarsträhne, die sich aus ihrem Zopf gelöst hatte.

»Alles. Ich möchte den echten Rolf kennenlernen. Wissen, wie es in deiner Heimat in Schlesien war. Was deine Eltern für Menschen sind. Ich kenne auch sie nur vom Sehen.«

Rolf lächelte versonnen. »Alles auf einmal wird dauern, so viel Zeit haben wir heute bestimmt nicht. Wir müssen vorsichtig sein, ich möchte dich schließlich nicht in Verruf bringen.«

Johanna sah ihn verschmitzt an. »Aber ein bisschen kannst du schon erzählen, oder?«

Rolf nickte. »Klar.« Er zögerte. »Ich weiß allerdings gar nicht so genau, wo und wie ich anfangen soll.«

»Tu es einfach. Irgendwo. Irgendwie. Ich möchte alles von dir wissen.«

Rolf hauchte Johanna einen Kuss auf den Scheitel.

»Und ich möchte auch alles von dir wissen, Hanna Eilers.«

Johanna lächelte glücklich. Er sagte weiterhin Hanna. So hatte bisher nur Keno sie genannt. Und Rolf wollte also auch sie kennenlernen. Das klang nach Nähe, nach Wärme und nach … Liebe. Ja, Liebende wollten alles voneinander wissen.

Rolf küsste sie nun sacht auf die Wange, bevor er begann: »Ich bin, wie du weißt, in Schlesien geboren und aufgewachsen. Wir haben ein Stück außerhalb von Schweidnitz in einem kleinen Häuschen gewohnt, man nannte es Texas. Das Grundstück lag an einem Weiher, und es gab auch einen großen Obstgarten. Ich bin mit meinen Vettern und Cousinen groß geworden.« Er lachte. »Meist waren wir uns selbst überlassen, weil unsere Eltern so viel zu tun hatten. Schwimmen habe ich dadurch gelernt, weil ich in dem Weiher hinter unserem Haus von einem großen Stein gesprungen bin. Von dort bin ich getaucht, bis ich wieder stehen konnte. Beim nächsten Mal bin ich eher hochgekommen und musste ein paar Züge schwimmen. Und beim nächsten Mal wieder ein Stück eher. Eines Tages habe ich es schwimmend vom Stein bis zum Ufer geschafft. Nur die Haare mussten wir rechtzeitig trocken bekommen, sonst hätte es Ärger gegeben. War nicht ganz ungefährlich.« Er grinste wie ein Schuljunge, der beim Abschreiben erwischt worden war.

»Eine Kindheit voller Abenteuer«, flüsterte Johanna. Davon war ihre weit entfernt gewesen. Bei ihnen hatte die Hofarbeit den Tag bestimmt, da blieb keine Zeit, um schwimmen zu lernen oder anderes zu erleben.

»Ja, wir haben viel Blödsinn gemacht«, bestätigte Rolf. »Ringsum waren große Wälder, dort haben wir gespielt. Einmal haben wir mit Streichhölzern, die wir uns irgendwo besorgt hatten, fast versehentlich die Ställe angezündet. Wir konnten das Feuer gerade noch löschen. Natürlich haben wir nach Qualm gerochen, das gab Ärger, sag ich dir!«

»Hast du auch Sachen gemacht, die weniger gefährlich waren?«

Rolf grinste. »Klar! In Schlesien gibt es Berge und viel Schnee. Mein Großvater hat mir aus Fassdauben ein paar Ski gebaut, mit selbst gemachter Bindung. So konnte ich auch Ski fahren.« Rolf seufzte. »Leider war diese Zeit dann irgendwann vorbei. Ich wurde erwachsen, der Krieg kam, und meine Großeltern starben.« Er hielt kurz inne. »In den Wochen bevor wir wegmussten, hat mein Vater in Texas noch Kirschbäume gepflanzt, wohl in der Hoffnung, dass der Abschied nicht für immer ist. Er war bei der Bahn und musste nicht an die Front. Kriegswichtiger Einsatz. Aber er hat sich kurz vor Ende des Krieges beim Ankoppeln eines Waggons verletzt. Ihm fehlen drei Finger, von daher war er bei Kriegsende bei uns.«

Johanna nickte. Die kaputte Hand von Rolfs Vater war schon oft Thema gewesen, denn er arbeitete auch mit dieser Einschränkung so hart, als wäre sie gar nicht vorhanden.

»Sehen in Schlesien die Städte so aus wie bei uns?«, fragte Johanna.

Rolf schüttelte den Kopf. »Nein, die Häuser in der Stadt sind prächtiger und zum Beispiel mit Erkern gebaut. Es gibt große Marktplätze und … ach, es ist ganz anders als in Ostfriesland. Ich war glücklich dort.« Er schluckte. »Bis der Krieg begann. Dann ging so vieles den Bach runter. Aber ja nicht nur bei mir.«

»Was war das Schlimmste?« Johanna kuschelte sich noch enger an Rolf.

»Alles war schlimm, jedes auf seine Art. Grausam war auf jeden Fall, dass ich im Dezember 1943 mit allen anderen meines Jahrgangs einberufen wurde und gleich an die deutsche Front in der Ukraine geschickt wurde. Die meisten Jungs waren euphorisch und haben sich gefreut. Sie wollten für ihr Land kämpfen und wussten gar nicht, was das in Wahrheit bedeutete. Ich hatte ehrlich gesagt einfach nur Angst. Aber das durfte man auf keinen Fall zeigen. Wir sollten schließlich Helden sein. Also habe ich es heruntergespielt und mitgejohlt.«

»Erzähl mir vom Krieg«, bat ihn Johanna. »Keiner will etwas darüber sagen.«

Rolf schüttelte den Kopf, dann drückte er sie ganz fest. »Nein, das möchtest du gar nicht wissen, Hanna. Und wir wollen uns alle nicht erinnern. Weil es unerträglich ist, weißt du? Man bekommt die Bilder nie aus dem Kopf, aber sie werden wenigstens blasser. Bei manchen zerlaufen sie und verschwinden. Darauf hoffe ich auch.« Rolfs Stimme wurde düsterer. »Ich war zweimal nur ganz kurz im Einsatz, aber was ich in der Zeit gelernt habe, ist: Im Krieg werden wir alle zu Raubtieren. Fressen oder gefressen werden. So einfach ist das. Aber es tut hier« – er zeigte auf sein Herz – »nicht gut. Es macht einen kaputt. Bitte frag nicht mehr. Ich kann dir nur sagen: Es gibt die Hölle nicht erst nach dem Tod.«

Johanna biss sich auf die Lippen. Auch wenn Rolf nicht viel erzählt hatte: So ehrlich war noch keiner gewesen.

»Warum durftest du eher weg? Lientje Deeken hat mal gesagt, du hättest dich gedrückt.«

Rolf lachte rau auf. »Gedrückt? Nein, ich habe mich nicht gedrückt. Ich habe nach meiner ersten Einberufung gleich zu Beginn Typhus bekommen und bin sofort zurückgeschickt worden. Meine Genesungsphase war unendlich lang, ich war mehr tot als lebendig und lange nicht k. v.«

Johanna sah ihn fragend an.

»Kriegsverwendungsfähig«, erklärte Rolf. »Jedenfalls haben sie mich anschließend wieder losgeschickt, und wie es der Teufel oder mein Schutzengel wollte, bin ich im ersten Gefecht so schwer verletzt worden, dass ich schon wieder zurückmusste.« Er zupfte sein Hemd hoch und zeigte Johanna eine lange Narbe, die sich quer über seinen Bauch zog. »Die Heilung hat sich erneut ewig hingezogen. Ich glaube, die Ärzte haben keinen Pfifferling mehr für mein Leben gegeben. Ich durfte nach meiner Genesung kurz auf Heimaturlaub nach Schlesien, und dann war der Krieg vorbei, und wir mussten fliehen. Erst waren wir in Bayern. Jetzt bin ich hier. Zum Glück zusammen mit meinen Eltern. Und ich habe überlebt.«

Johanna sah ihn liebevoll an. »Das ist schön. So hat alles zumindest etwas Gutes.«

»Ja, das stimmt. Immerhin bin ich bisher glimpflich davongekommen. Die schrecklichen Bilder werden bestimmt irgendwann verblassen. Zwar war sowohl die Erkrankung als auch die Verletzung furchtbar, aber so musste ich wenigstens nicht töten.« Rolf holte tief Luft. »Lass uns nicht mehr davon reden. Bitte! Diese Erinnerungen tun mir nicht gut.« Er sah Johanna tief in die Augen. »Es ist ein großes Glück, dass ich dich hier getroffen habe. Wir müssen nach vorn sehen. Da liegt die Zukunft.«

So ähnlich hatte es auch ihre Mutter gesagt, nur hatte es da wie eine Drohung geklungen. Aus Rolfs Mund aber hörte es sich an wie eine Verheißung.

Er drehte Johannas Gesicht langsam zu sich, näherte sich mit seinen Lippen den ihren, strich ihr mit einer Hand sacht über den Nacken – und dann spürte sie nur noch ihn. Seinen herben Duft, seine weichen Lippen, die Zunge, die mit ihrer spielte, sodass das Verlangen in ihr wuchs und wuchs. Vorbei war die Unsicherheit von vorhin. Es fühlte sich richtig an und so, als wäre es das Normalste der Welt. Sie gehörten zusammen, und das hatte sie von dem ersten Blick an, den sie sich zugeworfen hatten, gewusst.

Johanna entfuhr ein leises Seufzen, als Rolf kurz von ihr abließ. »Ach, Rolf!«

Er sah sie lange an. »Meine Hanna …« Dann zog er sie wieder an sich. Sie fühlte nur noch seine Hände, die über ihren Rücken auf- und abglitten. Sie schmeckte ihn. Roch ihn, fühlte sich eins mit ihm. Niemals sollte das aufhören.

»Ich liebe dich, Hanna«, flüsterte er schließlich. »Ich liebe dich mehr als mein Leben. Von der ersten Sekunde an wusste ich, dass wir zusammengehören.«

»Ich liebe dich auch«, sagte Johanna. »Seit ich dich kenne. Hanna und Rolf.« Wie wunderbar diese Worte klangen.

»Beim nächsten Treffen will ich alles von dir wissen«, sagte er, und wieder streiften seine Lippen ihre Wange.

»Ja, du sollst alles hören. Ich habe keine Geheimnisse vor dir, Liebster.«

Auf der Straße näherten sich klappernde Schritte, die von einer schrillen Stimme begleitet wurden. Diese

Stimme kannte Johanna nur zu gut. Sie gehörte Tant Helma, der Mutter von Theda und Ingo. Und dann erkannte sie auch, wer da mit Tant Helma unterwegs war: Bei ihrer Begleitung handelte es sich um ihre Mutter Foline. Beide spazierten gerade auf der Straße am Friedhof vorbei.

»Der Jung wird ja wohl in der Lage sein, ihr dann beizeiten einen Erben zu machen. Alles hat der Krieg hoffentlich nicht kaputt gemacht«, hörten sie Johannas Mutter sagen. »Wird Zeit, dass das so schnell wie möglich passiert. Dieser schlesische Flüchtling ist dabei, ihr schöne Augen zu machen. Na, Hauptsache, die Deekens bekommen von den Gerüchten nichts mit. Überleg mal: So einer und unsere Johanna!«

»Das geht gar nicht, Foline! Überhaupt nicht. Das ganze Blut würde sich ja vermischen.« Tant Helmas Stimme überschlug sich vor Empörung. »Ingo ist, wie sagen die jetzt alle so schön, tolerant. Er findet, dass diese Vertriebenen genauso sind wie wir. Stell dir das mal vor! Die haben doch nichts und leben hier auf unsere Kosten. Da kann man doch nicht sagen, die sind gleichwertig!« Sie seufzte so laut, dass es bis auf den Friedhof zu hören war.

Johanna verkrampfte sich angesichts dieser bösen Worte. Was maßte sich ihre Tante an? Die Zeiten, in denen man von Rassenschande sprach, waren ja wohl vorbei! Aber sie sagte erst einmal nichts. Erst warten, bis sie weg waren. Die Schritte entfernten sich, trotzdem vernahm Johanna auch die letzten Sätze noch. »Ich bin froh, wenn Ingo bald eine Frau findet. Unverheiratet kommen die jungen Keerls nur auf dumme Gedanken. Aber der ist so wählerisch. Nichts als Technik hat der im Kopf!

Meint, bald würden alle Autos fahren und Trecker und so ein Tünkram.«

»Die Flausen vergehen ihm schon noch, Helma.«

»Und Theda, unsere Lütte …«

Den Rest verstand Johanna nicht mehr. Die beiden Frauen hatten glücklicherweise keinen Blick auf den alten Friedhof geworfen und Johanna und Rolf nicht entdeckt.

Aufatmend lehnte Johanna sich zurück. Aber die romantische Stimmung war verflogen. Sie war so wütend angesichts der Worte ihrer Tante!

»Hast du das gehört? Die Alten denken noch immer so wie früher. Vielleicht sollte man ein paar von ihnen auch mal zur Friesen-Jugend schicken, damit sie kapieren, dass es so nicht mehr läuft«, sagte Johanna. Sie nahm eine Handvoll Erde und schleuderte sie über die Gräber. »Gut, dass sie uns nicht gesehen haben.«

»Ich weiß, dass viele noch so denken, aber längst nicht alle. Und mit der Zeit wird es nachlassen, glaub mir!« Rolf zog sie noch einmal an sich und strich ihr übers Haar. Seine Hände zitterten allerdings dabei. »Dass sie so üble Dinge denken und sagen, ist das eine, Liebste. Aber was heißt das? Deine Mutter und deine Tante haben von dir und Eike Deeken gesprochen …« Seine Stimme war nun merkwürdig dünn.

Johanna war klar, dass Ausflüchte nichts bringen würden und sie Rolf die Wahrheit sagen musste. Über kurz oder lang würde es ihm auf dem Nordseehof ohnehin zu Ohren kommen. »Ich soll ihn heiraten!«, stieß sie hervor. »Aber ich will das nicht!«

»Puh«, machte Rolf, und seine blauen Augen verdunkelten sich merklich. Er lockerte seinen Griff, lehnte sich zurück an die Kirchenmauer und schaute für eine Weile in den Himmel. Dann sah er Johanna mit einem fragenden Blick an. »Und warum sitzt du dann mit mir hier?«

»Hab ich dir doch gesagt. *Sie* wollen das. Ich nicht. Eike ist mir fremd, auch wenn ich ihn schon so lange kenne. Und ich liebe ihn nicht. Ich passe gar nicht zu ihm!«

Es war unübersehbar, wie sehr Rolf mit sich rang.

»Ich habe dir vertraut, Johanna. Hab von mir erzählt, und du hast mich ermutigt …«, begann er nach einer Weile unangenehmen Schweigens. »Du hast doch eben *mich* geküsst und gesagt, dass du *mich* liebst!«

Johanna reckte trotzig das Kinn. »Das tue ich auch. Dich und nicht ihn! Noch einmal: Ich werde Eike nicht nehmen. Zwingen kann mich schließlich keiner.«

»Wie willst du dich denn gegen diese Eheschließung wehren? Und was passiert, wenn du dich dem Wunsch deiner Eltern widersetzt? Gibt es überhaupt einen Weg, das zu tun?« Darauf hatte Johanna keine Antwort. Sie wusste es ja selbst nicht.

Eng umschlungen saßen sie da, lauschten dem Schlagen der Kirchenglocke und hingen ihren Gedanken nach. Johanna wollte, dass Rolf ihr glaubte. Und doch wusste sie, wie schwierig es werden könnte, ihren eigenen Weg zu gehen. Wenn es nicht gar unmöglich war.

Plötzlich richtete Rolf sich auf. »Es gibt eine Lösung. Ich habe schon länger darüber nachgedacht, und sie könnte uns retten.«

Johanna lächelte ihn voller Hoffnung an. »Welche denn?«

»Lass uns gemeinsam von hier verschwinden! Dorthin, wo es egal ist, ob sich ›das Blut vermischt‹. Dorthin, wo wir unsere Liebe leben dürfen, wo ein schlesischer Flüchtling genauso viel wert ist wie der Erbe einer großen Schäferei.«

Johanna lachte bitter auf. »Und wo soll das sein? Sie tun hier in diesem Land zwar inzwischen alle so, als wären sie jetzt die perfekten Demokraten, weil die Besatzer es so wollen. Und sie tun so, als ob sie wüssten, was Freiheit ist. Aber in Wirklichkeit … Du hast es eben gehört. Das alte Denken steckt noch fest in vielen Köpfen. Es gibt immer Menschen, die glauben, sie sind besser als die anderen. Und so schnell wird sich das auch nicht ändern.« Sie presste die Lippen kurz zusammen, ehe sie mit fast tonloser Stimme hinzufügte: »Das, was du willst, gibt es nicht. Nirgendwo ist es so.«

Rolf packte Johanna bei den Schultern. »Doch, das gibt es! In Amerika. Das ist das Land, wo uns alle Möglichkeiten offenstehen. Dort kann man frei leben. Alles sagen. Die Amerikaner sind unglaublich freundlich und nicht so verbohrt wie die Menschen hier.«

Johanna sah ihn verständnislos an. »Woher willst du denn das wissen? Kennst du irgendeinen Amerikaner? Hier sind nur die Engländer, nachdem die Kanadier wieder abgezogen sind.«

Rolf nickte. »Ja, ich habe in Bayern Amerikaner kennengelernt.«

Johanna zog fragend die Brauen hoch.

»Ich habe doch eben erzählt, dass meine Familie nach dem Krieg erst in Bayern war. Wir waren in Schwandorf untergebracht. Dort hatten die Amis auf den Wiesen und Feldern ihre Fahrzeuge abgestellt. Panzer, Lkw, Jeeps.

Wir haben schnell herausgefunden, wann wer Wache hatte, und so konnten wir die Fahrzeuge plündern. Wir haben Zigaretten und Werkzeuge mitgehen lassen, die wir dann bei den Bauern gegen Lebensmittel eintauschen konnten. Oder auf dem Schwarzmarkt verkaufen.« Rolf kicherte. »Manchmal haben die Amis uns auch was davon geschenkt. Aber das reichte uns nicht.«

Johanna verstand noch immer nicht, worauf Rolf hinauswollte.

»Ich habe dort auch Autofahren gelernt. Die Fahrzeuge konnte man ohne Zündschlüssel starten. Allerdings mussten wir rechtzeitig abhauen, wenn wir entdeckt wurden.«

»Und was sagt mir das über die Amis?«, fragte Johanna. »Dass sie ganz nett sind, weil sie Kaugummi verschenken? Dass sie mehr haben als wir? Aber das hat sich durch die Währungsreform doch jetzt auch geändert. Es gibt wieder alles.«

»Ich bin noch nicht fertig«, sagte Rolf. »Jetzt kommt's, und da siehst du, wie sie ticken: Zwei Jungs ist die Flucht einmal nicht gelungen, sie sind die Nacht über eingesperrt worden. Wir dachten, das gibt richtig Ärger. Aber was war? Sie kamen am nächsten Tag mit zwei Laib Brot zurück. Keine Strafe, nichts. Die Deutschen hätten anders reagiert, sag ich dir.«

Johanna sog die Luft scharf ein. »Ungewöhnlich. Aber du hast recht, das zeugt von Größe.«

»Ja, nicht wahr?«, bestätigte Rolf begeistert. »Stell dir das mal in Neusiel vor! Sie sind gut, die Amis. Ehrlich!«

»Und du meinst, sie sind alle so?«, fragte Johanna zweifelnd.

»Ja, das meine ich. Wir gehen nach Amerika. Von Bremerhaven aus kann man eine Passage buchen. Und dann: ab in die Freiheit!«

»Amerika«, wiederholte Johanna zögerlich. »Das ist weit weg.«

Rolf nickte. »Weit genug, dass wir unsere Träume leben können. Wir wären frei.« Er machte eine ausschweifende Handbewegung. »Von all dem.«

Johanna schlug die Hände vors Gesicht. Die Vorstellung, mit Rolf zu fliehen, hatte etwas Romantisches, aber die ganze Situation überforderte sie gerade maßlos. Es war ausgeschlossen, hier und sofort eine solche Entscheidung zu treffen. Sie hatte Ostfriesland bisher noch nie verlassen, ihre weiteste Reise war ein Besuch in Emden gewesen. Mit der Kutsche und der Bahn. Und nun sollte sie den Atlantik überqueren?

»Ich kann gar kein Englisch.«

Rolf nahm ihre Hände vorsichtig beiseite. »Das wirst du lernen, Liebes. Noch kann ich es auch nicht, aber wenn wir es wollen, wird es kein Problem sein, glaub mir!«

In Johanna arbeitete es. Amerika – das war, als hätte Rolf vorgeschlagen, sie sollte zum Mond fliegen, und das konnte man schließlich auch nicht. Sie wusste nicht einmal, ob sie seefest war. Auch wenn sie an der Küste lebte, hatte sie noch nie ein Schiff betreten. Sie war die Tochter eines Bauern! Die Landwirtschaft, der Hof, Neusiel, die Marsch waren ihr Zuhause. Sie kannte nichts anderes. Und in ihrem tiefsten Inneren mochte sie all das auch.

»Du hast merkwürdige Träume.« Johanna wuschelte Rolf mit der Hand durchs Haar, aber so leicht, wie sie tat, war ihr nicht ums Herz. »Da sind doch auch noch unsere Eltern, die wir nicht einfach zurücklassen können.«

Rolf setzte sich aufrecht hin. »Hanna, das sind keine Träume. Das ist eine Möglichkeit.« Ihm war es tatsächlich ernst.

Johanna sah ihn mit festem Blick an. »So einfach ist das nicht! Amerika ist weit weg von meiner Familie. Vielleicht würde ich sie nie wiedersehen! Sie können mich doch nicht einfach besuchen kommen und den Hof allein lassen. Wie soll das gehen? Ich bin im Augenblick das einzige Kind, das meinen Eltern geblieben ist. Niemand weiß, wie es Keno geht und ob er je zurückkehrt. Was, wenn ich nie erfahre, was aus ihm geworden ist?« Johanna legte den Kopf auf die angezogenen Knie. »Wir kennen uns noch nicht lange genug für eine solch folgenschwere Entscheidung«, fügte sie dann leise hinzu.

»Ich weiß, wie sehr ich dich liebe und dass ich mein Leben mit dir verbringen will. Egal wo und egal wie. Überleg es dir. Es wäre ein Weg. Für uns. Für unsere zukünftigen Kinder.« Rolf nahm erneut ihre Hand und drückte sie so heftig, dass es schmerzte. »Bitte denk drüber nach! Ich könnte es nicht ertragen, dich in Eikes Armen zu wissen.«

»Ich will so gern mit dir zusammen sein!«, murmelte Johanna. »Aber ich weiß nicht, ob ich das wage.« Sie hob wieder den Blick.

»Liebe braucht Mut. Ich habe ihn, Hanna. Ich habe ihn.«

Johanna verschloss seinen Mund mit einem raschen Kuss. Dann verharrten sie wieder eng umschlungen, bis der Schlag der Kirchenglocke sie aus den Gedanken riss. Sie waren schon sehr lange von der Friesen-Jugend fort. Johanna wurde unruhig.

»Wir müssen zurück! Es könnte auffallen. Auch wenn ich lieber noch ewig mit dir hier sitzen möchte.«

»Du hast recht, lass uns gehen. Aber wir sehen uns ganz bald wieder.« Rolf erhob sich seufzend und zog Johanna ebenfalls hoch. Er drückte sie noch einmal. »Denk drüber nach, Hanna!«

Dann gingen sie zurück zum Schulgebäude, als hätten sie nur einen kleinen Spaziergang gemacht. Sie mischten sich unter die anderen der Friesen-Jugend und versuchten für den Rest des Nachmittags so zu tun, als wäre alles wie immer.

Kapitel 4

Johanna hatte sich schön gemacht, so wie ihre Eltern es von ihr verlangt hatten. Obwohl es heute warm war, wollte sie nicht dasselbe Kleid tragen, das sie gestern bei ihrem Treffen mit Rolf angehabt hatte. Dieses Kleid stand für Fröhlichkeit und Spaß, und beides verband sie mit dem Nordseehof nicht. Deshalb entschied Johanna sich für einen schlichten hellgrünen Rock und eine weiße Bluse, die ihre Arme bis zu den Handgelenken verdeckte. Sie hatte vorn eine Rüsche und wirkte »anständig«. Frisch gewaschen und gebügelt verströmte sie einen angenehmen Duft. Alles war so, wie ihre Eltern es von ihr erwarteten.

Johanna hatte die Haare zu ordentlichen Schnecken geflochten und ihre Zähne noch einmal gründlich gereinigt, damit sie nicht gleich zu Beginn gerügt wurde. Äußerlich war sie also sauber, aber innerlich fühlte Johanna sich schmutzig. Sie tat hier etwas furchtbar Falsches, nur hatte sie keine Idee, wie sie dem Wunsch ihrer Eltern entgegentreten sollte. Mit Rolf nach Amerika zu fliehen erschien ihr auch nach längerer Überlegung eine Spur zu waghalsig. Sie konnte nicht einfach alles zurücklassen und so tun, als gäbe es das Leben auf dem Eilershof nicht. Aber sie konnte auch nicht Ja sagen, sollte Eike sie tatsächlich gleich fragen. Es musste doch für alles einen anderen Weg geben! Nun, ihr würde hoffentlich noch etwas einfallen.

Jetzt saß sie schweigsam in der vierrädrigen Kutsche, die sie zur Schäferei bringen sollte. Obwohl die Höfe nur etwa einen halben Kilometer auseinanderlagen, hatte Marten Eilers darauf bestanden, den Rappen einzuspannen. In seinen Augen zeigte dies, dass sie in sehr wichtiger Angelegenheit unterwegs und ganz sicher keine Bittsteller waren. »Der Name Eilers bedeutet in Neusiel etwas, das muss man immer wieder deutlich machen«, hatte er gesagt, kurz bevor sie aufbrachen.

Johannas Mutter hatte zudem befürchtet, dass die Schuhe auf dem Weg schmutzig werden könnten. Sie wollten doch bei den Deekens einen guten Eindruck hinterlassen, weshalb sie ihren Sonntagsstaat trug. Der bestand aus einem braunen Rock mit weißer Bluse und einer gestrickten Stola. Ihr Vater steckte in seinem schwarzen Anzug, den er auch zu Beerdigungen und anderen Feierlichkeiten trug.

Johanna wäre bei dem schönen Wetter viel lieber zu Fuß durch die Marsch gegangen. Sie fand den Aufwand unnötig, zumal die beiden Familien sich bereits ewig kannten.

Johannas Vater schnalzte und ließ das Pferd in ruhigem Schritt gehen. »Keiner soll denken, Familie Eilers hätte es eilig und wir müssten unsere Tochter auf Düwel komm raus loswerden«, brummte er.

Der Nordseehof war ein mächtiger roter Backsteinbau. Er war um einen Innenhof angelegt, umgeben von einer Graft und altem Baumbestand. Betrat man den Hof, befanden sich rechts die riesigen Stallungen. Da man hier überwiegend Schafe hielt, wurde man vor allem im Winter, wenn die Tiere aufgestallt waren, von einem ständigen Blöken und dem unvergleichlich angenehmen, leicht süßlichen Duft nach Schaf empfangen. Dieser Geruch war aber auch im Sommer immer präsent. Links stand die große Scheune, und umgeben war die Schäferei von altem Baumbestand. Gerade als Johanna ausstieg, ging eine Böe durch die mächtigen Kronen, und die Blätter raschelten fast unheilvoll.

»Ist der Nordseehof nicht imposant?«, fragte Johannas Mutter und sah ihre Tochter an. »Nun sag schon!«

Ja, die Schäferei machte etwas her. Direkt gegenüber dem schmiedeeisernen Tor stand das einstöckige Wohnhaus aus rotem Backstein, zu dessen Haustür eine Steintreppe hinaufführte.

Neben dem großen, parkähnlichen Garten, der hinter dem Wohnhaus begann, besaßen die Deekens eine riesige Streuobstwiese mit angrenzendem Gemüsegarten. Alles war gewaltiger als auf dem Eilershof, der auch schon größer als andere Gehöfte rund um Neusiel war.

Lientje und Thilo Deeken erwarteten sie an der Haustür, die aus dickem Holz bestand, im oberen Teil mit vier Fenstern versehen und in Grün-Weiß gestrichen war.

Hinter den beiden drückten sich ihre Söhne Eike und Reent herum. Beide trugen graue Hosen und weiße Oberhemden. Eikes rote Haare glänzten in der Sonne, er hatte sie offenbar mit Pomade bearbeitet und am Kopf festgeklebt. Wie immer wirkte er ein bisschen verloren und machte auf Johanna den Eindruck eines braven Schülers, der gleich ein Fleißkärtchen bekommen sollte. Der blonde Reent grinste wie immer breit und ein wenig verschlagen. Auch er war wie viele Jugendliche in den letzten Kriegstagen als Flakhelfer einberufen worden und hatte seinen Dienst in Emden verrichtet. Allerdings schien ihm das im Gegensatz zu seinem Bruder, der lange unter seinem Kriegseinsatz gelitten hatte und es wohl immer noch tat, nichts ausgemacht zu haben. Im Gegenteil, Reent brüstete sich im Dorf und bei der Friesen-Jugend gern mit seinen »Heldentaten« gegen den Feind.

Als Johanna aus der offenen Kutsche kletterte, musterte er sie unverhohlen wie ein Stück Vieh. Ihr folgte der Vater, der seiner Frau hinunterhalf. Danach übergab er das Gespann an den Knecht der Deekens.

»Herzlich willkommen auf dem Nordseehof«, begrüßte Thilo Deeken sie. Lientje senkte nur hoheitsvoll den Kopf und lächelte unergründlich. Wie immer trug sie einen schwarzen Rock mit Bluse. Beides spannte über ihren kräftigen Hüften. Ihr graues Haar hatte sie zu einem Dutt aufgesteckt, was ihre spitze Nase und die schmalen Lippen betonte. Eike und Reent quetschten sich ein »Moin« raus.

»Dann folgt uns mal in die gute Stube«, sagte Thilo, und die Deekens gingen voraus ins Gebäude.

Johanna sah aus den Augenwinkeln, wie sich Rolf am Eingang der Remise herumdrückte und sie beobachtete. Sie zog es vor, so zu tun, als hätte sie ihn nicht gesehen.

Ihre Vorsicht war aber unnütz, denn als ihr Vater Rolf wahrnahm, raunte er seiner Tochter zu: »Du wirst Eike Deeken heiraten und dir diesen schlesischen Flüchtling aus dem Kopf schlagen! Glaubst du, wir wüssten nicht, dass er dich mit Blicken verfolgt und dir das durchaus gefällt? Ein Ostländer und du, das passt nicht. Nun komm!« Er packte Johanna am Arm und schob sie vor sich her in den Hausflur.

Im Inneren vom Nordseehof war alles düster. Die Böden waren mit braun gemusterten Teppichen ausgelegt, die Wände mit dunkelgrüner Farbe gestrichen. Auch die Deckenvertäfelung bestand aus gebeizter Eiche. Wie Johanna wusste, setzte sich dieses Bild im gesamten Haus fort. Mächtige Eichenholzmöbel dominierten die Räume, das wenige Licht wurde von den dicken Stores vor den Fenstern ferngehalten. Alles war sauber und aufgeräumt, aber auf sämtlichen Kommoden und Schränken standen Bilder, goldene Kerzenhalter und Porzellanfiguren, die in der Masse erdrückend wirkten.

»Das wird mal dein Zuhause«, sagte Johannas Mutter leise zu ihrer Tochter und lächelte. »Eines Tages bist du hier die Hausherrin!« Ihr gefiel diese Vorstellung sichtlich.

»Noch hat Eike mich gar nicht gefragt«, raunte Johanna.

»Das kommt, keine Angst«, beruhigte ihre Mutter sie so leise, dass nur Johanna es hörte. »Hier hast du ausgesorgt. Das kann dir kein Zweiter bieten.« Sie sah sich um, als wäre sie selbst die Herrin auf diesem Hof.

In Johanna regte sich Widerstand. Sie fühlte sich wie eine von Vaters Kühen, die meistbietend verschachert werden sollte.

Lientje und Thilo Deeken führten sie ins Esszimmer, von wo aus man einen wunderbaren Blick über die Terrasse in den Garten hatte. Eingedeckt hatte Lientje den Tisch mit Goldrandgeschirr auf einem weißen Damast-Tischtuch. In der Mitte thronte eine Sahnetorte, daneben stand eine große Kanne mit frisch gebrühtem Kaffee. Dessen Duft zog sich durch die ganze Stube.

»Nehmt doch Platz!«, forderte Lientje die Gäste mit aufgesetzter und übertriebener Freundlichkeit auf. Sie betrachtete Johanna mit kritischem Blick, denn sie hatte sie schon als Kind nicht leiden können. Johanna war ihr immer zu vorlaut und zu frech gewesen. Ein Mädchen, das sich nicht fügte, so wie es sich nach Lientjes Vorstellung gehörte.

»Die wäre besser ein Junge geworden«, hatte sie öfter gesagt. Dass sie nun eine Ehe zwischen ihrem Sohn und Johanna anstrebte, konnte nur mit der ordentlichen Mitgift zusammenhängen, deren Höhe Johanna nicht kannte, die von ihren Eltern aber bestimmt nicht niedrig angesetzt war. Sie selbst bekam eine Kuh und die Deekens das finanzielle Sahnehäubchen. So wurde es schon immer gemacht, und daran änderte auch die neue Zeit nichts.

»Heute gibt es keinen Tee, ich habe Kaffeebohnen gekauft, frisch gemahlen und eben aufgebrüht. Für diesen besonderen Tag.«

Johanna musste schlucken. In Ostfriesland trank man schwarzen Tee. Immer. Und nun Bohnenkaffee… Das konnte nur bedeuten, dass alles bereits beschlossene Sache war und Eike sie gleich tatsächlich fragen würde. Alles über ihren Kopf hinweg. Kurz glaubte sie zu ersticken.

»Der Jung hat sich auf die Deern gefreut!«, plauderte Lientje Deeken weiter. »So sehr. Und wir uns auch.« Ihre ganze Haltung, der Blick… Alles strafte sie Lügen. Sie freute sich nicht. Johanna wurde immer unbehaglicher zumute, vor allem, wenn sie daran dachte, zukünftig vielleicht täglich mit dieser Frau zusammenleben zu müssen.

»Ist ja nicht schlecht, zwei Höfe irgendwie miteinander zu vereinen«, sagte Lientje gerade. »Thilo meint, die beiden passen zusammen.«

Die Höfe – oder Eike und ich?, schoss es Johanna durch den Kopf.

»Ja, das tun sie!« Foline Eilers hatte den giftigen Unterton vermutlich nicht wahrgenommen. Sie sah und hörte immer nur, was ihr gefiel.

Johanna musterte Eike, der allerdings nicht besonders euphorisch wirkte. Er saß schüchtern da und streifte sie immer wieder mit einem verstohlenen Blick. In Johanna glomm Hoffnung auf. Vielleicht will er mich gar nicht und ihm geht es wie mir, frohlockte sie. Aber als sie dann wieder und wieder seine Blicke auf sich spürte, wusste sie, dass es nicht so war.

»Unsere Johanna konnte es gar nicht erwarten herzukommen«, sagte Johannas Mutter nun. »So schnell sind sie erwachsen geworden! Wisst ihr noch, wie ihr zusammen Verstecken gespielt habt? Schon damals wolltet ihr heiraten.« Johannas Mutter passte ihren Tonfall dem aufgesetzt freundlichen ihrer Gastgeberin an.

»Das stimmt so nicht«, berichtigte Johanna sie in einer letzten verzweifelten Gegenwehr. »Nicht wir – Eike wollte *mich* heiraten.« Mit diesem Satz handelte sie sich einen scharfen Blick der Mutter ein, die aber weiter freundlich lächelte und es mit einem »Ihr wart ja noch Kinder« abtat.

Zum Glück wechselten sie bald das Thema und sprachen über das heftige Gewitter und den üblichen Dorftratsch. Auch die übervollen Geschäfte seit der Einführung der D-Mark waren Gesprächsstoff. Johanna wurde genötigt, zwei Stücke Sahnetorte zu essen. Die Torte war fett und süß. Viel zu mächtig. Mit jedem Bissen, den sie nahm, glaubte sie ein Stück mehr erdrückt zu werden. Aber sie aß alles auf.

Ihr Vater und Thilo Deeken hatten derweil, wie immer, wenn es um für sie wichtige Themen ging, ihre Wortkargheit abgelegt und diskutierten inzwischen die aktuellen politischen Ereignisse. Dass die Russen über Berlin eine Blockade verhängt hatten und die Amerikaner und Briten die Bevölkerung nun aus der Luft versorgten. Unvorstellbar, eine ganze Stadt auf diese Weise satt zu bekommen!

Sie hatten sogar über einen möglichen neuen Krieg gesprochen und wie wackelig die neue Weltordnung seit der Vernichtung des Dritten Reichs geworden war.

Schließlich verbot Lientje ihnen, das alles beim Kaffeetrinken weiter zu erörtern. »Heute geht es schließlich um etwas anderes! Ihr könnt nebenan eure Zigarren rauchen und dort weitersprechen.« Ein auffordernder Blick begleitete diese Worte. Die beiden Männer erhoben sich erleichtert.

Es war also so weit. Johanna schluckte, weil ihr beinahe die Torte hochkam.

Auch Lientje und ihre Mutter würden sie gleich allein lassen, damit Eike sie fragen konnte. Und wenn er nicht genauso empfand wie sie … Sie warf einen furchtsamen Blick zu Eike, dem ebenfalls sichtlich unbehaglich war.

Er und Reent sahen sich unschlüssig an und schienen nicht zu wissen, was sie tun sollten.

»Jetzt trinken wir zusammen ein Likörchen, dann kannst du mit Johanna in den Garten gehen«, bestimmte Lientje. »Das Schnäpschen müsst ihr alle probieren. Auch die Jungs. Ist selbst gemacht, meine Lieben. Kostet mal! Aus feinsten Brombeeren vom letzten Jahr.« Sie stand auf und holte eine Flasche von der Anrichte. Eike stellte für alle kleine Gläser auf den Tisch.

Lientje Deeken schenkte großzügig ein und lobte die Qualität des Likörs noch einmal. Johanna nippte höflich an ihrem Glas und fand das Getränk viel zu süß.

Nach zwei Gläsern war die Laune der Gastgeberin sichtlich gestiegen. Sie wandte sich augenzwinkernd an ihren jüngsten Sohn: »Reent, du hast doch noch bei den Schafböcken zu tun.«

Dann musterte sie Eike und Johanna. »Na, ihr beiden? Soll Eike dir jetzt mal den Garten zeigen?«

Ich kenne dort alles, wollte Johanna erwidern. Genau wie ich jedes Zimmer dieses Hofes kenne, so oft, wie ich als Kind zum Spielen hier war. So oft, wie ich mich vor dir alten Schachtel verstecken musste!

Doch ein Tritt ihrer Mutter gegen ihr Schienbein ließ sie schweigen und höflich lächeln. »Gern.«

Eike erhob sich mit hochrotem Kopf. »Dann komm«, sagte er und schien erleichtert zu sein, die Stube verlassen zu können. Er öffnete die Terrassentür, und Johanna folgte ihm in den Garten.

Sie war nun doch froh, endlich an der frischen Luft zu sein. Die Sonne schien, nur hin und wieder schob sich eine kleine Schönwetterwolke an ihr vorbei. Die Amseln lieferten sich einen Wettstreit im Gesang mit den Meisen, und über ihnen rüttelte ein Falke. Im Gegensatz zur bedrückenden Atmosphäre im Haus war es hier wunderschön.

Sie spazierten auf einem leicht geschlungenen Weg bis

zur Graft. Dort tummelten sich Enten und sogar ein Schwanenpaar. Die linke Seite des Gartens war von mächtigen Kastanien und Pappeln gesäumt, die rechte wurde von einer hohen Ligusterhecke begrenzt, hinter der die Streuobstwiese und der Gemüsegarten lagen. Geradeaus hatte man einen wunderbaren Blick über die Marsch. Die Wiese wurde von zahlreichen Büschen wie Felsenbirne, Flieder und Rhododendron aufgelockert.

»Hier ist es wirklich herrlich«, sagte Johanna, um überhaupt etwas zu sagen, denn Eike schwieg beharrlich und wirkte zunehmend nervös. »Wer pflegt das denn und hat ein solches Händchen für die Pflanzen?« Sie deutete zu den Beeten, wo sich bunte Stauden wie Phlox, Margeriten und Prachtspiere im Wind wiegten. Alles wirkte tatsächlich farbenfroher als früher.

»Rolf«, sagte Eike. »Das macht Rolf. Er ist fleißig und kann alles. Wie auch immer er das macht. Er ist ein guter Kerl. Genau wie seine Eltern. Wir hätten es schlechter treffen können mit unseren Vertriebenen.«

Johanna misslang ein Lächeln. Ihr war trotz der freundlichen Worte die Überheblichkeit gegenüber Rolfs Familie nicht entgangen. Alles hier fühlte sich falsch an. Das Kaffeetrinken, die aufgesetzte Freundlichkeit. Dieser Spaziergang, der Wunsch ihrer Eltern, Eike zu heiraten, obwohl sie überhaupt nichts für ihn empfand. Ihr Herz schlug für Rolf, der mit ihr fliehen wollte. Dorthin, wo sie frei war.

»Warst du schon mal in Amerika?«, rutschte es Johanna heraus.

Eike lachte bitter auf. »Wie kommst du denn da drauf? Amerika! Das Einzige, was ich außer Neusiel und Ostfriesland je gesehen habe, ist der Weg nach Afrika, die Hölle im Krieg und wieder zurück.« Er wandte sich abrupt ab und trat mit der Fußspitze einen kleinen Stein weg.

»Tut mir leid«, sagte Johanna. »War eine blöde Frage.«

»War es eigentlich nicht«, lenkte Eike ein und leckte sich hektisch über die Lippen. »Es sind ja Soldaten von uns drüben gewesen. Wenn sie in Gefangenschaft geraten sind. Nur ich nicht. Ich musste …«

Johanna war es mittlerweile gewohnt, dass die Heimkehrer meist nur in halben Sätzen sprachen und häufig abbrachen, wenn es um die Vergangenheit ging, also hakte sie nicht weiter nach, sondern wechselte schnell das Thema.

»Reden wir nicht darüber, der Tag ist zu schön für solche Geschichten. Sieh nur, wie sich die Sonne in der Graft spiegelt! Wir können uns am Ufer auf die Bank setzen«, schlug sie in versöhnlichem Ton vor. Eike folgte ihr, und sie ließen sich nebeneinander nieder, wobei Johanna darauf achtete, einen möglichst großen Abstand zu wahren, um Eike nicht zu ermutigen. Vielleicht war das der ersehnte Weg, ihn davon abzuhalten, die entscheidende Frage zu stellen.

»Und willst du später die Schäferei übernehmen? Oder wäre es dir lieber, wenn Reent das täte?«, fragte Johanna. Das Schweigen an Eikes Seite erschien ihr unerträglich. Außerdem gefiel ihr nicht, wie intensiv er sie noch immer die ganze Zeit ansah.

Eike strich sich verlegen über die pomadige Tolle und setzte sich aufrecht hin. »Ich bin der Ältere und werde die Deichschäferei leiten. Hab ja auch nichts anderes gelernt.

Außer Leute abzuknallen«, schoss er hinterher, lenkte aber gleich wieder ab, indem er zur Graft zeigte. »Sieh, die Schwanenmutter hat auch Junge.« Das hatte er ein bisschen zu laut gesagt, denn der Schwanenvater zischte ihn im Vorbeischwimmen böse an. »So muss ein Vater auf seine Kinder achtgeben. Er darf sie nicht einfach ziehen lassen und selbst zu Hause bleiben.«

Johanna sah Eike erstaunt an.

War das ein Seitenhieb auf seinen Vater gewesen? Der alte Deeken war nie beim Militär gewesen, aber er hatte seine beiden Söhne in den Krieg ziehen lassen. Nur hätte er sicher kaum etwas dagegen tun können.

»Ich will Frieden«, sagte Eike plötzlich. »Ich will die Deichschäferei. Und ich will eine Familie.« Er sah Johanna erneut an. Seine Augen waren dunkel, fast flehend.

Johanna wich zurück, aber Eike rutschte ein Stück näher und nahm ihre Hand. »Ich möchte das alles mit der Frau haben, die ich schon von Kindesbeinen an liebe.«

Johanna wusste, was nun unweigerlich kommen würde, und sie biss sich auf die Unterlippe. Dies war der Moment, vor dem sie sich die ganze Zeit gefürchtet hatte. Sie wollte eben aufspringen und zu den Blumen huschen, als Eike sie mit einem heftigen Ruck an sich heranzog. »Du weißt, wer diese Frau ist, und ich bin froh, dass wir gleichzeitig unseren Eltern ihren innigsten Wunsch erfüllen können.« Seine feuchten Lippen pressten sich auf ihre, seine Zunge suchte sich unbeholfen einen Weg. Der Kuss war nass und grob. Eike hatte bestimmt noch nicht oft geküsst.

Johanna versuchte, sich aus der Umklammerung zu befreien. Sie wollte es nicht. Nicht so, nicht mit ihm. Sie überstreckte den Kopf in den Nacken, aber entweder merkte Eike ihren Widerstand nicht, oder ihm war es egal, weil er sich sicher war, dass Johanna ihm gehören würde.

Er krallte seine Finger in ihren Rücken und schob ihr weiter die Zunge in den Mund. Johanna schmeckte bei diesem Kuss eine Spur von Kaffee, vermischt mit Sahnetorte und einem Hauch dieses süßen Liköres. Ihr wurde übel, und sie stieß Eike mit aller Kraft von sich.

Welch ein Unterschied zu dem Kuss von Rolf … Mit welcher Zärtlichkeit war er mit ihr umgegangen! Welche Gefühle hatte er dabei ausgelöst! Und jetzt? Sie fühlte nichts als Abscheu und Ekel.

Eikes Atem ging stoßweise, seine graue Hose wölbte sich im Schritt nach vorn. »Ich liebe dich, Johanna! Das war wunderschön, und ich freue mich auf mehr!« Er nahm sie wieder unbeholfen in den Arm, realisierte offenbar gar nicht, wie abweisend Johanna sich verhielt. Er flüsterte: »Ich habe noch nie geküsst. Nicht einmal im Krieg, wo alle ihre Frauen hatten. Weil ich immer auf dich gewartet habe, meine Johanna. Nur auf dich.« Er küsste sie auf die Wange. Noch einmal. Und noch einmal. Immer wieder. Eike sah glücklich aus und schien überhaupt nicht auf den Gedanken zu kommen, dass Johanna über all das völlig anders dachte. Zum Glück kam ihm der Antrag nicht über die Lippen, sodass Johanna jetzt doch rasch aufsprang.

»Wir sollten zurück ins Haus gehen«, sagte sie, als es ihr gelungen war, sich aus seinen Händen zu befreien und aufzustehen. »Das hier ist unschicklich.« Sie lächelte schief auf den noch immer auf der Bank sitzenden Eike hinab. Dann wandte sie unwillkürlich den Blick – und musste feststellen, dass Rolf am Garteneingang stand und sie beobachtete. Ihre Augen schossen zwischen ihm und Eike hin und her.

Was sollte sie nur tun?

Eike schaute sie noch immer so verliebt an, dass sie ihm unmöglich sagen konnte, wie abstoßend sie seinen Kuss gefunden hatte. Wie sehr sie seine Umarmung verabscheute.

Und Rolf musste tief enttäuscht sein, wenn er das alles beobachtet hatte. Wieder sah sie zu ihm, doch er drehte sich um und ging fort.

Auf der Terrasse erkannte Johanna ihre Mutter und Lientje Deeken. Auch sie hatten alles mit angesehen und würden darauf sicher gleich noch ein Likörchen trinken. Ihr Plan war aufgegangen.

Johannas Kopf begann zu rauschen.

»Ist dir nicht gut?«, fragte Eike.

»Doch, es geht schon. Aber lass uns bitte mit allem noch warten«, sagte Johanna. »Wir sind sehr jung und sollten nichts überstürzen.«

Eike lief bis zu den Haarwurzeln feuerrot an. »Worauf? Johanna, du bist zwanzig Jahre alt, ich einundzwanzig. Wir müssen *jetzt* leben! Ich weiß, wie schnell alles vorbei sein kann. Sobald du im nächsten Jahr volljährig bist, heiraten wir.«

Johanna lächelte wieder schief. Sie konnte niemals Ja sagen. Nicht nach diesem Kuss. Nicht, nur weil ihre Eltern das so wollten. Sie fürchtete sich vor dem, was in der Hochzeitsnacht passieren würde – wenn sie mit Eike das tat, was sie mit Rolf tun wollte.

Amerika… Das Wort tanzte durch ihren Kopf. Du

musst mit ihm nach Amerika, auch wenn du deinem Vater das Herz brichst, weil er dann keine Tochter mehr hat und sich zudem sein letzter Wunsch nicht erfüllt. Du musst fort, so schnell es geht. Sonst wirst du Frau Deeken und musst bis zu deinem Ende in diesem finsteren Haus mit Lientje leben und Eikes Kinder gebären. Eins nach dem anderen. Und dazu muss er dich anfassen, dich küssen. Mit dir schlafen.

Sie durchfuhr ein Schaudern. Sie kannte Eike von klein auf. Sie konnten Freunde sein. Aber niemals ein Ehepaar.

»Ich brauche wirklich noch etwas Zeit.« Johanna war schwindelig, sie musste hier weg. »Mir ist auch gerade nicht wohl. Ein bisschen blümerant. Wir sehen uns bald wieder…« Mit diesen Worten rannte sie zurück zum Wohnhaus.

»Hab ich dich überrumpelt? Das wollte ich nicht! Das war ja nur, weil ich dich so liebe!«, hallten ihr Eikes Worte hinterher. »Und dich doch fragen wollte, ob…«

Seine Stimme brach, und Johanna wollte nichts mehr hören.

Kapitel 5

Rolf meldete sich am nächsten Tag krank. Er konnte nicht aufstehen. Seine Hanna in den Armen von Eike Deeken! Er hatte sie geküsst. Sie hatte das sicher nicht gewollt, aber sich auch nicht gewehrt. Johanna hatte es mit sich geschehen lassen, so wie sie alle Dinge immer einfach so mit sich geschehen ließ. Wenn sie jetzt aber nicht achtgab, war sie in Kürze Frau Deeken und würde schnell Eikes Kinder unter dem Herzen tragen.

Jedes Jahr eins und in guten Jahren zwei, dachte Rolf mit einem gewissen Sarkasmus, weil es ihm half, nicht vollends zusammenzubrechen. Eike Deeken war unübersehbar bis über beide Ohren in Johanna verliebt. Was hatte sie sich denn dabei gedacht, als sie allein mit ihm in den Garten gegangen war? Dass er sie nicht wollte? So naiv konnte sie doch gar nicht sein. Ach, verdammt, sie hatte gar keine Wahl gehabt! Es war ein abgekartetes Spiel, in dem er, Rolf, nicht einmal eine Randfigur war. Er kam dort schlichtweg nicht vor.

Rolf hieb mit der Faust auf sein Strohkissen. Er kannte genug junge Männer in Neusiel, die sich gern mit Johanna getroffen hätten. Sie wirkte unschuldig, liebevoll und war auf eine unerklärliche Art und Weise schön, obwohl sie wegen der breiten Oberschenkel und dem schlichten, aschblonden Haar keinem Schönheitsideal entsprach. Trotzdem tuschelten die Männer über sie. Johanna Eilers mit den freundlichen Augen – und die Tochter vom Eilershof. Sie war ruhig und besonnen und tat stets das, was nötig war. So eine Frau war begehrt nach der Härte der letzten Jahre. Ihr konnte in Rolfs Augen kein Mädchen in ganz Neusiel oder Horsten das Wasser reichen. Vielleicht war sie deshalb so beliebt, weil sie ihre Anmut selbst gar nicht bemerkte?

Von draußen hörte er Thilo Deekens Stimme. Er klang wütend, und er scheuchte Rolfs Mutter Mine über den Hof. Er schrie auch seinen Vater Karl-Gerd an. »Ihr verdammtes Flüchtlingspack!«, hörte Rolf. »Verlaust, arbeitsscheu und nur scharf darauf, euch unser Land unter den Nagel zu reißen! Geht doch dahin zurück, wo ihr hergekommen seid!«

Dann ertönte ein Schrei, und seine Mutter begann zu weinen.

Verdammt, was war da los? Rolf stand auf und schlich zur Tür. Ihre kleine Unterkunft befand sich im hinteren Teil der Scheune. Die Deekens hätten sie niemals im Seitentrakt wohnen lassen. Dort hatten sie Reent untergebracht. Ein junger Mann allein in drei großen Räumen mit Stuckdecke, während sie sich zu dritt in einem kleinen, zugigen Verschlag drängeln mussten. In der Scheune war es im Sommer zu warm, im Winter hingegen kalt und zugig. Aber sie waren froh, überhaupt irgendwo untergekommen zu sein. In Bayern hatten sie mit drei Familien in drei kleinen Zimmern gelebt, das war auch nicht besser gewesen.

Rolf öffnete die Tür und spähte auf den Hof. Er sah Thilo Deeken zum Schafstall eilen, während seine Mutter tränenüberströmt neben seinem Vater kniete. Er hatte eine Platzwunde an der Stirn, die kräftig blutete. Rolf stürzte auf seine Eltern zu. »Was ist passiert?«

»Er hat ihn gestoßen«, schluchzte seine Mutter und deutete zum Tor des Stalls, das eben nachdrücklich geschlossen wurde. »Und dabei ist dein Vater mit dem Kopf aufs Pflaster gefallen.« Die Hände seiner Mutter zitterten, sie wirkte zudem unnatürlich bleich. Das war Rolf in den letzten Tagen schon öfter aufgefallen. Hoffentlich wurde sie nicht krank. »Wir können nicht hierbleiben, Rolf«, sagte sie nun. »Eines Tages schlägt er uns tot.« Sie senkte die Stimme und blickte sich vorsichtig um, ehe sie hinzufügte: »Es ist nicht das erste Mal, Rolf. Thilo Deeken ist als Tier aus dem Krieg zurückgekommen. Und er ist ganz sicher noch immer einer von *denen*.«

Rolf legte den Finger an die Lippen. Es war besser, seine Mutter sprach so etwas nicht laut aus.

»Deshalb müssen wir weg«, setzte sie nach.

Rolf untersuchte seinen Vater, der sich dann vorsichtig aufsetzte. Er schaute seine Frau mit traurigen Augen an. »Nein, Mine, wir müssen bleiben, sonst werden wir verhungern. Wer nimmt denn in diesen Zeiten Leute wie uns? Wir haben doch nichts mehr. Gar nichts.«

Rolfs Mutter weinte jetzt stumm, biss sich immer wieder auf die Lippen und versuchte, die Tränen zu unterdrücken.

Rolfs Vater stand mit schmerzverzerrtem Gesicht auf.

»Aber warum hat er das getan, Vater? Warum beschimpft er Mutter und stößt dich weg? Was war denn der Grund?«

Sein Vater lachte auf. »Ihm ist zu Ohren gekommen, dass du gestern mit Johanna bei der Friesen-Jugend rausgegangen bist und eine ganze Weile verschwunden warst. Reent hat euch beobachtet und gepetzt.« Er atmete schwer und ächzte, als er endlich stand. »Du musst das lassen, Rolf. Das Mädchen ist dem Deeken Eike versprochen, hörst du?«

Dem Deeken Eike, hatte Vater gesagt. So, wie man es in Schlesien sagen würde. Hier klang es in Rolfs Ohren plötzlich fremd.

»Ich liebe Johanna«, antwortete er. »Wie soll ich von ihr lassen?«

»Du musst«, sagte sein Vater stöhnend. Er stemmte die Hand ins Kreuz. »Du kriegst sie ja doch nicht, und wenn du sie wirklich liebst, ist es besser, du stürzt sie nicht ins Unglück.« Er klopfte seinem Sohn auf die Schulter und ging wieder an die Arbeit. Egal, ob es aus seiner Platzwunde an der Stirn noch immer blutete oder nicht.

Mine Menzel flitzte rasch ins Haus und kam kurz darauf mit einem sauberen Stück Leinen zurück, das sie ihrem Mann um den Kopf wickelte.

»Ihr seid alle feige!«, rief Rolf. »Wir sind doch nicht schlechter als die Menschen hier! Wir dürfen nicht ständig kuschen. Dann ändert sich nie etwas.«

Er nahm seine Mutter kurz in den Arm. Sie war tatsächlich furchtbar blass, und ihre Augen lagen in tiefen Höhlen, aber sie sagte: »Wir gehen jetzt wieder aufs Feld, das letzte Heu einholen, was wir vor dem Gewitter nicht mehr geschafft haben.«

Rolfs Vater führte schon den Einspänner mit dem Heuharkgerät, damit sie die langen Heurollen formen konnten, die später zu Hocken aufgetürmt wurden. Zum Glück schien die Sonne wieder kräftig, sodass das Gras trocken genug war.

Rolf ging zurück in seine Kammer, warf sich auf die Pritsche und starrte an die Decke. Dort seilte sich eben eine schwarze Spinne ab. Er hätte draußen helfen sollen, damit seine Eltern und die Knechte die ganze Arbeit nicht allein tun mussten. Aber seit er Johanna mit Eike gesehen hatte, war er wie gelähmt. Dann die Tatsache, dass Thilo Deeken seinen Vater in den Dreck gestoßen hatte! Nein, er hatte seinen Eltern nichts von seinen Plänen, Ostfriesland zu verlassen, erzählen können. Es würde ihnen das Herz brechen, er war doch der einzige Sohn.

Rolf wollte aber nicht auf Johanna verzichten. Allein der Gedanke, sie könnte Eikes Frau werden, war unerträglich. Ob seine Eltern nach Amerika mitkommen würden?

»Du hast ja nicht einmal Geld für deine Passage«, murmelte er. »Vergiss es.« Die Spinne war derweil am Boden angelangt und krabbelte in die nächste Fuge.

In Rolf aber wuchs die Wut. Familie Deeken hatte alles. Ein großes Haus. Eine Schäferei, die ihnen auch in den nächsten Jahren ein gutes Einkommen sichern würde. Zwei Söhne, beide aus dem Krieg zurückgekehrt. Und Eike würde Johanna bekommen. Das *konnte* er nicht einfach so hinnehmen! Er hatte noch nie aufgegeben. Er musste mit seiner Hanna sprechen. Heute Nacht.

*

Rolf wartete ab, bis es auf dem Hof ruhiger wurde, und machte sich dann im Schutz der einsetzenden Dämmerung auf den Weg zum Eilershof. Die Gedanken drehten sich in seinem Kopf. Morgen konnte er sich nicht länger vor der Arbeit drücken und musste dringend wieder mit anpacken. Es war besser, sich zu fügen, denn jeglichen Ärger würden seine Eltern ausbaden müssen, und seine Mutter sah von Tag zu Tag schwächer aus. Mit ihr stimmte etwas nicht, aber sie verrichtete ihre Arbeit einfach weiter klaglos.

Kurze Zeit später sah Rolf die Umrisse vom Eilershof vor sich liegen. Er schlich sich näher heran, erkannte, dass alles ruhig war, und huschte über den Hof. Der einachsige Milchkarren stand neben dem Stall. Ganz früh nach dem nächsten Melken würde er von Martha Selig mit den 15-Liter-Kannen vom Vorabend und denen vom Morgen, in denen sich die durchgesiebte Milch befand, zum Sammelplatz gebracht und von dort zur Molkerei gefahren werden. Die entrahmte Milch kam dann zum Hof zurück, wurde für die Fütterung der Tiere verwendet, oder Foline Eilers stellte Quark und Kochkäse daraus her.

Rolf lauschte noch einmal in die Dunkelheit, ehe er weiterlief. Einmal glaubte er, ein Geräusch zu hören, und blieb stehen. Über ihm strich eine Waldohreule entlang, dann hörte er den klagenden Bettelruf der Jungen, der sofort von einem der Alttiere beantwortet wurde. Eulen also, dachte er und schlich weiter, bis er vor Johannas Fenster stand. Sie schlief in einer ebenerdigen Kammer hinter der Stube. »Hanna!« Er klopfte vorsichtig an das kleine Sprossenfenster.

Sie hatte wohl noch nicht geschlafen, denn sie öffnete

es sofort, und Rolf war von ihrer Schönheit wie geblendet.

Johanna trug das aschblonde Haar offen, es fiel ihr bis auf die Hüften und umspielte ihr zartes Gesicht. Sie sah unglaublich jung und verletzlich aus.

»Du?«, fragte sie erstaunt. »Was ist los? Ist etwas passiert?«

Rolf schüttelte den Kopf. »Nein, aber bitte komm raus! Wir müssen reden, Hanna! Es ist wichtig.«

»Einen Augenblick!« Johanna nahm die schwarze Wollstola, die sie auf einem Stuhl neben dem Bett liegen hatte, kletterte auf den Fenstersims und sprang zu Rolf in den Garten. Dann drückte sie das Fenster provisorisch wieder zu und nahm Rolfs Hand. »Es war furchtbar bei Eike. Er will mich wirklich heiraten!« Johanna traten Tränen in die Augen.

Rolf nahm sie in den Arm, spürte ihren Körper durch den dünnen Stoff des Nachthemdes, und sein Herz begann zu rasen. Ihre kleinen Brüste schmiegten sich an ihn, die Ärmel waren hochgerutscht und gaben Johannas zarte Unterarme frei.

Rolf hatte lange über die Worte seines Vaters nachgedacht. Aber er konnte nicht warten, und er wollte es auch nicht. Nicht, wenn Johanna auch ihn wollte. Vorsichtig hob er ihr Kinn an, und dann fanden sich ihre Lippen. Rolf umfasste Johanna fester, spürte ihren Körper, hörte ihr leises Stöhnen. Er wollte sie. Hier und jetzt. Doch vor dem Haus war es viel zu gefährlich, weil sie beobachtet werden konnten.

Rolf schob Johanna ein Stück weiter. »Nicht dass uns jemand sieht«, flüsterte er mit rauer Stimme.

Johanna löste sich aus seinem Griff. »Lass uns in die Remise gehen«, flüsterte sie. »Da steht die Kutsche, das Leder ist weich wie ein Himmelbett.« Sie zog Rolf mit sich. Vorsichtig drückten sie sich an den Mauern der Gebäude vorbei. Wieder ertönte der Ruf der kleinen Eulen gespenstisch durch die Nacht.

Die Tür der Remise war unverschlossen, und sie quietschte leise beim Öffnen. Das Innere war vollgestellt mit Fuhrwerken, einem Zweispänner, den sie zum Pflügen und Mähen nutzten, der Mähmaschine mit Seitenmähbalken, dem Einspänner, der Drillmaschine und anderen Dingen, die man auf einem Hof benötigte. Familie Eilers besaß zwei Kutschen. Eine Einspänner-Einachskutsche und einen Zweiachser für besondere Ausfahrten.

Rolf und Johanna zog es zur Letzteren, denn diese Kutsche verfügte über ein breiteres Lederpolster. Sie zuckten kurz zusammen, als eine Katze über ihre Füße huschte.

Während sie die Kutsche erklommen, küsste Rolf Johanna auf die Wange. »Komm! Meine Hanna!«, flüsterte er mit heiserer Stimme.

Johanna breitete ihre Stola auf dem Lederpolster aus, legte sich darauf und hielt Rolf auffordernd die geöffneten Arme entgegen. »Komm, Liebster!«

Rolf verharrte kurz, als er Johanna mit ihrem offenen Haar vor sich liegen sah. Ihre Brüste hoben sich unter dem Nachthemd hervor, sie atmete eine Spur zu schnell. Wie sehr er sie doch liebte! Sie sollte keinem anderen gehören. Er und seine Hanna, schwor er sich in diesem Augenblick, das würde nie enden. Egal, was das Leben für sie plante: Das würde ihnen keiner mehr nehmen können. Rolf wollte nicht an morgen denken oder an das, was kommen würde. Für ihn und Hanna gab es nur das Jetzt.

Er liebkoste ihren Körper, ließ sich Zeit damit, bevor er das Nachthemd hochschob und sich selbst wenig später der Hose entledigte.

»Bist du dir sicher, dass du es willst?«, fragte er, während er ihre Brustwarzen küsste und mit seiner Zunge jeden Zentimeter ihres Bauches bis zum Nabel erkundete.

Johanna wand sich unter seinen Liebkosungen und stöhnte leise. »Ja, ich will dich! Ich liebe dich. Mit allem, was dazugehört.«

Da gab es für Rolf kein Halten mehr. Seine Hände waren plötzlich überall. Genossen die weiße, schimmernde Haut, durchwühlten das wunderbare, glänzende Haar. Johanna wollte ihn, und als Rolf es nicht mehr aushielt, drang er schließlich vorsichtig in sie ein. Sie zuckte kurz, als er ihr ihre Jungfräulichkeit nahm.

Rolf hatte im Krieg mit zwei Frauen geschlafen, deren Namen er nicht einmal kannte. Da war es pure Lust gewesen, die Sehnsucht nach Wärme und das Gefühl, der Furcht vor dem vielleicht nahenden Tod auf diese Weise kurz entfliehen zu können. Damals war es keine Liebe, sondern eher Gier und der Hunger nach Leben. Das hier war anders. Das war Liebe, und er wollte, dass es auch Johanna gefiel.

Er bewegte sich erst langsam, wartete, ob Johanna noch immer Schmerzen hatte. Doch das schien vorbei zu sein. Er sah sie an, und sie nickte lächelnd.

Rolf wagte mehr, spürte, dass Johanna ihm entgegenkam.

Danach gab es nur noch sie beide. Keine Remise, keine Angst vor der Zukunft. Nur noch sie.

»Ich habe noch nie etwas Schöneres getan«, sagte Johanna danach und strich ihm eine Strähne aus der Stirn.

»Ich auch nicht. Meine Hanna«, flüsterte Rolf, bevor er sich widerwillig von ihr herunterrollte.

Liebevoll betrachtete er wieder den grazilen Körper, der nun der einer Frau war. »Ich möchte, dass wir das immer haben«, murmelte er. Johanna seufzte und gab ihm einen zarten Kuss auf den Mund.

»Als Eike mich geküsst hat, wusste ich, dass ich dich wirklich liebe und für ihn gar nichts empfinde. Ich will mit ihm nicht das tun, was wir gerade gemacht haben.« Sie schloss die Augen. »Ich will das einfach nicht.«

Rolfs Herz zersprang fast vor Glück. Diese Antwort hatte er sich erhofft. »Dann kommst du mit nach Amerika?«

Johanna presste die Lippen zusammen. Eine Träne bahnte sich den Weg zwischen ihren Lidern hindurch. Johanna zögerte ein paar Sekunden zu lange, sodass Rolfs Hoffnung in sich zusammenfiel. Er kannte die Antwort, noch ehe sie sie aussprach. »Das kann ich nicht, das weißt du. Es würde Mutter und vor allem Vater das Herz brechen. Ich weiß nicht, ob mein Bruder jemals zurückkommt, und so haben sie nur noch mich. Ich trage Verantwortung ihnen gegenüber. Ich kann nicht einfach gehen.«

Rolf küsste Johanna noch einmal. Ein schwacher Versuch, sie umzustimmen. »Und wie sollen wir hier Mann und Frau sein? Sie werden es nie erlauben.«

Johanna spitzte die Lippen, ehe sie sagte: »Ich heirate Eike nicht, ganz einfach. Das werden sie mir übel nehmen, aber sie können mich schließlich nicht zwingen.«

Rolf schaute Johanna zweifelnd an. »Deine Eltern werden dich unter Druck setzen. Wir müssen Deutschland verlassen, wenn wir unsere Liebe leben wollten! Freiheit gibt es nur auf der anderen Seite des Atlantiks!«

Johanna stieß ihn an. »Es muss einen anderen Weg geben. Wenn ich dich, obwohl ich Eikes Antrag ablehne, trotzdem nicht heiraten darf, bleibe ich eben nach außen hin eine alte Jungfer, und wir treffen uns weiterhin heimlich.«

»Sie werden dich enterben.«

Johanna lachte leise auf. »Ich pfeife auf mein Erbe. Es umfasst ohnehin nur eine Kuh, den Rest bekommt Keno. Ich werde eine Lehre machen, so mein eigenes Geld verdienen, und wir können glücklich sein.«

Rolf strich ihr übers Haar. Was Johanna sagte, klang naiv. Es würde auf diese Weise nicht funktionieren, und sie wusste das tief in ihrem Herzen bestimmt auch selbst. Sie war kein Mädchen, das seinen Eltern Paroli bieten konnte. Das hatte sie nie gelernt. Zudem war sie fest in den ostfriesischen Strukturen verankert, brauchte den Rückhalt des Dorfes und würde das unvermeidliche Gerede, sollte sie mit ihm zusammenbleiben, mit Sicherheit nicht ertragen. Johanna war eine Neusielerin durch und durch. Vermutlich war ihr das selbst gar nicht bewusst.

Sie würde niemals mit ihm nach Amerika gehen. Doch Rolf konnte ihr deshalb nicht böse sein. Er hatte keine Heimat mehr, war ein Vertriebener, wurde deshalb durchs Leben geweht. Johanna aber hatte Wurzeln, die auch er nicht kappen konnte. Wenn er das tat, würde sie ins Unglück stürzen. Es würde immer zwischen ihnen stehen.

Rolf küsste Johanna erneut. »Du weißt, dass es so nicht

geht. Du könntest schwanger werden, Hanna, und was dann?«

»Vielleicht bin ich es ja schon. Wir haben eben miteinander geschlafen!«

Rolf nickte. Johanna hatte recht. Es war unvorsichtig gewesen.

»Eigentlich wäre das das Beste, was uns passieren kann. Dann musst du mich heiraten.« Sie strahlte ihn an. »Hey, das ist doch die Lösung! Wie wäre es, genau das zu tun? Ich bekomme ein Kind von dir, und dann können sie nicht anders, als die Ehe zuzulassen.«

Rolf seufzte. »Das würdest du nicht ertragen, Hanna. Weißt du, was dir dann blüht? Ich habe bereits einen kleinen Vorgeschmack bekommen.« Er erzählte vom Wutausbruch des Schäfers.

»Harrijasses nej, wat för een Swienegel!«, schoss es wütend aus Johanna heraus, und sie übersetzte es, als Rolf sie fragend ansah. »Ich habe gesagt, er ist wirklich ein überaus fieser und gemeiner Mensch.« Dann kuschelte sie sich wieder an Rolf. »Aber wir müssen es drauf ankommen lassen, das ist wirklich der beste Weg. Eines Tages hören sie auf zu reden, glaub es mir. Nur mit einer Schwangerschaft können wir sie dazu zwingen, der Ehe zuzustimmen. Meine Eltern werden nicht wollen, dass ich entehrt bin, denn das würde sie ebenso treffen.« Sie lächelte Rolf selig an. »Vielleicht haben wir wirklich Glück, und du hast mir eben ein Kind gemacht.«

Rolf hoffte, dass es nicht so war. Er bezweifelte, ob der Plan aufgehen würde, ob sie Johanna nicht trotzdem mit Eike Deeken verheiraten würden. Dass einem Mann ein Kind untergeschoben wurde, kam schließlich oft genug vor. Aber er wollte Johannas Euphorie auch nicht bremsen. Sie liebte ihn, das allein zählte.

»Wir müssen vorsichtig sein«, sagte er nur. »Ich habe außer der Flucht leider auch keinen Plan. Wir müssen ab jetzt achtgeben, damit du nicht schwanger wirst. Das würde alles noch schlimmer machen. Es *muss* einen anderen Weg geben, Hanna. Einen, der dich nicht zerstört.«

»Ohne dich ist mein Leben zerstört«, gab sie zurück. Sie küssten sich, schliefen noch einmal miteinander und genossen den Augenblick.

Danach lagen sie friedlich nebeneinander und lauschten den Atemzügen des anderen. Alles war so vertraut wie nichts anderes zuvor. »Wir lieben uns«, sagte Johanna. »Und das wird niemals aufhören, egal, was passiert.« Sie zeigte zum Fenster, sprang unbekleidet von der Kutsche, und Rolf folgte ihr. Sie schauten über die nächtliche Marsch, und Johanna wies auf einen Stern, der hell am Himmel blinkte. »Das ist der Polarstern. Egal, wo auch immer wir auf dieser Welt sein werden: Er gehört uns, und er leuchtet für unsere Liebe.«

»Das hast du schön gesagt«, meinte Rolf. »Hauptsache, der Himmel ist nicht wolkenverhangen, wenn ich Sehnsucht nach dir habe und ihn blinken sehen will.«

»Er ist trotzdem da.«

Rolf nickte. Sie wussten beide, dass sie zukünftig sehr oft zu diesem Stern würden schauen müssen. Aber sie sprachen es nicht aus, sondern hielten daran fest, dass es vielleicht doch einen Weg für ihre Liebe gab. Einen winzigen Pfad.

Zurück in der Kutsche, schmiegte sich Johanna an

Rolf, und so lagen sie lange Zeit einfach nur da, ehe sich Johanna das Nachthemd wieder überstreifte. »Morgen um dieselbe Zeit?«, fragte sie.

Rolf nickte. »Immer und immer wieder. Ich liebe dich, Hanna.« Bevor sie die Remise verließen, hielt er sie noch einmal fest. Wider besseres Wissen und wider alle Vernunft stieß er aus: »Und bitte: Überlege es dir mit Amerika noch einmal. Ich könnte es nicht ertragen, dich an Eike zu verlieren.«

Johanna nickte stumm, aber Rolf erkannte erneut den Zweifel in ihren Augen.

Sie wollten eben ins Freie huschen, als ihnen plötzlich Marten Eilers im Weg stand. Er sah von Johanna zu Rolf, dann wieder zu seiner Tochter. Es gab nicht viel zu begreifen, und er war kein Mann der großen Worte. »Scher dich zum Nordseehof«, herrschte er Rolf an. Dann schlug er Johanna ins Gesicht. »Und du, mien Deern, ab auf dein Zimmer! Du bist so gut wie verlobt!«

Johanna hielt sich die gerötete Wange. »Ich will Eike nicht!«, stieß sie hervor.

»Das entscheidest nicht du!« Ihr Vater schlug sie ein weiteres Mal, traf aber nur die Schulter, weil Johanna sich wegdrehte.

Rolf wollte auf ihn losgehen, aber Marten Eilers hatte das kommen sehen und wehrte den Angriff mit dem erhobenen Unterarm ab. »Du wirst mich nicht schlagen. Du nicht!« Er spuckte vor ihm aus.

Rolf sah rot, aber Johanna hob die Hand. »Nicht, Liebster! Wir finden einen Weg.«

»Nun hau endlich ab!«, brummte Marten Eilers. »Und wehe, du erzählst auch nur einer Menschenseele, dass du meiner Tochter die Unschuld geraubt hast! Das würde deine Familie bitter bereuen. Ein Wink an Thilo Deeken genügt!«

»Wir leben doch nicht mehr im Mittelalter!«, schrie Rolf, aber Marten Eilers trat nur nach ihm und zerrte Johanna an den Haaren hinter sich her ins Haus. »Meine Tochter bekommt keinen schlesischen Flüchtling zum Mann. Sie bleibt hier hübsch in Ostfriesenhand! Wir haben andere Pläne, und du machst die nicht kaputt!«

Es schepperte, als die Tür hinter ihnen zufiel.

Rolf stolperte nach Hause zum Nordseehof.

Sein Blick war vor Tränen blind und sein Bauch voller Wut. Als er an der Remise vorbeilief, fiel ihm die Kutsche der Deekens ins Auge. Er nahm eine Axt und zerschmetterte das Rad. Danach ging es ihm ein bisschen besser.

*

Johanna wurde von lauten Stimmen wach. Sofort saß sie aufrecht im Bett und lauschte. Es musste etwas passiert sein, denn solch ein Lärm war auf dem Eilershof ungewöhnlich.

»Wir bringen sie zum Arzt!«, hörte sie die Stimme ihres Vaters. »Wir beeilen uns!«

Johanna zog sich flink an und trat in die Küche, wo ihre Mutter mit ernstem Gesicht dabei war, den Tisch zu säubern. »Was ist denn passiert? Warum muss Vater den Doktor holen?«, fragte Johanna sofort.

»Die Kutsche der Deekens hat einen Radbruch, und Mine Menzel muss zum Arzt. Sie ist eben zusammengebrochen.« Foline wrang den Lappen über der Schüssel aus.

Johanna erschrak zutiefst.

»Vater hat gerade den Rappen angespannt und ist zu den Deekens gefahren. Es sieht aber nicht gut aus.«

Keine dreißig Minuten später war Marten Eilers zurück. »Ich bin zu spät gekommen«, sagte er mit grimmiger Miene, als er zu ihnen in die Küche trat. Er schleuderte seine Joppe auf den nächstbesten Stuhl. Foline räumte sie sofort weg.

»Rolfs Mutter ist tot?«, stieß Johanna fassungslos aus. »Wie furchtbar!«

»Kann dir doch egal sein«, herrschte ihre Mutter sie an. »Du kanntest sie doch kaum.«

»Jo«, sagte ihr Vater nur, wortkarg wie immer. Er wich Johannas Blick aus. Noch hatte er über gestern Abend kein Wort verloren, sie wusste nicht einmal, ob er es ihrer Mutter erzählt hatte. Aber er verhielt sich überaus abweisend, woraus Johanna schloss, dass ihn ihre Liaison mit Rolf schwer getroffen hatte.

»Interessant ist auch, warum die Kutsche der Deekens überhaupt kaputt war«, riss Johannas Mutter sie aus ihren Überlegungen. »Das war doch bestimmt einer von den Vertriebenen. Denen ist nicht zu trauen. Sabotage, sage ich nur.« Sie stand auf. »Ich gehe jetzt die Eier einsammeln.« Johannas Mutter schob sich an ihrer Tochter vorbei und verließ die Küche. Kurz darauf eilte sie mit einem Korb in der Hand in Richtung Hühnerstall.

Johanna grübelte über die Worte ihrer Mutter nach. Rolf war sehr aufgebracht gewesen, als er den Eilershof verlassen hatte. Ging der Schaden an der Kutsche womöglich auf seine Kappe?

Von draußen ertönte eine Fahrradklingel, und der Postbote Herwig Doden radelte auf den Hof. Wie immer sah er ernst aus, viel zu häufig hatte er in ganz Neusiel Hiobsbotschaften überbringen müssen, und jedes Mal befürchtete Johanna, dass er auch ihnen eine traurige Botschaft überreichen musste. Sie stand auf und ging ihm entgegen.

»Moin.« Herwig stoppte das Rad und wühlte in seinem Fahrradkorb nach der Post. »Für euch ist ein Brief dabei. Von denen.« Er reichte Johanna einen Umschlag, der sehr amtlich wirkte.

Johanna verstand sofort, wen er mit »von denen« meinte. Ein solcher Brief bedeutete nichts Gutes. Johanna bemerkte, wie ungern Herwig ihr das Kuvert reichte. »Jo, ich muss dann mal«, sagte er schnell. »Bis dann.« Er wendete das Rad schwungvoll und fuhr davon.

Johanna hielt den Umschlag unschlüssig in der zitternden Hand. Am liebsten hätte sie ihn weggeworfen und das Offensichtliche einfach ignoriert. Nur würde das nichts helfen. Schweren Herzens brachte sie den Brief in die Küche. Ihr Vater sah nicht einmal auf, als sie hereinkam.

»Es ist Post gekommen. Von denen«, sagte sie, aber ihr Vater reagierte nicht, sondern starrte auf die Blümchentapete.

Johanna setzte sich an den Tisch, legte den Brief vor sich und wartete auf ihre Mutter. Es war still im Raum, die Küchenuhr tickte überlaut. Eine Fliege setzte sich auf den Umschlag und krabbelte hektisch darauf herum. Johanna wagte nicht, sie fortzuscheuchen, und war froh, als sie mit leisem Brummen davonschwirrte.

Als sie das Schweigen nicht mehr ertrug, nahm Johanna den Umschlag wieder in die Hand und untersuchte den Poststempel. Der Brief stammte aus dem Jahr 1945 und war tatsächlich drei Jahre lang unterwegs gewesen. Drei Jahre Ungewissheit, die ihnen hätte erspart werden können. Und nun würden sie vermutlich darin lesen, dass ihr Bruder fürs Vaterland ehrenvoll gefallen war. Sonst wäre er doch längst zurück, oder nicht? Johanna krallte ihre Finger um das Papier, warf den Umschlag dann zurück auf den Tisch und rannte in ihre Kammer. Sie wollte das nicht lesen. Sie wollte allein um Keno trauern. Denn jetzt gab es keinen mehr, der sich auf ihre Seite stellen und mit ihr für ihre Liebe zu Rolf kämpfen würde. Der vierte Teller auf dem Tisch würde ebenfalls verschwinden.

Nun gab es nur noch sie, Johanna Eilers, auf der alle Hoffnungen ruhten.

Kapitel 6

Die Beerdigung von Mine Menzel vor knapp zwei Monaten war in Neusiel fast unbemerkt erfolgt. Johanna war dort gewesen und ein paar von der Friesen-Jugend, genau wie Thilo Deeken seine Frau und Eike. Rolfs Vater war seitdem nur noch ein Schatten seiner selbst, und die Haltung seines Sohnes erschien noch gebückter als sonst.

Kenos Tod hatte im Dorf für mehr Trauer, Mitleid und Gesprächsstoff gesorgt, aber ihn konnte die Familie Eilers nicht einmal beerdigen. Von Johannas Bruder war nur noch die Marke der Wehrmacht übrig. Und die wollte Foline Eilers nicht im Kleiboden versenken, wie sie sich ausdrückte. Deshalb hatte es auf dem Neusieler Friedhof nur eine kleine Zeremonie gegeben, während ein Stein mit Kenos Namen aufgestellt worden war. Ein leeres Grab, auf dem sich seine Lieblingsblumen, die gelben Margeriten, im Spätsommerwind wiegen würden.

Kenos Teller stand nach wie vor auf dem Tisch, daneben lag das Stück Metall mit seinen Daten. Sein Bild auf der Kommode war nun mit schwarzem Trauerflor geschmückt.

Alle Menschen auf dem Eilershof huschten seit Wochen

nur noch auf leisen Sohlen durchs Haus, gesprochen wurde kaum, und wenn, im Flüsterton. Jeder Lärm war für Johannas Eltern unerträglich. Die Helligkeit des Sommers wurde ausgesperrt, weil Keno auch keine mehr hatte. War schon zuvor die Angst um ihn lähmend genug gewesen und hatte jeglichen Frohsinn im Keim erstickt, war es nun, als hätte man mit seinem Ableben bei Familie Eilers das Licht ausgeknipst.

Einzig Johanna hatte diese Stille und Trostlosigkeit nicht lange ertragen. Drei Tage hatte sie in ihrer Kammer um den Bruder geweint, nach ihm gerufen – fest davon überzeugt, nie wieder lachen zu können. Nicht einmal der Gedanke an Rolf konnte sie aus der Lethargie befreien. Nach der formellen Grabsteinlegung, die wie Mines Beisetzung Anfang Juli erfolgt war, hatte Johanna beschlossen, dass es irgendwie weitergehen musste, auch wenn es schwerfiel. Keno war schon drei Jahre tot, er hätte gewollt, dass sie ihr Leben lebten, auch ohne ihn. Johanna war es beinahe, als würde ihr Bruder zu ihr sprechen. Sie sah seine kecken braunen Augen, die ihr zuzwinkerten. Aufmunternd, so wie es seine Art gewesen war.

Sie erinnerte sich daran, wie er das Kluntje in die Tasse legte und so gern dem Knacken lauschte, wenn er den heißen Tee darübergoss. Für Keno war das immer wieder eine Zeremonie gewesen. Johanna würden die vielen Gespräche am Abend auf der Bank im Hof fehlen. Wenn sie gewettet hatten, wer beim jährlichen Padstockspringen der Jugend wohl als Erster im Schlot landete. All das war vorbei. Keno war irgendwo weit im Osten verschwunden, und Johanna wollte gar nicht wissen, was man ihm angetan hatte. Sie würde ihn ewig und unendlich vermissen und immer um ihn trauern, aber darüber durfte sie das Leben nicht vergessen. Der Eilershof musste weitergeführt werden. Für Keno. Für sie alle.

Auch wenn es schwer war.

»Zeig's ihnen!«, hörte sie Keno, und das hatte sie auch vor. Sie wollte ihren Eltern beweisen, dass sie den Hof auch als Frau führen konnte, denn das würde ein Weg sein, der Ehe mit Eike zu entkommen. Jetzt, wo Keno nicht zurückkam, war sie schließlich die Einzige, die alles erben würde.

Während ihre Eltern in ihrem Kummer ertranken, hatte Johanna einfach und wie selbstverständlich die Leitung des Hofes übernommen. Gerade jetzt im August gab es sehr viel zu tun. Jemand musste die Arbeit einteilen, damit alles seinen Gang ging.

Zum Glück hatten sie die Heuhocken vom zweiten Schnitt schon eingebracht, aber schon bald lag die Getreideernte an. Das Korn stand bereits sehr hoch und musste bald eingefahren werden. Dazu brauchten sie mehr Leute, die sie als Erntehelfer unterstützten. Das Binden und Aufstellen der Garben erforderte weitere Helfer, und neben der Feldarbeit musste das Vieh versorgt werden. Die zehn Arbeitspferde brauchten ihr Futter, die Hühner und Schweine forderten ihr Recht, und die Kühe mussten zweimal täglich gemolken werden. Johanna tat das sehr ungern, denn sie ekelte sich vor den Kuhläusen, die die Tiere immer wieder befielen.

Aber weil es sein musste, tat sie auch das, war aber froh, wenn Martha Selig oder der Knecht Jan das übernahmen. Johanna stand bei Sonnenaufgang auf und ging beizeiten schlafen. Sie arbeitete im Stall und auf dem Feld und kümmerte sich um die fälligen Abrechnungen. Gerade die Arbeit im Kontor bereitete ihr besondere Freude. Oft bekam sie gerade mal drei Stunden Schlaf, aber es gelang ihr, den Hof allein weiter zu bewirtschaften.

Es tat gut, auf diese Weise von dem Kummer wegen Keno und ihrer Sehnsucht nach Rolf abgelenkt zu werden.

Ihre Eltern sah sie in der Zeit kaum, und deshalb wurde auch nicht mehr von der Hochzeit zwischen ihr und Eike gesprochen. Johanna wusste, dass sie eines Tages wieder davon anfangen würden, aber jetzt war erst einmal Ruhe. Der einzige Wermutstropfen aber war, dass sie auch Rolf nicht treffen konnte. Das wäre in den Zeiten der Trauer und nach dem harschen Verbot ihres Vaters unschicklich gewesen. Dieser hatte sich nach Kenos Tod ohnehin noch mehr in seine Traurigkeit zurückgezogen, seine nächtlichen Schreie waren wieder lauter geworden und gellten grauenvoll durchs Haus. Nein, Johanna durfte Rolf momentan nicht sehen. Es hätte ihren Vater umgebracht. Unsere Zeit kommt noch, dachte Johanna oft. Wenn ich erst offiziell den Eilershof führe, können wir zusammen sein.

Als Johanna nun vom Feld zurückkam und sich die von der Sonne gereizte Gesichtshaut rieb, herrschte im Haus wieder eine Grabesstille, die sie kaum ertrug. Rasch aß sie einen Kanten Brot mit Butter. Ihre Eltern hatten sich wie immer in die Stube zurückgezogen und saßen mit gefalteten Händen vor Kenos Bild. Am Nachmittag würden sie gemeinsam zum Friedhof gehen und mit gesenktem Kopf vor dem leeren Grab stehen. Es wirkte immer, als hätten sie sich am liebsten hinterhergestürzt. Johanna hatte sie ein paarmal begleitet, war nun allerdings froh, die Hofarbeit vorschieben zu können. Auf dem Friedhof fand sie Keno sowieso nicht. Genauso wenig wie in der dunklen Stube.

Keno saß vielmehr bei ihr auf dem Kutschbock, dort hörte sie seine Stimme, sein Lachen. Ihr Bruder war in Gedanken dabei, wenn sie die Kühe von einer Weide zur anderen trieb oder die Ställe ausmistete.

Am nächsten Morgen saß ihre Mutter am Frühstückstisch und sah aus, als hätte sie auf Johanna gewartet. Marten Eilers aber schien den Weg zurück in die Wirklichkeit immer noch nicht zu finden, er hockte still auf seinem Sessel in der Stube.

»Will Vater nicht kommen?«, fragte Johanna mit einem Blick nach nebenan.

»Das Leben ist schwer und dunkel geworden«, hörte sie ihn mit matter Stimme sagen. »Keno hätte leben sollen, nicht ich alter Sack.« Und so blieb er sitzen.

Es war das erste Mal nach Kenos Beisetzung, dass Johanna wieder gemeinsam mit ihrer Mutter aß.

»Das mit der Hofarbeit ist mir alles noch zu viel, mien Deern. Danke, dass du das machst.«

»Ich tu, was ich kann, Mutter. Keno hätte es so gewollt. Er war ein lebenshungriger Mensch.«

Ihre Mutter tätschelte Johannas Hand. »Hast ja recht, Johanna. Nur ist es nicht so einfach. Dein Vater und ich müssen über viele Dinge nachdenken, jetzt, wo alles anders gekommen ist als geplant.«

Johanna sah ihre Mutter fragend an, bekam aber keine weitere Antwort. »Ich mach mich dann mal an die Arbeit. Ich muss heute noch mit der Molkerei neu verhandeln.«

Als Johanna auf den Hof trat, sah sie jemanden, der einen Karren hinter sich herzog. Sie schaute noch einmal genauer hin, und ihr Herz machte einen Satz. Es war Rolf! Er brachte frisches Schaffleisch vom Nordseehof, das Foline verarbeiten sollte. Er sah schlecht aus, der Tod seiner Mutter setzte ihm offenbar noch immer arg zu.

Johanna und Rolf taxierten sich, jeder erkannte die Liebe in den Augen des anderen, aber keiner wagte es, darüber zu sprechen. Alles war anders, seitdem sie beide in Trauer waren. Johanna schämte sich, als sie ihr heftiges Verlangen, ihn zu berühren, bemerkte. Wie konnten sie an Liebe denken, wenn ihnen gerade das Liebste genommen worden war? Und doch quälte es sie, dass sie sich gegenseitig keinen Tost zu spenden vermochten. Nur, gab es den überhaupt?

Johanna machte einen vorsichtigen Schritt auf Rolf zu. »Dir geht es nicht gut«, flüsterte sie. »Es ist schwer, mit dem Tod deiner Mutter fertigwerden zu müssen, oder? Mir geht es mit Keno ähnlich.«

»Ich bin schuld!«, brach es aus Rolf heraus. »Ich habe sie auf dem Gewissen.«

Johanna zog ihn rasch vom Hof hinter die Scheune, wo sie ungestört waren. Dann begann er zu erzählen. Wie er vor lauter Wut das Rad der Kutsche zerstört hatte und seine Mutter deshalb nicht rechtzeitig zum Arzt gebracht werden konnte.

Johanna schüttelte entsetzt den Kopf. »Rolf, das kann alles nicht stimmen. Sieh, deine Mutter ist umgefallen und eine Viertelstunde später verstorben. Auch mit der Kutsche von Deekens wäre ihr nicht geholfen worden. Sie hatte einen schweren Herzanfall!«

Rolf schlug die Hände vors Gesicht. Seine Schultern bebten, und Johanna sah, dass er weinte. Sie nahm ihn in den Arm, ließ aber ständig nervös den Blick schweifen, in der Sorge, dass jemand sie sah. »Gräm dich nicht! Bitte! Es war Gottes Wille, sie zu holen. Du trägst keine Schuld!«

Johanna redete lange auf ihn ein.

Rolf schaffte es schließlich, den Kopf zu heben und sie anzusehen. »Und du glaubst wirklich, mich trifft keine Schuld?«

»Nein, Rolf! Du kannst nichts dafür!« Johanna drückte seine Hand. »Und ich verrate auch keinem, was du getan hast. Versprochen.«

Rolf seufzte auf. »Ich musste die Kutsche ohnehin reparieren«, sagte er. »Das hab ich in meiner freien Zeit getan. Es war dumm von mir.«

»Das kann man wohl sagen. Mach so etwas lieber kein zweites Mal. Sie könnten dich vom Hof jagen, und dann sehen wir uns nie wieder. Das wäre grausam.« Johanna nahm seine Hand, und er strich sacht mit dem Zeigefinger über die schwielige Innenfläche. Es war nur eine flüchtige Berührung, doch sie traf Johanna wie ein Stromschlag. Mehr wagten sie nicht.

»Das ist ohnehin noch nicht alles«, sprach Rolf dann weiter. »Meinem Vater geht es von Tag zu Tag schlechter, er wird zudem von Heimweh geplagt und sieht ohne meine Mutter keinen Sinn mehr in seinem Leben. Ich muss auf ihn aufpassen. Genau wie du auf deinen Vater. Es sind schwere Zeiten!«

Johanna war erschüttert. »Das stimmt. Was hat dieser furchtbare Krieg bloß angerichtet! So viele Menschen sind tot oder an seinen Folgen so zerbrochen, dass sie kaum weiterleben können. Ich hoffe, es wird alles eines Tages besser. Dein Vater ist ein starker Mann und braucht bestimmt nur noch etwas Zeit.«

Rolf zuckte mit den Schultern und seufzte. »Wenn wir beide vielleicht doch nach Amerika gehen, muss mein Vater mit. Hier stirbt er. Ich kann ihn nicht zurücklassen, Hanna.«

Amerika, dachte Johanna. Immer wieder Amerika. Das war gerade so weit weg.

Sie antwortete nicht darauf. Jetzt stand die Ernte an. Der dritte Heuschnitt, wenn das Gras gut wuchs. Und die Organisation vom Eilershof. Sie musste sich um alles kümmern, solange die Eltern es nicht konnten. Und auch danach. Keno kam schließlich nicht zurück.

»Im Augenblick sind wir in Trauer, keiner spricht mehr von der Hochzeit. Das würde sich nicht schicken. Wir müssen also nichts überstürzen«, vertröstete sie ihn.

»Fräulein Eilers!« Martha Selig kam Johanna und Rolf mit ihren beiden Kindern entgegen und wollte wissen, was noch zu tun war.

Die beiden fuhren erschrocken auseinander, aber Frau Selig zwinkerte Johanna beruhigend zu. Sie würde sie nicht verraten.

»Die Getreidegarben müssen auf den Wagen. Es ist besser, wenn wir sie heute noch einholen.« Johanna warf einen Blick zum Himmel. »Es kann sein, dass das Wetter umschlägt, und da wäre es besser, sie trocken reinzubekommen. Dann können sie gleich gedroschen werden. Jan weiß Bescheid und hat die Dreschmaschine schon bereitgestellt.«

Rolf sah Johanna bewundernd an. »Es ist unglaublich, wie du das alles regelst.«

»Ich bin hier aufgewachsen und weiß, was auf dem Hof zu tun ist.«

Frau Selig nickte. »Die Garben schaffen wir heute noch. Sie konnten ja genug Leute für die Erntearbeit gewinnen.«

»Das ist gut!« Johanna lächelte sie freundlich an, und die Flüchtlingsfrau lief zurück auf den Hof.

Johanna wandte sich wieder Rolf zu. Sie mussten vernünftig sein, auch wenn sie sich etwas ganz anderes wünschten, als nur voreinander zu stehen und lediglich ein paar heimliche Worte zu wechseln. »Wir dürfen hier nicht so lange klönen. Frau Selig wird nichts verraten, aber Jan und den anderen Arbeitern traue ich nicht über den Weg. Ihnen passt es nicht, von einer Frau zur Arbeit angehalten zu werden.«

»Das hat deine Mutter im Krieg doch auch getan, als dein Vater weg war.«

Johanna lachte leise auf. »Da gab es ja auch kaum Männer, die das hätten tun können.« Sie stieß Rolf sacht an. »Und nun los mit dir! Meine Eltern sollten uns tatsächlich nicht zusammen sehen.« Johanna wollte eben ein letztes Mal nach seiner Hand greifen, als sie die Stimme ihres Vaters hörte. »Johanna! Wo steckst du?«

Erstaunt sah sie auf. Dass ihr Vater nach ihr rief, war sehr ungewöhnlich.

»Ich muss los! Warte hier noch kurz, damit vom Hof sonst keiner sieht, dass du mit mir hinter der Scheune warst!«, sagte sie rasch. »Wir reden ein anderes Mal weiter. – Ich komme, Vater!«, rief sie dann.

»Mach's gut, Hanna!«, hörte sie noch, als sie davonlief, dann aber kurz innehielt, damit ihr Auftauchen nicht allzu gehetzt erschien. Sie umrundete die Scheune so ruhig wie möglich und hoffte, dass man ihr nicht ansah, wie sehr sie das Zusammentreffen mit Rolf aus der Fassung gebracht hatte.

Ihr Vater stand vor der Haustür und wirkte gesünder als in den letzten Wochen. Sein Bart war gestutzt und das Haar gewaschen. Johanna war erleichtert. Vielleicht wurde jetzt alles besser, und seine düstere Stimmung hatte wirklich nur von der Trauer um Keno hergerührt. Johannas Vater winkte seine Tochter in die Küche durch. Die Vorhänge waren tatsächlich aufgezogen, und der Raum erstrahlte wieder im Sonnenlicht.

»Setz dich, bitte!«, forderte ihr Vater sie mit ernster Stimme auf, sodass Johanna kurz befürchtete, er hätte sie eben mit Rolf gesehen oder den Karren als den vom Nordseehof erkannt.

Ihre Mutter saß bereits am Tisch. Sie war blass, ihre Hände zitterten, und in ihrem Blick erkannte Johanna Mitleid und Bestürzung.

»Wir müssen mit dir über deine Zukunft reden«, begann ihr Vater. Seine Stimme drohte zu kippen, auch wenn er sich darum bemühte, seine frühere Autorität durchklingen zu lassen. »Selbst wenn es so aussah, als ob wir nur um Keno trauern würden, haben deine Mutter und ich lange Gespräche miteinander geführt. Über die Zukunft des Hofes und auch über deine.«

Johanna sah ihn fragend an.

»Jetzt, wo Keno nicht mehr lebt, hat sich die Situation für den Hof völlig verändert«, fuhr ihr Vater fort, und mit jedem Satz festigte sich seine Stimme.

In Johanna glomm die Hoffnung auf, dass die Eltern ihr nun den Hof übertragen würden. Dass sie die Arbeit auf dem Gehöft bewältigen konnte, hatte sie in der letzten Zeit schließlich bewiesen. Sie wollte ihrem Vater entgegenkommen, denn es war sicher nicht leicht für ihn. Keno war die Zukunft des Eilershofes gewesen, nicht sie. »Ich werde als einzige Erbin den Hof übernehmen, nicht wahr? Ich kann das, habe ja mein ganzes Leben nichts anderes getan. Sogar die Buchhaltung habe ich gemacht.«

Ihr Vater sah sie überrascht an. »Du?«

»Ja, ich.«

Er schüttelte den Kopf, und das Mitleid im Blick ihrer Mutter wurde fast unerträglich. Marten Eilers fixierte seine Tochter mit einem eisigen Blick, den sie schon als Kind immer gefürchtet hatte. »Nein, du bist eine Frau! Ausgeschlossen. Das geht nicht. Der Eilershof muss von einem Mann bewirtschaftet werden.«

»Aber ich habe es doch wunderbar hinbekommen«, wandte Johanna ein.

»Weil der Hausherr noch lebt und das Gesinde sonst einen Kopf kürzer gemacht hätte«, sagte ihr Vater. »Ohne meine Anwesenheit wären sie dir auf dem Kopf herumgetanzt.«

»Als du im Krieg warst, haben Mutter und ich …«

»Schluss jetzt! Der Eilershof gehört in Männerhände«, beschied sie ihr Vater. »Ich will nichts mehr hören.«

Ihre Mutter griff nach Johannas Hand und drückte sie. Verstand sie, was in ihrer Tochter vorging?

»An wen hast du denn gedacht?«, fragte Johanna.

»Ingo«, brummte ihr Vater.

Johanna umklammerte die Tischkante. Wie durch eine

Nebelwand nahm sie die nächsten Worte ihres Vaters wahr. »Den Eilershof bekommt dein Cousin Ingo. Aber wir werden dir nicht eine, sondern drei Kühe vererben, du wirst damit deinen Erbanspruch an ihn abtreten. An der Mitgift für die Deekens ändert sich nichts. Und dieses Mal läufst du nicht weg, bevor Eike dich fragen kann.«

Johanna schluckte. Sie ahnte, was nun kam. Rolf hatte recht: Sie war eine Tagträumerin. Die folgenden Sätze erreichten sie nur noch gedämpft. »Uns wäre es nämlich trotz des Trauerjahres lieb, wenn du wie geplant und so schnell wie möglich Eike Deeken heiratest. Wir sind alt, und jetzt, nach Kenos Tod, fehlt uns die Kraft. Darum möchten wir uns aufs Altenteil zurückziehen, sobald wir deinem Cousin den Hof übergeben haben. Wir lassen ihn sofort herrichten. Ingo wird dann ja hier wohnen, und du musst schließlich irgendwo bleiben. Es schickt sich nicht, wenn du mit deinem Cousin unter einem Dach wohnst. Und bei uns ist kein Platz. Dort kann man nur zu zweit leben, das weißt du.«

Und deshalb muss ich sofort heiraten, schwirrte es durch Johannas Kopf. »Das habt *ihr* alles geplant, aber ich nicht«, entfuhr es ihr nun doch. Sie atmete schwer ein und aus. Es war nicht einfach für sie, so gegen ihre Eltern aufzubegehren.

»Du hast ihn geküsst«, entgegnete ihre Mutter.

»Er hat *mich* geküsst«, berichtigte Johanna sie, aber ihre Mutter winkte unwirsch ab. »Es ist für deinen Ruf das Beste, diese Hochzeit noch vor deiner Volljährigkeit zu feiern. Das halbe Dorf weiß es schließlich.«

»Weil ihr es herumgetratscht habt! Ich will Eike nicht heiraten!« Die Welt begann, sich um Johanna zu drehen.

Kein Eilershof. Kein Rolf. Stattdessen eine Hochzeit mit Eike. Schlimmer hätte es nach dem Tod ihres Bruders nicht kommen können.

Ihr Vater sprach ungerührt und nunmehr mit einer seltsam mechanischen Stimme weiter. »Weil du mit den Kühen auf dem Nordseehof nichts anfangen kannst, wird Ingo dich auszahlen, dann hast du auch ein bisschen eigenes Geld. So eine Kuh ist schließlich viel wert.«

Alle Mühen Johannas in den letzten Wochen waren also umsonst gewesen. Sie hatte ihrem Vater beweisen wollen, dass sie den Hof führen und auf eigenen Füßen stehen konnte. Doch Vater gab das Erbe einfach weiter. An ihren Cousin Ingo.

Johanna mochte ihn sehr. Er war Kenos bester Freund gewesen und würde den Eilershof sicher gut führen können, denn er hatte auf den umliegenden Höfen und auch bei ihnen mitgearbeitet. Die verwitwete Tant Helma war so eine Sorge los und musste sich nur noch um die etwas jüngere Tochter Theda kümmern.

Als Johanna nach und nach das Ausmaß des Gesagten begriff, fehlten ihr plötzlich die passenden Worte. In ihrem Kopf tobte ein Gewitter, vor dem sie nicht fliehen konnte. Sie konnte nicht einmal weinen, ihr war nur noch kalt. Fröstelnd rieb sie sich die Oberarme, und dann tat sich ein großes Dunkel auf.

»Johanna?« Ihre Mutter stieß sie an.

Sie öffnete langsam die Augen und schluckte. Das Rauschen im Kopf ließ etwas nach, die Übelkeit verschwand.

»Du sagst gar nichts!« Ihre Mutter legte die Hand auf Johannas Schulter.

Sie streifte sie ab, holte einmal tief Luft und versuchte,

ihre widersprüchlichen Gedanken zu sortieren. Schließlich sagte sie: »Ich kann akzeptieren, dass Ingo den Hof bekommt. Aber ich werde Eike nicht heiraten! Ich liebe ihn nicht. Lasst mich eine Lehre machen und meinen eigenen Weg gehen. Bitte!«

Ihre Mutter strich Johanna kurz übers Haar. Sie rang um Worte, und Johanna war sicher, dass sie etwas anderes zu ihr gesagt hätte, wären sie allein gewesen. Aber so klangen ihre Sätze abgedroschen, leer und als hätte sie sie lange geprobt. »Ach, mien Deern! Liebe ist doch unwichtig. Alles andere muss passen.« Sie zog sie rasch zu sich heran und flüsterte ihr ins Ohr: »Und das, was Männer nachts von einem wollen … Augen zu und durch, dann geht es schnell vorbei. Lass sie einfach gewähren.«

Johanna stieß ihre Mutter weg und starrte ihre Eltern an. Das konnten sie unmöglich ernst meinen! Das ging nicht!

»Guck nicht so«, sagte ihr Vater. »Du wirst Kinder gebären und beschäftigt sein. So Gott will, wird sie dir kein Krieg wegnehmen. Doch mal sehen, was die Russen und Amis jetzt mit Berlin machen. Vielleicht gibt es bald wieder Tote. Unnütze Tote wie unseren Keno.« Seine Stimme brach, und er wischte sich mit dem Handrücken über die Augen.

Die nachfolgende Stille war schier unerträglich, und Johanna war hin- und hergerissen zwischen dem Zorn über das Unmögliche, was man von ihr verlangte, und dem Mitleid mit ihrem Vater, der nur das Beste für sie wollte. Jetzt, wo seine Hoffnungen mit Kenos Tod vollends zerstört waren. Der Hof blieb zwar in der Familie, aber ging eben nicht an seinen geliebten Sohn. Und ihr, der Tochter, traute er das nicht zu. Weil sie eine Frau war.

»Du bist jetzt meine einzige Hoffnung, Johanna«, sagte er mit weicherer Stimme. »Die Hoffnung darauf, dass ich wenigstens meiner Tochter ein besseres Leben bieten kann. Das würde dir in dem Kampf, den du als Bäuerin in der Männerwelt haben müsstest, nicht gegeben. An Eikes Seite aber wird es dir gut gehen, und alle werden zu dir, der Schäferin auf dem Nordseehof, aufschauen. Sobald ihr verheiratet seid, werden sich Lientje und Thilo aus der Leitung der Deichschäferei zurückziehen, und ihr seid die Herren dort. Bitte, tu mir den einen Gefallen. Ich brauche meinen Frieden.«

Johanna war sich jetzt sicher, dass ihr Vater niemandem von seiner Beobachtung in jener Nacht erzählt hatte. Er wollte sie als Frau Deeken sehen. Um jeden Preis. Aber wie altmodisch seine Ansichten waren! Herren auf dem Nordseehof! Solche Dinge waren doch lange vorbei.

Als Johanna nicht antwortete, stand ihr Vater auf, schlurfte aus der Küche und hatte wieder dieselbe gebückte Haltung angenommen, die Johanna seit seiner Rückkehr aus dem Krieg kannte.

»Du bringst ihn ins Grab, wenn du ihm seinen Wunsch nicht erfüllst«, sagte ihre Mutter. »Ich weiß, was du im Kopf hast, aber das ist jugendliches Ungestüm. Du musst an später denken. Und an das, was deinen Vater bei all seiner Last, die er zu tragen hat, glücklich machen würde. Er hat nur noch dich! Vergiss das nicht. Du solltest ihm seinen Wunsch erfüllen. Alles andere hat er nicht verdient.«

»Und das Trauerjahr?« Ein letzter Funke verzweifelter Hoffnung auf einen winzigen Aufschub. »Im Trauerjahr kann ich unmöglich heiraten.«

Ihre Mutter atmete einmal schwer ein. »Ist eingehalten,

Keno ist seit drei Jahren tot. Es muss rasch vorangehen. Wir dürfen nicht im Jetzt verharren. Wer weiß, ob nicht der nächste Krieg schon naht, wenn man sich ansieht, was in Berlin los ist. Du musst abgesichert sein. Das ist das Einzige, was uns noch an Hoffnung bleibt.« Die Mutter strich Johanna flüchtig übers Haar. »Vergiss den Flüchtling! So schnell es irgendwie geht. Vertraue deinen Eltern. Mit diesem Rolf würde es nicht gut gehen. Glaube mir. Es passt nicht. Auch wenn du es jetzt noch nicht so siehst, wirst du uns eines Tages dankbar sein.« Sie verließ die Küche und schloss die Tür nachdrücklich.

Johanna legte den Kopf in die Hände, und ein Name beherrschte ihre Gedanken. Rolf, Rolf, Rolf. Sie konnten nicht zusammen sein! Sonst hätte sie ihren Vater auf dem Gewissen, denn eine Weigerung, Eike zu heiraten, würde ihn noch tiefer in sein Dunkel stoßen. Johanna begann, hemmungslos zu weinen.

*

Rolf sah Eike Deeken hinterher, wie er sich mit den Rosen auf den Weg zum Eilershof machte. Er lachte bitter auf. Hatte er den Strauß doch selbst geschnitten und zusammengestellt, denn es gab nirgendwo so wundervolle Rosen wie hier. Und das waren fast die letzten, die noch blühten. Lientje Deeken hatte ihn gebeten, ein hübsches Bukett zu gestalten. »Ich brauche sie für einen besonderen Anlass. Nur die dunkelroten und nicht zu lang!«

Das hatte Rolf getan und zusätzlich zwischen die Rosen vereinzelte Zweige aus den Büschen ringsumher gebunden, die dem Strauß seine besondere Note gaben. Er war wunderschön geworden, und Rolf hatte noch gedacht, dass er genau so einen einmal Johanna schenken wollte.

Dann war aber nicht Lientje Deeken, sondern Eike gekommen und hatte die Blumen mit einem freudigen Lächeln in Empfang genommen. »Danke, die sehen wunderbar aus.«

Er trug einen Anzug und hatte sich Pomade ins Haar gestrichen. In Rolf war plötzlich eine düstere Ahnung aufgestiegen. »Für wen sind sie denn, wenn ich fragen darf?«

Ein Leuchten zog über Eikes Gesicht. »Das darfst du. Aber bitte nicht weitersagen! Ich werde gleich offiziell um Johannas Hand anhalten. Mit diesen wunderbaren Rosen. Ich habe ihr schon gesagt, wie es um meine Gefühle für sie steht. Dieses Mal wird sie bestimmt nicht weglaufen.« Eike zupfte an einem Rosenblatt, das sich aus dem Bukett löste und langsam zu Boden trudelte. »Ihr versteht euch auch gut, habe ich gehört, deshalb kennst du sie ja.«

Und ob Rolf sie kannte. Besser, als Eike es ahnte. Rolf nahm das rote Blütenblatt auf und strich sacht darüber.

»Ich liebe sie schon so lange«, sprach Eike weiter. »Nur ihretwegen habe ich den Krieg überlebt. Ich habe mir immer vorgestellt, wie es ist, sie eines Tages zum Traualtar zu führen. Und nun wird es Wirklichkeit!«

»Und wenn sie Nein sagt?«, entfuhr es Rolf. Er zerknüllte die Blüte.

Eike wurde rot. »Das wird sie nicht. Es ist alles geregelt. Wir alle wollen es schon immer, weißt du?« Er musterte Rolf. »Du siehst so traurig aus. Der Tod deiner Mutter, oder?« Eike legte ihm die Hand auf die Schulter. »Ich werde dir eine Freude machen. Du darfst mein Trauzeuge sein und mit uns feiern. Das hilft dir vielleicht ein wenig über den Tod deiner Mutter hinweg. Johanna freut sich bestimmt. Sie setzt sich mit dieser Friesen-Jugend schließlich sehr dafür ein, dass ihr Flüchtlinge bei allem dabei sein dürft.« Er sah auf die Uhr. »Nun muss ich aber los. Hab Dank für die wunderbaren Blumen, Rolf!«

Mit diesen Worten war Eike vom Hof gelaufen.

Johanna war für Rolf verloren. Egal, ob er sie zur Frau gemacht hatte. Sie gehörte hierher nach Neusiel und wäre wohl wirklich niemals mit ihm fortgegangen.

Rolf trottete zur Bank an der Graft und setzte sich dort nieder. Er betrachtete das zerknitterte Blütenblatt, warf es dann auf die Erde und schubste es mit der Schuhspitze unter den nächsten Busch.

»Alles kaputt«, flüsterte er. »Sie heiratet einen anderen.«

Er legte den Kopf in die aufgestützten Hände und rieb sich das Haar. Niemals konnte er bei dieser Hochzeit Trauzeuge sein und sich ansehen, wie Eike seine Hanna heiratete. Allein die Vorstellung, dass dieser in der Hochzeitsnacht das erzwang, was Hanna ihm, Rolf, freiwillig auch ohne Eheversprechen geschenkt hatte. Einfach weil sie ihn liebte.

Er würde fortgehen müssen. Jetzt auf jeden Fall. Weit weg. Auch ohne seine Hanna.

Kapitel 7

Über den Wiesen klebten an diesem Septembermorgen die ersten Spinnweben mit ihrem glitzernden Tau, und doch hatte es den Anschein, als wolle sich der Sommer noch nicht verabschieden. Die Temperaturen krochen weiterhin oft über zwanzig Grad.

Inzwischen war die gesamte Ernte eingefahren und gar nicht so schlecht ausgefallen, was alle beruhigte, denn der Hungerwinter von 1946 auf 1947 war allen noch gut im Gedächtnis und hing wie ein Schreckgespenst in den Köpfen der Menschen. Die frühen Kartoffelsorten waren auch schon im Lager, bald begann das Sammeln der späten Sorte. Rolf hatte hin und wieder auf dem Eilershof helfen müssen, aber er war Johanna kaum begegnet. Sie gingen sich aus dem Weg. Es gab nichts mehr zu sagen. Diese Sprachlosigkeit war schlimm und zermürbte Rolf. Ihm half nur, seinen Kummer mit Arbeit zu betäuben.

Heute war Rolf mit dem Rad zum Deich gefahren, um die tägliche Kontrolle der Schafe und der Weiden zu übernehmen. Er hatte seine Runde rasch gemacht. Die Zäune waren intakt, kein Tier fehlte, und es ging sowohl den Lämmern, von denen die ersten inzwischen schlachtreif waren, als auch den Mutterschafen gut. Deshalb blieb ihm etwas Zeit, über den Jadebusen zu sehen. Es war Flut, das Wasser war bis zur Salzwiese aufgelaufen und leckte am Spülsaum.

Ein paar Brachvögel stolzierten herum, eine Brandgans sonnte sich in der Quellerwiese. Rolf liebte die Stimmung am Deich, vor allem, wenn er mit den Schafen allein hier war.

»Ich will hier weg!«, sagte Rolf halblaut zu sich selbst. »Ich habe in Neusiel doch keine Perspektive!« Über ihm keckerte eine Silbermöwe, als habe sie seine Gedanken erraten und wüsste, wie unmöglich seine Pläne waren.

Rolf trat einen Stein weg. Er hatte schon viele Möglichkeiten durchdacht, aber ihm fehlte das Geld für die Schiffspassage nach Amerika. Rolf bekam es für zwei Personen einfach nicht zusammen, und er wollte seinen immer gebrechlicher werdenden Vater nicht auf dem Nordseehof zurücklassen. Er hatte schließlich nur noch ihn.

Die letzte Zeit war für Rolf die Hölle gewesen. Wo auch immer er auftauchte: Alle sprachen nur von der bevorstehenden Hochzeit von Eike und Johanna. Alle fanden, dass es eine wunderbare Lösung wäre, und lobten das schöne Paar.

Was Letzteres anging, musste Rolf ihnen recht geben. Nicht nur Johanna war eine Augenweide, auch Eike Deeken konnte sich sehen lassen, und gemeinsam machten sie wirklich etwas her. Der Juniorschäfer mit der zukünftigen Frau.

Johanna hatte nur einmal kurz mit Rolf sprechen können und versucht, ihm ihre Entscheidung zu erklären. Sie hatte um Worte gerungen, warum sie genau so und nicht anders handeln durfte. Auch wenn es schmerzte, konnte Rolf sie sogar ein bisschen verstehen.

Eigentlich war wegen Kenos Tod nur eine kleine Feier geplant gewesen, zumal die Hochzeit schon morgen, vier Wochen nach Eikes Antrag, erfolgen sollte, aber nun würde es doch eine größere Bauernhochzeit werden. So wurde es auf dem Land gemacht, und deshalb war es schnell beschlossene Sache. Familie Eilers rechtfertigte das mit der Tatsache, dass Keno schon länger verstorben war.

Und er, Rolf, sollte tatsächlich Trauzeuge sein. Eike hatte dies gleich nach seinem Antrag, den Johanna natürlich nicht abgelehnt hatte, kundgetan. Wie Rolf den morgigen Tag unbeschadet überstehen sollte, wusste er noch nicht. Nur konnte er auch schlecht ablehnen, wenn er nicht die immer wieder aufkommenden Gerüchte, was seine Beziehung zu Johanna anging, nähren wollte.

Sosehr er die Eheschließung zwischen ihr und Eike auch ablehnte, niemals würde er sie bloßstellen. Er hatte verloren und musste damit leben. Trotzdem war der Schmerz für Rolf brutal, raubte ihm den Schlaf und lähmte ihn bei allem, was er begann. Nur hier am Meer war es für ihn möglich, sich zu beruhigen. Hier fand er wenigstens für kurze Zeit seinen Frieden.

Morgen also … Ein Freitag eignete sich gut, dann konnten die Gäste den Rausch bis zum Montag ausschlafen, denn bei Hochzeiten trank man hier nicht wenig.

Rolf selbst hatte kaum Erfahrung mit Alkohol, aber Johannas Vermählung erachtete er als wunderbare Gelegenheit, mal etwas mehr davon zu versuchen. Nicht mehr nachdenken müssen und endlich die quälenden Erinnerungen an ihre wunderbaren Stunden loswerden …

Eike hatte ihm für die Feier eigens einen Anzug mit Hut spendiert, bei der Anprobe war Rolf sich fremd vorgekommen. Aber fremd war vielleicht nicht verkehrt, auf diese Weise konnte er so tun, als würde er mit alldem gar nichts zu tun haben.

Rolf schaute Richtung Dangast. Dorthin hatte er Johanna ins Kurhaus einladen wollen. Als ihr Verlobter. Das würde nun Eike tun. Wie so viele andere Dinge auch.

Rolf wandte sich ab. So gut es ihm hier am Jadebusen auch gefiel: Er musste alles daransetzen, Ostfriesland zu verlassen. Irgendwie.

*

Johanna hatte wieder einmal unglaublich schlecht geschlafen. Seit sie Eikes Antrag zugestimmt hatte, war jede Nacht zur Tortur geworden. Egal, ob sie frühmorgens aus dem Bett musste, der Schlaf stellte sich zur Nacht einfach nicht ein. Sie wurde von düsteren Gedanken gepeinigt, quälte sich mit der Sehnsucht nach Rolf.

Zudem fürchtete Johanna sich vor der Hochzeitsnacht, und sie hatte Eike gegenüber ständig ein schlechtes Gewissen. Er konnte nichts für ihre fehlenden Gefühle, und sie wollte ihn nicht verletzen. Denn er liebte sie auf eine fast unterwürfige und naive Art, die sie kaum ertrug.

Hinzu kam, dass Johanna von ihrem Vater überwacht wurde und sie sich regelrecht eingesperrt fühlte. Er hatte weiterhin keinem von seiner Entdeckung in jener Nacht erzählt, aber er verlangte von seiner Tochter, dass sie sich von Rolf Menzel fernhielt. Ein Skandal würde ihn umbringen. Johanna war deshalb auch nicht mehr zur Friesen-Jugend gegangen.

Gleich aber würde Rolf mit am Traualtar stehen. Als Zeuge, dass ihre Ehe mit Eike in Ordnung war. Sie würden sich sehr nahe sein. Und doch war es ein Abschied für immer.

Johanna wurde bei dem Gedanken übel, und sie stürzte zur Waschschüssel, wo sie sich übergab. Es dauerte eine Weile, ehe ihr Magen nicht mehr rebellierte.

Sie stützte sich mit den Händen auf und schaute in den Spiegel über der Kommode. Ihr blickte ein verhärmtes und mageres Gesicht entgegen, denn sie hatte in den letzten Wochen mächtig an Gewicht verloren. Ihre Haare waren schon vor einer Woche auf Schulterlänge abgeschnitten worden, aber sie hingen heute strähnig am Kopf. Mutter würde große Schwierigkeiten haben, sie für eine Hochzeitsfrisur vernünftig zu bändigen.

»Ich sehe zum Fürchten aus«, sagte Johanna laut zu sich. »Wie eine Düwelsbraut.« Sie lachte hämisch auf. Ja, das war sie: eine Teufelsbraut. Denn sie gab einem Mann das Jawort, den sie nicht liebte, und ließ den ziehen, den sie wollte. Damit wurde nicht nur sie unglücklich, sondern auch Eike und Rolf würden es sein. Beide hatten das nicht verdient. Johanna streckte sich selbst die Zunge heraus. Sie machte sich etwas vor, wenn sie sich einredete, sie müsse zu ihrer Entscheidung stehen. Nein, sie hasste sich dafür. Und nicht nur das: Sie hasste die ganze Welt. Sie hasste das Dorf. Und sie hasste den Gedanken daran, dass Eike sie später in der Hochzeitsnacht so berühren würde, wie Rolf es getan hatte. Sie konnte ihn mitnichten zurückstoßen, es war sein gutes Recht als Ehemann. Eike hatte sie nach seinem Antrag immer mal wieder geküsst, aber besser als beim ersten Mal war es nicht gewesen. Und wenn er mit seinen Händen ihren Körper streichelte, wäre sie am liebsten weggelaufen. »Augen zu und durch«, hatte ihre Mutter gesagt. Ob es alle Frauen so machten, die in eine Ehe gedrängt wurden? Und das waren nicht wenige.

Johanna seufzte. Wenn doch Keno bloß am Leben geblieben wäre, dann hätten Rolf und sie vielleicht eine winzige Chance gehabt! Sie hasste auch den Krieg und alles, was durch ihn an Unglück über sie alle hergefallen war.

Es klopfte. »Johanna, bist du schon auf? Wir müssen dich zurechtmachen!« Es war Mutter. Sie war schon seit Tagen so aufgeregt wie ein aufgescheuchtes Huhn. Als müsse sie selbst und nicht ihre Tochter vor den Traualtar treten.

Sie nahm Johannas Rückzug schon die ganze Zeit nicht zur Kenntnis und tat so, als merke sie gar nicht, wie schlecht es ihrer Tochter mit der Entscheidung für diese Ehe ging. Und so hasste Johanna in diesem Moment sogar ihre Mutter.

Diese trat jetzt hinter sie und kniff Johanna in die Wange. »Nun guck nicht so, mien Deern. Wir müssen uns beeilen. Als Erstes fahren wir gleich zum Standesamt, und heute Nachmittag schlägt deine große Stunde. Ich hoffe, deine Cousine ist pünktlich. Damit hat Theda es ja nicht so, die Deern.«

Theda war ein nettes Mädchen, ein bisschen zu dünn und ein bisschen zu redselig. Außerdem war sie gut darin, sich bei ihrer Kleidung zu vergreifen oder stets den Ausschnitt ein bisschen zu viel zu betonen. Johanna verzog das Gesicht. Ausgerechnet ihre Cousine hatte ihr den folgenden Spruch ins Poesiealbum geschrieben:

Sei wie das Veilchen im Moose,
sittsam, bescheiden und rein.
Und nicht wie die stolze Rose,
die immer bewundert will sein.

Sie sollte jedenfalls die andere Trauzeugin sein. Johanna war es egal gewesen, als ihre Mutter sie vorgeschlagen hatte. Was kümmerte es Johanna, wer diese Hochzeit bezeugte …?

Sie wies auf den Inhalt der Waschschüssel. »Ich brauche neues Wasser.«

»Harrijasses nej! So aufgeregt?«

Johanna sah ihre Mutter an. »Nein, ich bin nicht aufgeregt. Ich will Eike nicht. Ich ekele mich schon jetzt.«

Ihre Mutter nahm wortlos die Schüssel. Im Türrahmen blieb sie noch einmal stehen und wandte sich um. Ihre Stimme zitterte leicht, als sie sagte: »Es nützt ja nix, Johanna. Das vergeht. Glaub es mir. Wenn du erst einen kleinen Wurm im Arm hältst, ist schnell vergessen, wie er gemacht worden ist. Ich hole jetzt frisches Wasser, und dann spute dich! Zum Glück scheint das Wetter stabil zu bleiben. Heute Morgen hat es noch nach Regen ausgesehen.« Sie versuchte ein Lächeln. »Das wird schön, meine Lütte. Das wird.«

Als sie mit der Schüssel zurückkam, hielt sie verlegen auch ein paar aufgerollte Bänder in der Hand. »Ich wollte sie dir erst später geben, aber wo du nun so traurig hier sitzt …« Sie hüstelte. »Ich weiß, dass du lieber den anderen genommen hättest, mien Deern. Aber es ist besser so, glaub es mir. Für uns alle ist es besser.«

Sie sagt das ein bisschen zu oft, dachte Johanna. Sie glaubt selbst nicht daran.

Mutter legte ihr die Hand auf die Schulter. »Guck mal, das habe ich für dich und deinen besonderen Tag gemacht.« Sie reichte Johanna die vier Bänder mit fein gesäubertem Wellenrand. Sie waren mit einem typischen Brautspruch und feinen Blümchen bestickt. Es musste eine Heidenarbeit gewesen sein. Johanna war wider Erwarten gerührt und umarmte ihre Mutter spontan. Sie meinte es wirklich gut mit ihr.

»Du hast es doch noch gar nicht gelesen. Ich habe es in einem Buch so gesehen und nachgearbeitet.« Ihre Mutter breitete alle vier Bänder auf dem Bett aus. »Du kannst an jedem Fach deines Schrankes eins anbringen.«

Was ich als Mädchen mir erträumt
Liegt hier in diesem Schrank vereint
Darum soll's meine Sorge sein
Zu halten dies stets glatt und rein

Als Johanna das las, konnte sie ihre Tränen nicht mehr zurückhalten. Was verstand ihre Mutter schon von ihren Träumen?

Kapitel 8

Wie es Johanna gelungen war, sich in der knappen Zeit frisch zu machen und sich für die standesamtliche Trauung anzuziehen, wusste sie nicht mehr. Sie trug ein schlichtes graues Kostüm mit einem Faltenrock, der ihre Knöchel umspielte. Sowohl die Jacke als auch der Rock waren ihr inzwischen viel zu groß, und beides schlabberte um ihren dünnen Körper. Ihre Mutter hatte den Bund eben noch notdürftig mit ein paar Stichen verengt.

Die Trauung auf dem Standesamt ging an Johanna vorüber, als wäre sie in Watte gepackt, und sie erinnerte sich im Nachhinein an gar nichts. Sie war nun Frau Deeken und würde zusammen mit ihrem Gatten Eike die Schäferei auf dem Nordseehof bewirtschaften. Daran konnte nichts und niemand mehr etwas ändern. Nicht einmal ihre Liebe zu Rolf.

In ihr Schicksal ergeben ließ Johanna sich am späten Nachmittag von ihrer Mutter für die Kirche einkleiden. Das Brautkleid war schlicht gehalten und bestand aus einem beigefarbenen Satinstoff. Darin hatte schon ihre Mutter vor dem Altar gestanden. Sie hatte es für Johanna geändert, und es betonte die nunmehr schlanke Taille. Die schmale, feine Spitze am Kragen verlieh dem Kleid eine gewisse Eleganz, unterstützt vom Rock, der mit einem leichten Volant locker über ihre Hüfte fiel. Den Schleier hatte ihre Mutter vorn mit einem Kranz versehen und auf dem Haar befestigt. Er reichte Johanna bis zum Po.

Marten Eilers hatte das Pferd schon einspannen lassen, und Eike stand mit seinen Eltern bereits auf dem Hof.

Als Johanna zur Kutsche ging, entdeckte sie Rolf. Er trug einen Anzug, der ihm viel zu groß war. Seinen Kopf schmückte ein Hut. Rolf wirkte fremd auf Johanna, und doch begann ihr Herz schon wieder, heftig zu schlagen.

»Johanna!« Eike eilte auf sie zu und stand mit rotem Kopf vor ihr. »Du siehst wunderschön aus!« Sein rotes Haar war sorgsam mit Pomade am Kopf festgeklebt. »Meine Braut. Meine Hanna.«

»Sag nicht Hanna zu mir!«, entfuhr es ihr so heftig, dass er zurückzuckte. Alle schauten sie erstaunt an, sodass sie sich rasch entschuldigte. »Es tut mir leid«, erklärte sie in einem betont weicheren Tonfall. »Ich mag es nicht, wenn man mich so nennt.« Das durfte in ihrem Leben nämlich nur einer. Sie sah mit leicht gesenktem Kopf zu Rolf und fing seinen Blick auf. Er verstand sofort, denn er nickte unmerklich.

Rolf würde nicht viel von ihr bleiben – nur das Privileg, sie Hanna nennen zu dürfen. Die wunderschöne Erinnerung, ihr erster Mann gewesen zu sein, und ihr gemeinsamer Blick zu diesem Stern, der nur ihnen gehörte. Damit musste er sich für den Rest seines Lebens zufriedengeben.

*

»Das Jungvolk fährt mit unserer Kutsche, die ist hübsch mit Blumen geschmückt. Wir Alten nehmen den Zweiachser von Deeken«, bestimmte Marten Eilers. Eike nickte und half Johanna hinauf. Sie schaute ihn kaum an, obwohl er sich doch so bemühte, sie besonders freundlich anzusehen. Rolf nahm gegenüber vom Brautpaar Platz, und endlich stürmte auch Theda auf den Eilershof. Wie immer viel zu aufgetakelt. Eike mochte Johannas Cousine nicht. Sie war ihm zu laut und zu bunt. Auch jetzt hatte sie sich mit ihrem tief ausgeschnittenen rosa Kleid völlig unvorteilhaft gekleidet, denn es ließ sie blass und farblos erscheinen, obwohl sie vermutlich das Gegenteil hatte bewirken wollen. Ihre Mutter, Tant Helma, legte ihr rasch ein Tuch über die Schultern, das sie über der Brust knoten sollte, um nicht ganz so anstößig zu wirken. Reent grinste, ihm schien gefallen zu haben, was zuvor zu sehen gewesen war.

»Du bist unmöglich!«, zischte Eike ihm zu. »Reiß dich zusammen! Wenigstens heute!«

»Für dich, meinst du?«, fragte Reent nach. »Wo ich nicht einmal dein Trauzeuge sein darf? Wo du mir mit deiner Heirat jeden Weg verbaust, den Nordseehof zu übernehmen?«

»Reent!«, sagte Eike in bittendem Ton. »Wir finden einen Weg. Wir sind doch Brüder.«

»Kain und Abel waren es auch«, gab Reent lächelnd zurück. »Einer der beiden hat das nicht überlebt.«

Eike warf einen vorsichtigen Blick zu Johanna, doch sie schien nichts von dem Gespräch mitbekommen zu haben, sondern starrte stoisch über den Hof und schaute den Hütehunden zu, die sich um einen Stock balgten.

Die Kutschen ruckelten los und unterbrachen das Gespräch. In Eike aber blieb ein schales Gefühl zurück. Reent machte manchmal merkwürdige Scherze.

Theda gestikulierte ständig wie wild und redete die ganze Fahrt über, Johanna wirkte abgelenkt. Einmal sah Eike, wie sie zu Rolf schaute und der einen Blick zum Himmel sandte. Johanna schien die ganze Fahrt über mit den aufkommenden Tränen zu kämpfen.

Das Läuten der Glocke der evangelischen Kirche in Neusiel hallte der Hochzeitsgesellschaft entgegen. Die Sonne schien, und kein Wölkchen trübte den klarblauen Himmel.

Der Pastor wartete schon auf sie. »Moin, denn wullt wi mol«, sagte er freundlich.

Als sie vor der offenen Kirchentür standen, stieg Eike der typische Duft eines Gotteshauses in die Nase. Es roch ein bisschen süßlich, ein bisschen nach alt und immer etwas nach unterschiedlichen Blumen.

Die Eltern betraten die Kirche und nahmen in der ersten Bankreihe Platz, das konnte Eike von draußen erkennen.

»Bereit?«, fragte der Pastor das Brautpaar und die Trauzeugen.

Eike nickte strahlend. Er zitterte, als er Johanna unterhakte.

Die Orgel begann zu spielen, der Pastor schritt in seinem schwarzen Talar würdevoll voran. Theda und Rolf folgten ihnen, und gemeinsam betraten sie den Kirchenraum. Die Bänke waren bis auf den letzten Platz besetzt. Ihre Hochzeit war *das* Fest im Dorf.

Vorn am Altar standen zwei hochlehnige Stühle, auf

denen sie Platz nahmen, seitlich von ihnen setzten sich die beiden Trauzeugen auf zwei weitere Stühle. Eike war so aufgeregt, dass er Mühe hatte, der Zeremonie zu folgen. Er riskierte einen Blick zu Rolf. Er war blasser als am Morgen auf dem Standesamt, und seine Hände zitterten ebenfalls. Eike schluckte. Er hatte sich so sehr auf diesen Tag gefreut, aber irgendetwas lief von Beginn an schief. Es war Johannas Miene, die nichts mit der einer glücklichen Braut zu tun hatte. Es waren Reents doppeldeutigen Worte, und es war auch Rolf, der ebenfalls keinen glücklichen Eindruck machte.

Endlich war die Predigt, von der Eike wirklich kaum etwas mitbekommen hatte, überstanden und der Pastor stellte die entscheidende Frage.

Johannas »Ja« klang genauso dünn wie schon am Morgen. Eike hingegen strahlte sie an. Sie musste doch einmal lächeln! Es war ihre Hochzeit. Und endlich hoben sich ihre Mundwinkel ein kleines bisschen. Eike atmete erleichtert aus. Sicher war sie nur unglaublich nervös, immerhin würde er sie heute Nacht zur Frau machen.

Nach dem Gottesdienst bestiegen sie die Kutsche, und Eike rückte eng an seine Braut heran.

»Mit dir an meiner Seite kann ich den Schrecken des Krieges vergessen«, sagte er ein ums andere Mal, als müsse er sich diese Hoffnung selbst immer wieder bestätigen. »Mit dir werde ich es schaffen. Meine Johanna.« Er drückte ihren Arm.

*

Gefeiert wurde auf dem Nordseehof, dafür hatten die Deekens eigens ihre Scheune frei geräumt. »Wenn unser Ältester heiratet, ist uns nichts zu aufwendig«, hatte Thilo Deeken gesagt.

Alles sah wunderschön aus. Überall standen Tische mit weißen Decken, darauf üppige Blumensträuße. Weil es warm war, waren die Scheunentore geöffnet, und die Gäste konnten ungehindert in dem herrlichen Garten flanieren.

Auf den Tischen an der rechten Seite war ein großes Buffet aufgebaut, an dem sich bald darauf alle reichlich bedienten. Auch hier hatten Deekens an nichts gespart. Es gab Spanferkel, Kartoffelsalat, dazu frisch gebackenes Brot und selbst gemachte Butter. Daneben lagen gebratenes Lamm und Schafskäse, alles wurde mit grünen Bohnen und einem weiteren Kartoffelsalat gereicht. Das Fass Bier war angestochen und die Stimmung inzwischen sehr ausgelassen.

»Gott segnet das Brautpaar mit einem sommerlichen Septembertag«, sagte Lientje Deeken und rückte mal hier und mal dort etwas zurecht. Sie wuselte ständig durch die Gästeschar und erschien Johanna so geschäftig wie noch nie. Ob sie sich nun mit dieser Ehe arrangiert hatte, war undurchschaubar. Johanna fürchtete ihre Schwiegermutter und betete insgeheim, dass sie miteinander auskommen würden.

Bald darauf vernahm sie immer lauteres Gelächter, die ersten Zoten machten die Runden. Ständig trafen sie neugierige Blicke, die Johanna mit einem Lächeln quittierte.

Alle Gäste schienen guter Laune zu sein.

Es gab auf der Feier aber drei Menschen, die sich sichtlich unwohl fühlten. Der eine war Johanna selbst, die inzwischen glaubte, Gast auf ihrer eigenen Hochzeit zu sein, es aber verstand, sich gut zu verstellen. Ihre Augen verfingen sich allerdings ständig in denen von Rolf, der sie sehnsüchtig ansah und somit der zweite unglückliche Mensch an diesem Tag war. Rolfs Vater Karl-Gerd saß ebenfalls mit bekümmertem Blick in der Ecke und reagierte nicht, wenn man ihn ansprach.

»Was ist mit ihm?«, fragte Johanna ihre Schwiegermutter, als sie es zweimal ohne Erfolg versucht hatte.

»Er leidet großen Kummer, seit seine Frau tot ist«, sagte Lientje abfällig. »Lass ihn, dem ist nicht mehr zu helfen. Heimat weg und nun die Frau. So ist das mit den Flüchtlingen eben. Sie hätten zu Hause in Schlesien bleiben sollen, da ginge es ihnen besser als in der Fremde.«

Johanna verkniff sich einen bissigen Kommentar. Ihr war warm, und sie brauchte etwas Ruhe. Folglich ließ sie ihre Schwiegermutter stehen und ging ein Stück in den Garten, wo es ruhig war und sie durchatmen konnte. Langsam legte sich die Dämmerung über das Land, gleich würde die Hochzeitsfeier mit Tanz und allem, was dazugehörte, eröffnet werden.

Als Johanna sich ungestört glaubte, lehnte sie sich an einen Baum und atmete tief durch. Sie war nun Eikes Frau – und alles fühlte sich falsch an. Sie musste sich am Riemen reißen, verdammt!

»Na, bist du glücklich, dir alles unter den Nagel gerissen zu haben?« Johanna fuhr zusammen, als Reent plötzlich hinter ihr stand. Er umrundete sie und verstellte ihr den Weg, indem er sich vorbeugte und einen Arm am Baumstamm abstützte. »Frau Deeken, die neue Schäferin.« Sein alkoholgeschwängerter Atem war Johanna unangenehm, und sie wich zurück. »Glaub nicht, ich wüsste nicht, mit wem du es sonst noch so treibst. Ich sage nur: Trauzeuge. Du bist ein Flittchen! Dir geht es doch ausschließlich um den Hof, du liebst Eike gar nicht. Die Beine machst du für den Fremden breit!«

Er packte mit der freien Hand nach Johannas Arm und krallte seine Finger in den Stoff des Brautkleids. Wenn sie nicht Gefahr laufen wollte, dass es riss, musste sie stehen bleiben. Ihr Herz schlug bis zum Hals, als sie in Reents hasserfüllte Augen sah.

»Wenn du so leicht zu haben bist, dann kannst du mir hin und wieder auch einen Gefallen tun. Hübsch bist du ja. Und warum soll mein Bruder nicht ein bisschen teilen, wenn ich den Hof schon nicht bekomme?« Ehe Johanna sich versah, zog Reent sie mit einem Ruck an sich und begann, sie zu küssen. Er bohrte ihr die Zunge zwischen die Lippen und hielt sie mit beiden Armen wie mit einem Schraubstock umklammert. Dann ließ er eine Hand los und betatschte ihre Brüste.

Den Moment nutzte Johanna, um sich von ihm loszureißen. »Was fällt dir ein?«, schrie sie Reent an und schlug ihm mit der rechten Hand fest in das frech grinsende Gesicht.

Nach ihrem Schlag begann er, hämisch zu lachen. »Oh, jetzt spielt sie die Jungfer Unschuld. Meinst du, mein Bruder merkt gleich nicht, dass dir schon jemand an die Wäsche gegangen ist?« Er verzog das Gesicht. »Nein, vermutlich ist der Dösbaddel völlig ahnungslos. Er ist ja noch unschuldig und weiß nicht mal, wie sich eine Frau anfühlt. Hast noch mal Glück gehabt!« Er lachte erneut auf. »Der hat nicht einmal gemerkt, dass das ganze Dorf sich über dich und den Vertriebenen das Maul zerrissen hat. Mein Bruder, der gute Mensch, der in Neusiel an nichts Böses glaubt, obwohl er an der Front in den Abgrund der Hölle gesehen hat. Er redet sich seitdem die Welt schön und bekommt wirklich nichts mit. Er ist ein Schwächling!«

»Halt deinen Mund, Reent!«, herrschte Johanna ihn an. »Lass mich und Eike einfach in Ruhe!« Sie richtete rasch ihr Kleid und die Frisur.

Reent rieb sich noch einmal die Wange. »Es ist unfair, Johanna Deeken. Ich gehe in diesem Spiel leer aus. Bekomme nicht mal die Hälfte, die mir zusteht. Nicht einmal die Hälfte! Obwohl ich meinen Eltern immer nah war und alles getan habe, damit sie mich beachten! *Alles* hab ich gemacht. Und was ist der Dank?« Er rülpste kurz, und Johanna wandte sich angewidert ab. »Ich muss Lohnarbeiter auf irgendeinem fremden Gehöft werden, und Eike kriegt alles in den Ar… geschoben! Ich hasse euch dafür. Und wie ich euch hasse! Das wird auch nie aufhören! Niemals! Ich werde mir eines Tages holen, was mir zusteht!« Reent schwankte und stützte sich am Stamm eines anderen Baums ab.

Johanna atmete einmal tief ein und aus und wollte zuerst etwas erwidern, entschied sich aber dagegen. Worüber sollte sie mit ihrem Schwager diskutieren? Er war der Zweitgeborene und Eike der rechtmäßige Erbe. Sie hatte schließlich auch nichts bekommen. So gesehen teilten sie dasselbe Schicksal. Trotzdem machte ihr die Wut in Reents Augen Angst. Er glaubte, ihm stünde alles zu. Sogar sie selbst.

»Was guckst du?«, lallte er nun.

»Ich hoffe, unsere Begegnung ist nur deshalb so eskaliert, weil du dem Alkohol arg zugesprochen hast. Deshalb vergesse ich das jetzt einfach.« Johanna drehte sich um und ließ ihren Schwager stehen. Ob er blind geschossen hatte oder wirklich von ihrer Nacht mit Rolf wusste, würde sie vermutlich nie erfahren. Sie hoffte nur, dass seine Wut sich in Grenzen hielt, wenn er wieder nüchtern war. Johanna beschloss, Eike nichts davon zu erzählen. Es würde ihn unnötig belasten, und sie mussten nach vorn sehen.

»Ich werde eine gute Schäferin sein und versuchen, mit meinem Mann auszukommen«, flüsterte sie, doch es klang mutlos.

Aus der Scheune erklangen nun die ersten Akkordeonklänge.

»Wo stecken denn Eike und Johanna?«, rief jemand. »Der Tanz soll eröffnet werden, und wir brauchen dazu das Brautpaar!«

Reent schob sich an Johanna vorbei und rief laut: »Die Braut kommt! Sie hatte noch was zu erledigen.«

Johanna folgte ihm und ging lächelnd zu Eike, der sie auf die Tanzfläche führte. Seine Hände waren vor Aufregung schweißnass. »Jetzt sind wir richtig Mann und Frau mit Gottes Segen«, sagte er, während sie zu den Klängen des Schneewalzers den Tanz offiziell eröffneten.

Der Korn floss mittlerweile in Strömen, genau wie das Bier. Johanna hielt sich lieber zurück, auch wenn alle mit ihr anstoßen wollten.

»Nun komm, mien Deern! Auf einem Bein kann man doch nicht stehen!«

»Nich lang snacken, Kopp in Nacken!«

Aber Johanna lehnte jedes Mal dankend ab. Wenn später alle betrunken nach Hause torkelten, war ihr Tag noch lange nicht zu Ende, weil sie ihren ehelichen Pflichten nachkommen musste. Und sie hoffte so sehr, Eike würde es in seiner Unerfahrenheit nicht merken, dass er nicht der Erste für sie war. Johanna fürchtete den Augenblick der möglichen Entdeckung. Auf dem Land war es wichtig, dass man sich als Frau vor der Ehe keinem anderen hingegeben hatte. Bei den Männern nahm man es seit jeher gelassener, ihnen konnte man vorehelichen Verkehr ohnehin schwer nachweisen.

Noch blieb Johanna etwas Zeit.

Sie tanzte mit ihrem Vater, ihrem Schwiegervater, dann mit ihrem Onkel und wer sonst noch alles mit der Braut eine Runde übers Parkett schweben wollte.

Nur mit einem tanzte sie nicht, obwohl Rolf als Trauzeuge mehrfach aufgefordert wurde, Johanna zu bitten. Doch der schüttete sich lieber den Korn in den Hals, sodass er gegen neun Uhr schon ziemlich betrunken war und Reent anpöbelte, weil der ihn versehentlich angerempelt hatte.

Reent reagierte sofort. »Ich sag dir eins, du Schlesier! Lass deine Pfoten bei dir, und fass meine schöne Schwägerin nicht mehr an. Das würdest du nicht überleben.«

Reent grinste provozierend in die Runde. Natürlich hatten das viele gehört, und Johanna schnappte hier und da Wortfetzen auf, die alle etwas mit dem Thema zu tun hatten. Dass sie bei der Friesen-Jugend mit Rolf verschwunden war. Dass sie häufig mit ihm zusammengehockt hatte. Und, und, und. Die Gerüchteküche brodelte erneut. Und das bei ihrer Hochzeit!

»Flittchen – oder um es auf Platt zu sagen: een Duuvke!«, hörte Johanna immer wieder.

Reent bekam einen Lachanfall und kriegte sich gar nicht wieder ein. Er war inzwischen noch betrunkener als vorhin im Garten.

Da wurde es Rolf zu bunt. Er holte aus und schlug Reent mitten auf die Nase, die sofort zu bluten begann. In dem Moment setzte die Akkordeonmusik aus, und alle in der festlich geschmückten Scheune hörten, wie Rolf schrie: »Ich will nicht, dass du Flittchen zu *meiner* Hanna sagst!«

Kurz schien jeder den Atem anzuhalten. Sämtliche Augenpaare waren nun auf Johanna gerichtet, die scheu in die Runde lächelte und demonstrativ nach Eikes Hand griff. Er war in diesem Augenblick tatsächlich ihr einziger Halt.

Rolf realisierte, was ihm da eben herausgerutscht war.

Johanna sah Eike an. Er begriff in diesem Moment, und der Schmerz in seinen Augen war unerträglich. Aber er schwieg.

Rolf stand noch immer an derselben Stelle, wischte sich dann mit dem Handrücken über die Stirn und stürzte aus der Scheune.

»Du mieser Typ kannst für immer abhauen! Den Sohn des Schäfers anzugreifen ist das Allerletzte!«, schrie Reent ihm hinterher, aber seine Stimme kippte. »Und deinen bekloppten Vadder kannst du auch gleich mitnehmen. Weg mit euch von unserem Hof! So ein Verhalten kann ja wohl nicht angehn!« Er griff nach Karl-Gerd Menzel, zerrte ihn zum Scheunentor und stieß ihn in die Dämmerung. Dann rieb er sich die Hände. »So, die Störenfriede wären wir los.« Reent schaute zum Akkordeonspieler. »Was guckst du so? Weiter mit der Musik!«

Kapitel 9

Eike war wie erstarrt. Sein ungutes Gefühl, was die Hochzeit anging, hatte sich voll und ganz bestätigt. Aber er wollte das nicht! Er hatte seine große Liebe geheiratet, und es sollte ein wunderschönes Fest sein. Aus diesem Grund musste er etwas tun. Irgendwas. Eike presste die Lippen zusammen. Obwohl er es nicht mochte, vor vielen Menschen zu sprechen, hatte er jetzt keine andere Wahl. Er warf Johanna einen verunsicherten Blick zu und wandte sich danach an die Hochzeitsgesellschaft. »Moment! Das ist meine Hochzeit, und es ist meine Braut! Ich möchte diese Anschuldigungen gegen sie in aller Form zurückweisen.« Er fixierte seinen Bruder mit einem hasserfüllten Blick. *Er* war von nun an der Herr auf dem Nordseehof. Und er wollte für Johanna kämpfen und ihre Ehre wiederherstellen. »Reent, du wirst nie wieder solche Dinge über meine Frau sagen! Johanna und ich wollten schon als Kinder heiraten, und daran hat sich auch nichts geändert, als ich fürs Vaterland gekämpft habe. Nur der Gedanke an Johanna hat mich am Leben gehalten. Deshalb ist jetzt Schluss mit den Gerüchten, und wir feiern und tanzen, bis der Morgen graut!«

»Und Rolf und sein Vadder?«, fragte einer der Gäste. »Wo sollen die nun hin?«

Eike überlegte kurz. »Die beiden müssen sich woanders Arbeit suchen, denn Johanna mag es nicht, wenn man sie Hanna nennt. Das darf ein Arbeiter erst recht nicht. Für ihn ist sie immer noch Frau Deeken. So, nun ist das geklärt. Eine Runde an alle, und dann Prost!«

Rasch wurde ausgeschenkt, und Eike hob sein Glas. Der Akkordeonspieler begann, das Lied »An der Nordseeküste« zu spielen. Schon bald drehten sich wieder ein paar Tänzer auf der Tanzfläche, und das Stimmengewirr und Gelächter hoben erneut an, als hätte es keinen Zwischenfall gegeben.

»Johanna, jetzt tanzen wir mal richtig!« Eike packte sie an der Hand und zog sie auf die Tanzfläche.

Johanna sah immer wieder zum Scheunentor, doch das hatte jemand geschlossen. »Sie sind weg, Liebes«, beruhigte Eike sie. »Nun können wir feiern!«

*

Rolf fand seinen Vater beim Eingang zum Schafstall am Boden liegend. Er blutete am Kopf.

Rolf zog ihn hoch. »Komm erst einmal mit, Vater!«, sagte er mühsam beherrscht.

Nur widerwillig ließ sich Karl-Gerd Menzel helfen.

»Wir müssen runter vom Hof und weg von den Deekens. Ich packe rasch ein paar Sachen zusammen. Viel ist es nicht, was uns gehört und was wir mitnehmen können.«

Leider war alles nicht so einfach. Rolf fiel es schwer,

einen klaren Gedanken zu fassen, aber seine Angst vor Reent ließ ihn von Sekunde zu Sekunde wacher werden. Ihm war vor allem eins klar: Sie mussten hier verschwinden, so schnell es irgendwie ging. Mit Reent Deeken war nicht zu spaßen. Es hätte Rolf nicht gewundert, wenn er ihnen noch irgendwo auflauern würde. Er huschte schnell in die Kammer in der Scheune und warf ein paar Anziehsachen in einen Sack. Unter der Matratze hatte er das wenige Geld versteckt, das er für seine Passage zurückgelegt hatte. Das stopfte er sich in die Anzughose. Alles andere gehörte den Deekens, und es tat ihm nicht leid, es zurückzulassen.

So bepackt schlugen sie den Weg in Richtung Altgödens ein. Von dort wollte Rolf weiter nach Horsten. Da würden sie weitersehen – wichtig war, möglichst schnell einen großen Abstand zwischen sich und dem Nordseehof zu bringen. Sie kamen aber nur langsam voran.

In Höhe Hohemey mussten sie verschnaufen, denn sie waren sehr schnell gelaufen. Bis Horsten waren es von hier noch über zwei Kilometer, die sie auf diese Weise nicht schaffen konnten.

Sie lehnten sich ans Brückengeländer. Unter ihnen floss das Friedeburger Tief. Eine Ente erschrak und schlug quakend mit den Flügeln, als sie die beiden Männer oben ausmachte.

»Junge«, hob Rolfs Vater an, als er wieder besser Luft bekam. »Meinst du, ich weiß nicht, dass du Johanna liebst? Meinst du, ich weiß nicht, dass du nach Amerika willst? Ich habe sehr wohl verstanden, was du dir wünschst, wenn du von dem anderen Kontinent schwärmst. Ich kenne dich doch! Und du kannst es nur nicht verwirklichen, weil ich dir ein Klotz am Bein bin.«

»Du bist mein Vater und kein Klotz am Bein. Wir gehen fort, aber gemeinsam«, erwiderte Rolf trotzig. Ihm war noch immer schwindelig. Es war ein Fehler gewesen, so viel zu trinken. Ohne den Alkohol wäre alles nicht derart eskaliert, und er hätte genau gewusst, was er sagen durfte und was nicht.

Sein Vater schüttelte den Kopf. »Rolf, ich bin alt, und einen alten Baum verpflanzt man kein zweites Mal. Ich konnte schon hier in Ostfriesland keine Wurzeln mehr schlagen. Du aber musst dein Glück versuchen! Allein. Ich will, dass du glücklich wirst.«

»Das kann ich ohne Johanna nicht«, stieß Rolf hervor. »Ich liebe sie. Gerade deshalb will ich weg, weil ich es kaum ertrage, sie an Eikes Seite zu sehen. Aber ich gehe nicht ohne dich!« Er stützte sich auf dem Brückengeländer ab und legte den Kopf auf seinen Unterarm, weil sein Magen zu rebellieren begann.

Rolfs Vater packte ihn am anderen Arm und zwang seinen Sohn, ihn anzusehen. »Du musst sie vergessen! Johanna konnte nicht anders handeln. Ihre Eltern haben schon Keno verloren. Sie wollten ihre Tochter abgesichert wissen. So ist das nun mal auf dem Land. Und sie ist viel zu verantwortungsbewusst, als dass sie ihre Eltern einfach zurücklassen und dir über den Atlantik folgen würde. Umgekehrt hättest du kein bisschen anders gehandelt.«

Rolf blickte auf. Er wusste, dass sein Vater recht hatte, nur verstand sein Herz es nicht.

Karl-Gerd Menzel sah seinen Sohn noch immer an. »Aber nun wirst du gehen, weil ich es so wünsche. Weil ich will, dass du frei bist und dein Glück findest. Für zwei Passagen bekommst du nie Geld genug zusammen, und ich will auch nicht hier weg. Amerika ist mir zu weit, zu groß und viel zu fremd.« Er räusperte sich. »Du gehst jetzt gleich noch einmal zurück zum Hof. Unter meinem Strohbett liegen zehn Mark. Die holst du dir. Und dann fährst du nach Bremerhaven, arbeitest dort, und wenn du das Geld beisammenhast, dann nimmst du das erste Schiff.«

»Vater, ich lass dich nicht allein hier! Was willst du denn machen ohne mich? Ohne Arbeit bei den Deekens?«

»Ich finde schon was«, wehrte Karl-Gerd ab. »Ich habe mich schon immer durchgeschlagen. Du gehst jetzt und tust, was ich sage, Menzel Rolf!«

Rolf wollte eben etwas erwidern, als sein Vater plötzlich den Finger auf die Lippe legte, in die Nacht lauschte und flüsterte: »Pst! Geh kurz über die Straße und guck mal, was da so raschelt. Da ist jemand, glaube ich. Nicht dass uns der Deeken Reent verfolgt und noch hinterrücks anfällt.«

Rolf wurde heiß und kalt. Er schob die Hand des Vaters von seinem Arm. »Warte hier!«

»Mach dir um mich keine Sorgen«, sagte der. »Ich komme schon klar.«

Rolf überquerte die Straße und suchte auf der anderen Seite das Ufer ab. Doch er fand nichts. »Reent ist hier nicht! Das war dann wohl ein Kaninchen oder so!«, rief er dann.

»Such lieber noch weiter!«

Es gluckste im Bach.

Rolf schrak zusammen und überlegte kurz, woher das Geräusch gekommen war. Es klang, als hätte jemand einen größeren Stein oder einen Balken ins Wasser geworfen. Wollte Reent sie in die Irre führen?

Er schaute sich noch einmal um und lief ein Stück weiter am Ufer des Tiefs entlang. Immer in der Erwartung, gleich von hinten einen Schlag zu bekommen.

Jetzt gab eine Wolke den Mond frei. Es war Halbmond, sodass das Licht ausreichte, um etwas mehr zu erkennen. Das Tief lag fast spiegelglatt vor ihm, und als Rolf die Böschung hinaufkletterte, konnte er auch in der freien Marschfläche keine Menschenseele entdecken. Sicher hatte ein Tier das Rascheln und eine Ente oder eine fette Bisamratte das Glucksen verursacht.

Rolf kehrte unverrichteter Dinge wieder um. »Du hast dich geirrt, Vater!«, rief er, kurz bevor er die Straße erreicht hatte. Sein Kopf war inzwischen wieder klar. Vielleicht war es gut, dass ihm die Entscheidung zu gehen von Reent abgenommen worden war. Er hätte es sonst weiterhin unnötig hinausgezögert, um in der Nähe von Hanna zu bleiben. »Wir sind allein, Vater! Ich hole die zehn Mark nicht, weil wir uns sofort auf den Weg nach Amerika machen werden!« Rolf fand, dass das richtig gut klang, und er schmetterte das Wort noch einmal in die Nacht. »Amerikaaaa!«

Er würde von nun an seinen eigenen Weg gehen. Ohne Johanna. Eines Tages würde der Schmerz nachlassen, und eines Tages würde er sie vergessen. Ganz bestimmt.

Rolf überquerte die Straße, aber auf der gegenüberliegenden Seite stand keiner mehr am Brückengeländer.

»Vater?« Rolfs Stimme klang plötzlich merkwürdig dumpf in der Nacht. Sein Mund wurde trocken, so als ahne er die Düsternis, die auf ihn zuschlich und ihn gleich in die Arme nehmen würde. Der Mond verkroch sich erneut hinter einer Wolke, und ringsum verdunkelte es sich merklich. Rolf überfiel Panik.

»Vater?«, rief er noch einmal wesentlich lauter. Und noch einmal: »Vater!« Er bekam keine Antwort.

Rolf schluckte. Die letzten Sätze ihres Gesprächs schossen durch seinen Kopf und wiederholten sich stakkatoartig. »Mach dir um mich keine Sorgen. Du gehst nach Amerika. Einen alten Baum verpflanzt man nicht. Ich komm schon klar.« Und dann erinnerte er sich an das kurze Glucksen. Das war kein Tier gewesen … Kein Stein …

»Vater!« Rolf kletterte an der anderen Seite der Brücke die Böschung hinunter zum Tief, das nun noch dunkler als vorhin wirkte. Ein Teichhuhnpaar stieß empört seinen kicksenden Laut aus und flatterte mit wütendem Flügelschlag davon. Rolf kämpfte sich mühsam weiter. Irgendwo musste sein Vater doch sein!

Und dann sah er ihn. Er dümpelte mit dem Gesicht nach unten auf dem Wasser und bewegte sich nicht mehr. Einzig eine Hand tauchte wie ein letzter Gruß auf und ab.

Hektisch versuchte Rolf an ihn heranzukommen, aber das Friedeburger Tief war zu breit, als dass er ihn mit den Armen greifen konnte. Rolf war kurz versucht, ihm nachzuspringen, als er einen dicken Ast entdeckte, mit dem er seinen Vater ans Ufer bugsieren konnte. Er griff nach dessen Arm und zerrte ihn mit dem Kopf aufs Gras der Böschung. Den ganzen Körper bekam er auch mit großer Anstrengung nicht aus dem Wasser. Rolf strich seinem Vater eine nasse Haarsträhne aus der Stirn. Dann schlug er ihm sacht gegen die Wange. »Vater, wach auf!«

Nichts.

Rolf legte seinen Kopf auf die Brust des Vaters. Sie hob und senkte sich nicht mehr, und er spürte keinerlei Herzschlag. Hektisch versuchte er, seinen Vater zu beatmen, aber egal, was er auch anstellte, es war zwecklos.

Der Vater war tot.

Rolf wusste nicht, was er tun sollte. Er hockte lange da, ignorierte, dass seine Anzughose inzwischen völlig durchnässt war, weil er den Kopf des Vaters in seinem Schoß hielt und er ihm die ganze Zeit übers Gesicht strich. Er weinte lautlos und dachte nur immer wieder dieses eine Wort: Vater!

Ob er sich auch ins Wasser gestürzt hätte, wenn Rolf nicht nach Amerika gewollt hätte? Vermutlich ja. Karl-Gerd Menzel konnte und wollte nicht ohne seine Mine fern der Heimat in Schlesien leben. Er hatte es oft genug gesagt. Es war eine einfache Rechnung für eine große und endgültige Entscheidung.

Rolf war wie gelähmt und konnte keinen klaren Gedanken fassen. Außer dem einen: Du bist jetzt ganz allein auf der Welt.

Als der Glockenschlag der Neusieler Kirche von ferne zu ihm herüberdrang, hob er den Kopf. Die Uhr hatte einmal geschlagen, ein neuer Tag hatte begonnen. Rolf zwang sich, sachlich nachzudenken.

Vor wenigen Stunden war er mit seinem Vater vom Nordseehof vertrieben worden. Alle auf der Feier und im Dorf waren zukünftig gegen ihn.

»Und dass dein Vater tot im Tief lag, werden sie dir auch noch in die Schuhe schieben!«, flüsterte er in die Nacht. »Sie werden dir unterstellen, du hättest deinen eigenen Vater umgebracht. Weil du unglaublich betrunken warst.«

Die Panik in Rolf wuchs. Er musste fort. Wohin auch

immer, aber einfach nur weg. Sonst war der Tod seines Vaters umsonst gewesen, und er würde nie nach Amerika kommen, sondern womöglich im Gefängnis landen.

Rolf küsste seinen Vater auf die Stirn. Er konnte nichts mehr für ihn tun, nur das, was er sich für ihn gewünscht hatte, nämlich seinen Traum zu leben und wirklich fortzugehen. Einzig die zehn Mark würde Rolf nicht mitnehmen. Denn um nichts in der Welt wollte er jetzt auf den Nordseehof zurück.

Er küsste seinen Vater noch einmal und ließ ihn dann sacht zurück ins dunkle Wasser gleiten. »Grüße Mutter von mir«, flüsterte er.

Er lief zur Brücke und nahm den Sack mit den Anziehsachen. Er wollte sich nicht damit belasten und beschwerte ihn schnell mit ein paar Steinen, bevor er ihn ins Tief warf.

Dann rannte er los. Nicht in Richtung Horsten, sondern nach Norden. Er wollte nach Wilhelmshaven, und von dort würde er nach Bremerhaven fahren. Einfach nur noch weg.

*

Die Feier war nach dem Zwischenfall ausgelassen weitergegangen. Um zwölf Uhr machten sie den Schleiertanz, und Theda erwischte das größte Stück. Feuerrot und glücklich lächelte sie Reent an, und danach scharwenzelten die beiden fast ununterbrochen umeinander herum.

»Das ist das nächste Brautpaar«, war zu hören, aber Johanna bezweifelte das. Wenn Theda nicht achtgab, würde Reent sie verführen, aber ganz sicher nicht heiraten. Er hatte bestimmt andere Pläne, als sich fest mit einem Mädchen wie Theda einzulassen, die aus einfachen Verhältnissen stammte.

Nach dem Schleiertanz wurde, wie in Ostfriesland üblich, Torte, Kaffee und Kuchen gereicht. Und später gab es für die Nachtschwärmer noch Spiegeleier mit Speck.

Die Musik spielte Walzer und Polka, aber um kurz vor zwei wurde Johanna alles zu viel, und sie zog sich zurück.

»Die Braut muss sich noch putzen!«, hörte sie. Es war ekelhaft, wie sich alle daran ergötzten, dass Eike gleich bei ihr liegen würde. Johanna stieg mit schweren Schritten die Treppe hinauf.

Lientje hatte ihr zuvor das neue Gemach im ersten Stock gezeigt. Es war genauso düster eingerichtet wie der Rest des Anwesens. Zudem roch es muffig. Auf dem dunklen Bett türmten sich zwei dicke weiße Federbetten.

Johanna machte kein Licht, zog sich aber schon aus und krabbelte unter die Decke.

Nun würde es nicht mehr lange dauern, bis ihr Ehemann kam und sein Recht einforderte. Er nahm unten vermutlich noch die letzten Schulterklopfer für die Hochzeitsnacht entgegen. Egal wie spät es war: Ihr Mann würde nicht auf den Beischlaf verzichten wollen. Dafür hatte er zu wenig getrunken, und seine Blicke und Berührungen waren zudem immer anzüglicher geworden. Er freute sich darauf.

Johanna hörte Schritte auf der Treppe und wusste: Nun war es so weit. Sie sog die Luft tief ein und versuchte, das Frösteln zu unterdrücken.

Es klopfte, und Eike trat ins Zimmer. »Da bin ich«, sagte er. Er schloss die Tür, bat Johanna, das Lämpchen auf dem Nachttisch anzuknipsen, und zupfte sich mit hastigen Bewegungen den Schlips vom Hals. Dann schlüpfte er aus Hemd und Hose, bis er nur noch in Unterwäsche vor ihr stand. Johanna erkannte schon jetzt die Wölbung in seiner Hose.

Sie hatte die Decke bis ans Kinn hochgezogen, nahm sie nun aber langsam beiseite, während Eike sich auch der Unterwäsche entledigte. Trotz ihrer Furcht vor dem, was gleich passieren würde, ertappte sie sich dabei, ihren Gatten genau zu mustern.

Eike sah ganz anders aus als Rolf. Beide waren zwar von hochgewachsener Statur, aber während Rolf eher hager war, sah man bei Eike trotz der kräftigen Muskeln schon einen kleinen Bauchansatz. Überhaupt wirkte sein Körperbau gedrungener. Die Haut war weiß und über und über mit Sommersprossen gesprenkelt, seine Schambehaarung und die Härchen an den Unterarmen und Beinen waren rot wie sein Haupthaar.

»Ich habe mich den ganzen Tag und den ganzen Abend so sehr auf diesen Augenblick gefreut«, murmelte Eike und kroch zu Johanna unter die Decke.

Sie spürte sein steifes Glied an ihrem Oberschenkel und rückte ein Stück ab.

»Ich bin genauso aufgeregt wie du«, sagte er. »Und ich will nicht glauben, was Reent vorhin erzählt hat. Ich weiß, dass du den Krieg über genauso auf mich gewartet hast wie ich auf dich. Wir wollten uns doch schon immer.«

Johanna erstarrte. Woher nahm Eike das? Sie hatte nie gesagt, dass sie ihn als Ehemann wollte. Und gleich würde er merken, dass sein Bruder die Wahrheit gesagt hatte. Ihr Atem ging schneller, sie musste es darauf ankommen lassen.

Johanna schloss die Augen und ließ zu, dass Eike sie an sich zog und sich an ihr rieb. Obwohl sich alles in ihr sträubte, wehrte sie ihn nicht ab, als er sie küsste, und küsste ihn zurück, auch wenn sie nichts dabei empfand. Ihr Mann liebkoste ihre Brüste und öffnete ihre Schenkel. Johanna sog erneut die Luft tief ein und wartete darauf, dass Eike sie nahm.

Aber er hielt noch einmal kurz inne, obwohl Johanna spürte, wie sehr er sie wollte. »Nimm mir nicht den Glauben, dass *ich* dein Mann bin«, sagte er keuchend. »Dein einziger! Bitte!« Ohne ihre Antwort abzuwarten, drang er mit einem heftigen Stoß in sie ein. Johanna schrie kurz auf, denn es tat tatsächlich weh, weil sie kein bisschen erregt war.

Ihr Schrei beflügelte Eike. Vermutlich glaubte er, er habe sie tatsächlich entjungfert. In seiner Unerfahrenheit gebärdete er sich ungestüm.

Er bemerkte nicht, dass seine wilden Bewegungen Johanna heftige Schmerzen bereiteten. Sie biss die Zähne zusammen und hielt es einfach aus. Welch ein Unterschied zu ihrer Nacht mit Rolf! Es dauerte glücklicherweise nicht lange, bis Eike sich aufbäumte und sich in ihr ergoss.

Johanna war froh, als er sich wieder neben sie legte. Zwischen ihren Beinen war es nass, am liebsten hätte sie alles sofort abgewaschen. Wieder und immer wieder.

Als sie ein Stück zur Seite rückte, sah sie, dass dem feuchten Fleck auf dem Laken etwas Blut beigemischt war. Ihre Scheide brannte wie Feuer. Eike bemerkte das Rosa ebenfalls. Zufrieden küsste er sie auf die Wange und zeigte auf den Fleck. »Habe ich es doch gewusst!«

Er küsste Johanna noch einmal. »War es für dich genauso schön wie für mich? Ich könnte es immer wieder tun.«

»Weißt du … ich bin jetzt erst einmal müde«, wich Johanna aus. Sie biss die Lippen zusammen, um den brennenden Schmerz besser zu ertragen. »Es war ein anstrengender Tag. Lass uns schlafen. Wir haben noch das ganze Leben vor uns.«

»Du hast recht, Liebes.« Eike umschlang Johanna von hinten. Als sie hörte, wie sein Atem gleichmäßig floss, und sie sicher war, dass er fest schlief, löste sie sich aus der Umarmung und rollte sich an den Rand ihrer Bettseite. Dort weinte sie, bis am Morgen der Hahn krähte.

Kapitel 10

Geschlafen hatte Rolf nicht, sondern war direkt zum Bahnhof nach Sande gelaufen und hatte den ersten Zug nach Oldenburg genommen. Dort war er durch die Stadt gelaufen, hatte sich etwas zu essen und zu trinken gekauft und sich im Bahnhof ein bisschen ausgeruht. Ihm waren die Augen zugefallen, bis er nach drei Stunden auf der Bahnhofsbank erschrocken hochgefahren war und sich ein Zugticket nach Bremen gekauft hatte. Seine Ersparnisse schrumpften rapide, und er roch ziemlich unangenehm.

Auf der Fahrt nickte Rolf noch einmal kurz weg, und schließlich fuhr der Zug in den Bremer Bahnhof ein.

In der Stadt wollte er sich Arbeit am Hafen suchen, er hatte gelesen, dass der noch vor dem Wiederaufbau der Stadt instand gesetzt werden sollte. Die Amerikaner hatten dort auch schon etliches vollbracht.

Es hatte sich derweil merklich abgekühlt, die Temperaturen waren auf unter zwanzig Grad gefallen, sodass Rolf zumindest nicht mehr so arg schwitzte. Er trat aus dem Bahnhof, dem die Bomben nichts angehabt hatten. Bei der Einfahrt des Zuges hatte er ringsum jedoch größere Schäden gesehen. Ruinen reckten dort ihre Gerippe in den Himmel und schienen daran zu kratzen. Rolf hatte dieser Anblick eine Gänsehaut beschert, und er war froh, dass ihn am Bahnhof nicht dasselbe erwartete.

Er sah sich um und versuchte sich zu orientieren. Eben rauschte ein Jeep an ihm vorbei. Darin saß die amerikanische Military Police zusammen mit deutschen Polizisten. Sie hatten offenbar Spaß und beachteten ihn nicht. Auf dem Bahnhofsvorplatz waren etliche Fuhrwerke unterwegs, und immer wieder fuhren Straßenbahnen ab.

Seitlich des Bahnhofes stand ein Fuhrwerk, das Fässer geladen hatte. Auf dem Kutschbock saß ein älterer Mann mit langem Bart und einer Pfeife im Mund. Rolf ging auf ihn zu. »Könnten Sie mich mitnehmen?«, sprach er den Kutscher an, wohl wissend, dass er mit dem schmutzigen Anzug und dem zerbeulten Hut alles andere als vertrauenerweckend wirkte.

Der Kutscher schrak kurz zusammen, weil er ein Nickerchen gemacht hatte. Er musterte Rolf mit hochgezogenen Brauen. »Wohin soll es denn gehen?«

Rolf zuckte mit den Schultern. »Ich will mir hier in Bremen am Hafen Arbeit suchen.«

»Wie ein Kajearbeiter siehst du nicht gerade aus.«

»Ich find schon was, und dann mal sehen.«

Der Kutscher runzelte die Stirn. »Dann mal sehen?«, wiederholte er.

»Amerika. Später will ich nach Amerika«, antwortete Rolf knapp und kam sich plötzlich albern vor.

»Versprich dir davon mal nicht zu viel, mien Jung«, sagte der Alte auch gleich. »Zwar haben sie für die Deutschen in diesem Jahr die Auswanderungsbeschränkungen gelockert, aber leicht ist das trotzdem nicht. Ich kenne einige, die haben sie da drüben gar nicht reingelassen. Erst musst du auf einer Insel bei New York einen Test machen. Besteht nicht jeder – und zack, sind sie wieder da.« Er krauste die Nase. »Einfach ist es auch drüben nicht. Und dann die großen Städte. In New York soll es sogar Wolkenkratzer geben. Die Häuser sind so hoch und dicht gebaut, dass die Sonne es nicht einmal bis auf die Gehwege schafft. Sagt man jedenfalls.«

»Aber da drüben kann man frei leben«, sagte Rolf.

Der Mann winkte ab. »Ach was, frei leben! Was heißt denn das schon? Hier in Deutschland wird es auch bald besser. Denk doch, was seit dem Juni schon passiert ist! Man muss nur Geduld haben.« Er atmete einmal tief ein, als müsse er sich selbst Mut zusprechen. »Nicht mehr lange und wir können dort, wo die Bomben gewütet haben, alle wieder menschenwürdig wohnen.«

»Und wenn noch mal Krieg kommt?«, warf Rolf ein. »Nee, ich will hier weg.«

Der Alte grinste verschmitzt. »Man muss an die Zukunft glauben, mien Jung. Der parlamentarische Rat sitzt doch schon in Bonn und arbeitet an einem neuen Grundgesetz und an dem neuen Staat. Der Hafen hier sieht ebenfalls schon wieder gut aus, und das geht im nächsten Jahr richtig los. Ihr jungen Leute seid zu ungeduldig. Was so massiv zerstört worden ist, braucht auch Zeit zum Wiederaufbau. Jetzt haben wir doch wenigstens genug zu essen. Immerhin. Geduld, mien Jung, Geduld!«

Rolf sah den Kutscher erstaunt an. Er sah beileibe nicht aus, als würde er im Reichtum baden, aber er schien rundum zufrieden mit dem zu sein, was er hatte. Und er kannte sich mit der Politik aus! Rolf fragte sich, woher dieser Mann seinen Optimismus nahm.

»Jo, da staunst du, woher ich so gut Bescheid weiß, was?« Der Mann grinste.

»Das würde mich tatsächlich interessieren«, sagte Rolf. Der Alte hatte eben von Dingen erzählt, von denen er selbst gar nichts mitbekommen hatte. Wie auch? Ohne Radio in der Einöde und von früh bis spät mit der Arbeit in der Schäferei beschäftigt. Er kam gerade aus dem Niemandsland.

»Ganz einfach: Ich höre Radio Bremen. Da gibt es die ›tägliche Rundschau‹ und die gesprochene Zeitung, so brauche ich sie nicht zu kaufen. Das tue ich nur in Ausnahmefällen. Wenn was richtig Wichtiges im *Weserkurier* steht.« Der Kutscher schniefte einmal laut und spuckte auf den Boden.

»Außerdem gehe ich in die Kneipe. Da weiß immer jemand was. Den Rest kann man sich dann zusammenreimen. Die Herren von der Politik sind leicht zu durchschauen. – Nun steig schon auf!« Er erlaubte Rolf, auf dem Kutschbock neben ihm Platz zu nehmen, und klopfte ihm auf die Schulter. »Überleg es dir, ob du deinem Land, egal, was es angestellt hat, den Rücken kehren willst. Oder ob es nicht sinnvoller ist, es zu einem besseren Ort zu machen. Ohne euch Jungvolk geiht dat aber nicht. Wir Alten gucken ja bald alle die Radieschen von unten an.«

Rolf schwieg. Er hatte außer seinem Wunsch auszuwandern keine Pläne. Und schon gar nicht in Deutschland, wo Johanna viel zu nah war.

»Ich fahre jetzt nach Walle zum Hafen. Dort müssen

wir meine Fracht hinbringen. Wenn du magst, kannst du bis dorthin mitkommen. Es liegen schon ein paar Schiffe da, und mit etwas Glück findest du Arbeit. Schauerleute und Kajearbeiter werden bestimmt noch gesucht.«

Rolf nickte. Erst einmal weg vom Bahnhof.

Der Kutscher schnalzte mit der Zunge, und das dunkelbraune Pferd setzte sich in Bewegung. Geschickt lenkte er das Gefährt auf die belebte Straße.

Es war schon spät, und Rolf war sehr müde. Er lief Gefahr, einfach so auf dem Kutschbock einzuschlafen. Im Augenblick konnte er nicht einmal mehr um seine Eltern und um die verlorene Liebe zu Johanna trauern.

»Kann ich Ihnen nicht heute bei Ihrer Fuhre helfen? Ich brauche nur Geld für eine Nacht.«

Der Alte musterte Rolf. »Du fällst ja vor Müdigkeit gleich vom Bock, mien Jung. Lass uns erst mal aus dem gröbsten Verkehr rauskommen, dann sehen wir weiter. Immer mal sinnig mit den jungen Pferden.« Er reichte Rolf die Hand. »Ich bin Volker Cordes.«

»Rolf Menzel.«

Es klingelte hinter ihnen, und Volker wich einer herannahenden Straßenbahn aus. »Wenn du noch was hören willst …« Er wies auf Rolfs Anzug. »In den Klamotten kriegst du von niemandem Arbeit. Du brauchst was Anständiges zum Anziehen, etwas, worin man auch arbeiten kann. So siehst du aus wie ein abgewrackter Mann, der es auch in der anderen, der reichen Welt zu nichts gebracht hat.«

Rolf zuckte mit den Schultern. »Ich weiß. Hab in Ostfriesland in einer Schäferei gearbeitet. Bin da aber etwas …«, er schluckte und suchte nach den richtigen

Worten, »überstürzt weg. Ich war auf einer Hochzeit und dann…« Er brach ab. Plötzlich war ihm eiskalt. Was sollte er Volker davon erzählen, es würde nichts ändern.

Der alte Kutscher starrte geradeaus und konzentrierte sich weiter darauf, das Fuhrwerk sicher durch den Verkehr zu lenken. Je weiter sie sich vom Bahnhof entfernten, desto mehr und größere Schäden waren in der Stadt zu sehen. Da waren sie wieder, die grauen Gerippe, nur noch schlimmer anzuschauen als vorhin. Manchmal gab es auch einfach nur Lücken und Brachflächen oder große Schutthaufen. Erneut krochen kalte Wellen über Rolfs Rücken. Er sehnte sich plötzlich zurück nach Ostfriesland. Nach dem Grün der Marsch und dem Blöken der Schafe. Hier war alles grau. Sogar die vorbeihastenden Menschen kamen ihm auf einmal so vor.

»Hier hat ein Feuersturm gewütet«, erklärte Volker. »Der Aufbau dauert. Erst ist der Hafen dran, damit die Wirtschaft funktioniert.«

Rolf war erschrocken. Wie hatte das überhaupt jemand überleben können?

»Hast du hier gelebt, als die Bomben kamen?«

Volker antwortete nicht, biss sich aber mit den Schneidezähnen plötzlich fest auf die Lippen. »Wir sind gleich da«, sagte er nach einer Weile. »Hier ist übrigens die Bremer Küste.« Er deutete nach links, wo sich vor einer Bauruine eine Nachkriegsbaracke zeigte. Längs war ein Schild angebracht, auf dem *Arizona* stand, als Queraufschrift las man den Schriftzug HAAKE-BECK *Pils*.

»Wieso denn Küste?«, fragte Rolf, sichtlich verwirrt, denn hier gab es keine Küste im herkömmlichen Sinne. Hier war nur ein Straßenzug, an dem sich auch auf der anderen Seite ähnliche Etablissements wie das *Arizona* befanden. Er erkannte den Schriftzug *Elefant* und wieder der Hinweis auf das Bier.

Volker trieb das Pferd an. »Nennt man eben so. Hier finden alle Zerstreuung, wenn der Alltag nicht mehr auszuhalten ist. Solltest du dir gut merken, wenn du hierbleiben willst.« Er lachte auf. »Den *Elefant* haben sie im letzten Jahr geschlossen. Ich zitiere mal, weil wir mit der Begründung alle unseren Spaß hatten: Die Schließung erfolgte, weil ›keinerlei Bedacht auf Moral, Anstand und Sittlichkeit genommen wurde‹.« Volker kicherte immer noch. »Macht aber bald wieder auf. Die Amis, die uns im Augenblick verwalten, wollen schließlich auch ihren Spaß und Zerstreuung haben!«

Rolf fragte nicht weiter nach, auch nicht, als Volker ihn auf die angeblich beste und berühmteste Kneipe, das *Golden City* hinwies, bevor er links zum Freihafen abbog.

Hier taten sich vor ihnen die typischen Hafenanlagen auf. Wuchtige Kräne reckten ihre Hälse in den Himmel, die vereinzelten großen Schornsteine der Frachtschiffe erzählten von den Fahrten übers Meer.

Volker steuerte einen der Kais an. Überall liefen die Kajearbeiter und Schauerleute herum. Sie trugen Latzhosen, Ölzeug und Schiebermützen. Oft hatten sie tiefe Ringe unter den Augen und wirkten verhärmt. Manche hatten eine Zigarette schräg im Mundwinkel.

»Hier kannst du dir Arbeit suchen.« Volker wies mit dem Kopf zu den Hafenarbeitern und benannte einige Tätigkeiten. »Sieh, dahinten ist der Festmacher, das da ist der Küper und dort ein Tallymann. Und der Rest: Ich sag mal, Fußvolk.«

Rolf schaute dem Treiben zu, während Volker das Gefährt sicher durch das Gedränge auf dem Kai lenkte. »Aber bevor du dich um Arbeit kümmerst, musst du heute irgendwo unterkommen und dir anständige Kleidung besorgen.« Volker überlegte, dann nickte er, als wollte er sich seine Gedanken selbst bestätigen. »Pass mal auf, mien Jung. Ich habe eine bessere Idee, als dass du hier am Hafen rumlungerst und so spät doch nicht mehr fündig wirst und womöglich die Nacht wie ein Landstreicher im Freien verbringst.«

Rolf schaute ihn fragend an.

»Jo, mir gehört hier in Walle so ein Kaisenhaus.«

»Ein Kaisenhaus?«, fragte Rolf erstaunt. »Was soll das sein?«

Volker wich einem gefleckten Hund aus, bevor er weitersprach. »Das sind Baracken, die nach unserem Bremer Bürgermeister Kaisen benannt worden sind. Weil sie mit dem Wiederaufbau nicht nachkommen – wie ich eben schon gesagt habe: erst der Hafen, dann die Häuser! Wir müssen aber ja alle irgendwo wohnen und dürfen uns deshalb hier in Walle im alten Kleingartengebiet diese Häuschen bauen.«

Rolf verstand. »Und du hast so eins.«

Volker nickte und steuerte mit dem Gefährt auf ein Schiff zu. »Jo. Meine Baracke ist schon ganz gut in Schuss. Nur einstöckig, ein Wohnzimmer, Schlafraum und Küche, wir dürfen die Dinger nur auf 30 Quadratmeter bauen. Und Emil, mein wertes Ross, hat auch sein Plätzchen.« Er räusperte sich, und ein verschmitzter Zug umspielte seinen bärtigen Mund. »Fließend Wasser gibt es nicht, und du musst mit dem Plumpsklo vorliebnehmen. Von einer Heizung träume ich, wenn ich gute Laune haben möchte. Noch ist es warm, aber das ändert sich in den nächsten Wochen. Aber die gute alte Brennhexe lässt mich nicht erfrieren. Dafür kann ich ein paar Kartoffeln, Kohl und anderes Gemüse anbauen. Hühner habe ich auch, die Versorgung mit den Eiern ist also gesichert. – Interessiert, mien Jung?«

»Das klingt doch nicht schlecht«, sagte Rolf. Es war mehr, als er erwartet hatte.

»Wenn du magst, kannst du tatsächlich erst mal bleiben und mir bei meinen Fuhren helfen. Ich bin eigentlich nicht so gern allein, und die Arbeit ist für mich alten Kerl mittlerweile sehr mühsam«, redete Volker weiter. »Eine alte Tür, auf die wir eine Matratze legen können, finden wir schon, und eine Decke auch. Das muss als Bett vorerst reichen. Aber mit etwas Glück treibe ich auch noch was anderes auf. Platz ist für uns zwei genug, andere wohnen mit ihrer ganzen Familie in diesen Häusern.«

»Ich bin dir für das Angebot wirklich dankbar, weil ich im Augenblick nicht weiß, wohin ich gehen soll«, sagte Rolf. »Wenn du sogar Arbeit für mich hast, ist es perfekt! Ich habe keine Heimat mehr, da ist man auch mit wenigem zufrieden.«

»Ist nicht zu überhören, dass du aus Schlesien kommst, mien Jung. Das macht aber nichts. Solange du anpacken kannst, ist es mir egal.« Er grinste wieder verschmitzt. »Obwohl du als Vertriebener vielleicht doch eher die Möglichkeit hättest, dass sie dich da drüben auf der anderen Seite des Meeres reinlassen. Die aus den Ostgebieten haben gute Chancen, das will ich dir nicht vorenthalten.«

Rolf antwortete erst einmal nicht. Er war überwältigt von dem, was er in dieser Stadt sah, und er konnte momentan gar nicht sagen, was er wirklich wollte. In Ostfriesland war sein Weg noch klar vorgezeichnet gewesen, aber wenn ihn hier das Unbekannte schon so überforderte, wie sollte er da mutterseelenallein in einem fremden Land mit einer fremden Sprache zurechtkommen? Erst einmal abwarten, dachte er. Nichts überstürzen. Und vor allem nicht mehr an Johanna und meine Eltern denken. Vielleicht war es gut, dass ihn in diesem zerbombten Teil der Stadt so gar nichts an Ostfriesland erinnerte.

Volker hielt das Fuhrwerk jetzt an, und sie luden gemeinsam die Fässer ab.

Danach nahm der Kutscher gleich seinen Lohn in Empfang. »Und jetzt fahren wir nach Hause in meine bescheidene Hütte. Weit ist es nicht.« Er schnalzte kurz. »Und nicht erschrecken: Emil muss noch ein bisschen ärmlicher wohnen als wir. Sein Stall ist mehr ein Behelf, sag ich dir.«

»Danke, dass du mich einfach so aufnimmst«, wiederholte Rolf noch einmal.

»Da nich für. Wenn ich dich so betrachte, wirkst du, als könntest du jemanden brauchen, der dir ein wenig unter die Arme greift. Du musst wohl eine ziemlich dicke Geschichte loswerden, was?« Volker schüttelte den Kopf. »Von einer Hochzeit geflohen klingt nach unglücklicher Liebe. Ich geh mal davon aus, dass du nicht der Bräutigam warst.«

Rolf presste die Lippen fest zusammen, erwiderte aber nichts.

Volker verstand auch so und ging nicht weiter darauf ein. »Wir suchen jetzt nach irgendetwas, was wir zum

Bett umbauen können, dann gebe ich dir was Anständiges zum Anziehen, und danach geht es ab in die nächste Hafenkneipe an der Küste auf ein Bier. Da können wird in Ruhe schnacken. Wenn du was erzählen willst. Wenn nicht, dann trinken wir nur.«

Sie hielten an einer Baracke in einer Seitenstraße, die hinter dem *Elefant* abging. Volker stopfte seine Pfeife nach.

»Helmer, bist du da?«

Aus der windschiefen Tür trat ein dünner Mann, ebenfalls mit Pfeife im Mund. »Moin ,Volker. Was kann ich für dich tun?«

»Moin, Helmer.« Volker erklärte, worum es ging, und deutete hinten auf das Fuhrwerk. »Die Ladefläche ist frei. Was hast du denn so im Angebot?«

»Jo, da kann ich euch tatsächlich was richtig Gutes tun«, meinte Helmer. »Letzte Nacht hat nebenan der alte Hein den Löffel abgegeben, und ich hab mir sein Himmelbett samt Matratze gleich unter den Nagel gerissen, bevor es ein anderer tut.« Er sog kräftig an der Pfeife und blies den Rauch aus. »Weil du es bist, Volker. Ich schenk es dir. Und wenn dein Schützling wieder davonfliegt, gibst du es mir zurück. Dann kann ich es immer noch verschachern.«

»Hast was gut!« Volker tippte sich an die Mütze, und sie verluden das rostige, weiße Bett gemeinsam auf die Ladefläche.

So schnell habe ich also ein neues Zuhause, dachte Rolf. Es war nicht das, was er sich vorgestellt hatte, aber es war ein Anfang.

Kapitel 11

Johanna konnte sich in den ersten Wochen nur schwer in ihrem neuen Leben zurechtfinden. Sie vermisste das Brüllen der Kühe, wenn sie gemolken werden mussten. Sie vermisste ihr eigenes Zimmer, in das sie sich zurückziehen konnte, wenn sie allein sein wollte. Sie vermisste Keno und ihre Eltern. Auf dem Nordseehof war alles fremd. Hier blökten im Sommer nur hin und wieder die Böcke und ein paar Schafe, die nicht auf den Deichwiesen grasten. Die Bäume waren höher und mächtiger, und weil an der Küste stets ein kräftiger Wind blies, rauschte es oft laut. Jetzt im Oktober war das schon oft der Fall. Das empfand Johanna vor allem in der Nacht als bedrohlich.

»Warte nur ab, wenn wir im nächsten Monat die Schafe vom Deich in die Ställe treiben«, sagte Eike, als Johanna ihm erzählte, wie fremd ihr die Geräusche hier waren. »Dann ist richtig viel los, weil die Schafe blöken. Du wirst es lieben, genau wie später die Ruhe im Sommer. Es geht nichts über den Geruch der Tiere. Er ist viel milder als der von Kühen.«

Johanna hoffte, dass es so war. Sie wollte sich in ihrem neuen Leben einrichten, eine gute Schäferin und Eike eine liebevolle Frau sein. Aber es zu wollen und es im täglichen Allerlei umzusetzen waren zwei grundverschiedene Dinge.

»Wie holt ihr die Herden denn zurück? Mit dem Fuhrwerk?«, fragte sie interessiert. Die sachlichen Gespräche über die Arbeit in der Schäferei, wo es nicht um Gefühle ging, waren für Johanna herrlich unverfänglich.

Ihr Mann schüttelte den Kopf. »Nein, mit einem Schaftreck. Vater läuft voran und ich mit einem der Knechte und dem Schäferstab hinterdrein. Zusammen mit den beiden Hütehunden ist es gut zu schaffen. Sind die Schafe wieder auf dem Hof, werden sie zum zweiten Mal geschoren, weil es im Stall warm genug ist. Über den Winter werden die Tiere in die beiden großen Laufställe gebracht, und im März ist Lammzeit. Dann wirst du nicht viel von mir als Ehemann haben.« Er kniff ihr scherzhaft in den Hintern. »Und du musst auch lernen, wie man Lämmer auf die Welt holt. Das sollte auf dem Nordseehof jeder können.«

»Das lerne ich bestimmt. Ich werde bald eine sehr gute Schäferin sein.« Johanna lächelte und dachte, dass es wirklich gut war, sich mit der Arbeit abzulenken. Ihr Leben war nun einmal, wie es war, und sie musste das Beste daraus machen. Sie würde lernen und nochmals lernen. So lange und so viel, dass ihr jeden Abend gleich die Augen zufielen und sie keine Zeit hatte, an Rolf zu denken. Der war bestimmt schon lange mit seinem Vater auf dem Weg über den Atlantik. Dort würde er schnell eine andere Frau kennenlernen und glücklich sein. Ohne sie.

Die Arbeit tat Johanna tatsächlich gut, denn die Tage zogen sich nicht mehr endlos dahin, sondern gestalteten sich interessant und abwechslungsreich. Es gelang ihr auf diese Weise täglich ein bisschen mehr, sich einzufinden.

Johanna ließ sich von ihrer Schwiegermutter alles zeigen, was im Haushalt einer Schäferei von Bedeutung war.

»Du musst wissen, wie man Schafskäse herstellt«, erklärte Lientje und nahm sie mit in die Küche, wo schon eine große Kanne mit Schafmilch auf dem schweren Eichenholztisch stand. »Wir machen ihn nur für den eigenen Bedarf, für den Dorfladen in Neusiel und für ein paar Nachbarhöfe.«

»Warum?«, fragte Johanna sofort nach.

»Weil wir nicht genug Milchschafe haben. Wir züchten die Tiere in erster Linie für die Fleischproduktion. Hätten wir mehr Milchschafe, könnten wir nicht so viele am Deich halten, weil es wegen der Entfernung mit dem Melken zu aufwendig wäre. Das Gras am Deich ist aber sehr gut für die Tiere, die wir zur Schlachtung geben. Es macht wunderbares Fleisch. Und …« Lientje wuchtete die Milchkanne zum Herd. »… die kleinen Hufe verdichten den Boden. Das ist gut, wenn die Sturmfluten am Deich nagen. Dann hat das Wasser weniger Chance, dass der Deich aufweicht.«

Lientje legte Holz nach. Die Scheite knackten laut, und sie schob den großen Topf, der neben dem Herd auf der Anrichte stand, auf die Eisenplatte. Lientje gab die Milch in den Topf. »Die erhitzen wir jetzt.«

Johanna sah zu, wie ihre Schwiegermutter die Milch langsam umrührte.

»Ist das Gras auf den Deichen anders als hier?«

Lientje nickte. »Das Gras am Deich und in den Salzwiesen ist überaus nahrhaft. Und die Schafe müssen dort laufen, eben wegen der Sturmfluten. Hab ich doch schon erzählt.« Ihre Stimme nahm wieder den gewohnten nörgelnden Klang an.

Lientje sah aus dem Fenster und entdeckte dort Reent, der gerade auf den Hof geritten kam. Sie drückte Johanna den Holzlöffel in die Hand. »Rühr um, und gib acht, dass nichts überkocht! Ich bin gleich wieder da.« Dann verschwand sie. Johanna rührte im Topf. Lientje war heute ungewöhnlich freundlich zu ihr, und sie wollte alles richtig machen.

Da ging die Glocke an der Haustür. Johanna überlegte, ob sie den Topf besser vom Feuer nehmen sollte, aber heiß war die Milch noch nicht. Und der Eisentopf war sehr schwer und sicher nicht einfach zu verrücken. Sie besaß nicht die stämmigen Oberarme ihrer Schwiegermutter.

Johanna eilte zur Tür. Es war Herwig, der Postbote. Umständlich nestelte er an seiner Tasche, fragte, wie es allen auf dem Hof ging. Er fand nicht, was er suchte, lief noch einmal zum Fahrrad zurück und wühlte dort in der zweiten Packtasche.

Johanna trat ungeduldig von einem Bein aufs andere.

»Sei nicht böse, aber ich muss zurück«, sagte Johanna. »Ich habe Milch auf dem Herd!« Sie war schon viel zu lange aus der Küche fort.

Endlich hatte Herwig den Brief gefunden und kam mit einem freundlichen Grinsen erneut die Treppe zum Nordseehof hoch. »Tut mir leid, dass es gedauert hat. Hier ist der Brief.«

Johanna riss ihn dem Postboten fast aus der Hand und rannte zurück Richtung Küche. Noch im Laufen schaute sie auf die Anschrift. Er war für ihren Schwiegervater.

Schwungvoll warf sie ihn im Vorbeieilen auf die Kommode im Flur.

Johanna stieß die Küchentür auf – und stieß beinahe gegen Lientje, die sie mit in die Hüften gestemmten Fäusten grimmig ansah. Es roch angebrannt, und am Topf klebten außen weiß-braune Schlieren.

»Wo warst du?« Die Augen ihrer Schwiegermutter waren zu schmalen Schlitzen verengt. »Kann man dich nicht einmal mit der kleinsten und einfachsten Aufgabe allein lassen?«

»Es hat geklingelt …«, begann Johanna, aber da knallte schon Lientjes Hand gegen ihre Wange. »Ich will mich in Zukunft auf dich verlassen können! Du wirst einmal Herrin auf dem Nordseehof sein. Da muss der Postbote eben warten!«

Lientje nahm mit ihren kräftigen Armen den Topf vom Herd und goss die Milch in den Ausguss.

*

Johanna erzählte Eike nichts von dem Vorfall, aber Lientje hatte es ihm natürlich brühwarm berichtet. Johannas Erklärung interessierte ihn nicht. »Du musst mit meiner Mutter auskommen«, sagte er nur. Hilflos wie immer. Nein, Eike war ihr weiß Gott keine Stütze.

In diesen Herbstwochen versuchte Johanna, sich an das Leben in der Schäferei zu gewöhnen, wenngleich sie noch weit davon entfernt war, den Nordseehof als ihr Zuhause zu betrachten. Seit dem Vorfall in der Küche überwachte ihre Schwiegermutter argwöhnisch jeden von Johannas Schritten.

Eikes ständige Lust, mit ihr zu schlafen, ließ sie klaglos über sich ergehen. Johanna war froh, wenn es schnell vorbei war. Es wäre zwecklos gewesen, ihren Mann abzuwehren, war es doch ihre Pflicht als Ehefrau, bald einen Erben zu gebären. Sie hoffte zudem, dass sein Verlangen im Falle einer Schwangerschaft nachlassen würde.

Johanna gestand sich immerhin ein, dass sie ihren Mann mochte und respektierte. Nicht mehr und nicht weniger. Er hingegen liebte sie aufrichtig und begegnete seiner jungen Frau mit großem Anstand und sehr umsichtig. Das war mehr, als sie erwarten durfte.

*

An einem Tag Ende Oktober kam Eike mit ernstem Blick in die Küche. Johanna war gerade dabei, den Teig für ein Brot anzusetzen. Sie buk oft und gern, da stellte sie sich auch geschickter an als bei der Käseherstellung. Als ihr Mann mit betretener Miene vor ihr stand, wischte sie sich die bemehlten Hände an der Schürze ab und sah ihn erstaunt an. »Was ist passiert?«

»Rolfs Vater«, stieß Eike hervor.

Johanna wurde blass und hielt sich mit einer Hand an der Tischkante fest. »Was ist mit ihm?«

»Sie haben ihn tot aus dem Friedeburger Tief gefischt. Kurz bevor das Gewässer in den Jadebusen mündet. Er muss schon Wochen im Wasser liegen und ist nach und nach Richtung Nordsee gespült worden.«

»Harrijasses nej«, entfuhr es Johanna. »Wie ist er dort reingekommen?«

»Das weiß keiner. Entweder ist er ins Wasser gestürzt,

oder aber jemand hat ihn gestoßen. Das wird man wohl nicht mehr herausfinden, so wie er jetzt aussieht. Mehr weiß ich leider auch nicht.«

Johanna musste sich setzen und ihre Gedanken sortieren. Rolf wäre nie ohne seinen Vater fortgegangen. Aber er hätte ihn auch nicht getötet, um frei zu sein. »Kann es sein, dass er in der Nacht unserer Hochzeit … verunglückt ist?«, fragte sie mit brüchiger Stimme. Er muss sich selbst etwas angetan haben, dachte Johanna. Aber kurz nachdem Rolf und sein Vater vom Hof gejagt worden waren, war auch Reent über eine Stunde verschwunden. Nur war auch Theda fort gewesen, und es war wohl wahrscheinlicher, dass sie ein Techtelmechtel gehabt hatten.

»Er liegt da schon lange. Kann sein, dass er das seit unserer Hochzeit tut«, sagte Eike nun.

Johanna schloss die Augen. Alles war plötzlich wieder da. Alles, was sie in den letzten Wochen mühsam zu unterdrücken versucht hatte.

Ihre Liebe zu Rolf. Die Vorstellung, vielleicht mit ihm zu fliehen. Seine Küsse. Seine Hände, die genau wussten, wo sie berührt werden wollte. Nun war Rolf ganz allein. Hatte niemanden mehr. Keine Mutter. Keinen Vater. Nicht einmal mehr seine Hanna. Weil auch sie ihn im Stich gelassen und einen anderen geheiratet hatte. Was war sie für eine Frau!

»Du weinst ja, Liebes«, sagte Eike, als er sah, dass ein paar Tränen über ihre Wange liefen. Er zog sie dicht an sich ran. »Ich hätte es dir gar nicht erzählen sollen. Aber du kanntest den Mann doch kaum, und ich dachte nicht, dass es dir so nahgeht.«

Johanna wand sich aus der Umarmung und wischte

sich die Tränen mit dem unteren Rand der Schürze aus dem Gesicht. Sie suchte fieberhaft nach einer glaubhaften Ausrede für ihre Bestürzung. »Das stimmt. Ich finde es nur so grausam, dass ein Mensch von der Schäferei sterben musste, während wir unsere Hochzeit gefeiert haben. Das ist nicht gut.«

Eike nahm sie erneut in den Arm. »Das verstehe ich. Es war der glücklichste Tag in unserem Leben, und dann passiert so etwas.« Er überlegte für einen Augenblick, dann sagte er: »Weißt du was? Wir werden Karl-Gerd Menzel eine würdige Bestattung zukommen lassen. Ich zahle einen Sarg, und er bekommt ein schönes Kreuz und ein Grab neben seiner Mine auf dem Neusieler Friedhof. Das sind wir ihm schuldig, wenn er an unserem Ehrentag sterben musste.«

Johanna sah ihn dankbar an. Sie hatte mit Eike wirklich Glück, er war ein lieber Mensch. Vielleicht hatten ihre Eltern recht damit gehabt, dass er der Richtige für sie war? Wenn sie ihn doch nur lieben könnte! Wenigstens ein winziges bisschen. Sie legte ihre Hand auf seine. »Danke!«

»Ich kümmere mich sofort darum. Es wird nur eine kleine Beisetzung, aber wir beiden werden ihm das letzte Geleit geben. Das alles darf unser Glück nicht schmälern.«

»Ja, Rolf würde es bestimmt gutheißen, wenn man seinen Vater angemessen bestattet«, rutschte es Johanna raus. Als sie den erschrockenen Blick ihres Mannes bemerkte, schob sie rasch hinterher: »Wird es eine Untersuchung geben? Ob es Mord war?«

Eike strich Johanna übers Haar. »Liebes, zerbrich dir darüber nicht den Kopf. Wir haben damit schließlich nichts zu tun. Wir müssen uns auf andere Sachen konzentrieren. Bestimmt bekommen wir bald Nachwuchs, und dann wird alles gut.«

Johanna nickte und verschwieg Eike, dass heute Morgen ihre Blutung eingesetzt hatte. Sie wollte ihn jetzt nicht enttäuschen, das hatte er nicht verdient.

*

Karl-Gerd Menzel war in aller Stille und nur im Beisein von Johanna, Eike, der Flüchtlingsfrau Martha Selig und dem Pastor neben seiner Frau Mine bestattet worden. Der Pastor hatte rührende Worte für den einsamen Fremdling gefunden. Mehr konnten Eike und Johanna nicht für ihn tun.

Kurz darauf war Reent mitten in der Nacht und ohne Abschied vom Nordseehof verschwunden. Lientjes Gesichtsausdruck wurde noch verkniffener, ihre Haltung starrer. Sie trug fortan Schwarz, als wäre ihr Lieblingssohn verstorben. »Ich weiß schließlich nicht, wo er steckt«, sagte sie. »Er kann es nicht ertragen, dass Eike den Hof hat und er sich fügen muss. Er wäre sicherlich der bessere Schäfer gewesen. Außerdem tut Eike sich schwer mit der Buchhaltung. Wir hätten auf unseren Reent setzen sollen! Aber auf mich hört ja keiner!«

Johanna fühlte sich jedes Mal schlecht, wenn Lientje ihrem Mann und so auch ihr vorwarf, dass sie das besaßen, was sie viel lieber ihrem anderen Sohn zugedacht hätte.

Niemals werde ich solche Unterschiede bei meinen Kindern machen, dachte Johanna. Niemals!

Im Dorf kam derweil das Gerücht auf, dass Theda schwanger war. Als Johanna einmal ein paar freie Stunden hatte, beschloss sie, ihre Cousine zu besuchen und sie direkt darauf anzusprechen. Sie hielt nichts davon, einfach irgendwelche Gerüchte weiterzuverbreiten und sich nicht selbst zu vergewissern, was daran war. Gegen zehn Uhr machte sie sich auf den Weg. Eike war zu den Schafen am Deich aufgebrochen, Lientje hatte in Neusiel zu tun, weshalb Johanna den Zeitpunkt als günstig empfand. Es war ein nebeliger Novembertag, und die Nebelschwaden verharrten still über den Marschwiesen. Kein Vogel sang, es war unglaublich still, und Johanna konnte nicht weit sehen. »Lüttje Welt« nannte man diesen dichten Nebel in Ostfriesland. Johanna achtete auf den Weg und legte einen Schritt zu, weil sich die Feuchtigkeit unangenehm in ihre Kleidung fraß.

Doch als sie in Neusiel bei Tant Helma ankam, war Theda nicht da. »Die Deern ist bei Ingo auf dem Hof. Sie geht ihm dort ein bisschen zur Hand«, erklärte ihre Tante und schlug Johanna die Tür vor der Nase zu.

Oje, dachte Johanna. Wenn Tant Helma schon nicht reden will, dann ist an dem Gerücht etwas dran.

Johanna sah auf die Uhr und machte sich dann auf den Weg zum Eilershof. Hatte der Nebel sich in Neusiel gelichtet, so verschluckte er sie, sobald sie den Ortsrand passiert hatte und wieder in der Marsch war. Zum Glück war es von hier zum Hof nicht weit.

Das Gebäude türmte sich schon bald aus dem Weiß vor ihr auf. Es war noch immer komisch, dass nun Ingo dort lebte und sich ihre Eltern auf das Altenteil zurückgezogen hatten. Sie hatten es sich dort gut eingerichtet, und für ihren Vater war es auch besser, dort zu leben, aber Johanna fehlte seitdem etwas. Ihr Zuhause, wo sie mit Keno und den Eltern glückliche Stunden verlebt hatte, gab es nicht mehr.

Johanna klopfte an die Eingangstür. Früher wäre sie einfach reingegangen, aber das war mittlerweile ausgeschlossen.

Theda öffnete ihr. Sie war sehr blass, und ihre Augen waren von dunklen Ringen umgeben.

»Stimmt es, was die Leute sagen?«, fragte Johanna, nachdem sie sich mit ihr an den Küchentisch gesetzt hatte. Es war eine freundliche Küche, und da Ingo nichts verändert hatte, fühlte Johanna sich sofort wieder wie zu Hause. Sogar der Duft nach Milch und Kuh waberte leicht durch den Raum und verbreitete Gemütlichkeit. Johanna sah sich um. Der weiße Büfettschrank dominierte noch immer den Raum. Rechts neben dem Fenster stand der Ofen, darüber hingen Töpfe und Pfannen. In der linken Ecke befand sich der Esstisch mit einer Eckbank. Alles wie gehabt. Irgendwie beruhigte Johanna das.

Theda winkte erst ab, setzte sich dann aber zu Johanna und nickte. »Ja, ich erwarte ein Kind.«

»Puh!«, stieß Johanna aus. »Wer ist denn der Vater?«

Thedas Gesicht versteinerte. »Sag ich nicht.« Sie legte die Hand auf ihren Bauch. »Aber ich kriege es. Egal, was die Leute sagen. Egal, was meine Mutter sagt. Es ist mein Kind.«

Johanna strich Theda vorsichtig über den Oberarm – eine ungewohnt vertraute Geste zwischen ihnen. »Das wird nicht leicht, aber du hast ja ohnehin keine andere

Wahl.« Sie fasste sich ein Herz. »Bist du denn sicher, dass du nicht doch den Vater preisgeben solltest? Er muss dich doch unterstützen.«

Theda presste die Lippen aufeinander. »Er würde es abstreiten. Ich schaffe es allein.« Sie sah Johanna lange an. »Du ahnst, wer es ist, oder?«

Johanna nahm Theda in den Arm, und ihre Cousine drückte sie. Sie verstanden sich. Auch ohne Worte.

»Ich helfe dir«, versprach Johanna. »Du bist nicht allein. Und ich bin sicher, dass auch Ingo zu dir steht.«

Theda nickte. »Ingo ja. Meine Mutter aber macht mir gerade das Leben zur Hölle. Sie will mich jetzt mit fast jedem aus dem Dorf verheiraten, bloß damit es zu keinem Skandal kommt. Aber das mache ich nicht! Ich heirate keinen Kerl, den ich nicht will.«

»Tu das wirklich nicht! Bitte.«

Theda sah Johanna lange an, und sie konnte in ihren Augen lesen, dass sie verstand.

»Ich bin jetzt ein gefallenes Mädchen«, sagte Theda. »Nun weiß ich, was das Wort Spießrutenlauf bedeutet. Aber sollen sie sich doch weiter das Maul über mich zerreißen! Ich schaffe das!«

Johanna bekam eine leise Ahnung, was ihr geblüht hätte, wenn ihr dasselbe nach der Nacht mit Rolf passiert wäre.

Theda wirkte anders als bisher. Ihre naive und plapperhafte Art hatte sie völlig abgelegt. Sie saßen noch eine Weile zusammen, klönten über alles, was in Neusiel passiert war, und über andere Belanglosigkeiten. Und doch hatte sich mit Johannas Besuch etwas zwischen ihnen verändert. Sie wäre gern noch viel länger geblieben, aber leider drängte die Zeit. Sie drückte ihre Cousine noch einmal. »Ich komme wieder, und ich bin für dich da. Mir ist es egal, was die Neusieler herumtratschen.«

»Danke!« Thedas Hand lag noch immer auf ihrem Bauch, so als wollte sie ihr Kind vor allen Widrigkeiten schützen.

Die Kirchturmuhr schlug halb zwölf, und Johanna musste sich sputen, wenn sie sich nicht wieder den Unmut der Schwiegermutter zuziehen wollte. Sie war dazu eingeteilt, die Kartoffeln zu schälen, und war schon spät dran. Deshalb würde sie es heute nicht mehr schaffen, ihre Eltern zu besuchen.

Als sie aus dem Haus trat, hatte sich der Nebel größtenteils gelichtet, an einigen Stellen gelang es sogar den Sonnenstrahlen, sich durch das Weiß der Schwaden zu bohren. Johanna begann zu rennen.

Lientje empfing sie schon auf dem Hof mit einem Besen in der Hand, den sie schwungvoll über das grobe Pflaster sausen ließ. »Wo kommst du her?«

»Ich war bei Theda. Es geht ihr nicht so gut«, erklärte sie, fuhr sich durchs Haar und ordnete rasch den Knoten, aus dem sich ein paar Strähnen gelöst hatten.

»Bei Theda?«, spie Lientje die Worte aus, als wären sie Gift. »Da versucht noch eine aus deiner Familie, sich ins gemachte Nest zu setzen. Es heißt im Dorf, das Gör in ihrem Bauch sei von Reent. Helma de Vries hat es behauptet! Als ob mein Sohn mit der …« Sie sprach den Satz nicht zu Ende. »Reent hat mir übrigens geschrieben. Er ist jetzt im Westen, im Ruhrgebiet. Wenn ich ihm erzähle, was Theda behauptet … Unglaublich!« Sie schüttelte empört den Kopf. »Aber er hat dort richtig gute

Aussichten, es weit zu bringen. Reent hat einen Autohandel. Das ist bald ganz groß im Kommen!«

Johanna zog es vor zu schweigen und flüchtete in die Küche. Mit etwas Glück würde Lientje ihr nicht folgen und sie ihre Arbeit tun lassen.

Kapitel 12

Für Johanna war es eine Flucht vom Nordseehof, wenn sie ihre Eltern auf dem Altenteil besuchen konnte, und das tat sie, sooft es ging. Doch auch da war es lange nicht mehr so, wie sie es sich erhoffte. Ihr Vater hatte sich nach dem Umzug noch stärker in seine Welt zurückgezogen und starrte tagein, tagaus gegen die Blümchentapete in der Stube. Er verließ sie nur, wenn es Essen gab oder wenn er zu Bett ging. Ihrer Mutter tat jeder Besuch gut, denn da es an ihren langen Tagen nur noch um die Betreuung ihres Mannes ging, konnte sie sich nicht ablenken, wurde ihrerseits weinerlich und haderte mit dem Schicksal, das ihr den Sohn und den Hof genommen hatte.

Als Johanna von einem solchen Besuch zurückkam, verstellte Ingo ihr den Weg. Er wirkte verlegen. »Ich hoffe, du bist mir nicht böse, Johanna«, sagte er. »Ich weiß, dass dir der Eilershof nach Kenos Tod zugestanden hätte. Aber wenn nicht ich …«

Sie schüttelte den Kopf und fiel Ingo ins Wort. »Lass gut sein. Es ist, wie es ist, und dich trifft keine Schuld. Mir ist es auf jeden Fall lieber, dass du ihn bekommen hast als jemand anders. Immerhin bist du Kenos bester Freund gewesen.« Sie machte eine kurze Pause. »Aber ich glaube, du könntest etwas für deine Schwester tun. Sie muss aus dem Hexenkessel Neusiel raus. Und Tant Helma macht ihr nur Vorwürfe. Du aber lebst hier allein und abgeschieden und könntest doch sicher eine Frau brauchen, die dir etwas abnimmt. Jedenfalls so lange, bis du selbst heiratest.«

»Das wird so schnell nicht passieren«, sagte Ingo ein bisschen zu rasch. Er nahm die Schiebermütze vom Kopf und kratzte sich das blonde Haar. »Aber du hast recht, Johanna. Ich hätte auch selbst darauf kommen können. Das löst sogar ein bisschen mein Problem.« Er umarmte Johanna überraschend.

»Dein Problem?«, gab sie zurück, aber Ingo ging nicht darauf ein. Stattdessen sagte er: »Ich hole Theda auf den Hof.«

Und so zog Theda zwei Tage später stiekum zu ihrem Bruder. Sie brachte nur ein paar Kleider mit und ihre Bibel. Johanna war zufällig auch gerade auf dem Eilershof und begrüßte ihre Cousine freundlich.

»Ist das alles, was du dabeihast?«, fragte sie erstaunt.

»Ein Neuanfang sollte keine Altlasten haben«, sagte Theda und nahm ihr neues Zimmer in Beschlag.

Es lag im ersten Stock und wurde früher für Gäste genutzt. Da Ingo unten wohnte, hatte Theda auf diese Weise das Stockwerk für sich und das Kind. Nur die Küche und das Bad, beide Räume befanden sich im Erdgeschoss, musste sie sich mit ihrem Bruder teilen.

Theda stellte sich ans Fenster und schaute über die grünen Marschwiesen. »Was für ein Ausblick!«, rief sie. Sie drehte sich um und umarmte Johanna spontan. »Danke, dass du Ingo gefragt hast!«

»Gern«, antwortete Johanna. Sie freute sich für ihre Cousine. Sie sollte nicht auch mit dem falschen Mann unter einem Dach leben und alle Träume begraben müssen.

»Ich werde Ingo gewiss nicht auf der Tasche liegen«, sagte Theda. »Ich kann arbeiten, und ich weiß auch schon, was. Großes Geheimnis!« Sie lächelte und wirkte wie befreit. Theda hatte sich in der Tat sehr verändert.

*

Wenn Johanna jetzt ihre Eltern besuchte, ging sie auch immer bei Theda vorbei. Sie hatte sich, zusätzlich zu den Aufgaben auf dem Hof, wirklich Arbeit gesucht und trocknete den Gammel, also die zu kleinen Garnelen und die Schalen der gepulten Tiere auf den Darren. Manchmal fügte sie noch Muschelkalk hinzu. Danach verpackte sie die Ware, und alles wurde ins Ruhrgebiet oder an den Rhein geschickt und dort zu Hühnerfutter verarbeitet. Es war eine stinkende Arbeit, aber Theda war sich inzwischen für nichts mehr zu schade. Deshalb hatte sie das Angebot eines Onkels, der als Fischer in Varel lebte, gern angenommen.

Zwischen Johanna und Theda flocht sich in kürzester Zeit ein Band, das beide recht schnell als tiefe Freundschaft bezeichneten – was dazu führte, dass Johanna, so es ihre Arbeit auf dem Nordseehof zuließ, noch öfter auf dem Eilershof weilte.

»Reent ist wirklich der Vater«, gestand Theda Johanna dann eines Abends. »Dir mag ich es sagen, du hast es ohnehin geahnt. Er hat mich auf eurer Hochzeit verführt.

Ich war schon so lange in ihn verliebt, und plötzlich hat er mich geküsst. Und dann …« Sie schlug die Hände vors Gesicht. »Ich war so dumm.«

»Er hat dir vermutlich alles versprochen, was man einem Mädchen verspricht, das man rumkriegen will«, sagte Johanna.

Theda nickte. »Ja, und nun bekomme ich sein Kind, und er ist über alle Berge auf und davon.«

»Du hättest ihn drankriegen können«, sagte Johanna. »Aber ich verstehe dich. Reent ist …«

Theda fiel ihr ins Wort. »Ich weiß, wie unzuverlässig er ist. Aber das ist nicht der einzige Grund, warum ich damit hinterm Berg halte, wer der Vater ist: Ich will nicht, dass mir das Gleiche blüht wie dir. Dass ich als Schwiegertochter dieses Drachens ende.« Sie lachte bitter auf. »Die Alte hat schon vor meiner Tür gestanden und mir die übelsten Verwünschungen an den Hals gehext. Danach stand meine Entscheidung fest. Reent will mich ohnehin nicht, und ich laufe keinem Mann nach. Und schon gar nicht, wenn mich anschließend ein Leben in Knechtschaft erwartet! Dann lieber der Hohn und Spott der Neusieler. Damit hätten sie im anderen Fall auch nicht gegeizt. Wenn sie reden wollen, reden sie. Sie haben schließlich sonst nicht viel. Das wird vermutlich auch in hundert Jahren nicht anders sein.« Theda sah Johanna mit einem verschmitzten Grinsen an. »Und ich bitte um Entschuldigung für den blöden Poesiealbum-Spruch damals. Echt daneben, das weiß ich jetzt. Wenn man nämlich keine Rose mit Stacheln ist, kommt man auch nicht weit. Merk dir das, Johanna!«

Johanna bewunderte ihre Cousine für ihre Stärke. Sie

war mutig, denn fortan würde ihr Leben kein einfaches sein.

*

Johanna war dabei, das Abendessen vorzubereiten, und deckte den Tisch in der Küche ein. Die Tage und Wochen zogen weiter zäh dahin wie ein Fluss, der eigentlich hätte fließen sollen, aber nun mit dickem Schlamm beschwert war. Jede Stunde war bestimmt vom Alltag auf dem Hof. Johanna hatte viel im Haushalt zu tun, diese Arbeit beschäftigte sie mehr als die im Stall. Die Leute auf dem Hof mussten schließlich genug zu essen haben, und die Wäsche musste gewaschen werden. Es war weiterhin anstrengend, mit der Schwiegermutter zu arbeiten. Nie machte Johanna etwas richtig, nie schnell genug. Sosehr sie sich auch bemühte, Lientje Deeken fand immer einen Grund zur Kritik. Trotzdem vermied Johanna es, sich bei Eike über seine Mutter zu beklagen, vermutlich wäre dann alles noch viel schlimmer geworden. Denn ihr Mann fürchtete Lientje und hätte so oder so niemals den Mut aufgebracht, sich gegen sie durchzusetzen. Also versuchte Johanna, die Sticheleien zu ertragen. Doch sie gewöhnte sich nicht daran.

Thilo Deeken, eigentlich ein durchsetzungsfähiger Brummbär, hatte sich seit der Hochzeit immer mehr aus dem Hof- und Familienleben zurückgezogen. Es gab Tage, da bekam Johanna ihn gar nicht zu Gesicht. Von daher wusste sie nicht, wie er zu ihr und der Ehe stand.

Als sie die Wurst und den Käse auf den Tisch stellte, hörte sie Eike von draußen eintreten. »Mutter und Vater kommen gleich«, sagte er. Sein Kopf war hochrot angelaufen, und er schwitzte. »Einer der Böcke hat Ärger gemacht. Er wird zunehmend aggressiv. Wir werden ihn schlachten müssen.« Eike warf seine Mütze auf die Eckbank und setzte sich. Gemeinsam warteten sie auf Thilo und Lientje, die kurz darauf reinkamen.

Thilo Deeken sah blass aus, ein wenig angegriffen. Er räusperte sich. »Der November neigt sich dem Ende zu. Es ist zwar noch warm, aber die Schafe müssen trotzdem zurück auf den Hof. Wir scheren dann sofort, denn der Winter kann ganz plötzlich kommen. Morgen geht es los.«

Eike sah seinen Vater an, er konnte die plötzliche Eile nicht nachvollziehen. »Wenn wir sie morgen schon holen, müssen wir heute Abend alles in den Ställen vorbereiten. Das ist vom Arbeitsaufwand kaum zu bewältigen. Es ist doch schon spät, und ich bin ziemlich kaputt vom heutigen Tag.«

»Es wird gemacht, wie ich es sage!«, bestimmte Thilo.

Eike sah verzweifelt zu Johanna. Die nickte unmerklich. »Ich helfe dir«, sagte sie laut. »Dann bekommen wir es hin.«

»Wenn die Schafe hier sind, übergeben wir euch die Schäferei«, sagte Lientje plötzlich mit einem Seitenblick zu Eike und Johanna. »Vater ist der Ansicht, es wird Zeit, dass Eike endlich die volle Verantwortung übernimmt.« Johanna hörte ihrer Stimmlage an, dass Lientje mit der Entscheidung ihres Mannes nicht einverstanden war, aber wohl nicht wagte, dagegen aufzubegehren. Ihre Schwiegermutter hatte weitergesprochen, aber was sie jetzt sagte, versetzte Johanna einen echten Schlag. »Und es wird ja wohl hoffentlich auch bald was mit dem Erben. Die Leute fragen schon.« Johanna traf ein strafender Blick.

Sie fühlte sich schlecht deswegen, denn viele andere junge Frauen wurden tatsächlich erheblich schneller nach der Hochzeit schwanger. Aber was sollte sie tun?

Sie hatte sogar schon mit ihrer Mutter gesprochen, aber auch die wusste keinen Rat, außer sich, sooft es ging, beschlafen zu lassen. »Dann kommt das schon. Drei Monate sind doch noch keine lange Zeit!«

Für ihre Mutter nicht. Für Johanna schon, vor allem, wenn man fast täglich von der Schwiegermutter mit der Nase darauf gestoßen wurde.

»Wir bekommen den Nordseehof?«, riss Eike sie aus ihren Gedanken. »Das ist ja wundervoll. Nicht wahr, Johanna?«

»So ist es«, bestätigte sein Vater.

Damit war das Thema vom Tisch, und sie diskutierten, wie sie den Schaftreck morgen organisieren wollten und wer nun was im Stall zu tun hatte, damit es überhaupt machbar war.

Johanna hielt Wort, zog sich nach dem Essen rasch dicke Sachen an und half kräftig mit. Gemeinsam schütteten sie Stroh auf, füllten die Raufen mit frischem Heu und säuberten die Tränken. Es war fast Mitternacht, ehe sie fertig waren.

»Danke.« Eike küsste Johanna auf den Mund. »Ohne dich wäre es nicht zu schaffen gewesen. Ich weiß nicht, was mit meinen Eltern los ist. Irgendetwas stimmt nicht.« Er fuhr sich mit der Hand durchs Haar.

»Ich habe dir gern geholfen!«, sagte Johanna. »Aber ich habe eine Bitte: Lass mich morgen mitkommen.«

Eike sah sie erstaunt an. »Das geht nicht, das ist harte Männerarbeit. Vielleicht bist du schwanger. Dann musst du dich schonen.«

Johanna schüttelte den Kopf. Ihre Tage hatten diesmal eine Woche zu früh eingesetzt. »Ich bin ganz sicher nicht schwanger, Eike. Ich blute seit heute Morgen schon wieder.« Sie versuchte, die Enttäuschung in den Augen ihres Mannes zu ignorieren, aber es schmerzte sie, wie sehr sie auf diese Schwangerschaft reduziert wurde.

Eike brauchte nicht lange, um sich wieder zu fangen. Tröstend legte er seinen Arm um sie. »Unser Kind kommt schon noch. Mach dir keine Gedanken. Und wegen morgen: Ich rede mit Vater, ob du mitkannst.«

Kapitel 13

Rolf lebte jetzt seit fast drei Monaten bei Volker in dem kleinen Kaisenhaus in Walle.

Sie hatten versucht, ein bisschen mehr Gemütlichkeit in die winzigen Räume zu bekommen, denn zuvor hatte Volker keinen großen Wert darauf gelegt. Ihre beiden Betten trennte nun ein zerschlissener roter Vorhang, den Volker auch von Helmer erhalten hatte. Gemeinsam hatten sie einen alten Küchenschrank abgeschliffen, sauber gemacht und neu gestrichen. Volker hatte sogar ein rot-weißes Wachstischtuch besorgt, das nun den Tisch schmückte und mit dem roten Vorhang ein bisschen Farbe in die Tristesse des winzigen Häuschens brachte.

Ihre »Waschküche« war draußen untergebracht. Neben der neuen Schwengelpumpe befanden sich Waschkübel und geflochtene Körbe. In der Küche stand seit einer Woche ein neuer Holzofen, die alte Brennhexe hatten sie an die Nachbarin Gerda Bruns abgegeben, die dafür mehr als dankbar war, hatte sie doch eine fünfköpfige Kinderschar satt zu bekommen, und ihre eigene Hexe war kaputtgegangen.

Volker zahlte Rolf inzwischen einen kleinen Lohn

dafür, dass er ihm beim Ausfahren der Waren half. Doch dieser hatte lange nichts mehr zurückgelegt, weil ihm die Besuche an Bremens Küste viel zu viel Spaß machten, aber leider auch Geld kosteten.

In den Kneipen und Etablissements traf er oft auf Amerikaner. Mit ihnen verstand er sich blendend. Sie unterhielten sich in einem Kauderwelsch aus Englisch und Deutsch, aber sie wussten immer, was der andere meinte. Es erinnerte Rolf an seine Zeit in Bayern, und inzwischen dachte er doch hin und wieder daran, nach Amerika umzusiedeln. Tief im Innersten wusste er, dass die große und endgültige Entfernung zu Johanna der Grund dafür war, es nicht zu tun.

Die Amerikaner waren großzügig und steckten allen oft etwas zu. Mal ein Päckchen Chewing Gum, mal eine Stange Zigaretten oder etwas Schokolade, die viel besser schmeckte als die, die sie in Bremen kaufen konnten.

Die vielen, ausnehmend schönen Frauen waren ein weiterer Grund für Rolf, oft an die Küste zu gehen. Sie trugen schöne Kleider, waren geschminkt und unterschieden sich sehr von denen, die Rolf auf dem Land kennengelernt hatte. Viele waren Liebchen der Amerikaner, einige ließen sich aber auch gern mit den anderen Gästen ein, wenn ein bisschen für sie heraussprang. Rolf ging immer mal wieder mit einem der Mädchen mit. Aber nie mehrfach mit derselben, er wollte nur Spaß haben, keine Beziehung.

In den Kneipen wurden auch wundersame Geschichten erzählt, denn viele Seeleute fanden den Weg dorthin. Oft war es Seemannsgarn, was sie zum Besten gaben. Es ging um riesige Wale, um Meerjungfrauen und um weiße Haie, mit denen sich die Seemänner hatten auseinandersetzen müssen. Natürlich waren sie stets die Gewinner gewesen, aber einer der anderen Matrosen, meist ein kleiner Smutje oder ein armer Schiffsjunge, hatte bei solchen Angriffen aus mangelnder Erfahrung stets sein armes Leben in den Weltmeeren gelassen.

Es machte Spaß, den Männern zuzuhören. Rolf mochte sein Leben in Bremen immer mehr, weil es den Schmerz um Johanna ein bisschen verdrängte.

Volker war derweil zu Rolfs bestem Freund geworden. Sie saßen oft in einem der Etablissements zusammen, am liebsten im *Golden City*, tranken ein Bier oder schwiegen miteinander, so wie Freunde es eben taten. Doch oft erzählten sie sich auch Dinge aus ihrem Leben. Zwei Leben, die unterschiedlicher nicht sein konnten.

Volker hatte seine Frau und seine Tochter bei dem Bombenangriff auf Bremen in der Nacht vom 18. auf den 19. August 1944 verloren. »Ganz Walle war weggebombt. Ich war zufällig hier, weil ich Fronturlaub hatte, und dann waren Lieke und Erna plötzlich einfach weg«, hatte er gesagt und sein Bier in einem Zug geleert. Wie genau es passiert war, hatte er nicht erzählt, und Rolf mochte nicht nachfragen. Wenn Volker es ihm eines Tages berichten wollte, würde er es tun, und sonst eben nicht. Es änderte schließlich nichts.

Rolf erzählte seine und Johannas Geschichte wieder und wieder, nur seine Kriegserlebnisse kamen ihm nicht über die Lippen. Aber das war auch unnötig, denn Volker wusste von allein, was ihn quälte, und er hatte vermutlich seine eigenen Dämonen aus der Zeit des Krieges.

Gelegentlich sagte er »Jo« oder »Dat wird schon« oder »Nützt tja nix«, und damit war die Sache abgetan. Einzig beim Thema Johanna kamen sie auf keinen gemeinsamen Nenner, denn Volker war der Ansicht, dass Rolf sie, so schnell es ging, aus seiner Gefühlswelt verbannen sollte. »Die Sache bricht dir nur jeden Tag das Herz ein Stück mehr, mien Jung. Und hast du nicht gesehen, ist es entzwei, und du liegst am Boden. Für nichts. Denn ob du nun trauerst oder ob du positiv lebst: Es ändert nichts.«

Rolf entgegnete darauf nichts mehr. Darüber würden sie sich nie einig werden, und er wollte es sich mit Volker nicht verscherzen. Denn Rolf mochte die Arbeit mit ihm, und er war angetan von der Aufbruchsstimmung und den politischen Diskussionen in der Stadt. Volker war ohnehin immer erster Mann an Deck, wenn es um Politik ging und darum, sich einzumischen. Er wusste stets genau Bescheid, las ständig Zeitung oder hörte Radio. Inzwischen wurde Rolf von diesem Sog förmlich mitgezogen, denn es tat gut, zusammenzuhalten und auf diese Weise vielleicht etwas bewirken zu können.

Gestern war es am Bremer Domhof bei einer Gewerkschaftskundgebung zu einer riesigen Demonstration gekommen. Die Preise waren nach der Währungsreform drastisch angestiegen, die Löhne der Arbeiter aber blieben eingefroren. Das wollten sich die Bremer nicht gefallen lassen!

Solche Menschenansammlungen war Rolf nicht gewohnt. Erst hatte es ihn geängstigt, inmitten der aufgebrachten Massen zu stehen, aber dann war er der Faszination erlegen. Sie konnten etwas erreichen, die Menschen hielten zusammen!

Volker kam am Abend nach der Demonstration mit

einem zufriedenen Gesichtsausdruck in die Küche und schwenkte den *Weserkurier*.

»Lies vor!«, forderte Rolf ihn auf. Er saß am Tisch und rührte in seinem Kaffeebecher. »Wie viele waren wir?«

»Immer langsam mit den jungen Pferden«, sagte Volker. »Erst die Schlagzeile: *Die Bremer Massenkundgebung gegen Preiswucher*«, begann er und las Rolf dann den ganzen Artikel vor.

Der hing an seinen Lippen. »Meinst du, wir haben etwas erreicht?«

Volker zuckte mit den Schultern. »Ich weiß es nicht. Aber wir gehen heute zur Küste! Es waren gestern dreißigtausend, das allein muss gefeiert werden.«

Rolf nickte, und kurz darauf zogen sie los. Sie suchten verschiedene Kneipen auf, überall war es sehr voll, aber schließlich fanden sie einen Platz im *Arizona*.

»Und, was hast du jetzt vor, mien Jung?«, fragte Volker ihn, nachdem sie ihren Demonstrationserfolg mit den anderen in der Kneipe ausgiebig begossen hatten. »Du kannst nicht ewig für mich Fässer schleppen und im kleinen Kaisenhaus wohnen. Du brauchst Frau und Familie.«

Rolf wand sich. Ihm reichten seine kleinen Abenteuern mit den sehr willigen Frauen. Nie wieder Verbindlichkeit. Ab und zu den Schmerz herauszuvögeln und sich die Birne mit Korn und Bier zuzuschütten war eine Wohltat. Aber sich verlieben und eine Familie gründen? Mit einer anderen Frau als Johanna? Undenkbar!

»Du warst doch ein paar Jahre in der Landwirtschaft. Mach was draus!«, schlug Volker ihm vor. Aber Rolf schüttelte energisch den Kopf.

Er musste etwas völlig anderes tun. Zwischendurch

hatte er überlegt, zur See zu fahren. Jeden Tag Wind um die Ohren. Immer andere Häfen. Dann würde auch er irgendwann wieder herkommen und Seemannsgarn spinnen. Aber er war kein Seebär. Rolf brauchte Boden unter den Füßen, also hatte er den Plan schnell verworfen. Außerdem wollte er bei Volker bleiben. Der aber benahm sich wie eine Vogelmama, die ihrem Jungen helfen wollte, endlich flügge zu werden.

»Dann mach eine Lehre, Herrgott noch mal! Meinetwegen am Hafen. Damit du später ordentlich Kohle im Sack hast. Geh zum Küper, lass dich da ausbilden. Oder werde Tallymann. Irgendwas wird dir schon Spaß machen. – Weißt du, was ich nicht abkann, Rolf?«, fuhr Volker fort, nachdem er das nächste Bier intus hatte, seine Zunge immer lockerer wurde und sie vor lauter Zigarettenqualm ihre eigene Hand vor Augen kaum noch erkennen konnten. »Deine Unschlüssigkeit und dein Selbstmitleid.«

»Ich und unschlüssig? Ich habe meine Zelte abgebrochen und bin jetzt hier!«

»Du ertrinkst in Selbstmitleid, weil du deine Johanna nicht bekommen hast. Überlege dir, was du arbeiten willst, mien Jung. Sonst wasch ich dir in einem halben Jahr so lange den Kopf, bis du keine Haare mehr hast.«

Rolf musste bei dem letzten Satz grinsen. Volker war aber noch nicht fertig mit seiner Predigt. »Ja, deine große Liebe hat einen anderen Kerl geheiratet. Aber sie lebt noch, verdammt! Und es gibt so viele andere hübsche Deerns auf dieser Welt. Sogar in Bremen.«

»Das weiß ich. Hab es ja probiert.«

»Nicht solche, Rolf. Echte Frauen zum Heiraten! Ich

rede nicht von denen für eine Nacht, so suutje die auch sein mögen.«

Rolf zuckte mit den Schultern. »Willst du mich loswerden? Es passt doch gut mit uns beiden.«

Volker stieß ihn an. »Das tut es, aber es ist für dich keine Perspektive! Mein Leben ist bald vorbei, aber deins hat erst begonnen. Ich will, dass du dir andere Arbeit suchst, damit du dir ein eigenes Heim schaffen kannst und nicht in so einer Baracke wie meinem Kaisenhaus verschimmelst. Mit mir an deiner Seite versumpfst du an der Küste. Frauen, Alkohol und viel Seemannsgarn. Das ist auf Dauer nichts für dich!«

Rolf schüttelte den Kopf. Er war vielleicht bequem und versank in Selbstmitleid. Aber es ging ihm momentan gut, und das lag auch an Volkers Gesellschaft.

»Gut«, sagte der eben. »Heute feiern wir diese grandiose Demonstration, geben noch einmal so richtig Gas. Aber dann, Rolf, dann brichst du in ein selbstbestimmtes Leben auf. Morgen suchst du dir was mit Zukunft!« Volker bestellte noch eine Runde Korn, und sie stießen miteinander an.

Hernach winkte er zwei Mädchen heran. Eine Blondine und eine Brünette setzten sich sofort zu ihnen.

Rolf trank mit der Dunkelhaarigen ein Glas Sekt, und dann vergaß er Johanna. Zumindest für ein paar Stunden.

Kapitel 14

Auch heute lag noch feuchter Nebel über der Marsch, als Johanna mit Eike vor die Tür trat. Ein paar Schwaden verharrten wie zerrupfte Watte über den Gräben, die sich durch die Wiesen schlängelten.

Gestern hatten sie lange gearbeitet, und gleich wollten sie die Schafe von den Weiden holen.

Thilo stand schon mit den Arbeitern auf dem Hof und redete auf sie ein. Heute schien er wieder ganz der Alte zu sein, auch wenn er immer wieder verhalten nach Luft schnappte oder an seine Brust fasste, wenn er sich unbeobachtet glaubte. Johanna beschloss, später mit Eike darüber zu sprechen. Sein Vater musste dringend einen Arzt aufsuchen.

Einer der Männer hatte das Fuhrwerk bereitgestellt, die beiden Hunde saßen bereits oben. Johanna und Eike kletterten auf die Ladefläche, Thilo Deeken setzte sich neben den Knecht auf den Kutschbock. Dann ging es in Richtung Jadebusen.

Johanna mochte das Meer, vor allem, wenn es sich wütend gebärdete und das grünbraune Wasser mit seiner Gischt ans Ufer schlug. Sie mochte auch die Ebbe, weil das Kommen und Gehen des Wassers eine gewisse Magie und vor allem Beständigkeit hatte.

Sie stellten das Fuhrwerk in der Nähe des Weidegatters am Deichfuß ab. Zuerst sprangen die Hunde hinunter. Sie freuten sich sichtlich auf ihre Aufgabe. Eikes Vater trug den klassischen Schäferhut, in der Hand hielt er einen Blecheimer mit Futter. Er pfiff nach den Hunden, die sofort zu ihm kamen. »Ich treibe jetzt mit den beiden die erste Schafherde her. Dann gehe ich voraus und ihr mit den Schafstecken hinterher. Sollte ein Schaf nicht mehr können, laden wir es auf das Fuhrwerk, das der Knecht zurücklenkt.«

Sie erklommen den Deich, von wo sie die Herde einsehen konnten und zugleich einen wunderbaren Blick über den Jadebusen hatten. Die Sonne schien, kein Wind fegte über das Land. Das Wasser glich einem Spiegel.

»Dann mal los!«, sagte Eike lächelnd und stapfte mit dem Stecken voran.

Es dauerte eine Weile, bis die Schafherde vor dem Gatter versammelt war. Auf das Geheiß seines Vaters hin öffnete Eike das Tor, und die Tiere liefen hinter dem Schäfer her. Es machte Johanna Freude, die Schafe zusammenzuhalten.

»Es passt zu dir, wie du die Tiere treibst und in der Natur bist«, lobte Eike sie. »Ich wünsche mir sehr, dass du dein Glück an meiner Seite findest.« Es lag so viel Flehen in seiner Stimme, dass es Johanna schmerzte.

»Ich fühle mich wohl hier«, rang sie sich ab. Ihr Mann musste schließlich nicht wissen, wie oft sie den Stern am Himmel suchte, der sie an Rolf und ihre gemeinsame Zeit erinnerte. Das war ihr Geheimnis, und es ging keinen etwas an. Sie tat, was man von ihr verlangte, und sie machte das Beste daraus.

Eike lächelte unglücklich. Johanna ergriff seine Hand und drückte sie. »Es ist nur noch vieles neu. Aber ich komme jeden Tag ein Stück mehr an.«

Das waren nicht die Worte, die Eike sich erhofft hatte, aber sie konnte und wollte ihn auch nicht anlügen. Vielleicht wäre es wirklich gut, wenn sie bald schwanger wurde. Dann könnte ihr Mann sich mit seiner Liebe auf den Nachwuchs konzentrieren, und sie wäre nicht allein für sein Glück verantwortlich.

Das letzte Stück zum Nordseehof liefen sie schweigend nebeneinanderher.

Auf dem Hof trieben sie die Tiere in den Stall. Es gab zwei große Trakte, wo die weiblichen Schafe in zwei Herden untergebracht waren. Ringsum befanden sich kleinere Boxen, und in der Mitte war eine große Raufe, die sie gestern mit Heu gefüllt hatten.

Eike wies auf die kleinen Abseiten. »Dort hinein kommen die Mutterschafe mit den Lämmern, wenn sie frisch gelammt haben«, erklärte er Johanna. Sie erinnerte sich. »Genau, und daneben ist die Kinderstube, wo ihr die Mütter mit den Lämmern hinterher in kleineren Gruppen haltet. Und ganz dahinten stehen die Böcke.«

Eike nickte. »Das hast du dir wunderbar gemerkt.« Er lächelte Johanna an.

»Morgen machen wir die Klauenpflege, und danach geht es an die Schafschur«, sagte Thilo Deeken zufrieden. »Aber nun holen wir die zweite Herde.« Wieder war er sehr kurzatmig, und Johanna beobachtete ihn besorgt.

Nach dem zweiten Schaftreck wurde in der Küche

Essen aufgetischt. Lientje hatte mit einer Magd eine dicke Erbsensuppe zubereitet. Sie schaute ihre Schwiegertochter prüfend an. Johanna wusste genau, was in ihrem Kopf vor sich ging, und sie fühlte sich plötzlich schlecht. Sie aß schweigend einen Teller Suppe. Sie war mit einem Mal so müde. Ihr Bauch schmerzte, wie immer, wenn sie ihre Tage hatte. Sie verfluchte ihren Körper insgeheim, weil er einfach nicht empfangen wollte oder konnte.

Nach dem Essen stand sie auf. »Ich ziehe mich zurück. Mir ist nicht wohl, bitte entschuldigt mich. Das Abendessen kann ich später aber zubereiten.« Sie legte die Serviette sorgfältig neben den Teller, so wie Lientje es wünschte, und lief durch den dunklen Flur zur Treppe. Im Schlafzimmer angekommen, stellte sie sich ans Fenster und starrte in den Garten, den Rolf so wunderbar gepflegt hatte. Nun aber blühte nichts mehr, der Herbst hatte Einzug gehalten.

Die Tür hinter ihr klackte, und Eike trat ein. Er legte Johanna die Hand auf die Schulter. »Was ist denn los? Du bist so blass. Hast du dir mit dem Schaftreck zu viel zugemutet?«

»Deine Mutter«, sagte sie resigniert. »Sie kann diese Sticheleien einfach nicht lassen. Es geht den ganzen Tag so. Manchmal wirft sie mir auch nur ihre vernichtenden Blicke zu. Es ist kaum zu ertragen.« Sie schluchzte auf. »Egal, was ich versuche: Ich arbeite nicht gut genug, ich bin nicht schnell genug schwanger. Ich kann dies nicht und das nicht. Wie soll ich hier heimisch werden, wenn sie mich so behandelt?«

Eike nagte an der Unterlippe. »Sie meint es doch nur gut.«

Johanna schnellte herum. »Nein, das tut sie nicht, und

das weißt du. Sie wollte, dass Reent den Nordseehof erbt! Sie ist böse darüber, dass wir hier sind! Deine Mutter hätte für dich gern eine andere Frau gehabt. Aber es gab fürs Ansehen in Neusiel wohl nichts Besseres als mich. Und nun lässt sie mich ihre Abneigung täglich spüren. Seit dein Bruder im Ruhrgebiet ist, ist es noch schlimmer geworden.« Johanna legte den Kopf in die Hände. Dann konnte sie die Tränen nicht länger zurückhalten und begann, hemmungslos zu weinen.

Eike lehnte seinen Kopf gegen ihr Haar. »Was soll ich denn tun? Schau, sie geben uns doch jetzt den Hof, und ich habe das Sagen.«

Johanna schluchzte erneut auf. »Sie leben aber weiter mit uns in einem Haus! Wir haben eine gemeinsame Küche und …« Sie brach ab. Dann atmete sie einmal tief ein, bevor sie weitersprach. »Trotzdem wird sich nichts ändern. Sie hält dich für schwach und unfähig, und mich ebenfalls.«

»Du darfst nicht so über meine Mutter sprechen«, schalt Eike sie. »Ich glaube, du übertreibst, Johanna.«

Sie sah ihn mit tränenverschleiertem Blick an. »Nein, das tue ich ganz gewiss nicht. Wenn wir je glücklich werden wollen, dann musst du ihr Einhalt gebieten! Sonst halte ich es hier nicht lange aus.«

Eike machte einen Schritt rückwärts und drehte Johanna zu sich um. »Wir müssen mit meinen Eltern auskommen, Johanna!« Sein Blick wurde hart. »Kann es sein, dass du dich immer noch dagegen wehrst, dich hier einzufügen, und nun nach Gründen suchst, um es nicht tun zu müssen? Du rennst verdammt oft zum Eilershof, nicht wahr?«

Johanna sog scharf die Luft ein. »Was unterstellst du mir?«

»Dass du nur ungern auf dem Nordseehof bist.«

Johanna schwieg. Sonst hätte sie lügen müssen. Eike packte sie am Oberarm. »Und du denkst an Rolf…«, sagte er. »Du fliehst vor mir.«

Johanna versuchte, seinem Blick standzuhalten. »Das stimmt nicht. Rolf ist doch weg.«

Eike sah sie zweifelnd an. »Ich möchte dir so gern glauben, Johanna. Ich liebe dich mehr als mein Leben.«

Johanna gab ihm einen flüchtigen Kuss auf die Wange. »Ich bin deine Frau.«

»Liebst du mich?« Eike sah sie forschend an.

Johanna konnte die Traurigkeit in seinem Blick nicht ertragen.

»Ja, ich liebe dich«, log sie. Irgendwie mag ich ihn ja, fügte sie in Gedanken hinzu.

Eike war das genug. Er begann, sie zu küssen, und drückte sie fest an sich.

»Ich wollte dir noch etwas wegen deines Vaters sagen.« Johanna wusste, dass es ein schlechter Augenblick war, aber sie konnte Eikes Nähe nicht so lange ertragen.

»Was ist mit ihm?«

»Er ist krank, Eike. Thilo legt dauernd die Hand auf seine Brust, in der Herzgegend, und er bekommt oft kaum Luft. Er sollte einen Arzt aufsuchen.«

Eike schob Johanna ärgerlich weg. »Nun ist es aber gut. Du siehst Gespenster und suchst nach fadenscheinigen Ausflüchten, wenn ich dich im Arm halte. Es ist besser, du ruhst dich jetzt aus. Vielleicht wird Zeit, dass du endlich ein Kind bekommst!«

Die Tür fiel scheppernd hinter ihm zu.

Kapitel 15

Johanna saß im Schlafzimmer auf dem Bett und schaute von dort aus dem Fenster. Die Äste der großen Bäume wogten im Wind. Das Jahr 1948 war vergangen. Es war ein trüber Januartag, aber sie hatte seit vielen Wochen zum ersten Mal das Gefühl, wieder richtig durchatmen zu können. Ihre Blutung war im Dezember ausgeblieben, sodass sie vorsichtig daran zu glauben wagte, endlich den ersehnten Erben unter dem Herzen zu tragen. Sie hatte bisher nicht gewagt, Eike von ihrem Verdacht zu erzählen. Er sollte sich keine unnötigen Hoffnungen machen, und Johanna wollte zudem Lientje keinen Anlass geben, sie anzugreifen, falls es schiefging.

Es war in den letzten Wochen schwierig genug mit ihnen allen gewesen. Eike konnte seine Eifersucht oft kaum zügeln und unterstellte Johanna, dass sie noch Kontakt zu Rolf hatte, oder aber, dass sie nur Ingos wegen so häufig zum Eilershof ging. Und Lientje war eben, wie sie war. Spitzzüngig und gemein.

Letzte Woche hatte sie wieder Post von Reent erhalten. Er hatte wohl tatsächlich im Ruhrgebiet einen florierenden Autohandel aufgezogen.

Genüsslich hatte ihre Schwiegermutter das vom vielen Lesen bereits zerknitterte Stück Papier auf dem Küchentisch ausgebreitet. »Wenn mein Reent die Schäferei übernommen hätte, würden wir hier alle landwirtschaftlichen Betriebe in den Schatten stellen. Reent hat den Mut und das Können, immer die richtigen Entscheidungen zu treffen. Er wäre ein würdiger Erbe. Das erkennt man schon daran, wie geschickt er sich fern der Heimat hochgearbeitet hat.«

Eike hatte wie immer geschwiegen, aber Thilo war zum ersten Mal richtig wütend geworden. »Es ist gut, Lientje! Eike ist nun mal der rechtmäßige Erbe, und wenn Reent im Ruhrgebiet klarkommt, ist alles in Ordnung. Ich will nichts mehr hören!« Danach war Thilo ein heftiges Schnaufen entwichen, und er war fortan noch kurzatmiger gewesen.

Lientje aber hatte nicht aufgegeben. »Ich habe ihm geschrieben, was Theda behauptet. Er hat es gar nicht kommentiert, was allein zeigt, wie unsinnig die Behauptung von diesem dummen Ding ist.« Dann hatte sie wieder zu Johanna gesehen. »Hauptsache, *du* bringst bald einen Erben her.«

So war es immer. Johanna seufzte und sah der Katze hinterher, die mit aufgestelltem Schwanz um die Stallecke huschte. Sie wusste selbst nicht, ob sie sich auf das Kind freute. Die Stimmung auf dem Nordseehof war schlecht, alles um sie herum kam ihr nebelverhangen und düster vor. Die Schwangerschaft löste allerdings einige ihrer Probleme. Unwillkürlich fuhr ihre Hand zum Bauch. »Bist du da drin?«, flüsterte sie. »Und bleibst du?«

»Was tust du hier?« Eike trat ins Zimmer und riss

Johanna aus ihren Gedanken. »Warum sitzt du allein auf dem Bett?«

»Ich glaube, ich bin schwanger«, stieß sie hervor. Irgendwann musste sie es Eike schließlich sagen.

Sein eben noch unbeteiligtes Gesicht wurde von einer Sekunde auf die andere weich. »Du bist was?«

»Wir bekommen ein Kind, denke ich.«

»Sicher?«

Johanna nickte. »Nicht ganz, aber ich bin schon länger überfällig, mir ist morgens übel, und die Brust spannt. Ich sollte mal zum Arzt gehen.«

Eike stürzte auf sie zu, riss sie vom Bett hoch und wirbelte sie durch die Luft. »Ich habe mir im Leben nichts mehr gewünscht, als dass wir unsere Liebe mit einem Sohn krönen!« Er küsste sie wieder und wieder. »Das müssen wir sofort meinen Eltern erzählen!«

Johanna nickte. Sie wäre so froh, wenn die Sticheleien ihrer Schwiegermutter endlich ein Ende fanden. Nun galt es nur zu beten, dass es ein Junge wurde, sonst ging alles wieder von vorn los. Ein Mädchen durfte später kommen, jetzt brauchte der Nordseehof einen Erben.

Eike fasste Johanna an der Hand und zog sie die Treppe hinunter, wo ihre Schwiegereltern in der Küche vor dem Ofen saßen. Es war zwar nicht richtig kalt geworden in diesem Januar, aber die Feuchtigkeit zog durch alle Räume.

Lientje legte ihr Strickzeug beiseite. »Ihr strahlt beide so«, sagte sie. »Gibt es endlich was zu feiern?« Sie schaute außergewöhnlich weich drein. Vor ihr lag schon wieder Reents Brief.

Eike legte Johanna den Arm um die Schultern. Es

hatte etwas Besitzergreifendes, und sie rückte ein Stück beiseite, konnte sich aber aus der Umklammerung nicht befreien. »Ja! Wir haben allen Grund dazu. Ihr bekommt nun endlich euer Enkelkind. Der Arzt muss es nur noch bestätigen!«

Lientje verzog den Mund zu einem schiefen Lächeln, das eher erleichtert als erfreut wirkte. »Na, Gott sei Dank, mien Deern. Die Leute haben schon geredet und infrage gestellt, ob mein Sohn überhaupt …« Sie brach ab. »Nun, dann ist ja alles gut.«

Thilo Deeken nickte nur. »Denn man tau. Dann sagt das man fix deinen Eltern. Die waren auch schon ganz nervös.« Er griff zu seinem Glas, das mit goldbraunem Weinbrand gefüllt war. Der Geruch verursachte in Johanna sofort Übelkeit. Am liebsten wäre sie aus dem Raum gestürzt, zum Eilershof gelaufen und hätte sich zu Theda an den gemütlichen Küchentisch gesetzt. Aber sie musste bleiben. Auf diesem Hof. Bei Eike. Und ihren Schwiegereltern.

»Ich hoffe, ihr freut euch«, rang sie sich schließlich ab.

Eine Antwort bekam sie nicht.

*

Rolf hatte in der Silvesternacht so viel getrunken, dass er fast drei Tage gebraucht hatte, um wieder fest auf beiden Füßen zu stehen. Er wusste nicht, wie viele Frauen er gehabt hatte, und auch nicht, wie viel Korn und wie viel Bier.

»Mien Jung«, sagte Volker mit zusammengepressten Lippen, als Rolf endlich wieder auf den Beinen war. »Ich hab dir das schon mal gesagt und muss nun wohl noch deutlicher werden. Du suchst dir jetzt Arbeit am Hafen. Sonst gehst du hier noch vor die Hunde! Du versäufst deinen kargen Lohn und hurst dich um den Verstand.«

Rolf wusste, dass sein Freund recht hatte. So ging es nicht weiter. Nur war es so verführerisch, am Abend alles um sich herum zu vergessen. Mit einer schönen Frau im rechten Arm und in der linken Hand ein Bier, zwischendurch eine Fluppe – und Johanna war herrlich weit weg.

Auch die Trauer um seine Eltern konnte er so betäuben. Das Elend um ihn herum, die Erinnerungen an die Front, seine Verletzungen … Die Küste war seine Zuflucht vor allem, was er momentan nicht ertragen konnte.

Volker ging zwar auch hin und wieder in die Bars, aber er tat es längst nicht so häufig wie Rolf. »Ich will schließlich meinen klaren Kopf behalten. Das Schlimmste, was dir passieren kann, ist, dass du deine Sinne nicht mehr beisammenhast«, erklärte er jedes Mal, wenn Rolf ihn bewegen wollte, doch noch mitzukommen.

»Einmal in der Woche ein paar Bierchen und manchmal eine Frau, das muss reichen!«

Auch am Silvesterabend hatte Volker ihn nicht begleitet, sondern wollte früh zu Bett gehen. Er mochte den Jahreswechsel nicht, weil es ihn wehmütig machte. »Früher waren das schöne Feste. Aber nun …«

Es wäre allerdings besser gewesen, er wäre mitgekommen. Rolf hatte eine Schlägerei angezettelt, und später wusste er vor lauter Alkohol nicht mehr, was um ihn herum passiert war. Er konnte nicht einmal mehr sagen, wie er zurück ins Kaisenhaus gekommen war.

»Geh zum Hafen und kümmere dich um Arbeit!«,

wiederholte Volker nun. »Anfang des Jahres und mitten im Winter ist das zwar nicht so leicht, irgendetwas gibt es allerdings immer zu tun. Du kannst natürlich hier wohnen bleiben, nur ist es wichtig, dass du endlich auf eigenen Beinen stehst.«

Rolf seufzte auf. »Ich werde nicht aus Deutschland weggehen«, entgegnete er. »Ich möchte das Land mit aufbauen.«

Volker zündete sich seine Pfeife an. »Das ist ein guter Vorsatz. Ewig besoffen und von Huren umgeben kann das neue Deutschland jedoch wenig mit dir anfangen. Da musst du schon andere Geschütze auffahren, würde ich mal sagen.«

Rolf nickte ergeben. »Ich geh gleich morgen zum Hafen. Irgendeine Arbeit wird es sicher für mich geben.«

Volker paffte zufrieden. »So sieht das aus!«

*

Johanna wachte auf, weil ihr Bauch schmerzte. Es zog und krampfte. Angstvoll schlug sie die Decke zurück und starrte entsetzt auf das blutige Laken.

Eikes Kind!, schoss es ihr durch den Kopf. Es will nicht bei mir bleiben.

Sie stand auf, schaffte es gerade noch zur Waschkumme, bis sie zusammensackte und alles um sie herum schwarz wurde.

Als Johanna wieder erwachte, lag sie im Bett. Vor ihr standen Eike, die Hebamme Maria Heeren und Dr. Joost, der eben seine Tasche zusammenpackte. Ihre Schwiegermutter wuselte im hinteren Teil des Schlafzimmers herum.

»Nicht mal Kinder kriegen kann sie«, hörte Johanna. »Eine gute deutsche Frau hat da normalerweise keine Schwierigkeiten.«

Johanna sah Eike Hilfe suchend an. Die große Enttäuschung stand ihm ins Gesicht geschrieben.

»Es ist tot«, stellte Johanna traurig fest.

Er nickte stumm.

Johanna hob schwach ihre Hand, aber Eike ergriff sie nicht, und so ließ sie sie wieder auf das weiße Laken sinken. Eike wandte den Blick schnell ab und starrte mit zusammengepressten Lippen aus dem Fenster.

Die Hebamme hatte Johannas Geste bemerkt, schob Eike beiseite und setzte sich auf die Bettkante. Dort nahm sie Johannas eiskalte Hand. »Ich glaube, ich muss mit der Deern kurz allein sein«, sagte sie.

»Jo, schnack mal mit ihr«, bestätigte Dr. Joost und bedeutete den anderen, das Zimmer zu verlassen. Eike war der Erste, der hinausstürzte.

Er flieht vor mir und den Problemen, schoss es Johanna durch den Kopf.

Als alle fort waren, schaute Maria sie verständnisvoll an. »Es ist hier nicht leicht für Sie, oder?«

Johanna biss sich auf die Lippen. Bestimmt lauschte Lientje draußen. Besser, sie sagte nichts Falsches, sonst würde sie das wieder auszubaden haben. Ihr Blick wanderte zur Tür.

Maria verstand und riss sie rasch auf. Lientje wich erschrocken zurück. »Ich hatte nur etwas vergessen«, redete sie sich heraus, huschte dann aber die Treppe hinunter.

Maria verschloss die Tür nachdrücklich und setzte sich

wieder auf die Bettkante. »Ich ahne, wie sehr Sie unter Druck stehen. Das halbe Dorf spricht darüber. Das ist nicht gut für eine Schwangerschaft. Haben Sie auch auf dem Hof schwer gearbeitet, damit sich nur ja keiner beschwert?«

Johanna nickte. »Zumindest immer dann, wenn Eike nicht da war und aufpassen konnte. Meine Schwiegermutter ist gnadenlos. ›Wir haben unsere Kinder auf dem Feld bekommen und dann weitergearbeitet‹, sagt sie immer.«

Maria schüttelte fassungslos den Kopf. »So ein Blödsinn. Auch früher gab es Mütter, die sich mehr schonen mussten. Bei Ihnen kommt noch erschwerend hinzu, dass Sie sehr unter dem Erfolgsdruck stehen, ein Kind zu gebären. Ein Schicksal vieler Frauen auf den Höfen.« Sie schnaubte. »Und es soll auf jeden Fall ein Junge sein. Wehe, wenn nicht! Als ob wir Frauen was dafür könnten!«

»Eike wünscht sich so sehr ein Kind«, flüsterte Johanna und korrigierte sich gleich darauf: »Einen Sohn.«

»Sie nicht?«

Johanna zuckte mit den Schultern. »Ich weiß es nicht.«

»Geben Sie sich Zeit!« Maria drückte ihre Hand.

»Eike hat keine.« Johanna begann zu schluchzen. »Er braucht einen Erben. Und bis er den hat, wird sich hier nichts ändern. Es ist, wie es ist.«

Maria drückte Johannas Hand noch einmal. »Die Schwangerschaft war schon ein Stück fortgeschritten, und nun braucht der Körper Schonung. Soll ich mit Ihrem Gatten reden? Sie müssen sich jetzt eine Weile ausruhen und sollten nicht gleich wieder empfangen.«

Johanna atmete tief ein. »Auf keinen Fall! Ich bekomme

das hin. Niemand darf wissen, dass ich mich bei Ihnen beklagt habe.« Dann hätte sie auf dem Nordseehof die Hölle auf Erden!

Maria neigte den Kopf mit einem Schmunzeln zur Seite. Sie hatte auch ohne Worte verstanden. »Haben Sie etwas gesagt? Ich kann mich nicht erinnern.«

Johanna glitt ebenfalls ein leichtes Lächeln über die Lippen. »Danke, aber ich bin stark und schaffe das schon alles. Ganz bestimmt.«

Maria sah sie zweifelnd an, während sie zur Tür ging.

Johanna wünschte, sie wäre selbst überzeugter von dem, was sie eben gesagt hatte.

Sie würde es eben weiterhin versuchen. Mit aller Macht.

Kapitel 16

Rolf rieb sich die schweißnasse Stirn. Es war ein warmer Maitag heute und die Arbeit anstrengend. Er schuftete wie verrückt, denn Volker war vor ein paar Wochen gestürzt und hatte sich das Bein gebrochen. Es war so weit gut verheilt, er war seitdem allerdings nicht mehr der Alte. Er litt sehr unter dem Nichtstun und darunter, dass Rolf alles allein bewerkstelligen musste.

Im Nachhinein war es ein Glück gewesen, dass Rolf sich doch wieder über Volkers Bitte, sich Arbeit am Hafen zu suchen, hinweggesetzt hatte, denn sonst hätte er das Fuhrgeschäft nicht führen können.

Jetzt ratterte er mit Emil durch die Innenstadt, um einen letzten Auftrag zu erfüllen. Überall sprießte das Grün der Bäume, etliche blühten schon in voller Pracht. Der Mai nahm es mit seinem Versprechen, Farbe in die Welt zu bringen, ernst und verdeckte so das triste Grau der Stadt.

Rolf kam gerade in die Nähe des Rathauses, als er lauten Jubel hörte.

»Es lebe die BRD!«, hörte er und stoppte das Gefährt. Die Leute liefen an ihm vorbei, ein paar Männer warfen begeistert die Hüte in die Luft.

»Was ist passiert?«, fragte Rolf einen der Passanten.

»Du liest wohl keine Zeitung, Fuhrmann, was? Das Jahr 1949 wird in die Bremer Geschichte eingehen!«

Rolf zuckte mit den Schultern. Er musste schließlich arbeiten.

»Eben hat unser Wohlfahrtssenator Adolf Ehlers, der als Bremens Vertreter im parlamentarischen Rat sitzt, das Grundgesetz unterschrieben, nachdem es zuvor von den Vertretern der westdeutschen Länder erarbeitet worden ist. Bremen ist somit Mitbegründer der jungen neuen Republik! Wir sind wieder wer!« Der Mann eilte von dannen.

Rolf schloss kurz die Augen. Das alles war an ihm wegen der harten Arbeit vorübergegangen. Aber es war ein großer Schritt! Deutschland hatte wieder eine Verfassung. Ob Volker davon wusste? Seit seinem Sturz gefiel er Rolf gar nicht. Er saß oft phlegmatisch am Küchentisch und starrte in den Garten.

Rolf steuerte die Kohlehandlung an, lud die Waren ab und wollte, so rasch es ging, zurück nach Walle fahren. Doch kaum hatte er den Bahnhof passiert, begann Emil zu lahmen. Er knickte mit dem rechten Vorderhuf weg und kam danach nur noch langsam und schwerfällig voran. Rolf sprang ab und führte ihn den langen Weg nach Hause zurück. Unterwegs brach Emil heftiger Schweiß aus, das Pferd musste unglaubliche Schmerzen haben. Rolf brachte es in den Verschlag, trocknete es ab und legte ihm eine Decke über. Dann schüttete er neues Stroh auf und füllte die Raufe mit Heu. Doch Emil nagte nur lustlos an einem Heuhalm und hielt den verletzten Huf in die Höhe.

»Ich weiß nicht weiter«, sagte Rolf. »Dazu brauche ich Volker.« Er eilte in die Küche. »Komm bitte rasch mit in den Stall! Emil …« Rolf erzählte, was passiert war.

Volker erwachte aus seiner Lethargie. Er schlurfte zum Schrank und holte eine Packung mit essigsaurer Tonerde heraus.

»Das hilft ihm. Er wird alt, der gute Emil«, sagte er. »Warte, ich komme mit.«

Weil es warm genug war, benötigte er keine Jacke, und sie gingen zu Volkers Pferd, das ihn mit einem leisen Wiehern begrüßte. Volker strich ihm über die weichen Nüstern. Er drehte Emils Kopf den Rücken zu und ließ die Hand erst über den Hals und danach bis zum Bein schweifen. Vorsichtig hob er den Huf und untersuchte ihn. »Gib das Zeug mal her!«, bat er Rolf.

Gemeinsam legten sie dem Pferd den Verband an und stellten den Huf vorsichtig zurück ins dünn aufgeschichtete Stroh, das Volker über seine Verbindungen irgendwo aufgetrieben hatte. »Es wird bestimmt bald besser«, sagte Volker zufrieden. »Gibt bei solchen Verletzungen nichts Geeigneteres.« Er stemmte die Hand ins Kreuz. »Ich muss auch wieder rein. Nicht nur Emil wird alt.«

Rolf stützte ihn leicht, und sie gingen zurück ins Kaisenhaus, wo sie sich an den Küchentisch setzten.

»Hast du mitbekommen, dass heute im Bremer Rathaus das Grundgesetz unterschrieben wurde?«, fragte Rolf.

Volker schüttelte den Kopf und seufzte. »Pferd krank, die Politik streift mich nicht mehr, und du schuftest noch immer für mich.«

Rolf grinste. »Na, ohne das wären wir wohl verhungert und dein Geschäft pleite.«

Volker schaute Rolf lange an und rieb sich den Bart. »Wir schließen. Ich kann nicht mehr und Emil auch nicht. Ich habe nächsten Monat das Rentenalter erreicht und hole mir dann, was mir zusteht. Morgen suchst du dir endgültig Arbeit am Hafen. – Keine Widerrede«, schob er nach, als Rolf protestieren wollte.

Schließlich nickte dieser. Volker hatte ja recht. Emils Verletzung war ein Zeichen. Es wurde Zeit für eine Veränderung. Die Politik hatte es vorgemacht.

1952

Kapitel 17

An einem kühlen, aber klaren Märztag war Johanna auf dem Weg zum Eilershof. Sie wollte ihren Eltern, die noch immer auf dem Altenteil des Gehöfts lebten, ein bisschen frischen Schafskäse vorbeibringen, denn in den letzten beiden Jahren waren sie gebrechlicher geworden und nicht mehr so gut zu Fuß. Ihr Vater nahm am normalen Leben schon länger nicht mehr teil, und ihre Mutter klagte zunehmend über Gelenkbeschwerden.

Johanna kam heute nur langsam voran, denn ihr dicker Bauch machte auch kürzere Wege anstrengend.

Drei Jahre hatte es gedauert, sie hatte drei Kinder verloren, aber nun stand sie endlich kurz vor der Niederkunft. Johanna genoss trotz ihrer Schwerfälligkeit jeden Schritt durch die Marsch. Jetzt blühte schon der erste Löwenzahn, die Vögel stimmten ihr Lied immer lauter an. Johanna liebte den Frühling seit jeher, und dieses Mal fühlte sie seit langer Zeit endlich wieder so etwas wie Glück.

Bei dieser Schwangerschaft war sie sehr vorsichtig gewesen und hatte die frohe Nachricht erst nach der Hälfte der Zeit verkündet, als ihr vorgewölbter Bauch unübersehbar war. Sie war erleichtert, denn ihre bisherige Unfähigkeit, ein Kind zur Welt zu bringen, hatte sich als große Belastung zwischen ihr und Eike erwiesen.

Für Lientje Deeken war Johanna schon eine totale Versagerin gewesen, und jetzt, da die Schwiegertochter endlich ein Kind austrug, spekulierte sie auf einen Sohn. Was sein würde, wenn es ein Mädchen wurde, darüber wollte Johanna nicht nachdenken.

Noch schlimmer war ihr Leben nach Thilo Deekens Tod auf dem Nordseehof geworden. Er war vor zwei Jahren eines Morgens einfach nicht mehr aufgewacht. Sein schwaches Herz hatte plötzlich zu schlagen aufgehört.

Sein Tod war für Eike ein Desaster, denn er fühlte sich schuldig, weil er Johannas Warnung damals in den Wind geschlagen hatte. Deshalb ließ er seine Trauer oft genug auch an seiner Frau aus. Lientjes spitze Bemerkungen wurden ebenfalls immer schlimmer. Alle scharfen Worte waren giftige Stachel in Johannas Seele.

Zuflucht fand sie noch immer auf dem Eilershof bei Theda und Ingo, auch wenn Eike ihre Besuche mit großem Argwohn betrachtete.

Als der Hof nun in Sichtweite kam, beschleunigte sie den Schritt. Ihr Cousin Ingo führte das Gehöft mit fester Hand und eigenen Vorstellungen und hatte begonnen, Landmaschinen einzusetzen. Auf dem Eilershof stand nun ein Trecker, der die Pferde ersetzte, es gab neue Pflüge und gummibereifte Anhänger.

Auch die umliegenden Landwirte stellten nach und nach ihre Betriebe um. Nur auf dem Nordseehof wurde noch alles nach althergebrachter Art verrichtet. Eike hatte immer mal angedeutet, das ändern zu wollen, aber er konnte sich nicht gegen seine Mutter durchsetzen, die sämtlichen maschinellen Fortschritt wie Teufelswerk ablehnte. Ein Widerspruch, weil sie zugleich Reent in den Himmel lobte, der inzwischen im Autohandel überaus erfolgreich geworden war. Da fand sie die Neuerungen hervorragend.

»In Wirklichkeit ist sie noch immer die heimliche Herrin auf dem Hof«, sagte Johanna zu sich selbst. »Sie kann nicht loslassen und wird mich immer quälen, solange sie lebt.«

Sie war auf dem Hof angekommen, und Theda kam ihr mit ihrer kleinen Tochter entgegen. Die Lütte war Reent wie aus dem Gesicht geschnitten, aber noch immer weigerte sich ihre Cousine, ihn offiziell als Vater zu benennen. Zu seiner vermeintlichen Vaterschaft – dieses Gerücht war natürlich bei ihm angekommen – äußerte Reent sich bei seinen Besuchen auf dem Nordseehof nicht. Er benahm sich Johanna gegenüber stets sehr freundlich, fast schleimig. Sie nahm ihm jedoch nicht ab, dass das Kriegsbeil begraben war, denn seine Augen wirkten unstet und noch immer listig und verschlagen. Reent zog es zudem vor, seinen Reichtum in Neusiel und in der Schäferei zur Schau zu stellen. Er trug stets gut geschnittene Anzüge und natürlich den obligatorischen Hut, den gut situierte Männer auf dem Kopf hatten.

»Er will den Nordseehof gar nicht mehr«, hatte Eike einmal zufrieden festgestellt. »Nun wird alles gut.«

Johanna bezweifelte das, denn er hockte zu oft mit Lientje im Kontor oder stolzierte wie ein Gutsherr über das Gehöft. Stieß einer der Familienangehörigen hinzu, unterbrachen die beiden ihre Gespräche abrupt und wechselten viel zu auffällig zu oberflächlichen Themen.

»Moin, Johanna«, sagte Theda nun. »Sieh nur, wie groß meine Deike jetzt schon ist!« Die Cousine liebte ihre Tochter. Das Gerede in Neusiel hielt sich inzwischen in Grenzen, weil Theda zurückgezogen bei ihrem Bruder auf dem Eilershof lebte und andere Skandale diesen Klatsch abgelöst hatten.

»Bei dir geht es bald los«, sagte Theda mit einem Blick auf Johannas dicken und schon leicht abgesenkten Bauch.

Es klang eigenartig, als sie das sagte.

»Ist etwas?«, hakte Johanna sofort nach.

Theda schabte mit der Fußspitze übers Pflaster. »Schon. Ich habe Furcht, dass Deike und ich … na ja, dass wir gegen dich und dein Kind nicht ankommen und man uns vergisst. Also deine Mutter. Sie ist wie die zweite Oma meiner Lütten.«

Johanna erkannte die Verzweiflung in Thedas Worten. Sie ging auf sie zu und nahm ihre Cousine fest in den Arm. »Das passiert gewiss nicht! Du hast es so schwer genug. Ich werde darauf achtgeben, dass Deike ihre Stellung nicht einbüßt, versprochen. Mutters Herz ist groß genug für beide Kinder.«

Theda sah Johanna dankbar an. »Du bist eine echte Freundin. Es ist wirklich nicht leicht. Ohne Ingo wäre ich damals ins Wasser gegangen, auch wenn ich nach außen hin so ein großes Mundwerk gehabt habe«, flüsterte sie. »Du glaubst nicht, wie schlimm alles war.«

Johanna drückte sie noch fester. »Wir beiden sollten hier besser fest zusammenhalten.«

Theda schmiegte sich an sie. »Ich habe gehofft, dass du das sagst. Immerhin warst du neben Ingo und Foline die Einzige, die nie ein böses Wort an mich gerichtet hat.«

»Ich habe Reent Deeken erlebt. Und ich kenne seine Eltern. Das reicht an Auskunft, oder?«

Theda war blass geworden. »Ja, Reent ist ein Düwel. Ein gottverdammter Düwel!« Sie schlug die Hand vor den Mund. »Er hat sich bei seinen Besuchen hier nie blicken lassen.«

»Es ist gut, dass er weit weg ist und nur selten herkommt«, bestätigte Johanna. »Er richtet nur Unheil an.«

Sie wurden unterbrochen, weil eben Ingo mit dem neuen Trecker auf den Hof fuhr. Das Gefährt knatterte ohrenbetäubend. Als Ingo Johanna mit seiner Schwester sah, stellte er den Motor ab und sprang aus dem Fahrerhaus. »Moin, Johanna! So einen Trecker solltet ihr euch auf dem Nordseehof auch bald zulegen. Ihr braucht weniger Leute, und es geht alles viel schneller!«

Johanna zuckte mit den Schultern, während Theda ihr noch kurz zuwinkte und mit Deike ins Haus zurückging. »Zwecklos. Bei uns hat Lientje das Sagen. Sie hält am Althergebrachten fest, und dagegen kommt keiner von uns an.«

Ingo winkte ab. »Ihr solltet euch durchsetzen, Johanna. Die Kreditanstalt für Wiederaufbau unterstützt das alles. Und wir Landwirte haben uns schon überlegt, Maschinengemeinschaften zu gründen. Dann muss nicht jeder alles haben, man kann die Fahrzeuge tauschen. Es geht aufwärts in Deutschland. Im Galopp geht es aufwärts!«

Johanna überlegte kurz. Vielleicht konnte sie Eike in dem Bestreben, ein paar Neuerungen einzuführen, unterstützen. Ihre Schwiegermutter würde sich schließlich nicht in alle Ewigkeit gegen sämtliche Neuerungen wehren können. Manchmal beschlich sie das Gefühl, dass

Lientje es ohnehin nur deshalb tat, weil die Ideen von Johanna und Eike kamen. »Kannst du mir das alles mal zeigen? Die neuen Maschinen. Und wie man an die Kredite kommt.«

Ingo grinste breit. »Klar. Ich hoffe, du kannst deinen Mann dann davon überzeugen. Mit Argumenten könnt ihr die Alte bestimmt auch rumkriegen.« Er lachte auf. »Wer jetzt nicht mitmacht, wird am Ende verlieren. Wir müssen mit dem Fortschritt gehen. Oder wir gehen unter.«

»Wann hast du denn mal Zeit für mich?«, unterbrach Johanna ihn. Ihr schmerzte das Kreuz, sie musste sich bald setzen und wollte deshalb rasch zu ihren Eltern gehen.

Ingo kratzte sich am Kopf. »Morgen? Gleich nach dem Frühstück? Heute schaffe ich es nicht, muss noch pflügen.«

Johanna stimmte zu. Sie wünschte sich nichts mehr, als dass der Fortschritt auch endlich auf dem Nordseehof Einzug hielt. Immerhin hatte Eike durchgesetzt, dass sie inzwischen in allen Räumen elektrisches Licht und in der Küche sogar fließend Wasser hatten. Aber alles andere war noch immer alt, feucht und dunkel. Manchmal glaubte sich Johanna in ihrem eigenen Grab.

»Ich muss dann mal!«, verabschiedete sie sich.

»Gruß an deine Eltern!«, rief Ingo.

Johanna lachte. Sie mochte ihren Cousin, denn er war stets gut gelaunt. Sie wunderte sich nur, dass er noch immer keine Frau hatte. Hin und wieder ging er zum *Lütten Didi* tanzen und nahm ein Mädchen aus dem Dorf mit, aber mehr war noch nicht passiert. »Ich warte auf den Knall«, sagte er immer.

Auf jeden Fall aber war Ingo für den Eilershof der richtige Nachfolger gewesen.

Johanna sah ihm nachdenklich hinterher, als er mit dem Trecker und dem neuen Pflug vom Hof knatterte. Dann passierte sie die Remise und blieb erstaunt stehen, denn neben der alten Kutsche, die mittlerweile völlig verstaubt war, stand ein Motorrad. Es war eine alte BMW, die noch einiges an Aufarbeitung nötig hatte. Ingo zauderte nicht, seine Ziele umzusetzen.

Johanna musste nur noch ein kleines Stück laufen, ehe sie zum Altenteil kam. Der schmale Weg schlängelte sich zwischen den Marschwiesen hindurch, bis er vor dem Gebäude, das von großen Linden umgeben war, endete.

Auf dem Weg dorthin begegnete ihr Martha Selig, die gerade zum Eilershof wollte. »Moin, wie geht es?«, fragte Johanna.

Frau Selig lächelte scheu. Sie war eine sehr zurückhaltende Frau. »Danke, ganz gut.«

»Das freut mich. Bald können Sie und Ihre Kinder endlich in Neusiel in ein eigenes Haus ziehen!«

Martha Selig nickte. Im Dorf war man dabei, eine sogenannte Ostland-Siedlung zu bauen, wo die Flüchtlinge in kleinen Häusern mit Garten untergebracht wurden.

»Ich freue mich wirklich auf das neue Heim, auch wenn es in der Achterkök auf dem Eilershof recht feudal war, im Gegensatz zu anderen Flüchtlingsunterkünften. Aber jetzt bekommen wir sogar eine eigene Toilette, ein Badezimmer und fließendes Wasser.«

Johanna gönnte es der Frau und ihren Kindern so sehr. Trotzdem durchfuhr sie ein Stich. Dort hätte auch Rolf mit seinen Eltern leben können. Sie seufzte. Wo er steckte, wusste sie nicht, denn er hatte sich nie wieder gemeldet.

Vielleicht wusste er nicht einmal vom Tod seines Vaters, weil er vermutlich längst auf der anderen Seite des Meeres lebte. Weit weg und für immer unerreichbar. Sie hoffte, dass er glücklicher war als sie selbst.

Johanna verabschiedete sich und steuerte auf das Haus ihrer Eltern zu. Ihre Mutter saß wie immer in der Küche, mit einem Strickstrumpf in der Hand. »Na, mien Deern, was bringst du uns denn Feines?«, wurde sie von ihr empfangen.

»Moin. Ich habe frischen Schafskäse dabei. Wie geht es Vater heute?«

Sein Rückzug war sehr schmerzlich, nicht einmal die Aussicht auf das heiß ersehnte Enkelkind konnte ihn aus der Reserve locken. Vielleicht war sein Verhalten aber der Grund, weshalb die Mutter sich wieder mehr auf ihre Tochter einlassen konnte, denn sie hatte in der letzten Zeit immer ein offenes Ohr für sie. Johanna war schließlich das Einzige, was ihr geblieben war. Trotzdem wusste sie, dass ihre Mutter niemals zugeben würde, einen Fehler gemacht zu haben, indem sie ihre Tochter in die Ehe mit Eike Deeken gedrängt hatte.

»Vater?«, wiederholte ihre Mutter. »Jo, dem geht's wie immer. Er wartet darauf, dass Gott ihn holt.«

Johanna ging durch die geöffnete Tür in die Stube, wo ihr Vater blicklos aus dem Fenster starrte. Johanna küsste ihn auf die eingefallene Wange, worauf er allerdings nicht reagierte. Er roch ein bisschen streng, und seine Augen wirkten trüb. »Du siehst nicht gut aus, Vater.«

Er sah seine Tochter noch immer nicht an. Johannas

Mutter war hinter sie getreten. »Lass ihn. Der Dickschädel will sich nicht helfen lassen.«

»Gut, dann komm, trinken wir einen Tee, Mutter«, schlug Johanna vor. Das Kind drückte immer stärker nach unten, sie musste sich jetzt wirklich hinsetzen. Johanna stützte die Hand ins Kreuz.

»Sett di dol, mien Deern!« Ihre Mutter schob Johanna einen Stuhl hin, setzte Wasser auf und bereitete den Tee zu. »Nun ist es bei dir bald so weit, was? Da freut Eike sich. Der war ja schon ganz dörnanner, weil er noch keinen Erben hat.«

»Und was ist, wenn es ein Mädchen wird?«, fragte Johanna. Mit der Frage quälte sie sich schließlich schon die ganze Zeit.

Ihre Mutter winkte ab. »Dann musst du eben noch mal ran. Ein Jung musst du schon haben für den Hof. Wenn du jetzt einen Erben bekommst, hast du bestimmt bald Ruhe. Meist suchen die Keerls sich Zerstreuung, wenn das erst erledigt ist. Gibt in der Stadt genug Deerns für so was.«

Johanna schüttelte den Kopf. »Mutter, das ist doch keine Sache, die *erledigt* werden muss. Ich bin Eikes Frau!« Sie legte ihre Hand auf den Unterarm der Mutter. »Das meinst du nicht ernst, oder? Das kann doch keine Frau wollen. Erben produzieren und dann alles hinnehmen, was der Mann tut? Das ist eine furchtbare Doppelmoral, die du mir hier verkaufen willst.«

Ihre Mutter richtete den Blick auf ihre Tochter und sah sie lange nachdenklich an. Dann brach ihre Fassade zusammen. Ihre Stimme zitterte, als sie sagte: »Du hast recht. Keine Frau will das. Nicht so ein Leben.« Sie seufzte. »Wir haben es eben nicht leicht, mien Deern. Wir sollen schuften wie die Ackergäule, Kinder gebären wie die Karnickel und dabei für unsere Keerls auch immer noch fein aussehen, damit sie sich nicht woanders vergnügen. Du musst es besser machen, Hanna. Anders.«

Es war das erste Mal, dass ihre Mutter sie Hanna genannt hatte. Zwischen ihnen war mit diesen Sätzen eine ungeahnte Nähe aufgekeimt. Mutter und Tochter: Sie verstanden einander.

Johanna wollte das nicht mit ein paar unbedachten Worten zerstören, aber es war Zeit für die Wahrheit. »Dafür habe ich aber den falschen Mann geheiratet, Mutter. Ich mag Eike, aber ich liebe ihn nicht. Ich werde von Lientje nicht gut behandelt. Wir haben uns alle irgendwie arrangiert, weil wir es müssen. Der Mann, mit dem ich alles hätte anders machen können, ist jetzt in Amerika.«

Ihre Mutter nahm Johannas Hand. »Ich weiß. Das ist nicht mehr zu ändern, so schlimm es auch ist. Du hast getan, was sich dein Vater gewünscht hat, und trotzdem weilt er eigentlich gar nicht mehr unter uns. Sieh ihn dir an: Er ist nur noch eine Hülle. Ich kenne ihn selbst nicht mehr.«

»Mutter, diese Erkenntnis bringt mich kein bisschen weiter.« Johanna nahm einen Schluck Tee. Sie hatte drei Kluntjes hineingetan, weil sie es gern süß mochte.

»Du kannst aber andere Dinge tun«, begann ihre Mutter. Sie sprach die Worte bedächtig aus, wie es ihre Art war. »Kümmere dich noch mehr um den Nordseehof. Erweise dich als gute Schäferin. Du hast es zwischendurch versucht, dich aber von Lientje schnell wieder in die Ecke drängen und dir alles aus der Hand nehmen lassen. Jeder sagt, dass sie noch immer die Schäferin dort ist. Zeig ihr und Eike die wahre Johanna, die sogar den Eilershof hätte führen können. Du bist eine Frau, die den neuen Dingen gegenüber nicht abgeneigt ist. Du kannst nicht nur Lämmer auf die Welt holen, Schafskäse machen und Wäsche waschen. Johanna, euch jungen Leuten steht die Welt offen! All das wird dir auf andere Art Zufriedenheit schenken. Und außerdem hast du ja bald das Kindchen zu versorgen.«

Johanna sah sie zweifelnd an. »Das alles soll mir die Liebe ersetzen?«

Ihre Mutter schüttelte den Kopf. »Nein. Aber es soll deine Gedanken in andere Bahnen lenken und dir helfen, stolz auf dich zu sein. Sieh dir Ingo an, was der aus dem Eilershof macht. Der strotzt vor Selbstbewusstsein.«

Johanna musste wider Erwarten lächeln. Genau das hatte sie eben auch erlebt. »Ich treffe mich morgen mit ihm, Mutter. Ich will alles lernen. Wie man Kredite aufnimmt, welche Maschinen sinnvoll sind und all so etwas.«

Zufrieden strich die Mutter Johanna übers Haar. »Das ist gut, mien Deern. Auch wenn man einmal falsch abgebogen ist, kann man noch schöne Wege finden.«

Johanna trank den Tee aus, und sie klönten noch eine Weile über dies und das. Einmal stöhnte ihr Vater auf, aber als Johanna zu ihm ging, saß er wieder mit dem starren Blick da und reagierte nicht auf sie.

»Ich muss zurück«, sagte Johanna schließlich, auch wenn sie nicht die geringste Lust verspürte, nach Hause in dieses dunkle Haus zu gehen.

Sie wandte sich zur Tür, wurde aber plötzlich von einem heftigen Schmerz zurückgehalten. Keinen Schritt konnte sie mehr gehen. Die Wehen hatten eingesetzt.

Kapitel 18

Rolfs Schicht war zu Ende, und er wollte nach Hause zu Volker, da er noch immer mit dem alten Kutscher im Kaisenhaus lebte. Nachdem Volker vor drei Jahren beschlossen hatte, das Fuhrgeschäft aufzugeben und seine wohlverdiente Rente zu beantragen, belud Rolf nun die ankommenden Schiffe oder half beim Löschen der Ladung. Es war ein Knochenjob, aber er hatte sein Auskommen. Inzwischen hätte er sich sogar die Reise nach Amerika leisten können, aber ihn zog aus Deutschland nichts mehr fort, denn man spürte ein stetiges Vorankommen. Außerdem fühlte er sich für Volker verantwortlich. Er hatte sonst niemanden, der ihm wirklich nahestand.

Johanna, der Eilershof und Neusiel waren wie eine Erinnerung an eine andere Zeit und weit genug von Bremen-Walle entfernt. Die Wunde hatte eine Kruste bekommen, und Rolf war darauf bedacht, sie nicht aufzukratzen. Er wollte keinen Schmerz mehr.

Er verprasste noch immer viel Geld in den Spelunken. Ständig kamen neue Etablissements hinzu, und überall war er ein gern gesehener Gast. Außer Volker hatte er etliche andere Kollegen, mit denen er gern debattierte und sein Bier trank.

Ein großes Thema war in diesen Zeiten der andere Teil der Republik, die DDR. Das Verhältnis zwischen der BRD und dem Ostteil des Landes war angespannt. »Wir gelten bei denen da drüben ja immer noch als Faschisten«, wusste einer zu berichten, der eben aus Berlin zurückgekehrt war. »Die sind da wohl echt neidisch auf unsere Freiheit und dass wir alles einkaufen können. Ich glaube, da drüben hungern die teilweise immer noch.«

Von diesen Diskussionen abgesehen, schwang Rolf in der ruhigen Schaukel des Lebens. Immer hin und her. Das störte ihn aber nicht, denn es lullte ihn ein.

Wenn er mit seinen Kollegen mal wieder die Nacht durchgezecht hatte, holten sie sich in der Bäckerei, die zwei Häuser weiter als der *Elefant* lag, Brötchen und gingen von dort zur Schicht. Er verstand sich gut mit den anderen, scheute er doch keine Arbeit. Seitdem es keine Schiffsbaubeschränkungen in Bremen mehr gab, florierten auch die Werften. Es ging stetig bergauf, und die Regierung hatte mit dem Wiederaufbau Bremens begonnen.

»Kommst du mit zur Küste, oder willst du erst Altenpfleger spielen?« Rolf wurde von Hein, einem anderen Kajearbeiter, angerempelt und aus seinen Gedanken gerissen.

Er überlegte kurz. Nein, er wollte doch lieber erst nach Volker sehen. Ihm ging es in den letzten Tagen zunehmend schlechter. Die vergangenen Nächte an Volkers Seite waren schlimm gewesen. Rolf hatte sogar den Vorhang zur Seite gebunden, um ihn besser im Blick zu haben.

»Na, dann bis später vielleicht«, sagte Hein und ging seiner Wege.

Rolf warf einen Blick zum Himmel, über den wie eine böse Ahnung dunkle Wolken trieben und die tristen Häuser noch trister erscheinen ließen. Er beschleunigte seinen Schritt. Kurz darauf steuerte er schon auf das kleine Kaisenhaus zu, das sich von den meisten anderen Häusern ringsum abhob und inzwischen hübsch wohnlich war. Sie hatten den Gemüsegarten vergrößert und einen Apfelbaum gepflanzt. Neben Emils Verschlag hatte Rolf den Hühnerstall um einen Auslauf erweitert. Zwar fehlte es noch immer an Strom und fließendem Wasser, aber mit diesen Widrigkeiten hatten sie sich ganz gut arrangiert. Ringsumher waren indes viele solcher Häuser entstanden. Viele Waller nutzten das, so hatten sie schließlich ein Zuhause. Doch es dauerte, bis die Wunden des Krieges endlich zu Narben wurden.

Volkers Husten hallte Rolf schon von Weitem entgegen. Es war gut, dass er sein Geschäft beizeiten aufgegeben hatte, denn inzwischen gab es immer mehr Lastwagen, die seine Arbeit schneller erledigen konnten. Für einen alten Mann und sein Fuhrwerk wäre in dieser neuen Welt ohnehin kein Platz mehr gewesen. Emil hatte zudem im letzten Winter erst das Heu verweigert, dann waren seine Flanken immer mehr eingefallen, und schließlich lag er eines Morgens im Dezember tot in seinem Verschlag. So richtig hatte sich Volker davon nicht erholt. Er vermisste seinen Wallach mehr, als er zugab, war es doch die letzte Verbindung zu seiner alten Welt gewesen. Emil hatte damals wie durch ein Wunder überlebt. Seine Frau und sein Kind jedoch nicht.

Ab und zu kaufte Rolf Schokolade für Volker, weil er wusste, wie sehr sein alter Freund diese Nascherei liebte. Und Rolf liebte es, dabei das winzige Strahlen in seinen Augen zu sehen.

Als er nun die Tür öffnete und Volker ihn wahrnahm, klagte er über Schmerzen in der Brust. »Ich krieg so schlecht Luft, das ist unerträglich«, stöhnte er. »Das kommt davon, wenn man nicht anständig heizen kann und die Bude eiskalt und feucht ist.«

»Ich mache dir was Warmes!«, sagte Rolf und wärmte rasch etwas von der Hühnerbrühe auf, die er gestern noch gekocht hatte.

Nachdem er Volker etwas davon eingeflößt hatte, wurde der ein wenig munterer, war aber noch immer sehr blass. »Ich hole jetzt den Arzt, und dann bekommst du endlich Medizin«, sagte Rolf mit dem Anflug eines schlechten Gewissens. »Das hätte ich schon längst tun sollen, auch wenn du mich immer davon abgehalten hast, du Sturkopf. Du hast eine richtig starke Bronchitis und brauchst Medikamente.«

Volker hustete wieder heftig. »Was soll der Quacksalber denn mit mir tun? Mir kann man nicht mehr helfen, und ich will das auch gar nicht. Man muss wissen, wann das Spiel verloren ist. Und meine Lieke und Klein Erna, die warten schon. Hab sie bereits rufen hören. Emil wird mich auf seinem altersschwachen Rücken dorthin bringen, er wartet am Himmelstor auf mich. Das schafft er bestimmt noch.« Volker hustete wieder. Als Rolf ihm ein Tuch reichte, sah er, dass der Auswurf blutig war.

»Ich hole jetzt den Arzt! Mir reicht es.«

Volker packte ihn am Arm. »Warte, ich bin noch nicht

fertig, und du hörst mir jetzt zu, solange ich noch reden kann.«

Nun wurde es Rolf ein bisschen bang. Gehorsam setzte er sich auf die Bettkante.

»Ich möchte, dass du nach meinem Tod aus Bremen verschwindest«, begann Volker.

»Und wohin soll ich gehen? Vergiss es! Ich habe hier Arbeit, meine Kollegen, die Seeleute und die Küste…«

Volker ignorierte seinen Einwand und deutete auf den *Weserkurier*, der auf dem kleinen Küchentisch lag. »Gib die Zeitung mal rüber. Hab sie mir von Gerda mitbringen lassen, nachdem die da was im Radio gesagt haben.«

Rolf griff nach der Zeitung und reichte sie Volker, der die Seiten durchblätterte. »Hier ist es!« Er deutete auf eine Anzeige.

Werde Bergmann!
Zukunft Kohle!
Auch dein Lebensweg?

Und dann wurden alle Vorzüge aufgezählt. Welche Berufe möglich waren und was sie boten. »Es gibt zusätzliche Verpflegung und Bekleidung. Du kannst in einem Berglehrlingsheim wohnen. Bekommst eine anständige Ausbildung, dazu eine – wie steht es hier – hohe Lehrlingsentschädigung, das ist eine«, Volker sah Rolf triumphierend an, »sichere Beschäftigung und eine sichere soziale Stellung!«

Rolf las die Anzeige selbst. Er hatte ähnliche Aushänge auch schon in der Stadt gesehen, aber nie in Erwägung gezogen, ins Bergwerk unter Tage zu gehen. »Dem Bergmann gebührt die soziale Spitzenstellung. Werde auch du Bergmann!«, wiederholte er.

»Na, das klingt doch wirklich nach einer Erfolgsgeschichte, mien Jung!« Volker schlug Rolf auf die Schulter und begann sofort wieder, heftig zu husten. Als er sich beruhigt hatte, bat er Rolf um eine Schere und schnitt die Anzeige aus. »So, nun wirst mal deine Hammelbeine in die Hand nehmen und zusehen, dass aus dir was wird. Mehr als so ein Hafenhilfsarbeiter. Du vergeudest dein junges Leben.«

Rolf zuckte unschlüssig mit den Schultern. Aber Volker hatte recht. Wenn er so weitermachte und in Walle blieb, wäre er bald endgültig dem Alkohol verfallen und ein Wrack. Die Versuchung war einfach zu groß.

»Das ist mein letzter Wunsch, mien Jung. Du solltest Walle ganz fix verlassen. Ich werde da oben wohl gar nicht so schnell gucken können, wie du ohne mich im Hafenbecken oder an unserer Bremer Küste versinkst. Wenn ich auf der Wolke rumschwebe, hast du keinen mehr, der wenigstens ab und zu auf dich achtgibt.« Volkers Stimme wurde heiserer. »Im Revier wirst du dann deine Johanna ganz vergessen können, sei sicher. Da ist was los, da geht es den Leuten viel besser als hier in Bremen. Ich hab mich schon kundig gemacht.«

Wieder wurde Volker von einem heftigen Hustenreiz geschüttelt.

»Und wie? Du liegst doch nur hier rum!«

Volker runzelte die Stirn. Das Sprechen fiel ihm zunehmend schwer. »Ich lese viel Zeitung, damit ich mich nicht langweile. Das weißt du doch. Ich höre Radio. Und ab und zu kommt Helmer, und wir schnacken über dies und das, und er versorgt mich mit so mancher Lektüre.« Er schloss mit einem zufriedenen Ausdruck die Augen.

Rolf sprang auf. »Ich weiß, dass du recht hast, was mich angeht, und ich werde mit der Sauferei aufhören. Aber du wirst noch nicht sterben! Folglich bleibe ich erst einmal hier.« Er zeigte auf die Anzeige. »Klingt verlockend, passt aber gerade nicht.«

Volker kicherte. »Meinetwegen hol den Arzt. Der wird dir auch nichts anderes sagen als das, was ich prophezeit habe.«

Rolf hielt Volker die Hand hin. »Abgemacht. Ich kümmere mich darum, dass du gesund wirst. Solltest du aber recht haben und tatsächlich zu den Deinen schweben, gehe ich ins Ruhrgebiet und werde Bergmann. Versprochen!«

Volker nickte erschöpft. »Ist gut, mien Jung. So mok wi dat.« Aber dann glitt ihm ein verschmitztes Grinsen über sein Gesicht. »Nur will ich nicht, dass du einfacher Hauer wirst. Ich will dich als Steiger sehen. Also erst eine Lehre zum Knappen und dann Steiger. Oder sogar Obersteiger oder Fahrsteiger! Was du willst.« Volker war tatsächlich unglaublich informiert.

»Ach, Volker«, sagte Rolf nur. »Meinetwegen auch das.« Er eilte los. Plötzlich hatte er das Gefühl, er dürfe keine Zeit mehr verlieren.

Kapitel 19

Martha Selig hatte ein bisschen Geburtserfahrung und kümmerte sich um Johanna, die nun im Schlafzimmer der Eltern auf dem Bett lag und von der Wucht der Wehen überrollt wurde.

Johannas Mutter hatte zuvor alles mit wenigen Worten und sehr ruhig organisiert. »Es kommt ein Kind, das ist der Lauf der Welt. Und wie es scheint, kommt es ein bisschen schnell. Ich laufe zu Ingo, damit er Maria holen und Eike informieren kann. Martha ist eben zurückgekommen, sie bleibt in der Zeit bei dir.«

Johannas Mutter war schnell zurück und bereitete alles für die Geburt vor. Sie holte frisches Leinen und saubere Kernseife. Dann erwärmte sie Wasser, damit sich die Hebamme die Hände waschen konnte.

Es dauerte allerdings, ehe Maria kam, denn sie war noch bei einer anderen Geburt. Johannas Wehen überfielen sie regelrecht mit ihrer Intensität und Häufigkeit. Sie stöhnte und weinte.

Wer sich nicht blicken ließ, war Eike. Johanna war es egal, sie war derweil davon überzeugt, diesen Tag nicht zu überleben. Die Hebamme sprach ihr abwechselnd mit Frau Selig Mut zu. Und die Mutter hielt Johannas Hand.

»Das geht wirklich schnell fürs erste Mal«, sagte Maria. »Aber dann hast du es fix hinter dir!«

Johanna konnte schon bald mithelfen und Eikes Kind herauspressen. Es war ein Junge, und er hatte wie sein Vater rotes Haar.

Maria nahm den Säugling mit, wog, wusch und wickelte ihn, ehe sie ihn zu Johanna zurückbrachte. Die warf einen kurzen Blick auf den Kleinen und nahm ihn erst dann zögernd auf den Arm.

»Er braucht die Brust«, erklärte die Hebamme. »Das tut zu Beginn ein bisschen weh, aber daran gewöhnt man sich.« Sie wühlte in ihrer großen Tasche und reichte Johanna anschließend ein Döschen mit einer gelblichen Paste. »Das ist Ringelblumensalbe. Die mache ich selbst. Schmieren Sie die auf Ihre Brustwarzen, sollten sie zu wund werden.«

Johanna nickte abwesend. Sie starrte den kleinen Jungen noch immer an und wartete auf den Überschwang der Gefühle. Sie musste ihn doch sofort lieben, so wie es alle jungen Mütter erzählten! Aber es passierte nichts. Ihr eigenes Kind kam ihr fremd vor. Es roch merkwürdig, und es war schrumpelig. Die Finger lang und dünn, der Kopf ein bisschen groß, die Haut zu hell, das Haar zu rot. Johanna stupste ihn mit der Nase an. Sie fühlte sich schlecht, weil sie nichts anderes empfand als die Erleichterung darüber, dass diese furchtbaren Schmerzen vorbei waren.

Die Mutter merkte offenbar, was mit Johanna los war, und nahm ihre Tochter in den Arm. »Da hast du deinen

Sohn! Wie wunderbar! Alles andere kommt schon. Bist eben völlig erschöpft.«

Johanna nickte stumm. Sie knöpfte ihr Nachthemd auf und sah zu, wie der kleine Junge nach ihrer Brustwarze schnappte und zu trinken begann. Das tat höllisch weh. Johanna presste die Lippen aufeinander und musste sich zusammenreißen, das Kind nicht wegzustoßen.

»Das wird von Mal zu Mal besser«, sagte Maria. Sie sah Johanna lange an. »Sonst geben Sie mir Bescheid«, fügte sie mit einem Seitenblick auf Johannas Mutter hinzu.

»Ich habe vorhin noch einmal nach Eike schicken lassen. Er hat jetzt seinen Erben!«, sagte die. »Den muss er sich doch ansehen.«

»Der Junge sieht aus wie sein Vater«, flüsterte Johanna. Sie strich dem Kleinen mit dem Zeigefinger über die Stirn. Aber noch immer tat sich nichts. Sie empfand für ihren Sohn nicht mehr als für eines der Kälbchen vom Eilershof. Was war sie doch für eine schlechte Mutter!

Der Kleine war nun gestillt und hielt die Augen geschlossen.

Erneut schnüffelte Johanna an seinem Kopf, gab ihm einen Kuss auf die weiche Haut … Es musste doch etwas passieren mit ihr! Wenigstens fand sie ihn nicht mehr ganz so fremd.

Die Liebe kommt bestimmt noch, machte Johanna sich selbst Mut. Jede Mutter liebt ihr Kind, gleichgültig, wer der Vater ist.

So ganz glaubte sie aber selbst nicht daran, war es ihr schon schwergefallen, um die verlorenen Kinder zu trauern. Hatte sie doch auch in diesen Schwangerschaften keine Verbindung zu dem Kind im Bauch aufbauen können. Das alles war einfach mit ihr geschehen. Genau wie diese Ehe und die vielen Nächte, in denen sie Eikes Nähe hatte erdulden müssen, um am Ende dieses Kind zu gebären.

Plötzlich wurde die Tür aufgerissen, und Eike stürmte herein. »Ich habe einen Sohn!«, jubelte er. »Der lang ersehnte Erbe!«

Er küsste Johanna auf die Wange. »Entschuldige, dass ich so spät bin, aber ein Mutterschaf hat gelammt, und Mutter meinte, ich dürfe das den Knecht nicht allein machen lassen.«

Ich habe deinen Sohn geboren, dachte Johanna, schwieg aber. Es war nicht Eikes Schuld. Im März war Lammzeit und auf dem Nordseehof die Hölle los. Als Lientje gehört hatte, dass die Niederkunft im März anstand, hatte sie verärgert den Kopf geschüttelt. Wie konnte Johanna es als Schäferin wagen, mitten in der Lammzeit zu gebären!

»Und ein anderer Knecht konnte nicht assistieren?«, fragte Johannas Mutter mit spitzer Stimme. Sie war sichtlich aufgebracht, sprach aus, was Johanna eben gedacht hatte. »Es ging hier nicht um irgendwas, sondern um dein Kind.«

Jetzt lief Eike rot an. »Ich wurde im Stall gebraucht, und Mutter hatte für die Knechte andere Aufgaben. Ich war auch nicht damit einverstanden.«

Johannas Mutter runzelte die Stirn. »*Du* bist aber der Schäfer, nicht deine Mutter. *Du* hast das Sagen auf dem Nordseehof. Und deine Frau hat ein Kind bekommen!«

Eikes Kopf war nun tomatenrot. Johanna bekam direkt Mitleid mit ihrem Mann. Sie wusste, wie ihre Schwiegermutter sein konnte.

Foline aber nahm ihre Tochter in den Arm und flüsterte ihr ins Ohr: »Mien Leevsten, was haben wir da nur gemacht!« Mehr nicht, aber der eine Satz zeigte, dass sie plötzlich die Tragweite der damaligen Entscheidung begriffen hatte.

Eike strich sich derweil ständig verlegen durchs Haar. »Ich möchte, dass er Uwe heißt«, lenkte er dann ab. »Was meinst du, Johanna?«

Sie nickte. Es war ihr gleichgültig. Aber Uwe war ein schöner Name. »Uwe Deeken«, sagte sie, weil sie irgendetwas sagen musste.

»Du kannst dir gar nicht vorstellen, wie froh meine Mutter sein wird, dass es ein Junge ist«, lamentierte Eike weiter.

»Jetzt wird alles gut, Johanna! Jetzt wird alles gut! Wie ich dich liebe!«

Johanna sah von ihm zu Uwe, der gerade die Augen aufschlug und sie mit dieser unglaublichen Allwissenheit eines Neugeborenen zu mustern schien. Nein, es war nicht gut. Nichts war gut. Johanna reichte das Bündel ihrem Mann, der Uwe dankbar in den Arm nahm.

Kapitel 20

Der Arzt konnte für Volker nichts mehr tun. Er verschrieb ihm noch ein Hustenmittel, aber Volkers Fieber stieg binnen kürzester Zeit massiv an, sodass er schon am nächsten Tag nicht mehr ansprechbar war.

Rolf ging nicht zur Arbeit, sondern harrte am Bett des Alten aus. Er tupfte ihm den Schweiß von der Stirn, sang ihm alte Seemannslieder vor und stellte zwischendurch das Radio laut, sodass Volker die Nachrichten hören konnte.

Ob sein Freund all das noch mitbekam, wusste er nicht.

Rolf konnte ihm nichts mehr zu trinken einflößen, an Essen war gar nicht zu denken. Volker hatte recht gehabt: Seine Frau mit der Tochter wartete auf ihn, und Rolf hoffte, dass Emil wirklich an der Himmelspforte stand und seinen Freund die letzten Meter über die Brücke zu seiner Familie brachte.

Volkers Lunge begann zu brodeln, es hörte sich an, als ob Wasser darin kochte. Jeder Atemzug fiel ihm schwerer als der vorherige, und die Abstände verringerten sich immer mehr. Es war kein leichter Tod für seinen Freund, und Rolf versuchte alles, um ihm die letzten Stunden erträglicher zu machen.

Als Volker seinen letzten, heftigen Atemzug tat, hielt Rolf seine Hand und wartete, bis der Druck schwächer wurde und schließlich ganz nachließ. Dann weinte er, bis er keine Tränen mehr hatte.

Rolf schaffte es irgendwie, zu regeln, dass Volker abgeholt wurde, und auch, den Beisetzungstermin zu organisieren. Da es nur eine einfache Beerdigung sein würde, hielten sich die Kosten in Grenzen, und Rolf konnte sie finanziell stemmen, zumal er in einer alten Blechdose im Küchenschrank noch einige Rücklagen von Volker gefunden hatte. Helmer hatte versprochen, sich um einen Grabstein und die Pflege des Grabes zu kümmern. Den Rest würde die Behörde übernehmen, da Volker keine weiteren Verwandten mehr hatte.

Rolf war froh, dass das geregelt war, denn er hatte ein Versprechen einzulösen und wollte sich deswegen nicht weiter an Bremen binden.

Nachdem Rolf alles erledigt hatte, saß er einsam in der kleinen Küche vom Kaisenhaus, wo er mit Volker gelebt, diskutiert und viel gelacht hatte, und weinte erneut. Er weinte nicht nur über den Verlust seines Freundes, sondern viele weitere Tränen über den Tod seiner Mutter. Er weinte über den Freitod seines Vaters, und er weinte bittere Tränen darüber, dass es auch Johanna nicht mehr in seinem Leben gab. Er war allein auf dieser Welt.

Als er ausgetrocknet wie ein Flussbett nach langer Trockenheit war, schleppte er sich ein letztes Mal ins *Golden City*, soff und hurte die ganze Nacht hindurch, bis er seinen Schmerz betäubt glaubte. Gegen Mitternacht geriet er in einen Streit mit einem der Schauermänner und holte sich eine blutige Nase.

Danach schlief Rolf zwei Tage und Nächte durch, fütterte zwischendurch wie in Trance die Hühner und nahm zur Kenntnis, dass der Hafenmeister in der Tür stand und ihn rauswarf, weil er fast eine Woche unentschuldigt bei der Arbeit gefehlt hatte. »Du säufst und machst blau. Solche Leute brauche ich nicht.«

Nach drei Tagen nahm Rolf seine Umgebung zum ersten Mal wieder richtig wahr. Das Haus stank, überall lagen blutige Tücher herum. Das dreckige Geschirr stapelte sich in der Küche, und seine Bettdecke war schmutzig. Aber die Sonne schien, und die ersten Vögel stimmten ihr Lied an.

Rolf überlegte, welches Datum war. »Heute ist Volkers Beerdigung, da gehst du hin, und dann beginnt dein neues Leben! Es war sein letzter Wunsch, und den wirst du ihm erfüllen«, sagte er zu sich selbst.

Rolf wusch sich draußen an der Schwengelpumpe, ungeachtet der Tatsache, dass es Mitte März noch kalt und ungemütlich war. Aber er wollte nicht schmutzig und stinkend hinter Volkers Sarg herlaufen. Dann zog er saubere Sachen an, putzte die Zähne und kämmte sich das Haar. Nun sah er einigermaßen manierlich aus.

Rolf machte sich auf den Weg.

Es war eine bescheidene Beisetzung. Nur Gerda mit ihren fünf Kindern, Rolf, Helmer und der Pastor gaben Volker das letzte Geleit. Gerda hatte eine verwelkte Narzisse in der Hand, die sie als einzigen Blumenschmuck ins Grab warf. Die anderen nahmen die kleine Schaufel. Dumpf knallte der Sand auf den schlichten Sargdeckel. Eine Kaffeetafel gab es nicht, Rolf gab lediglich eine Runde Korn in der Gaststätte um die Ecke aus.

Helmer verabschiedete sich danach, schlug Rolf auf die Schulter und sagte: »Vergiss nicht, was du dem alten Zausel versprochen hast! Er hat es mir erzählt.«

Rolf nickte und ging mit gesenktem Kopf zurück zum Kaisenhaus, wo er die Leere kaum ertrug. Am liebsten hätte er vor Wut über sein Schicksal alles kurz und klein geschlagen, nur machte das Volker auch nicht wieder lebendig.

Traurig trat er vor die Tür.

Gerda war schon dabei, die Wäsche auf die durchhängende Leine zu klemmen, für sie gab es nie eine Pause. Sie sah alt und verhärmt aus, obwohl sie sicher nicht viel älter war als Rolf.

»Nun isser dod«, sagte sie. »Er war ein Guter. Hatte immer ein nettes Wort und oft auch ein paar Pfennige für mich, wenn es knapp wurde. Bleibst du jetzt hier allein wohnen?«

Rolf zuckte mit den Schultern. »Mal sehen.«

Er räumte den restlichen Tag auf, putzte das Haus, mistete den Hühnerstall aus und gönnte sich am Abend zwei Spiegeleier. Danach nahm er den Vorhang ab, der seine und Volkers Bettstellen voneinander getrennt hatte. Er war ohnehin mittlerweile von Motten zerfressen. Also weg damit.

Rolf setzte sich anschließend auf den wackeligen Stuhl am Tisch und griff zur Zeitung, die seit ihrem letzten Gespräch über Rolfs Zukunft noch immer dalag. Er blätterte sie durch, dabei fiel ihm ein, dass Volker die Anzeige dieser Kohlesache rausgeschnitten hatte. Wo zum Teufel war sie hingekommen?

Rolf durchforstete alles und fand die Anzeige schließlich im Seitenfach des Küchenschrankes. Darauf war ein Zettel geklebt, auf den Volker mit krakeliger Handschrift geschrieben hatte:

Es ist mein Letzter Wille. Tu es!

Rolf las alles noch einmal in Ruhe durch. »Ich habe am Hafen keine Arbeit mehr«, murmelte er. »Und ich habe Volker versprochen, ins Ruhrgebiet zu gehen und meinen Weg zu machen. Er wollte es wirklich.« Rolf drehte das Papier unschlüssig zwischen den Fingern. Er wusste nicht, wie es im Kohlenpott war. Er wusste nicht, wie die Arbeit unter Tage sein würde und ob er das überhaupt konnte. Aber es klang nach Zukunft.

Rolf nahm noch einmal die Zeitung in die Hand und sah, dass Volker nicht alles ausgeschnitten hatte. Denn unter der Anzeige standen ein Datum und ein Versammlungsort, wo man mit den Berufsberatern sprechen konnte. Die Veranstaltung fand heute statt! Er schaute auf die Uhr: Wenn er sich beeilte, konnte er es noch rechtzeitig dorthin schaffen.

Kapitel 21

Johanna wurde nach dem Wochenbett mit der Kutsche zurück zum Nordseehof gebracht, wo sie sich zunächst mit Uwe ins Schlafzimmer zurückzog.

Eike war sehr glücklich und hielt seinen Sohn freudestrahlend im Arm. Er herzte und küsste ihn in einem fort, und er hörte gar nicht auf, davon zu schwärmen, was für einen wundervollen Jungen Johanna ihm geboren hatte.

»Leider muss ich gleich wieder in den Stall, es stehen etliche Geburten an«, sagte er bedauernd. »Es haben sich mehrere Schafmütter abgesondert, das bedeutet, sie werden in den nächsten zwei Stunden lammen.«

Johanna legte ihre Hand auf seinen Arm. »Geh nur, Uwe und ich kommen schon klar.«

»Sicher?«, fragte er zweifelnd. Johanna gefiel ihm überhaupt nicht.

»Ja doch«, sagte sie vorsichtig lächelnd. »Ich mache mich gleich frisch und werde aufstehen. Das Wochenbett ist herum, und ich kann wieder leichte Aufgaben übernehmen. Jetzt, wo ich Mutter bin, wird es sicher alles besser klappen. Auch mit Lientje!«

Eike sah seine Frau an. Sie wirkte so verletzlich. So

schwach. Und gar nicht so, wie er sich eine glückliche Mutter vorgestellt hatte.

Er seufzte, drückte Johanna das Kind in den Arm und ging zum Stall. Es half nichts, er musste dort mit anpacken, auch wenn er lieber bei Johanna und Uwe geblieben wäre.

Ein Schaf war gerade dabei, Zwillinge zu gebären, und seine Mutter brauchte seine Hilfe, denn eines der Lämmer lag verkehrt herum.

»Hilf mir, wir müssen es drehen, sonst stirbt es«, keuchte Lientje.

Eike tastete die ungeborenen Tiere ab. »Wir müssen erst das eine holen, da kann ich die Schnauze auf die Vorderläufe legen. Danach werden wir sehen, ob wir das zweite gewendet bekommen.« Beherzt machte er sich an die Arbeit, und kurz darauf kam das erste Lamm. Es war gesund, und sie mussten nichts weiter tun. Das Mutterschaf würde es gleich lecken, und es konnte gesäugt werden.

Die Geburt des zweiten Tieres war deutlich schwieriger. Was auch immer Eike versuchte, es war nicht zu wenden. »Wir laufen Gefahr, dass die Nabelschnur reißt«, sagte er schließlich und wischte sich mit dem Unterarm den Schweiß von der Stirn. »Dann verlieren wir es. Aber vielleicht haben wir Glück.«

Er strich der Schafmutter, die sichtliche Schmerzen hatte, über den Kopf. »Komm, Mädchen, das kriegst du hin!«

Das Schaf begann zu pressen, Lientje hielt den Kopf und sprach fortwährend beruhigend auf das Tier ein. Eike und sie arbeiteten Hand in Hand, jeder Griff saß, und schließlich wurde auch das zweite Lamm geboren.

Besorgt sah seine Mutter das Tier an. »Es atmet nicht!«

Eike nickte und machte sofort die Nase frei, doch auch danach passierte nichts.

»Du musst den kleinen Bock beatmen!«

Eike nickte und legte los. Die Mund-zu-Nase-Beatmung funktionierte genauso gut wie beim Menschen. Es brauchte nur kurze Zeit, und das Lamm schnappte nach Luft.

Dankbar strich Lientje Eike über den Arm. »Das hast du gut gemacht, mien Jung!«

Eike lächelte. Was für ein seltenes Lob aus dem Mund seiner Mutter! »Danke!«

Endlich war auch das Lamm so weit, dass es auf den vier Läufen stehen konnte. Sie brachten Mutter und Lämmer in eine der kleinen Boxen, die sich seitlich des großen Laufstalls befand. Hier konnten sich die Tiere in Ruhe aneinander gewöhnen und gesäugt werden. In etwa einer Woche würden sie einer kleineren Schafgruppe zugeführt werden, bis sie stark genug für die große Herde und den Deichauftrieb waren.

»Ich geh jetzt wieder zu Johanna«, sagte Eike. Er warf einen Blick in den großen Stall, wo die Schafe durcheinanderliefen und in der Mitte an der großen Raufe am Heu zupften. »Es scheint so weit alles ruhig. Die anderen Lämmer habt ihr ja schon geholt.«

»Du bist kein schlechter Schäfer«, sagte Lientje. »Aber deine Frau …« Sie schüttelte den Kopf. »Hoffentlich wird es mit ihr nicht noch arger, jetzt, wo sie ein Kind hat. Johanna zu heiraten war ein Fehler!«

»Aber sie hat doch jetzt unser Kind geboren«, beeilte sich Eike zu sagen. Ihm war unwohl. Er wollte sich nicht mit seiner Mutter überwerfen, aber er konnte ihr doch auch nicht Johanna schutzlos ausliefern.

»Es ist ein Junge«, hörten sie plötzlich ihre Stimme. »Ganz so, wie du es gewünscht hast!«

Eikes Mutter schnellte herum. Johanna stand hinter ihr, sie hatte Uwe auf dem Arm. »Hier, sieh ihn dir an, deinen heiß ersehnten Erben. Darf ich vorstellen? Uwe Thilo Deeken! Du hast mich weder auf dem Altenteil meiner Eltern besucht noch hier im Haus. Da muss ich mit ihm zu dir in den Schafstall kommen.«

Lientje verzog den Mund und wurde abwechselnd blass und rot. »Ich hatte zu tun, wie du siehst.« Sie schnappte nach Luft und warf dann einen flüchtigen Blick auf den kleinen Kerl.

»Gut, dass er Eike ähnlich sieht. Und nicht diesen Ostländern.«

Eike zuckte zusammen. Johanna aber kniff die Augen zusammen.

Sie drückte Uwe fest an sich und machte einen Schritt rückwärts. Dann sagte sie ganz langsam: »Es ist Eikes Kind! Und ich will nie wieder etwas anderes hören.« Sie sah ihren Mann an. »Kommst du bitte mal?« Ihre Stimme klang noch immer gefährlich ruhig. Eike folgte ihr, und kurz darauf standen beide im Hof.

»Ich dachte, sie freut sich.« Eike klang enttäuscht. Er kam sich vor wie ein geprügeltes Kind.

»So geht es nicht mehr weiter!«, sagte Johanna mit fester Stimme. »Was bildet sich deine Mutter eigentlich ein? Wir sind die Schäfer, du hast die Leitung, und ich bin deine Frau und nicht irgendeine Magd. Deshalb ändert sich von heute an eine Menge, das sag ich dir!«

»Johanna, was willst du denn tun?«, fragte Eike ängstlich. »Es ist meine Mutter!«

»Deshalb hat sie noch lange nicht das Recht, mich wie ein Stück Dreck zu behandeln. Ich arbeite hier hart. Ich koche, ich putze, hole Lämmer auf die Welt und schneide Klauen! Ich stelle Käse her, pökle das Fleisch, fahre die Ernte mit ein und habe auch noch den Erben geboren.«

Eike wollte Johanna beruhigend in den Arm nehmen, aber sie war gerade richtig in Fahrt. »Lass mich! Ich werde ihr jetzt sagen, wie zukünftig der Wind weht. Bin gleich zurück!«

»Was tust du, Johanna?«

Sie drehte sich noch einmal kurz um. »Das, was ich schon längst hätte tun sollen. Und du auch. Sie hat uns nichts mehr zu sagen. Nicht, ob ich das richtige Kind bekommen habe, und auch nicht, wann. Es geht sie einen feuchten Dreck an, wie viel Kinder wir noch planen. Sie hat auch nicht zu bestimmen, wie wir den Hof führen. Und das, genau das, werde ich ihr jetzt sagen!«

»Johanna!«, rief Eike mit schwacher Stimme, aber sie hörte ihn kaum noch.

Kapitel 22

Rolf saß an einem Montag Mitte Mai in einem Sonderzug Richtung Essen Heisingen. Er war an jenem Abend vor zwei Monaten zur Veranstaltung der *Gutehoffnungshütte-Aktienverein für Bergbau und Hüttenbetrieb*, kurz *GHH*, gegangen und hatte noch am selben Abend den Vertrag unterschrieben.

Von nun an wollte er es als Lehrling versuchen. In zweieinhalb Jahren würde er die Knappenprüfung ablegen, dann die Hauerprüfung machen und danach richtiger Bergmann sein. So Gott es wollte, konnte er im Anschluss auf die Bergvorschule, dann auf die Bergschule gehen und später Steiger werden. Volker wäre stolz auf ihn.

Erst einmal hatte Rolf im Berglehrlingsheim einen Platz zugewiesen bekommen. Bis er unter Tage arbeiten durfte, würde es dauern, denn zunächst musste er eine Schule besuchen, in Maschinenhallen Reparaturen durchführen und sich in der Lehrstrecke bergmännische Fähigkeiten aneignen. Das dauerte etwa ein halbes Jahr. Erst dann durfte er einfahren, zuvor war er der Arbeit im Berg nicht gewachsen. Rolf sah alldem mit gemischten Gefühlen entgegen. Auf den gezeigten Bildern der GHH hatten alle Männer rußgeschwärzte Gesichter, aus denen die Augen weiß hervorstachen. Kumpel nannten sie sich, und bald war er einer von ihnen. Mit Helm, Grubenlampe und Gezähe, wie man die Ausrüstung nannte.

»Machst du eine Ausbildung zum Knappen?«, fragte ihn sein Sitznachbar. Er kam aus Delmenhorst und hieß Kalle. Er war ein lustiger Kerl mit braunen kurzen Locken, aber erheblich jünger als Rolf.

Er nickte.

»Ich mache auch eine Ausbildung.« Der andere lächelte versonnen. »Das ist der beste Weg. Wenn man im Berglehrlingsheim wohnt, bekommt man übrigens sogar Theaterkarten und so was. Und im Revier gibt es sehr viele Tanzabende mit Bands, die aufspielen. Ich glaube, wir rattern gerade einem sehr schönen Leben entgegen.«

Rolf schnaufte und wandte sich ab. Er war in seinem ganzen Leben in noch keinem Theater gewesen und hatte es auch jetzt nicht vor. Bands und Tanz klangen da schon ein bisschen attraktiver. Er hoffte, dass es ähnlich locker zuging wie an der Küste. Er vermisste das kleine Kaisenhaus und die Hühner. Volker und Emil. Bremen und die frische Seeluft.

Das Haus samt Hühnern und Gemüsegarten hatte er Gerda geschenkt. Die war vor Dankbarkeit überglücklich gewesen. Nun musste die vielköpfige Familie nicht mehr so beengt leben. Ihr neuer Mann wollte nachfragen, ob man die Häuser nicht miteinander verbinden konnte. Rolf zuckte mit den Schultern. Er würde nicht mehr erfahren, ob das möglich war, denn er war auf dem Weg in ein neues Leben. Aber nicht nach Amerika, sondern ins Revier.

Rolf verspürte keine Lust, sich weiter mit Kalle zu

unterhalten, und starrte aus dem Fenster. Rings um ihn ertönte ständig lautes Gelächter. Fast an jedem Bahnhof stiegen weitere junge Männer in den Sonderzug nach Essen. Sie waren von allen möglichen Bergwerksgesellschaften angeworben worden und wollten alle ihren Weg als Bergmann machen.

Je voller der Zug wurde, desto mehr machte sich unter den jungen Männern eine Aufbruchsstimmung breit, der sich auch Rolf nach einiger Zeit nicht länger entziehen konnte. Sie alle waren da, um Deutschland voranzubringen. Dem Land seinen Wohlstand zurückzugeben. Und er, Rolf, war ein Teil davon. So wie Volker es sich gewünscht hatte.

Schon bald fuhren sie an den ersten Fördertürmen vorbei, erste Industrieanlagen reckten ihre Schornsteine in den trüben Märzhimmel und spuckten dunklen Qualm aus.

So etwas hat Johanna bestimmt noch nie gesehen, dachte Rolf. Sie würde das nicht mögen. Johanna brauchte Land um sich. Grüne Wiesen und den Geruch der See.

Rolf schluckte. Es war gleichgültig, was sie liebte. Denn er, er würde es mögen müssen.

*

Johanna fand Eike im Garten auf der Bank, wo er sie zum ersten Mal geküsst hatte. Er hatte den Kopf in die Hände gestützt und schaute nicht auf, als sie sich neben ihn setzte. Sie stellte den Kinderwagen mit Uwe darin neben der Bank ab und betätigte die Bremse.

»Hallo«, sprach Johanna ihren Mann an und setzte sich neben ihn.

»Musste das alles sein?«, fragte er. »Warum bist du meiner Mutter gegenüber wieder so massiv geworden? Das geht schon so, seitdem du vom Eilershof zurück bist. Nun ist es eskaliert. Das halte ich nicht aus. «

Johanna seufzte. Sie stritt schon seit Wochen mit ihrer Schwiegermutter über die künftige Ausrichtung der Schäferei und darüber, dass Lientje endlich aufhören sollte, sich ständig einzumischen. Aber diese zeigte sich uneinsichtig und setzte sich starrköpfig über alles hinweg, was Johanna vorschlug. Erst am Morgen war Johanna wieder vor vollendete Tatsachen gestellt worden, als sie die Knechte einteilen wollte und alles längst anders entschieden war.

Als sie mit Lientje darüber sprechen wollte, hatte Johanna sie dabei ertappt, wie sie Uwe die Flasche gab. Da war Johanna die Galle hochgekommen! Es ging entschieden zu weit, wenn Lientje sich nun auch da noch einmischte. Sie wollte Uwe stillen. Es hatte lange genug gedauert, ehe sie sich dem Kind verbunden fühlte, und nun genoss sie es, ihm die Brust zu geben. Sich um ihn zu kümmern, wenn er sie brauchte. Und erneut grätschte ihre Schwiegermutter dazwischen!

»Was tust du da mit Uwe?«, hatte Johanna sie gefragt.

»Er braucht eine feste Hand, du verwöhnst ihn zu sehr. Er muss lernen durchzuschlafen. Das hat noch keinem geschadet. Er wird fortan nicht mehr gestillt! Dieses Trinken, wann der Säugling Lust, aber die Mutter vielleicht keine Zeit hat, geht in einer Schäferei nicht.«

Johanna atmete einmal tief ein. »Uwe ist mein Sohn. Und ich ziehe ihn so groß, wie es mir gefällt.«

Lientje schüttelte den Kopf und nahm Uwe den Sauger nicht aus dem Mund. »Meine Kinder sind mit Schafmilch groß geworden, und nun gewöhne ich auch ihn an einen Rhythmus. Den müsste er in seinem Alter längst haben. Es geht mit der Flasche entschieden leichter. Es ist also besser, du fügst dich!«

Johanna hatte Lientje die Flasche weggerissen. Es war unerträglich! »Du unterlässt es bitte, meinem Sohn die Flasche zu geben. Und fortan lässt du Eike und mich die Arbeit in der Schäferei so machen, wie wir es uns vorstellen!«

Lientje hatte aufgelacht. »Du wirst mich nicht aufs Abstellgleis stellen. Du nicht! Eine Frau wie du kann keine Schäferei leiten.«

»Eine Frau wie ich?« Johanna antwortete gefährlich ruhig. »Was willst du damit sagen?«

Lientje hatte sie von oben bis unten gemustert. Dann war ihr ein lautloses Wort über die Lippen geglitten. Duuvke, hatte sie gesagt. Hure.

Johanna hatte die Beherrschung verloren. All der aufgestaute Hass der letzten Jahre war aus ihr herausgebrochen. Sie wusste selbst nicht mehr, was sie ihrer Schwiegermutter alles an den Kopf geworfen hatte. Nur ihre letzten Worte hörte sie noch immer. »Das sagt keiner zu mir! Raus aus der Küche!«

In dem Moment war Eike hinzugetreten. Er zog die Brauen zusammen und war völlig entsetzt. »Johanna! Niemand verweist meine eigene Mutter aus der Küche! Auch du nicht als meine Frau.«

»Sie wird das alles noch bereuen!«

Johanna waren bei den Worten ihrer Schwiegermutter eiskalte Schauer über den Rücken gelaufen. So ähnlich hatte sich damals auch Reent ausgedrückt.

Doch sie hatte nur Lientjes triumphierendes Lächeln gesehen, hatte sich Uwe geschnappt und war rausgerannt.

Johanna war ein paar Stunden weinend mit dem Kinderwagen durch die Marsch gelaufen, bis sie wieder klarer denken konnte. Sie hatte doch wirklich alles versucht, sich auf dem Nordseehof einzufinden, sich so sehr bemüht, Rolf zu vergessen. Aber sie konnte hier nichts richtig machen. Nicht, solange Eike seiner Mutter keinen Einhalt gebot.

»In dem Ton kannst du doch mit meiner Mutter nicht reden!«, warf Eike ihr nun weiter vor, sah sie aber noch immer nicht an, sondern stierte auf die Graft.

»Sie versteht aber keine andere Sprache«, entgegnete Johanna.

»Sie ist meine Mutter!«, widersprach Eike.

»Das gibt ihr aber keineswegs das Recht, so eigenmächtig zu handeln. Fehlt noch, dass sie überwacht, ob wir uns auch genügend um Nachwuchs Nummer zwei kümmern, jetzt, wo das auch wieder möglich wäre.« Johanna war sehr verbittert.

»Ich will meinen Frieden!«, presste Eike hervor. Er schob Johanna ein Stück weg, aber sie war noch nicht fertig. »Die Lammzeit ist vorbei, und wir haben nun Zeit, uns um die Modernisierung des Betriebes zu kümmern. Das habe ich schon länger vor, aber dann kamen mir die Geburt und das Wochenbett dazwischen.«

»Was heißt denn das schon wieder?«

»Wir müssen endlich mit der neuen Zeit gehen, sonst werden wir scheitern, Eike! Alle anderen Landwirte modernisieren bereits, nur der Nordseehof steckt in vorsintflutlichen Arbeitsprozessen fest.«

»Wir kommen doch klar. Ich vertraue da der Erfahrung

meiner Mutter! Ich habe es schließlich mit ihr durchgesprochen.«

Johanna stieß aufgebracht die Luft aus. »Deine Mutter hat sich offiziell aufs Altenteil zurückgezogen, und es ist richtig, dass die Alten das tun, damit Neues eine Chance hat. Und diese werden wir nun ergreifen. Es gibt Kredite, die den Kauf von modernen Landmaschinen unterstützen. Kooperationen zwischen den Höfen, was die Maschinen angeht …« Johanna ereiferte sich, aber Eike lachte bitter auf und unterbrach sie. »Hast du mit deinem Cousin geklönt, oder wer hat dir diesen Floh ins Ohr gesetzt? Willst du etwa unsere Pferde abschaffen und auch Trecker kaufen? Maschinen zum Mähen und für die Felder?«

»Ja, das will ich.«

»Klar, du als Frau weißt ja auch, wie man das finanziert!«

Johanna setzte sich gerade auf. »Noch weiß ich das nicht genau, außer dass man Kredite bekommen kann. Ich werde mir von Ingo alles genau erklären lassen und mich darum kümmern, es auf dem Nordseehof umzusetzen.«

Eike sprang auf. »Johanna! Du. Bist. Eine. Frau!«

Nun hielt auch sie nichts mehr auf der Bank. »Ich bin eine Frau, ja. Was aber nicht heißt, dass ich nicht denken kann. Ich habe keine Lust, weiter in diesem altersschwachen und düsteren Haus zu leben und mir den Rücken kaputt zu schuften, wenn es längst Möglichkeiten gibt, wie man es als Landwirt leichter haben kann. Und auch, wie man ein Haus zu einem echten Zuhause umgestaltet. Heller, freundlicher.«

»Wir haben seit letztem Jahr fließend Wasser, schon vergessen?«, setzte Eike nach.

Johanna hörte gar nicht hin, sie hatte sich in Rage geredet, und dann schossen plötzlich folgenschwere Sätze aus ihr heraus: »Wie du weißt, führe ich hier ein Leben, das ihr alle für mich wolltet. Nur *mich* hat keiner gefragt. Und nun werde ich es eben so gestalten, dass es auch mir gefällt.«

Eike begann zu zittern. »So siehst du das alles? Düster? Ein Leben, das du nicht wolltest? Ich dachte, du liebst mich?«

Johanna wich zurück. Sie war zu weit gegangen. »So war das nicht gemeint, Eike.« Ihre Hand tastete nach seiner, aber er entzog sie ihr.

»Doch, das hast du so gemeint.« Sein Blick war voller Schmerz. »Ich habe es die ganze Zeit gewusst. Du liebst diesen Rolf noch immer. Du wolltest ihn und nicht mich. Warum? Johanna, warum?« Ihm liefen plötzlich Tränen über die Wangen. »Du bist meine große Liebe. Ohne den Gedanken an dich hätte ich den Krieg nicht überlebt.«

Wieder versuchte Johanna ihm nahe zu kommen, aber Eikes Gesicht wirkte wie versteinert. »Lass mich, bitte. Ich glaube, ich verstehe jetzt so manches. Deshalb liebst du auch unseren Sohn nicht so, wie eine normale Mutter ihr Kind liebt.«

»Du weißt, dass das nicht stimmt. Ich liebe Uwe! Wie kommst du darauf, dass es anders ist?« Ihre Stimme brach.

»Er hat den falschen Vater, das ist es doch, oder?« Eike nahm den Kinderwagen und eilte zurück zum Haus.

*

Lientje saß in der Küche am Tisch und schälte Kartoffeln, als Johanna eine Stunde später ins Haus kam. Sie schaute sich um, aber Uwe war nicht bei ihr. Ihre Schwiegermutter hatte gar nicht aufgesehen, als Johanna eintrat. Aber ihre Stimme klang schneidend. »Wo hast du dich denn schon wieder rumgetrieben? Bei deinem alleinstehenden Cousin? Dein Kind hat gleich Hunger!«

Johanna wollte keine weitere Eskalation. Sie musste hier weiterleben. Irgendwie. »Deshalb bin ich ja nun da. Ich will Uwe stillen. Wo ist er denn?«

Lientje wies mit dem Kopf zur Tür. »Bei seinem Vater.«

Johanna wollte die Küche verlassen, aber ihre Schwiegermutter ließ das Schälmesser sinken und schaute zu ihr rüber. »Ich habe deinen Streit mit Eike mitbekommen. War nicht zu überhören, worüber ihr gestritten habt!«

Johanna schluckte. »Du hast uns belauscht …«

Lientje reckte das Kinn vor. »Mir bleibt nichts verborgen. Es ist erschreckend, was ich da vernommen habe, aber es deckt sich mit dem, was ich immer erahnte!«

Johanna biss sich auf die Lippen. Wie durch eine Nebelwand hörte sie, wie ihre Schwiegermutter zum nächsten Schlag ausholte. »Ich habe angesichts deines ungeheuerlichen Benehmens schon mit Eike gesprochen. Du wirst Uwe von jetzt an nicht mehr die Brust geben, so wie ich es bereits vorgeschlagen habe. Ich möchte, dass er anständig und wie ein echter Mann erzogen wird, und dazu gehört auch die Disziplin bei den Mahlzeiten. Er muss ein wahrer Deeken werden.«

»Er ist noch ein Säugling!« Johanna brach die Stimme.

Lientje atmete einmal tief ein, bevor sie die nächsten Sätze fast ausspuckte: »Es ist endlich an der Zeit, dich und auch das Kind für das Leben auf dem Nordseehof zu formen.« Sie nahm die nächste Kartoffel und schälte unbeirrt weiter.

Johanna verschlug es die Sprache.

Lientje hielt erneut mit dem Schälen inne. »Kein Mensch weiß, ob mein Eike wirklich Uwes Vater ist. Schließlich warst du oft genug allein bei Ingo. Und wer weiß, wo noch!«

Johanna schnappte nach Luft.

»Ich bin Eike treu!«, stieß sie hervor. »Und mit alldem kann er nicht einverstanden sein!« Ihre Stimme zitterte. Und sie ahnte, dass ihr Mann es sehr wohl abgesegnet hatte, verletzt, wie er war.

Lientje lächelte süffisant. »Eike weiß, wo sein Platz ist, und er respektiert seine Mutter. Ich habe ihm ein Fläschchen mit Schafmilch zubereitet, das gibt er Uwe gerade. Und nun geh mir aus den Augen.« Sie schälte weiter und beachtete Johanna nicht mehr.

Die stürzte aus der Küche und suchte ihren Mann und ihren Sohn.

Die beiden waren im Schlafzimmer. Eike stellte sich ungeschickt an. Uwe schrie herzzerreißend, weil er hungrig war.

Johanna kochte vor Wut, aber es war besser, sich erst um das Kind zu kümmern. Sie nahm Uwe Eike ab und sagte bestimmt: »Lass mich bitte mal! Er braucht mich. Egal, was deine Mutter eben behauptet hat.« Johanna setzte sich neben ihren Mann und legte Uwe an die Brust. Sie wurde von ihren Muttergefühlen förmlich überrollt, und mit dem Schmatzen des Kindes verschwand Johannas Wut. Ihr Herz klopfte nicht mehr so stark.

Eike hatte noch kein Wort gesagt, schaute aber Johanna beim Stillen zu. Als sie Uwe über die Schulter legte, damit er sein Bäuerchen machen konnte, rückte er ein Stück näher und streichelte über Johannas Finger. »Es tut mir leid, dass ich meine Mutter habe gewähren lassen. Sie ist so… herrisch. Ich komme gegen sie kaum an.« Er schluckte. »Du hast mir vorhin sehr wehgetan mit dem, was du gesagt hast. Aber du bist Uwes Mutter, und du bestimmst, was mit unserem Sohn passiert. Ich kläre das.«

Johanna sah ihn überrascht, aber auch dankbar an. Ihre Hände zitterten noch immer wegen der Ungeheuerlichkeit, die ihre Schwiegermutter eben versucht hatte. »Wir müssen lernen, miteinander auszukommen, Eike. Du bist mein Mann! Du musst zu mir und nicht zu deiner Mutter halten. Immer! Und ich liebe Uwe. Auf meine Weise, aber ich liebe ihn.«

Er seufzte. »Ich weiß.« Dann sah er sie wieder mit diesem traurigen Blick an. »Wir hätten nicht heiraten dürfen, Johanna. Ich war blind. Und egoistisch.«

Uwe trank noch einmal und schlief dann auf Johannas Arm ein. Sie legte ihn auf dem Bett ab und sicherte ihn mit einem Kissen, damit er nicht herunterfallen konnte. Dann drückte sie Eikes eiskalte Hand. Er war völlig in sich zusammengesackt, ließ den Kopf hängen und stierte auf den Fußboden. Diese Traurigkeit war für Johanna kaum zu ertragen. Sie holte tief Luft. »Eike, das stimmt so nicht. Wir sind Mann und Frau und müssen dieses Leben gemeinsam stemmen.«

Eike hob den Kopf. Er hatte Tränen in den Augen. »Aber wie, Johanna? Wie?«

Sie legte ihren Kopf auf seine Schulter und spürte, dass

er vorsichtig seinen Arm um sie legte. So schwiegen sie eine Weile.

»Wir dürfen uns nicht gegenseitig in den Rücken fallen«, sagte Johanna dann. »Und es stimmt nicht, was du sagst: Du bist für mich inzwischen mehr als nur der Mann, den ich heiraten sollte. Sehr viel mehr.«

Eikes Finger krallten sich bei ihren Worten in ihren Oberarm. »Ich liebe dich mehr als mein Leben und muss mich damit zufriedengeben, was du an Gefühlen erwidern kannst. Die Alternative wäre tatsächlich, dich aufzugeben, und das will ich auch nicht. Es wäre mein Tod«, flüsterte er. Dann nahm er die kleine Decke aus der Wiege und legte sie über seinen Sohn. Sie standen lange vor ihrem Kind, und Johanna ergriff die Hand ihres Mannes. Sie waren einander noch nie so nah gewesen.

»Er ist so wunderbar wie du, Johanna.« Eike sah sie mit einem eigentümlichen Blick an. »Auch wenn er mir gleicht, so sehe ich doch dich in ihm.«

Einer spontanen Eingebung folgend schlang Johanna ihre Arme um Eikes Hals und begann, ihn zu küssen. Sie öffnete ihre Lippen, forderte ihn heraus, und nur allzu willig ging er auf das Spiel ein.

Beide fielen aufs Bett, entkleideten sich mit der Geschwindigkeit von zwei Ertrinkenden, die nicht vom Sog der schweren Kleidung in die Tiefe gezogen werden wollten. Sie rieben ihre Haut aneinander und konnten nicht genug von der Nähe des anderen bekommen. Dieses Mal ließ Johanna es nicht nur über sich ergehen, sondern verspürte Lust. Es war nicht dasselbe wie bei Rolf und längst nicht so überwältigend, aber es tat gut.

Eike war ein vorsichtiger, aber auch stürmischer Liebhaber, und er hatte inzwischen gelernt. Er fragte kurz, ob sie denn schon wieder so weit sei, aber die Geburt lag bereits acht Wochen zurück. So verspürte Johanna auch keinen Schmerz.

Am Ende ließen sie voneinander ab und schauten sich lange an.

»Ach, Johanna, ich liebe dich.« Eike küsste sie von oben bis unten.

Johann genoss noch die wohligen Schauer der Lust. Aber sie konnte diese drei wichtigen Worte nicht zu Eike sagen und war froh, dass Uwe zu weinen begann und ihr dadurch eine Antwort ersparte.

Kapitel 23

Rolf wohnte nun seit drei Monaten in Oberhausen-Sterkrade im Berglehrlingsheim. Dort lebten etwa fünfzig weitere Lehrlinge. Der Heimleiter war ein strenger Mann, der sehr auf die Einhaltung der Regeln pochte. Kein Alkohol, drei geregelte Mahlzeiten, abwechselnder Tischdienst. Sauberkeit und Ordnung waren obligatorisch.

Die Zimmer waren groß und freundlich, das Essen reichhaltig. Obwohl sie beileibe nicht von Luxus umgeben waren, hatte Rolf noch nie in einer so guten Umgebung gewohnt. Allein die saubere Bettwäsche und die angenehm duftenden Handtücher waren nach der Zeit im Kaisenhaus eine Wohltat. Dort war die Wäsche oft klamm gewesen, weil nicht alles vollends getrocknet war.

Die Lehrlinge hatten nicht viel Zeit zur Eingewöhnung gehabt, denn schon am Tag nach ihrer Ankunft begann die Ausbildung in der Bergberufsschule. Zunächst erhielten sie Unterricht in Fächern wie Mathematik, technisches Zeichnen und Bergbaukunde. Dazwischen wurden sie in Hallen zur Reparatur von Stahl- und Gummibändern oder Ähnlichem eingesetzt.

Alle Lehrlinge gierten danach, endlich unter Tage zu kommen, aber es galt, einen Schritt nach dem anderen zu machen.

»Wenn wir die Lehrstrecke geschafft haben, geht es los! Es sind noch ein paar Monate, aber ich freue mich, endlich Kohle abzubauen.« Kalle war extrem ungeduldig, aber er war erst siebzehn, und so würde es bei ihm erheblich länger dauern, denn unter achtzehn Jahren durfte keiner in die Grube.

Rolf war froh über den Aufschub. Er war noch immer unsicher, ob er die Arbeit so tief unter der Erde mögen oder ob er dort Angst bekommen würde. Auf Zeche zu gehen, wie man hier sagte, war eine andere Herausforderung als die Arbeit, die er im Moment leistete.

Und so trieb Rolf durch seinen neuen Alltag. Weil der Himmel im Revier oft diesig und wolkenverhangen war, vermied er den Blick zu den Sternen. Er gewöhnte sich an den Geruch der Stadt, der immer ein wenig rußgeschwängert war. Er gewöhnte sich an den Lärm, weil der Straßenverkehr zunahm und es immer mehr Busse und Straßenbahnen, aber auch Motorräder, Roller und Autos gab. Und er gewöhnte sich an die lockeren Sprüche und den Jargon der anderen Kumpel und übernahm ihn mit einer großen Selbstverständlichkeit.

Rolf gewöhnte sich auch an den regelmäßigen Ablauf im Berglehrlingsheim und fühlte sich schon bald als ein Teil dieser Maschinerie. Er war ein Arbeiter der GHH und wurde als solcher wertgeschätzt. Ein völlig neues Gefühl, zumal reichlich Geld auf sein Konto floss.

In ihrer Freizeit gingen die jungen Männer zum Tischtennis oder zum Fußball. Wer mochte, konnte auch die

Sauna aufsuchen, und es gab tatsächlich immer Dauerkarten für die Städtischen Bühnen in Oberhausen. Erst hatte er diesen Besuchen ein wenig skeptisch gegenübergestanden, aber inzwischen konnte er sich durchaus für die gezeigten Stücke und Operetten begeistern.

Rolf war gerade dabei, ein Stahlgliederband zu reparieren, als der Ausbilder auf ihn zutrat. »Menzel, du bist einer der Älteren hier, deshalb kannst du morgen schon mit der Lehrstrecke beginnen. Wir brauchen unter Tage jeden Mann, und so können wir deine Zeit bis dahin verkürzen. Du arbeitest zuverlässig.«

Am nächsten Morgen mochte Rolf kaum frühstücken. Er durfte als Erster in die Lehrstrecke, und wenn er sich nicht dumm anstellte, nahte auch bald die Zeit, dass er unter Tage musste! Ab in den Förderkorb und runter. Viele Hundert oder sogar Tausend Meter.

Die Lehrstrecke war vielseitig und ganz anders, als Rolf es sich vorgestellt hatte. Seine erste Aufgabe war das Hochziehen einer Mauer. Das machte ihm wider Erwarten Spaß, vor allem, weil er unglaublich schnell vorankam.

»Wenn du so weitermachst, geht es bald in den Streb, Menzel«, sagte der Ausbilder. »Gut gearbeitet. Das musst du unter Tage auch beherrschen. Mauern müssen auch dort gezogen werden. Du musst auch Türstöcke zimmern, das kommt dann als Nächstes.«

Rolf lernte das Setzen von deutschen und polnischen Türstöcken. Die unterschieden sich in Winkeln und Verzahnung und wurden aus Rundhölzern gefertigt. Dazu brauchte er als Werkzeuge Beil, Hammer und Säge. Er wurde in der Schlosserei eingesetzt und lernte in der Schmiede das Löten und Schweißen. Hinzu kamen Gleisbauarbeiten. Seine Arbeitswelt war vielseitig, und ihm machte alles unglaublichen Spaß.

Am Ende eines Arbeitstages willigte er gern ein, mit Reinhold und Dieter in die Eckkneipe zu gehen. Wie lange war er schon nicht mehr Bier trinken gewesen! Die Arbeit, die Schule … alles hatte ihn abgelenkt. Aber heute wollte er mit, denn es hatte das letzte Spiel der Endrunde um die Deutsche Fußballmeisterschaft stattgefunden, und Stuttgart war Deutscher Meister geworden, was reichlich Gesprächsstoff gab. Sie rauchten Zigarette um Zigarette, Rolf mochte Finas am liebsten. Allein wegen der quadratischen Schachtel, in der die Zigaretten wie Rekruten aufgereiht lagen.

Früher hatte Rolf sich nie für Fußball interessiert, aber ein Kumpel, der das nicht tat, war schnell außen vor, und das wollte er nicht. So war auch der Besuch von Fußballspielen zu einem Teil seiner Freizeitbeschäftigung geworden, und er beschäftigte sich jetzt mit Begriffen wie Abseits und Elfmeter und konnte inzwischen wunderbar mitstänkern. Es war aber eine angenehme Art des Umgangs, darauf achteten die Heimleiter sehr.

Sie steuerten den *Treffpunkt* an. Als sie eintraten, konnte Rolf vor lauter Qualm kaum etwas erkennen. Das erinnerte ihn an die Bremer Küste, nur dass hier keine leichten Mädchen herumspazierten.

Trotzdem setzten sich nach einer Weile zwei Frauen zu ihnen an den Tisch. Die eine hatte einen frech geschnittenen, blonden Bob, die andere einen kurzen, dunklen Bubikopf.

»Hallo, ich bin Dagmar«, stellte sie sich vor. »Und das ist Manu.« Sie deutete zu der Blonden.

Manu hatte nur Augen für Reinhold, aber Rolf fand Dagmar ohnehin interessanter, auch wenn sie flachbusiger und burschikoser war. Dagmar hatte merkwürdige Augen, deren Farbe zwischen Blau und Grau changierte. Sie war ganz anders als die Frauen auf dem Land oder an der Küste. Unkompliziert, immer ein Lächeln im Gesicht. Leicht geschminkt und überaus reizvoll. Trotz ihres schmalen, nahezu dünnen Körperbaus wirkte sie ungemein weiblich, was bestimmt auch an den weichen, fleischigen Lippen und den ebenmäßigen, fast weißen Zähnen lag. Beim Lachen schob sie gern die Zunge zwischen den Zahnreihen hindurch. Dagmar arbeitete als Sekretärin bei der GHH. War es Absicht, dass sich ihre Hände ab und zu berührten? Dass ihr Knie das seine häufig streifte?

Rolf rückte ein bisschen ab, er wusste nicht, ob er das wollte. Dagmar war keine Hure, er fürchtete zu viel Nähe. Nach dem dritten Bier verabschiedete er sich, bevor er noch kopflos wurde.

»Musst du schon gehen?« Dagmar lächelte ihn breit an. »Ich hoffe doch, wir sehen uns ganz bald wieder, Menzelchen.«

»Vielleicht«, wich Rolf aus. Er lief nicht auf direktem Weg zurück zum Berglehrlingsheim, sondern spazierte noch ein bisschen durch die Straßen. Dagmar hatte ihn verwirrt. Er wollte allein sein, und er wollte den Stern finden … Hanna und Volker nah sein. Aber der Himmel über Oberhausen war zu diesig.

KAPITEL 24

Seit dem Nachmittag, an dem Johanna und Eike einen Weg zueinandergefunden hatten, war eine große Veränderung mit ihnen vorgegangen. Sie begegneten sich auf Augenhöhe und begannen, Dinge miteinander abzusprechen. Und das funktionierte nun schon seit vier Monaten reibungslos.

Es führte allerdings auch dazu, dass Eike seiner Mutter tatsächlich immer stärker Kontra gab und sie öfter in die Schranken verwies. Das war vor allem nötig, wenn es um das Thema der Modernisierung vom Nordseehof ging, denn da war sie völlig anderer Meinung als ihr Sohn und die Schwiegertochter. Doch Eike setzte sich tatsächlich gegen sie durch.

»Mutter, bitte hör uns zu! Wir werden uns den anderen Landwirten anschließen und mit ihnen gemeinsam die neuen Gerätschaften kaufen.« Johanna und Eike hatten nächtelang darüber diskutiert, was nötig war und was nicht. Als Erstes wollten sie einen Trecker erwerben, der war die Grundlage für alle Neuerungen. Wenn sie nicht investierten, bestand die Gefahr, dass ihre Schäferei im Wettkampf auf dem Markt nicht mehr lange mithalten konnte.

»Ihr werdet schon sehen, was ihr davon habt, mich so zu behandeln und nicht anzuhören! Wir brauchen Traditionen und keine Neuerungen«, giftete Lientje jedes Mal, wenn das Gespräch darauf kam. Manchmal kamen Johanna ihre Anfeindungen fast krankhaft vor.

Ganz schlimm war es, wenn Reent zwischendurch auf dem Nordseehof zu Besuch gewesen war. Wie immer behandelte er Eike und Johanna wie Luft, wie immer schlenderte er an der Seite seiner Mutter – eine Hand in der Hosentasche, in der anderen eine Zigarre – über den Hof, und wie immer verschwanden sie auffällig lange im Kontor und schlossen sich dort ein. Eike störte es nicht, hatte er so gar kein Interesse an der Buchhaltung des Hofes. In Johanna aber schrillten sämtliche Alarmglocken, wenngleich sie nicht wusste, was genau sie so beunruhigte. War es Reents Haltung? Sein siegessicherer Gesichtsausdruck?

Sie sprach Eike öfter darauf an, aber er wiegelte stets ab.

»Mein Bruder hat sich schon immer für Geschäfte interessiert«, versuchte er sie zu beruhigen. »Und er ist ja auch bald wieder weg. Er braucht den Nordseehof für sein Glück nicht mehr. Vielleicht hilft er meiner Mutter nur.«

Johanna aber traute ihm nicht.

»Eines Tages schlägt er zu«, flüsterte sie. »Reent hat uns seine Niederlage nicht verziehen. Und Lientje schürt das Feuer, das in ihm brennt. Er wartet nur auf den richtigen Augenblick.«

Sie konnte weder seinen hasserfüllten Blick noch die ausgesprochenen Drohungen vergessen.

*

Eike sah Johanna nach, als sie sich an einem warmen Augusttag mit dem Rad wieder auf den Weg zum Eilershof machte. Johanna war fast täglich bei Ingo und ließ sich alles zeigen und erklären, was sie für die Technisierung des Nordseehofes wissen musste. Inzwischen konnte sie den Traktor sogar selbst steuern und bedienen. Eike war sich noch immer nicht sicher, ob er das häufige Zusammensein seiner Frau mit ihrem Cousin guthieß, aber es war wichtig für die Schäferei.

Er pfiff nach den Hütehunden, die übermütig auf dem Hof tollten. Eike wollte einen Zaun bei den Böcken reparieren.

Er ging in die Remise, um sich das nötige Werkzeug zu besorgen, und die Hunde sprangen fröhlich um ihn herum.

»Eike!«, hörte er die schrille Stimme seine Mutter. »Deine Frau fährt auf dem Eilershof Trecker!«

Eike nahm den Hammer und die dicken Nägel, drehte sich um und lächelte Lientje an. »Meine Frau ist auch die Herrin auf unserem Hof und muss wissen, was wir anschaffen und wie es verwendet wird!«

»Sie ist eine Frau! Und sie hat ein Kind zu versorgen! Während sie auf dem Trecker hockt und du deiner Arbeit nachgehst, schleppt diese Theda euren Sohn durch die Gegend!«

Eike runzelte ärgerlich die Stirn. »Johanna tut nur das, was sie als moderne Schäferin tun muss. Wir haben das ausgiebig diskutiert.«

»Für eine Frau ist das unschicklich«, japste Lientje.

»Johanna beschäftigt sich gern und intensiv mit der Modernisierung vom Nordseehof und nimmt mir damit eine große Last von den Schultern, Mutter. Vater und du, ihr wolltet es so.«

Es fiel ihm zwar noch sichtlich schwer, seiner Mutter die Stirn zu bieten, aber er tat es. Weil Eike Johanna liebte. Lientje stürzte aufgebracht ins Haus zurück, worüber er sehr froh war.

Johanna wollte nicht lange bleiben und würde sicher in einer Stunde zurück sein, denn sie plante, Eike zu berichten, was sie über die neuen Finanzierungsmöglichkeiten herausgefunden hatte.

Eike hatte große Schwierigkeiten, die geschäftlichen Dinge zu verstehen, die Bücher akkurat zu führen, und es fiel ihm schwer, zu entscheiden, welche Geräte nützlich für den Nordseehof waren und welche nicht. Aber Johanna machten diese Planungen große Freude.

Eike stapfte zum Schafgatter und brachte den Zaun in Ordnung. Als er zur Schäferei zurückkam, radelte Johanna eben auf den Hof.

»Lass uns ins Kontor gehen!« Sie hakte sich bei Eike ein und zog ihn mit sich.

Er nickte, denn es war besser, geschäftliche Dinge unter vier Augen zu besprechen. Nicht dass Lientje gleich wieder in den Hof stürmte und jegliches vernünftige Gespräch unterband.

»Ich weiß nun genau, wie man die Neuanschaffungen finanzieren kann«, begann Johanna, als sie die Tür hinter sich ins Schloss gezogen und sich hingesetzt hatten.

Die Sonne fiel durch das kleine Sprossenfenster und ließ die Staubkörner tanzen. Das Kontor besaß an zwei Wänden hohe Regale, die voller Aktenordner waren. Von der Tür aus lief man direkt auf den dunkelbraunen

Eichenschreibtisch zu, auf dem eine grüne Schreibtischmatte lag. An der Wand dahinter hing ein überdimensionales Ölgemälde vom Nordseehof.

»Nun schieß los!«, forderte Eike Johanna auf.

»Nun, Ingo sagt, es gibt keine direkten Kapitalzuschüsse, wohl aber Zinsverbilligungen aus offiziellen Mitteln von der Kreditanstalt für Wiederaufbau. Sollte es einmal zu Ernteschäden kommen, wird diese Anstalt den Landwirten auch da weiterhelfen.«

»Das klingt kompliziert, aber gut«, sagte Eike mit einem müden Lächeln im Gesicht. Der Streit zwischen ihnen und der Mutter belastete ihn wirklich mehr, als er zugab. »Weißt du denn, wie man an diese Zinsverbilligungen und öffentlichen Mittel rankommt?«

Johanna nickte, schob einen Ordner, der vor ihr auf dem Tisch lag, ein Stück beiseite, und zuckte dabei kurz zusammen. »Ich dachte, den hätte ich heute Morgen schon ins Regal gestellt«, murmelte sie, wandte sich dann aber wieder Eike zu. »Ja, ich weiß, wie es geht. Ingo hat es mir genau gezeigt, und wir werden keine Schwierigkeiten haben, es durchzubekommen. Lass uns den ersten Traktor kaufen!«

Eike hatte noch Zweifel, ob es zu früh war, und das tat er auch kund.

»Wir müssen ihn jetzt anschaffen, sonst läuft uns der Fortschritt davon«, widersprach Johanna ihm. »Komm, darüber waren wir uns doch einig.«

Eike stand auf. »Dann mach es, wie du meinst, Liebes. Ich werde derweil versuchen, Mutter ein bisschen zu besänftigen. Es ist wohl besser, wenn ihr euch aus dem Weg geht, so gut es möglich ist.«

»Ich versuche es«, sagte Johanna. »Die Formulare hatte ich schon angefordert, und Herwig hat sie mit der anderen Post vorbeigebracht.«

Eike gab ihr einen Kuss. »Ich gehe dann mal zu dem Bock im Stall. Der schwarze wirkte heute Morgen kränklich, nicht dass er uns was einschleppt.« Er verschloss die Tür des Kontors nachdrücklich, damit Johanna bei ihrer Arbeit ungestört war.

*

Johanna liebte die Arbeit im Kontor. Jetzt suchte sie nach dem Umschlag mit den Formularen. Johanna war sicher, ihn rechts auf dem Schreibtisch abgelegt zu haben. Endlich fand sie ihn in der oberen Schublade. »Merkwürdig«, murmelte sie und zog das Papier aus dem Kuvert.

Danach füllte sie die Formulare gewissenhaft aus und kuvertierte sie wieder ein.

Bis die Anträge bewilligt wurden, wollte sie auf dem Nordseehof alles vorbereiten, damit die Modernisierung gelingen konnte. In der Remise musste Platz für den neuen Trecker geschaffen werden, und es war nötig, auch die Arbeiter zu schulen. Dazu wollte ihr Ingo seinen Trecker leihen, auf dem sie ein paar weitere Fahrübungen machen konnten. Mit etwas Glück würde alles schnell gehen und sie schon bald ihren ersten Deutz auf dem Hof stehen haben. Johanna hatte bereits einen im Auge. Baujahr 1949, grün mit roten Felgen. Dazu wollte sie einen Anhänger mit Gummibereifung kaufen, einen eigenen Mäher und einen Pflug.

Ingo hatte für alles einen guten Preis ausgehandelt. Jetzt mussten nur noch die Anträge bewilligt werden!

Kapitel 25

Rolf lehnte sich auf dem Sessel zurück und schaute aus dem Fenster seines Zimmers. Die Bäume wiegten sich im sommerlichen Augustwind, Kinderlachen mischte sich mit dem Brummen der Motorroller und Autos auf den Straßen.

Es geht mir gut, dachte er. Es geht mir tatsächlich gut!

Seine Tage waren ausgefüllt mit Lernen und Arbeiten, und am Abend gab es viel Zerstreuung. Oft gingen sie in den *Treffpunkt*, denn dort spielten immer mal wieder Bands. Er liebte den Sound von Saxofon und Kontrabass und die Kneipenatmosphäre dort. Oft war auch Dagmar da. Sie ließ Rolfs Herz tatsächlich schneller klopfen, aber er mochte sich noch immer auf keine Beziehung einlassen. Trotzdem unternahm er gern etwas mit ihr, und so hatte sich in den letzten Wochen eine enge Freundschaft entwickelt.

Dagmar begleitete ihn gern zu den Städtischen Bühnen. Die Musik und die Themen der Operetten, Opern und Stücke ließen ihn in eine fremde Welt abtauchen. Das Theater roch nach Schminke und Schweiß und war erfüllt von den Tränen oder Lachern des Publikums. Schon nach wenigen Besuchen war Rolf klar, dass er auf dieses Vergnügen nie wieder verzichten wollte. Am liebsten waren den beiden »Die Fledermaus« und »Der Zigeunerbaron« gewesen, aber einmal hatten sie auch Theaterkarten für »Hamlet« bekommen. Die GHH ließ sich nicht lumpen, und die Lehrlinge bekamen immer Karten für die ersten Reihen.

Nach den Theaterbesuchen lag Rolf noch lange wach und sann über die verschiedenen Szenen nach, interpretierte sie neu und genoss einzelne Dialoge, die er sich wieder ins Gedächtnis rief. Dagmar ging es ähnlich, und so debattierten sie tagelang über die besuchten Stücke.

»Ich liebe schon den Geruch nach Schminke, der immer durch den Zuschauerraum wabert, wenn sich der Vorhang hebt«, sagte Dagmar begeistert.

»Und mein Herz schlägt schneller, wenn die Streicher ihre ersten Töne spielen«, meinte Rolf. Er wunderte sich selbst, wie viele Gemeinsamkeiten er und Dagmar hatten. Sie war so anders als Johanna, und doch kam sie ihm von Tag zu Tag ein bisschen näher. Eroberte ein Stück von seinem Herzen und raubte ein bisschen von Johannas Platz dort. Manchmal wurde ihr Bild blass, weil Dagmar so viel Farbe mitbrachte. Dann wandte Rolf den Blick zum Himmel, aber es kam oft vor, dass er den Stern nicht auf Anhieb oder gar nicht fand, weil sich Dagmars Lächeln vor sein inneres Auge schob. Es verging kaum ein Tag, an dem sie sich nicht sahen.

War sie nicht an seiner Seite, wirkte Rolfs Umgebung ein wenig trister als sonst, und er sah nicht einmal die bunten Sommerblumen, die trotzig Farbe in die Tristesse der grauen Mauern brachten.

Es klingelte, das musste Dagmar sein. Rolf sprang vom Sessel auf und öffnete die Tür. Dagmar hauchte ihm einen Kuss auf die Wange. »Lass uns in den *Treffpunkt* gehen!«, schlug sie vor.

Rolf ließ sich nicht zweimal bitten. Im *Treffpunkt* war immer viel los. Sie nahmen die Straßenbahn und stiegen kurz vor der Kneipe aus.

Es war voll dort, aber sie fanden an einem großen Tisch noch zwei Plätze. Neben ihnen saßen andere Kumpel.

»Endlich geht es aufwärts in Deutschland«, sagte Kalle, der sich gegenüber von Rolf und Dagmar mit einer Flasche Bier niedergelassen hatte. »Aber den Krieg in Korea …«, er wiegte den Kopf. »Hauptsache, das schwappt nicht über.«

»Quatsch«, mischte sich Reinhold ein. »Mal nicht schwarz! Das wird schon. Denk nur an Olympia in Helsinki – die ersten Spiele nach dem Krieg, und was passiert? Da sind alle Völker friedlich aufeinandergetroffen. Und wir Deutschen haben den 28. Platz im Medaillenspiegel belegt! Es gibt uns wieder!« Zufrieden setzte er sein Bier an und nahm einen großen Schluck. »Wir lassen uns nicht mehr Bange machen!«

Die Runde stimmte ihm zu, und der Korea-Krieg wurde mit keinem Wort mehr erwähnt.

Rolf liebte dieses Debattieren, das Beleuchten von Dingen und auch die Rückblenden auf große Ereignisse. Später wollte er alles noch einmal mit Dagmar allein besprechen. Sie hatte immer eine besondere Sicht auf die Dinge.

Die Lehrlinge hatten schon einige Biere intus, als die Tür lautstark aufgestoßen wurde. Rolf traute seinen Augen kaum, denn kein anderer als Reent Deeken hatte den

Treffpunkt betreten. Er sah völlig anders aus, als Rolf ihn in Erinnerung hatte. Allein seine Kleidung zeugte davon, dass er es offenbar geschafft hatte. Schwarzer Hut. Anzug und eine Zigarre in der rechten Hand. Reent ließ wie ein König seinen Blick durch den *Treffpunkt* schweifen, bis er am Tisch von Rolf hängen blieb. Er stutzte kurz, schüttelte dann den Kopf und schaute noch einmal her. Langsam näherte er sich dem Tisch. Die anderen hatten ihn nicht bemerkt, aber Rolf schien es, als wären sämtliche Gespräche verstummt und es gäbe in diesem Moment nur noch ihn und Reent Deeken. Wie zwei Stiere, die gleich aufeinander losgehen wollten, fixierten sie sich, und Rolf stand mit einer fließenden Bewegung auf. Er würde sich kein zweites Mal von Reent erniedrigen lassen. Gleichgültig, ob der nun in einem teuren Anzug steckte oder nicht. Das hier war Rolfs Revier. Hier waren seine Freunde. Reent konnte ihm nichts anhaben.

»Was macht denn Chefchens Freund Deeken hier?«, hörte Rolf Dagmars Stimme. Es irritierte ihn kurz, dass Dagmar Reent kannte, aber da pöbelte der auch schon los: »Ach, da ist ja auch der Ostländer! Wie kommst denn du hierher? Dich habe ich hier am allerwenigsten erwartet.«

Rolf spürte Dagmars Hand an seinem Unterarm »Hömma, bleib ruhig«, flüsterte sie. »Er ist ein Spinner, aber harmlos.«

Reent beugte sich derweil über den Tisch und warf dabei Reinholds Bier um. »Mir deucht, hier sind alle Kumpel aus dem Bergbau vereint, oder irre ich mich? Wat moi.« Er zeigte auf Rolf. »Auf den da könnt ihr euch unten allerdings im Leben nicht verlassen! Ich kenne den Typen seit Jahren. Der ist unzuverlässig, greift sich die

Mädchen von anderen und hat sogar seinen eigenen Vadder auf dem Gewissen.«

Rolf machte einen Schritt auf ihn zu, dabei kippte sein Stuhl hintenüber.

»Nimm das zurück! Davon ist nichts wahr!« Er ballte die Faust und holte aus, doch da hing ihm Reinhold schon am Arm. »Lass das, Menzel«, flüsterte er. »Sonst sieht er sich in dem bestätigt, was er hier verbreiten will. Komm, nimm den Arm ganz langsam wieder runter, und setz dich. Er ist ein Freund vom Boss.«

Rolf atmete einmal tief ein, nickte dann, hob den Stuhl auf und nahm wieder Platz. »Ist gut. Danke.«

Reent stand noch immer breitbeinig und mit einem abwartenden Grinsen im Raum. »Na, willst du mich doch nicht schlagen?«

Rolf schüttelte den Kopf. »Nein, dafür ist mir meine Energie zu schade. Hau einfach ab!«

Reent aber griff nach einem leeren Stuhl hinter sich und zog ihn an den Tisch neben Rolf. Er drehte den Stuhl um und setzte sich rittlings darauf, die Arme auf die Lehne gestützt. »Ich hau bestimmt nicht ab. Ich bin nämlich wer hier im Revier. Komisch, dass wir uns noch nicht begegnet sind. Und komisch, dass du das nicht weißt.« Er legte den Kopf schief. »Ich konnte ja nicht ahnen, dass die Made zur Schmeißfliege wird und mir in mein Revier nachreist!«

»Ich wusste nicht einmal, dass du hier lebst«, knurrte Rolf.

Dagmars Blick war die ganze Zeit zwischen ihm und Reent hin- und hergeschnellt. Sie wirkte nervös, etwas, was Rolf von ihr nicht kannte. Aber sie hatte die brenzlige Lage offenbar erkannt.

Jetzt glitt ein einstudiertes Lächeln über ihr Gesicht, was Reent ablenkte. »Ihr kennt euch also aus Ostfriesland?«, begann sie ein Gespräch mit ihm.

»Ja, leider«, stieß Reent hervor. »Ich wäre ihm lieber nie begegnet.«

»Warum?« Dagmar gelang es, die Frage harmlos klingen zu lassen.

Reent überlegte kurz, schnippte dann mit dem Finger. »Da musste ich doch tatsächlich kurz überlegen, aber nun habe ich es: Es geht eigentlich gar nicht um ihn persönlich. Ich mag nur diese Ostflüchtlinge nicht. Weil es Maden sind, die sich bei uns durchschmarotzen. Erst wohnen sie bei uns. In unseren Häusern. Essen von unseren Sachen. Jetzt beginnt der Wohnungsbau, und wer bekommt als Erster Wohnraum? Wieder sie! Alles kriegen sie in den Hintern geschoben.«

Rolf war fassungslos, und auch die anderen sahen Reent befremdlich an. Trotzdem hatte seine flammende Rede einige aufgestachelt, denn von den Nachbartischen erntete er plötzlich heftige Zustimmung. Wortfetzen flogen durch den Raum. Stimmen, die erzählten, wie sich die Flüchtlinge auch bei anderen eingenistet hatten und man sie nun nicht mehr loswurde. Wie eng es mit denen war und dass sie stanken.

»Zecken sind das!«

Reent hörte sich das an und schnalzte genüsslich mit der Zunge. Dann stand er behäbig auf und stellte den Stuhl zurück.

»Und wir Deekens vergessen nie, das weißt du: Bei dir, mein Lieber, kommt nämlich noch hinzu, dass du die Verlobte meines Bruders vernascht hast, bevor sie sich den

Hof unter den Nagel gerissen hat. Mein Bruder kapiert nicht, was für ein Flittchen er im Bett hat. Im Übrigen hat er die Rechnung ohne mich gemacht. Ich hole mir den Nordseehof zurück! Und deine Maus da an deiner Seite, die krall ich mir auch noch.«

»Du bist doch krank, Reent! Los, geh nach Hause!«

Reent aber machte keinerlei Anstalten zu verschwinden. Er war auf Krawall aus, und Rolf wusste, dass Reinhold recht hatte. Er durfte sich nicht provozieren lassen, sonst hatte er vollends verloren.

»Hast du echt mit der Verlobten seines Bruders …?«, fragte einer der Kumpel am Nebentisch. »Das macht man nicht. Auch nicht hier im Pott. Also pass auf, was du tust!« Er wandte sich an seinen Tischnachbarn. »Hab schon öfter gehört, dass diese Ostländer es damit nicht so genau nehmen. Und deren Frauen sind auch leicht zu haben.«

Dagmars Hand umfasste Rolfs so fest, dass sich ihre Fingernägel in sein Fleisch bohrten.

»Nein, so war das nicht!«, entgegnete Rolf, nach außen hin noch immer ganz ruhig. Er hatte Johanna weder vernascht noch sonst etwas Verwerfliches getan. Er hatte sie geliebt, und zu dem Zeitpunkt war sie keineswegs verlobt gewesen.

»Feige Sau!« Reent spuckte ihm die beiden Worte förmlich entgegen. »Meinen Vater hat deine Hanna schon ins Grab gebracht. Na ja, inzwischen mag sie es wohl recht gern, die Beine für Eike breitzumachen. Jedenfalls berichtet meine Mutter von sehr häufigen und vielen ehelichen Aktivitäten. Und der erste Erbe schreit auch schon da rum.« Er kam Rolf noch einmal ganz nah. »Du hast verloren, Menzel! So wie alle Ostländer verlieren werden, wenn wir erst wieder alles im Griff haben in unserem Land. Da haben Fremde wie du keinen Platz. Das war schon unter Adolf so, und der lebt!« Er wandte sich ab und verließ die Kneipe, indem er die Tür hinter sich zuknallte.

»Ich muss hier weg«, sagte Rolf zu Dagmar. »Sonst platze ich.«

Er zahlte. Dagmar folgte ihm und zupfte an seinem Ärmel. Dabei sah sie ihn flehend an. In ihrer schmalen Hose und mit der in der Hüfte gebundenen Bluse sah sie plötzlich sehr verletzlich aus.

»Nimm es dir nicht zu Herzen, Menzelchen«, sagte sie. »Der Mann war betrunken, das meinte er alles nicht so.«

Rolf schob ihre Hand vorsichtig fort. Sie hatte schmalgliedrige Finger und sorgfältig gefeilte, rot lackierte Nägel, aber einer war eben abgebrochen, als sie ihn umklammert hatte. »Er meint das so, Dagmar. Ich kenne ihn lange genug.«

»Dann ist es wahr?«, flüsterte sie entsetzt.

Rolf schüttelte den Kopf. »Nein. Ich habe die Frau, von der er spricht, geliebt. Und tue es noch immer.« Rolf wunderte sich selbst über seine Worte. War er vorhin zu Hause noch davon überzeugt gewesen, dass er über Johanna hinweg war, zeigte sich ihm nun ein völlig anderes Bild. In ihm tobte ein furchtbarer Sturm von widersprüchlichen Gefühlen. Reent hatte mit seinem Auftauchen und den wenigen Sätzen alles zunichtegemacht, was Rolf sich mühsam in den letzten Jahren als Schutzwall aufgebaut hatte. Sogar an seine Liebe zu Dagmar hatte er geglaubt.

Ja, es traf ihn schmerzlich, dass seine Hanna Mutter war. Dass sie neben Eike lag und nicht neben ihm.

Dagmars Augen zuckten, und sie presste ihre Lippen fest aufeinander.

Rolf war froh, dass sie bisher nicht miteinander geschlafen hatten. Das Ganze hätte ihr sonst noch viel mehr wehgetan.

»Du willst zu ihr«, stellte Dagmar nach einer Weile fest. »Du willst sehen, ob Reent recht hat mit dem, was er sagt. Sach, dass dat so is.«

Rolf nickte. »Es tut mir so verdammt leid, Dagmar. Ich dachte, es geht …«

Sie wischte sich eine Träne aus dem Augenwinkel, lächelte ihn aber an. »Hömma, du musst tun, was du tun musst.« Dann wandte sie sich ab, ließ Rolf stehen und ging zum Tisch zurück.

Rolf sah ihr unglücklich nach. »Du bist eine Gute, Dagmar. Gib acht, dass du niemals auf einen Mann wie Reent reinfällst. Es würde dir dein Lächeln rauben, und das könnte ich nicht ertragen«, flüsterte er. Das hatte Dagmar aber nicht mehr gehört.

Rolf verließ den *Treffpunkt* und war froh, dem Zigarettendunst und dem Lärm zu entkommen. Er wollte nach Hause ins Berglehrlingsheim gehen, als er Schritte hinter sich hörte. Es war Dagmar, die ihn plötzlich am Ärmel zupfte.

»Bleib bitte! So einfach kann ich dich nicht ziehen lassen. Bitte sprich mit mir! Ich möchte alles verstehen. Lass uns ein Stück gehen!«

Rolf zögerte, aber als er Dagmars verletzten Blick sah, wusste er, dass er ihr wenigstens das schuldig war.

Sie hakte sich bei ihm ein. »Ich glaube, du musst noch mehr loswerden. Wir gehen schon so lange zusammen aus. Wir können stundenlang über Fußball, Theaterstücke und Operetten plaudern, aber ich weiß nichts von dir. Heute habe ich einen kurzen Blick in deine Vergangenheit getan. Wer bist du, Rolf Menzel? Ich will alles wissen.«

Rolf nickte. Er deutete auf eine Bank, die unter einer Platane stand. Sie setzten sich, und Dagmar kuschelte sich dicht an ihn.

»Es tut mir leid, was eben passiert ist«, begann er. »Aber du hast recht, ich bin dir eine Erklärung schuldig, und du kannst alles nur verstehen, wenn du weißt, was mich umtreibt.«

Rolf legte den Arm um ihre Schultern und erzählte ihr jetzt bereitwillig von Johanna, seinen Eltern und der Flucht nach Bremen. Es tat gut, endlich mal wieder darüber reden zu können. Er ließ nichts aus. Nicht einmal seine wilde Zeit an der Bremer Küste mit den vielen Frauen und dem Alkohol.

Dagmar hörte geduldig zu, und als er geendet hatte, sagte sie: »Du solltest nicht mehr nach Neusiel fahren. Johanna ist verheiratet, was willst du erreichen? Außer dass alte Narben aufplatzen?«

Rolf zuckte mit den Schultern. Wie sollte er das erklären? Ja, er wollte Johanna sehen, sie riechen und vielleicht küssen. Ach, er verstand es doch selbst nicht. Wusste nur, dass ihn die Sehnsucht nach Reents Erzählungen geradezu auffraß.

»Hör zu, Menzelchen«, sagte Dagmar. »Ich bringe dich jetzt zum Berglehrlingsheim, und da überdenkst du alles noch einmal in Ruhe. Wenn du jemanden brauchst: Ich werde immer für dich da sein. Du gefällst mir nämlich!« Sie hauchte ihm einen Kuss auf die Wange.

Sie standen auf, und Rolf sog die klare Abendluft ein.

Noch hatte sich der Sommer zwar nicht durchgesetzt, aber die momentanen siebzehn Grad in der Nacht ließen hoffen. Rolf fühlte sich nach dem Gespräch erstaunlich frei.

Dagmar schmiegte sich eng an ihn und berührte Rolf mit der freien Hand immer wieder. Es tat gut, ihre Nähe zu spüren. Und es war gut, dass sie einfach nur da war.

Sie durchquerten das nächtliche Sterkrade, kamen an Brachflächen vorbei, aber auch an etlichen Baustellen. Überall entstanden neue Wohnhäuser.

Als sie einen Toreingang passierten, küsste Dagmar ihn. Er genoss die Berührung ihrer weichen Lippen, ihre flinke Zunge, und er liebte es, sie zu schmecken. »Menzelchen, ich will dich! Auch mit deiner Vergangenheit«, flüsterte Dagmar. Sie wirkte sanft, fast verletzlich, und Rolf konnte nicht anders, als sie heftig zu küssen. Er ließ seine Hand zu ihrem Po wandern, dann aufwärts, bis er die festen Brüste umschloss.

Aber dann schob sich Johannas Gesicht vor sein inneres Auge. Seine Hanna. Er konnte jene Nacht nicht vergessen, auch wenn es schon so viele Jahre her war. Dieses Bild, wie sie in der Kutsche unter ihm gelegen und sich ihm hingegeben hatte. Ihr Blick, nachdem sie durch ihn zur Frau geworden war. Es wäre Dagmar gegenüber nicht fair gewesen, die Situation auszunutzen.

Sie rieb sich an seinem Körper. »Komm mit zu mir, Menzelchen. Lass es uns tun, bis du alles vergessen hast! Ich liebe dich schon so lange …«

Rolf verharrte, war kurz versucht nachzugeben, schob sie dann aber von sich fort. Es ging nicht. Er würde ihr wehtun, wenn er seinem Verlangen nach Nähe und einem kurzen Augenblick des Glücks nachgab. Für ihn gab es keine andere Frau als seine Hanna. Alles andere war bloßes Verlangen, Ablenkung. Aber das konnte und wollte er Dagmar nicht antun. Das hatte sie nicht verdient. Er versteifte sich.

»Was ist?« Dagmars Haar war völlig verstrubbelt, und vermutlich glühten ihre Wangen, denn sie wirkte ziemlich erhitzt.

Rolf küsste sie auf die Nasenspitze. »Ich kann das so nicht. Komm, ich bringe dich nach Hause.«

Wenn Dagmar überrascht war, zeigte sie das zuerst nicht. Aber als sie vor ihrer Haustür standen, sagte sie: »Komisch, Menzelchen, ich dachte, du nimmst mich, wenn ich es dir leicht mache.«

Rolf wandte sich ab. »Dazu mag ich dich zu sehr. Du bist so eine nicht«, sagte er. »So eine für nebenbei.« Ob das die richtige Entscheidung war, konnte er danach nicht sagen.

Kapitel 26

Johanna wollte sich mit Uwe wieder einmal auf den Weg zum Eilershof machen. An diesem warmen Oktobertag würde sie sich und dem Jungen nicht einmal eine Jacke überziehen müssen. Johanna blinzelte zum Himmel und sog die Luft tief ein. Im Augenblick war sie tatsächlich glücklich! Sie setzte Uwe in den bauchigen Kinderwagen.

Der Sommer war für sie und Eike hart gewesen, aber am Ende hatten sie sich bei allen Modernisierungen gegen Lientje durchgesetzt. Inzwischen stand der grüne Deutz mit den knallroten Felgen auf dem Nordseehof und wurde von allen Nachbarn gebührend bewundert. Nun mussten sie überlegen, wie sie weiter vorgehen wollten.

Um neuerliche und übermäßige Investitionen zu vermeiden, hatten sie mit den Nachbarlandwirten eine Maschinen-Gemeinschaft gegründet. Ingo hatte die Organisation in der Hand, und Johanna machte es unglaublichen Spaß, sich dort zu engagieren. Schwierig war es zu Beginn, den Umgang mit allen neuen Gerätschaften zu erlernen, deshalb verbrachte sie weiterhin viel Zeit auf dem Eilershof. Ingo war ein guter und geduldiger Lehrmeister.

Auch die buchhalterische Seite der Deichschäferei faszinierte Johanna. Es fiel ihr leicht, die Bücher zu führen, mit den Handelspartnern für Fleisch und Wolle zu konferieren und zu sehen, wie alles wunderbar anlief.

Natürlich nahm sie an den Versammlungen der Maschinen-Gemeinschaft teil, um immer auf dem neuesten Stand zu sein, und sie setzte sich mit der Bank auseinander, wenn sie weitere Kredite für die Schäferei brauchten. Obwohl sie eine Frau war, ließen die Banken mit sich verhandeln, hatte sie doch einen Mann im Hintergrund.

Johanna versuchte trotz der vielen Arbeit, möglichst viel Zeit mit Uwe zu verbringen, aber sie war froh, dass sie ihn oft bei Theda oder ihrer Mutter lassen konnte. Für Foline war es ein Segen und eine wunderbare Abwechslung zur Betreuung ihres depressiven Mannes.

Johanna pfiff nach dem älteren Hütehund, der sich eben vom Hof stehlen und einem Kaninchen folgen wollte.

»Wohin gehst du denn schon wieder?«, hörte sie in dem Moment Lientjes Stimme. Diese stellte sich ihrer Schwiegertochter in den Weg. »Du solltest dich besser selbst um deinen Sohn kümmern, Johanna! Stattdessen gibst du ihn bei Theda ab. Sie hat ein uneheliches Kind!« Lientje zeigte aufs Haus. »Da drin liegt ein ganzer Berg mit kardierter Wolle, die gesponnen und verarbeitet werden muss. *Das* ist deine Aufgabe! Nicht mit Banken zu verhandeln oder neue Maschinen zu kaufen.«

Johanna zog nur die Brauen hoch und schob sich an ihr vorbei. Ihr war die Lust auf Diskussionen mit ihrer Schwiegermutter schon lange vergangen. Sie führten schließlich zu nichts.

Am Tor kam ihr Eike entgegen. Er hatte die Worte seiner Mutter aufgeschnappt und hielt Johanna jetzt am Arm fest.

»Du musst sie verstehen«, sagte er. »Sie sorgt sich eben um die Deichschäferei, um ihren Enkel und wahrscheinlich auch um unsere Ehe.«

Johanna lachte auf und gab Eike einen Kuss. »Ich glaube, um unsere Ehe stand es nie besser als jetzt, oder?« Sie zwinkerte ihm zu. Erst letzte Nacht hatten sie wieder beieinandergelegen, und es war schön gewesen. Ihre Mutter hatte recht gehabt. Die Arbeit lenkte Johanna ab, und durch das Glück, das sie dabei empfand, konnte sie auch auf Eike positiv reagieren. Sie waren nun wirklich Mann und Frau. Ein bisschen fühlte Johanna sich wie angekommen.

Eike schabte mit der Schuhspitze übers Pflaster. »Ganz unrecht hat Mutter nicht.«

Johanna sah ihn fragend an. »Was willst du mir sagen?«

Eike druckste herum. »Johanna! Das ganze Dorf redet über dich, weil du dich aufführst wie ein Kerl. Außerdem munkelt man Dinge… also, dass du und Ingo…« Er schluckte. »Weil du mehr bei ihm bist als bei mir.«

Johanna sah Eike befremdlich an und schüttelte dann fassungslos den Kopf. »Eins nach dem anderen. Dass ich mich um die Technisierung unserer Landwirtschaft kümmere, hat dir bisher doch auch nichts ausgemacht! Im Gegenteil, das war ein Teil unserer Abmachung. Ich fühle mich wohl mit dieser Art der Arbeit. Und ich mag den Bürokram im Kontor! Ich will nicht nur kochen oder am Waschtrog stehen und die dreckige Wäsche walken, das weißt du doch.« Johanna klappte das Verdeck am Kinderwagen hoch, weil Uwe von der Sonne geblendet wurde.

Eike nahm Johannas Hand. »Ja, ich weiß. Aber es sollte bald weniger werden. Ich möchte ein zweites Kind, und ich möchte eine Frau, die sich auch wie eine benimmt.«

Johanna lachte auf, aber ihr war eigentlich eher mulmig zumute. »Ich soll also wieder schwanger werden? Dagegen spricht nichts. Ich glaube, dafür sind wir auf einem guten Weg, wenn ich an die letzten Nächte denke.« Sie stieß ihren Mann betont neckisch in die Seite, aber Eikes Gesicht verhärtete sich plötzlich. »Und du und Ingo? Ständig bist du allein bei ihm, er hat keine Frau …«

Johanna tippte sich an die Stirn. »Dass ich was mit meinem eigenen Cousin habe, ist doch lachhaft!«

»Für die Neusieler ist es Gesprächsstoff. Wenn Ingo nicht …«, er räusperte sich, »also, wenn er nicht Männern zugeneigt ist, wirkt es überaus merkwürdig, dass er ständig allein mit dir im Kontor oder auf den Feldern ist.«

Johanna sah ihren Mann erschrocken an. »Das glaubst du doch selbst nicht! Das sind Lientjes Worte! Warum misstraust du ihr nie?«

Eike reckte das Kinn, als müsse er zeigen, dass er der Herr auf dem Nordseehof war. Es wirkte verunglückt.

Johanna war entsetzt. Hatte sie sich in ihm getäuscht, als sie annahm, er stünde jetzt hinter ihr und Uwe? Seine Mutter hatte offenbar noch immer die Fäden in der Hand, und er tanzte daran wie eine Marionette. Immer in ihrem Rhythmus. Immer in ihrem Takt.

»Was willst du mir sagen, Eike?«, wiederholte Johanna schließlich, weil er noch immer wie ein trotziges Kind vor ihr stand.

»Wir haben in der letzten Zeit alles getan, was du wolltest. Ich habe mich gegen meine Mutter gestellt und einen

Bruch in Kauf genommen. Sie ist alt und leidet darunter. Das hat sie mir sehr deutlich gemacht, und der Anstand gebietet, auf sie Rücksicht zu nehmen.«

Johanna wich zurück. Sie ahnte, was nun kam. »Was soll das unterm Strich für mich bedeuten?«

»Du wirst damit aufhören. Also dauernd bei Ingo zu sein und die Arbeit der Männer zu machen. Wir haben Knechte.«

Johanna schüttelte wütend den Kopf. »Das ist jetzt nicht dein Ernst, oder? Ich soll mich um all das, was mir Spaß macht, nicht mehr kümmern? Weil es deiner Mutter nicht in den Kram passt und sie selbst in Neusiel bösartige Gerüchte über mich verbreitet?«

Eike geriet merklich ins Wanken. »Ich kann doch auch nicht nur das tun, was mir gefällt. Dann würde ich nur Zäune am Deich kontrollieren, weil ich die Arbeit am Meer so schätze. Und eine Frau gehört nun mal zu ihrem Kind und in die Küche.«

Fieberhaft versuchte Johanna einen Ausweg aus dem Dilemma zu finden, doch ihr fiel absolut nichts ein.

»Und was ist, wenn ich es trotzdem tue?«

»In dem Fall wäre es besser, wenn Uwe zukünftig bei meiner Mutter bleibt.«

Jetzt platzte Johanna der Kragen. »Moment! Ich arbeite wie wild für den Nordseehof – und das macht ihr mir zum Vorwurf?«

Eike lief bis zu den Haarspitzen rot an. Dabei sackte er in sich zusammen und wirkte wie ein kleiner Junge, der kuschte. »Es ist besser, glaub mir!«

Aber Johanna vermochte kein Verständnis für ihn aufzubringen. »Ihr könnt mich mal!« Sie schnappte sich den

Kinderwagen und rannte vom Hof. Bis eben hatte sie geglaubt, dass es für sie und Eike eine glückliche Zukunft gab, und nun das! Johanna kämpfte mit den Tränen und bog in einen der landwirtschaftlichen Wege ab. Sie wollte keinem begegnen und brauchte ein bisschen Zeit für sich.

Nach einer Weile schlug ihr Herz ruhiger, und sie steuerte auf ein Schafgatter zu, erklomm es und setzte sich ganz unweiblich darauf, sodass sie wieder Blick zum Nordseehof hatte. Versonnen betrachtete sie die Schafböcke, die friedlich auf der Wiese grasten und nicht einmal zu ihr aufsahen. Hinter der Weide begann das Areal der Schäferei, die von großen Pappeln, Kastanien und Ahorn umgeben war. Die meisten Bäume hatten sich schon gelb oder rot verfärbt und warfen ihr buntes Laub ab. Eine leichte Böe ließ eben ein paar Blätter an ihr vorbeitanzen.

Johanna spürte schon wieder einen Knoten im Hals. Ihr Leben könnte so wunderbar sein! Sie hatte alles versucht, um in der Schäferei heimisch zu werden, aber keiner dankte es ihr. Sie machte in Lientjes Augen alles verkehrt, und Eike war zu schwach, um eine eigene Meinung zu haben. Wäre es anders gekommen, wenn er damals nicht in den Krieg gemusst hätte, wo man ihn gebrochen hatte?

Johanna seufzte. Es war müßig, darüber nachzudenken.

Ihre Arbeit mit den Maschinen oder Uwe. Sollte sie es darauf ankommen lassen? Sie wollte beides. Nicht nur von der Freiheit träumen. Sie wollte sie leben!

Lange blieb sie auf dem Gatter sitzen, erst kurz vor dem Abendessen ging sie auf den Hof zurück. Sie hatte beschlossen, den Kampf aufzunehmen und sich nicht von

Lientjes Forderungen abschrecken zu lassen. Sie konnte ihr das eigene Kind nicht wegnehmen. Das war doch unvorstellbar.

Lientje hatte bereits den Tisch gedeckt, Brot dick geschnitten und Kochkäse sowie gepökelten Schinken angerichtet. Uwes Grießbrei, den er seit Kurzem bekam, hatte sie auch schon zubereitet. »Da bist du ja endlich«, sagte sie nur.

Das Essen verlief schweigend. Die Missstimmung war aber mit jeder Geste, mit jedem Atemzug spürbar, auch wenn keiner aussprach, was ihm durch den Kopf ging.

»Musst du noch weg?«, fragte Eike schließlich, als sie fertig waren.

Johanna sah ihn scharf an. »Heute ist die Versammlung der Maschinen-Gemeinschaft, und da werde ich mit dem Rad hinfahren. Ich bin in zwei Stunden zurück.« Sie ignorierte das süßsaure Gesicht ihrer Schwiegermutter und die zusammengezogenen Brauen ihres Mannes.

Nach dem Essen schlüpfte sie in ihre Jacke und holte das Fahrrad, mit dem sie zur Versammlung radelte. Sie konnte den Ausführungen dort aber nur schwer folgen, zu sehr fürchtete sie den Moment, wenn sie wieder auf dem Nordseehof war.

Als Johanna gegen 22 Uhr aus Neusiel zurückkehrte, hörte sie Uwe laut weinen. Sie stürzte ins dunkle Haus, nirgendwo brannte Licht. Johanna drückte den Schalter, und die Lampe im Flur begann zu flackern. Das Weinen ihres Sohnes kam aus der Stube.

Johanna rannte dorthin und riss die Tür auf. Vor dem Fenster saß ihre Schwiegermutter, Uwe lag unter einer leichten Decke auf dem Sofa und schrie sich die Seele aus dem Leib. Lientje Deeken aber starrte nach draußen, als ginge sie das alles nichts an.

»Warum schreit Uwe?«, fuhr Johanna sie an und nahm ihren Sohn auf den Arm. »Warum nimmst du ihn nicht hoch, wenn er weint?«

»Er muss lernen, dass nicht alles nach seinem Kopf geht«, erklärte Lientje ungerührt. »Du verwöhnst ihn zu sehr, und diese Theda hat doch gar keine Ahnung von Kindererziehung. Uwe darf nicht so verweichlicht werden.«

Johanna schnappte nach Luft. »Er wird verweichlicht, weil ich ihn tröste, wenn er weint?«

»Ja, du hast richtig gehört. Kinder brauchen eine feste und führende Hand. Das war schon immer so. Sie müssen hart und belastbar werden. Ihr jungen Dinger lasst bei den Lütten alles durchgehen.«

»Lientje, Uwe ist noch ein Säugling! Wie soll er da hart werden? Er kann doch noch gar nicht richtig denken. Er schläft, hat Hunger und macht in die Windeln!«

Uwe wollte sich so gar nicht beruhigen. Lientje griff nach dem Kind und riss es Johanna vom Arm. »Ich hätte mich schon viel eher durchsetzen sollen. Aber jetzt wendet sich hier das Blatt! Du bist vorlaut und unfähig, kümmerst dich nur noch um Dinge, die eigentlich die Mannslü machen sollten. Was schert es dich, was mit deinem Kind passiert! Eike hat dir gesagt, was geschieht, wenn du dich nicht fügst. Vom heutigen Tag an werde ich Uwes Erziehung übernehmen.«

Uwe hatte bei dem Geschrei zu weinen aufgehört und blickte nun mit großen Augen umher. Lientje machte keinerlei Anstalten, ihn an Johanna zurückzugeben. Hilflos streckte Johanna ihre Hände nach ihrem Kind aus. Sie verlegte sich aufs Flehen. »Bitte! Lientje! Das könnt ihr doch nicht machen!«

»Du konntest ja auch Landmaschinen kaufen und den Kleinen ständig bei dem Flittchen auf dem Eilershof lassen.«

Johanna sah rot. Jetzt musste endlich gesagt werden, was alle wussten, was aber ihre Schwiegermutter einfach ignorierte. Was hatte sie denn noch zu verlieren?

»Theda, die du als Flittchen bezeichnest, ist von *deinem* Sohn Reent geschwängert worden. Guck dir Deike doch an! Sie sieht genauso aus wie ihr Vater. Es wäre besser gewesen, er hätte Verantwortung für sein Kind gezeigt, und wenn er es nicht will, wäre es nur richtig gewesen, du hättest Theda als Großmutter geholfen!«

Lientje lächelte Johanna süffisant an. »Nun hör mit den bösen Gerüchten auf! Jedenfalls ist Theda nicht die richtige Frau, um Uwe zu erziehen. Deine Mutter ist mit der Pflege deines Vaters komplett überfordert, auch das ist kein Ort für unseren Erben. Ich muss mich wiederholen: Du hast weder Zeit noch Lust, also opfere ich mich. Falls du es einrichten kannst, erlaube ich dir, Uwe einmal täglich nach dem Abendessen zu besuchen. Wenn du da nicht gerade auf einer Versammlung bist, wäre das sicher gut für das Kind.«

Lientje verschwand mit Uwe im Flur und schloss die Tür nachdrücklich hinter sich.

Johanna hatte nur noch Nebel im Kopf.

Kapitel 27

Rolf saß mit Dagmar auf einer Bank am Kanal. Schon bald durfte er unter Tage arbeiten, denn er hatte die Lehrstrecke mit Bravour gemeistert. Volker wäre stolz auf ihn gewesen. Und Hanna erst, schoss er sofort in Gedanken hinterher. Nur würde sie es wohl nie erfahren.

»Menzelchen, du bist bald Bergmann und kannst in die Zukunft starten«, sagte Dagmar lächelnd und ließ durch ihren Blick keinen Zweifel daran aufkommen, dass sie gedachte, ein Teil davon zu werden. Sie sahen sich mittlerweile fast täglich.

Nach Feierabend ging Rolf immer erst in den *Treffpunkt*, wo Dagmar bereits auf ihn wartete. Sie tranken ein Bier zusammen, aßen manchmal eine Currywurst, die nirgendwo besser schmeckte als hier. Danach gingen sie zu Dagmar in die Mansardenwohnung und dort miteinander ins Bett.

Rolf hatte nach seiner ersten Weigerung, mit Dagmar zu schlafen, doch nicht mehr lange gezögert. Sie liebten sich inzwischen mit derselben Selbstverständlichkeit, wie sie Bier tranken, ins Theater gingen oder am Kanal entlangspazierten.

Dagmar war eine gute Liebhaberin. Sie war erfahren, und Rolf lernte Dinge in der Liebe, die er bei seinen Ausflügen ins Rotlichtmilieu nie hätte lernen können. Seine Geliebte gab sich ihm mit einer Gänze und Offenheit hin, die er nicht für möglich gehalten hätte. Es war nicht dieses unschuldige Lieben, das er mit Johanna erlebt hatte, und es fehlten die tiefen Gefühle, die ihn bei ihrem ersten Mal in der Kutsche fast um den Verstand gebracht hatten. Und es fehlte auch die Gier wie bei seinen Erlebnissen mit den Frauen der Bremer Küste. Aber es fesselte ihn, und deshalb verschob er seine geplante Reise nach Ostfriesland wieder und wieder. Er kostete lieber noch mehr von Dagmars Süße, denn das lenkte ihn wunderbar ab und ließ ihn leichter durchs Leben gehen. Rolf wusste nicht, ob es Liebe war, was sie zusammenhielt, aber es war etwas sehr Besonderes. Er konnte Dagmar alles erzählen, was ihn bedrückte, aber auch, was ihm Freude machte.

Dagmar hatte Humor und manchmal einen unglaublich analytischen Blick auf die Geschehnisse. Sie machte sich in Rolfs Leben breiter und breiter, bis er sich schließlich eingestand, dass er ohne Dagmar nicht mehr sein wollte und sie tatsächlich ein Teil seines Lebens geworden war. Sie war nicht Hanna, und er fühlte auch anders, aber Dagmar war Realität.

Jetzt stieß sie Rolf in die Seite, weil sie die ganze Zeit etwas erzählt, er aber gar nicht zugehört hatte.

»Bist du glücklich mit mir?«, fragte sie.

Er überlegte kurz. Manchmal stellte Dagmar schwierige Fragen, und es fiel ihm schwer, darauf zu antworten. Auch jetzt suchte er nach den richtigen Sätzen.

»Glück ist ein großes Wort«, begann er vorsichtig. »Es

klingt so erhaben und absolut, wobei es doch eigentlich immer nur kurze Augenblicke sind, die man als Glück bezeichnen könnte, oder? Ist Zufriedenheit deshalb nicht der bessere Daseinszustand?«

Dagmar sah ihn fragend an.

Rolf überlegte, wie er das Gesagte deutlich machen konnte.

»Nun, wenn ich bei der Arbeit bin, bin ich zufrieden, weil sie mir Freude macht und ich das Gefühl habe, etwas Sinnvolles zu tun.« Er machte eine Pause. »Glück hingegen ist wie ein Windhauch. Es streift einen, verweilt manchmal kurz und ist dann wieder fort.«

Dagmar drückte seine Hand. Sie verstand offenbar, was er meinte. »Gut, weil du also einen Großteil deines Tages nur *zufrieden* bist, zweifelst du daran, wirklich glücklich zu sein. Das ist logisch, wenn man das Glück nur als Augenblick sieht ...« Sie fixierte Rolf mit einem Lächeln. »Aber was ist dann mit jetzt? Mit diesem Augenblick?«

Rolf schluckte.

Dagmar war ihm nah. Dagmar war im Bett die Erfüllung und verlangte nach ihm und seinem Körper, wie es sich jeder Mann nur wünschen konnte. Mit Dagmar konnte er reden. Über alles. Sie nahm nichts krumm. Aber war das Glück?

Er hatte zu lange gezögert, und der Moment, ihr zu sagen, dass sie ein kleines bisschen Glück in sein Leben zauberte, war vertan.

Ihr Lächeln erlosch abrupt. »Also nicht. Ich habe verstanden.«

»Doch, ich bin glücklich mit dir«, beeilte Rolf sich zu sagen. »Ich musste nur überlegen, wie du es meintest.«

Aber Dagmar war schon ein Stück weggerutscht. »Du hast am Anfang zu mir gesagt, ich wäre zu schade für eine Nacht. Das habe ich dir hoch angerechnet und es als Kompliment genommen. Jeder andere hätte einfach zugegriffen. Ich hatte inzwischen tatsächlich die Hoffnung, ich bedeute dir etwas.«

»Das tust du doch auch!«, unterbrach Rolf sie, aber Dagmar winkte unwirsch ab.

»Aus der ersten Nacht sind viele geworden, und ich hatte nicht den Eindruck, dass ich dich gelangweilt habe. Bei allem anderen habe ich mir wohl eine Menge eingeredet.«

Rolf rückte näher und legte seinen Arm um ihre Schultern. Aber Dagmar versteifte sich. »Lass es bitte, Rolf! Ich möchte keine Almosen. Ich liebe dich nämlich wirklich. Obwohl du ein Träumer bist und dein Herz in Ostfriesland festgenagelt ist, weil es da noch immer diese Hanna gibt. Ich habe so sehr gehofft, deine Seele an mich ketten zu können, aber es gelingt mir nicht.« Sie deutete zum Himmel. »Und meinst du, ich bemerke nicht, dass du jeden Abend sehnsüchtig zu den Sternen schaust, fast so, als hättest du mit deiner Hanna eine Verabredung im Weltall?«

Rolf wurde abwechselnd heiß und kalt. Dass man in ihm wie in einem offenen Buch lesen konnte, war ihm nie so bewusst gewesen. Aber er wollte Dagmar nicht verlieren, allein die Vorstellung ließ seinen Bauch verkrampfen. »Gib uns etwas Zeit«, bat er sie. »Ich will nicht ohne dich sein!«

Dagmar lachte bitter auf. »Wie lange soll ich dir denn noch Zeit geben? Du willst nicht ohne mich sein, aber auch nicht mit mir! Worauf soll ich warten, Menzelchen? Du bekommst diese Hanna nicht aus deinem schlesischen Dickschädel! Aus unerfindlichen Gründen weigerst du dich, sie loszulassen und nach vorn zu sehen. Du schläfst mit mir, genießt es – und schwupps, bist du mit deinen Gedanken schon wieder bei ihr und euren Techtelmechtel in der Kutsche. – Auch wenn es Jahre her ist«, schob sie nach. Dagmar standen Tränen in den Augen, als sie aufstand und auf Rolf hinunterschaute. »Ich weiß, dass ich irgendwie zu dir gehöre und du das auch so siehst. Aber da ist diese Distanz zwischen uns … Eine Glaswand, wegen der wirkliche Nähe nicht möglich ist. Und ich kann sie einfach nicht zertrümmern!« Dagmar legte den Kopf in die Hände und atmete mehrmals tief ein und aus. Dann sah sie Rolf mit Tränen in den Augen an. »Ich kann das so nicht. Ich will und kann nicht mit diesem Schatten leben.«

Er sprang auf und nahm Dagmar erneut in den Arm. Er drückte sie, küsste sie. Aber er schwieg. Weil sie recht hatte. Sie waren nie allein, sondern immer zu dritt. Wie gern hätte er sich seine Hanna aus dem Kopf geprügelt, aber es ging einfach nicht. Niemals würde Dagmar ihre Stelle einnehmen können.

Sie wand sich aus seiner Umarmung.

»Bleib bitte, Dagmar!«, bat Rolf. Die Vorstellung, sie könnte einfach gehen, war plötzlich unerträglich.

»Pass auf, Menzelchen.« Sie strich ihm eine Haarsträhne aus dem Gesicht. Ihre Stimme war warm, aber voller Trauer. »Du hast nächste Woche frei, wie du mir erzählt hast.«

»Genau, wir beiden wollten mit dem Rad an die Ruhr fahren!«, erwiderte Rolf verzweifelt.

»Das muss warten. Du fährst nach Neusiel und guckst, was deine Hanna jetzt macht. Ich befürchte, es wird nicht so schön für dich sein, aber ich will, dass du es mit deinen eigenen Augen siehst: Sie lebt an Eikes Seite als seine Frau auf dem Nordseehof. Sie hat ein Kind, wenn Reent nicht gelogen hat. Deine Hanna wird eine kleine Familie haben. Eine Familie, in der du keine Rolle mehr spielst.«

Rolf senkte den Kopf. »Ich weiß doch, dass es so ist. Was soll ich dann da? Ich wollte immer hin und bin trotzdem nicht gefahren. Deinetwegen.«

Dagmar sog die Luft tief ein. »Du musst es mit eigenen Augen sehen, Menzelchen, das sagte ich doch schon! Ich hoffe so sehr, dass du danach kuriert bist und deine Traumvorstellungen endlich begraben kannst, wenn du dich von dem romantischen Bild in der Kutsche gelöst hast. Das gibt es nämlich nicht mehr!« Sie senkte den Kopf und flüsterte: »Diese Reise ist unsere einzige Chance.«

Rolf schluckte. »Du meinst, es wäre so etwas wie ein heilsamer Schock?«

»So ähnlich«, bestätigte Dagmar. »Bitte fahr! Ich will das Phantom nicht mehr! Bleibst du hier, werden wir uns nie wiedersehen, weil ich es nicht ertrage, wenn ständig diese andere Frau in deinem Kopf herumtanzt.«

Rolf setzte sich wieder, während Dagmar ohne Abschied davonging. Er sah ihr lange hinterher. Sie hatte recht. Er musste sich der Gegenwart stellen. Er lebte noch viel zu sehr in der Vergangenheit.

Kapitel 28

Johanna suchte Eike, aber er war im Haus nicht auffindbar, lag nicht im Bett und saß auch nicht im Salon.

»Dieser Swienegel!«, schimpfte sie, den Tränen nah. »Erst plant er mit seiner Mutter dieses Komplott, und dann verdünnisiert er sich.«

Frustriert verrichtete Johanna ihre Abendtoilette und kroch anschließend ins Bett. Sie konnte nicht schlafen und lauschte auf jeden Ton, der aus dem Haus zu ihr drang. Mal hörte sie die beiden Hütehunde schnarchen, dann wiederum schrie sich Uwe die Seele aus dem Leib. Das konnte sie kaum ertragen und drückte sich das Kissen auf beide Ohren. Es war grausam, so hilflos zu sein.

Irgendwann schlief Johanna ein und wurde von Eike geweckt, der laut polternd ins Schlafzimmer stolperte. »Ach, mien Fru ist von der Versammlung zurück?«, lallte er. Seine Alkoholfahne war unerträglich.

»Ich bin schon lange wieder hier«, herrschte sie ihn an. »Schließlich weiß ich, wohin ich gehöre!«

Eike wusch sich das Gesicht in der Waschkumme, die sie trotz des neuen Badezimmers, das sich gleich neben dem Schlafgemach befand, noch immer mit Wasser gefüllt auf der Kommode stehen hatten. Dann sah er zu Johanna herüber. Seine Augen waren blutunterlaufen. Er stieg ins Bett und rollte sich auf seine Frau.

»So nicht, Eike!« Johanna stieß ihn weg. Er roch ohnehin nach einem billigen Parfüm. »Wo warst du?«

»Trinken. Im *Bremer Schlüssel.*«

»Und welche Frau saß auf deinem Schoß?«

Eike schaute kurz irritiert drein. »Gucken darf man, gegessen wird zu Hause.« Und dann nahm er Johanna auf eine Art, die sie ihm niemals zugetraut hätte.

Danach tat ihr alles weh. Eike aber rollte von ihr hinunter und schlief augenblicklich ein. Sein Schnarchen begleitete sie die ganze Nacht. Was nur war mit ihnen passiert?

*

»Johanna?«

Eike erwachte und stieß seine Frau an. Um ihn herum drehte sich alles. Er spürte auf der Zunge einen pelzigen Geschmack, zudem plagte ihn ein stechender Kopfschmerz. Eike atmete einmal tief ein, weil ihn jetzt auch starke Übelkeit übermannte. Was hatte er getan?

Langsam dämmerte es ihm. Er war frustriert in den *Bremer Schlüssel* gegangen und hatte mehr Genever getrunken, als gut für ihn war. Er wollte ein einziges Mal nicht weiter nachdenken müssen. Nicht über seine unglaubliche Wut, weil er es nicht schaffte, sich gegen seine Mutter durchzusetzen. Nicht darüber, dass Johanna so anders war, als er sich seine Frau vorgestellt hatte. Alle anderen Frauen fügten sich in ihre Rolle, und sie? Sie machte, was sie wollte, und er wurde ständig im Dorf damit aufgezogen. So auch gestern wieder.

»Was hast du dir eigentlich für ein Mannweib geangelt?«, hatten seine alten Freunde gegrölt, denn auch bei ihnen war derweil der Alkohol heftig geflossen. »Setz dich doch endlich mal durch!«

Eike wusste darauf keine Antwort. Sollte er herumerzählen, dass er seiner Frau das Kind weggenommen hatte?

»Hast du denn keine Angst, dass sie für Ingo die Beine breitmacht? Die ist so oft auf dem Eilershof! Mich würde das stutzig machen.«

Auch das hatte gesessen, weil schon Eikes Mutter ähnliche Bedenken geäußert hatte.

»Besorg es ihr mal richtig, dann muckt sie nicht mehr auf!«, war die letzte Erinnerung, die er hatte. »Dann ist Ruhe, die Weiber wollen es manchmal nicht anders!«

Aber das war nichts für Eike. Er liebte Johanna, auch wenn sie störrischer war als sein schlimmster Schafbock.

Und dann dieser Brief, den er auf dem Küchentisch gefunden hatte. Dass Reent im Revier inzwischen ein gemachter Mann war, hätte Eike eher beruhigt, nicht aber das, was er außerdem gelesen hatte. Reent und seine Mutter hatten sich über ihn lustig gemacht. Eike als Waschlappen bezeichnet, der vor seiner Frau kuschte.

Im *Bremer Schlüssel* war viel Alkohol geflossen. Roter Genever ohne Ende … Eike hatte sich immer stärker gefühlt.

Am Ende der durchzechten Nacht war er davon überzeugt, dass es eine sehr gute Idee gewesen war, seiner störrischen Frau Uwe wegzunehmen. Das würde sie zum Einlenken zwingen. Er hatte sich ihren Wünschen lange genug gefügt. Eike konnte und wollte den Spott jetzt nicht mehr ertragen.

Mit jedem Schritt, den er sich dem Nordseehof näherte, war seine Wut auf Johanna gewachsen. Die Frau, die einen anderen liebte und sich ihm nur hingab, wenn er nach ihrer Pfeife tanzte. Und die vielleicht doch auch mit Ingo …

Als er in den Flur getreten war, hatte Uwe geweint. Nicht bei seiner Frau, sondern bei seiner Mutter. Obwohl ein Kind nicht dorthin gehörte … Wenn Johanna doch einfach ihren Pflichten nachkommen würde! Aber seine Frau schlief.

Da war in Eike etwas explodiert. Er erinnerte sich nicht, ahnte aber, was passiert war, als Johanna nun neben ihm erwachte. Sie sah zum Fürchten aus. Ihr Nachthemd war zerrissen und das Laken blutig. Ebenso wie ihre Unterlippe.

Johanna schlug langsam die Augen auf. Dann rückte sie ein Stück weg und richtete sich vorsichtig auf. »Ihr habt mir Uwe weggenommen«, sagte sie ganz ruhig und mit einer völlig fremden Stimme, in der unverhohlene Verachtung mitschwang. »Du hast mir letzte Nacht Gewalt angetan. So also wollt ihr Uwe erziehen? Strenge, Kälte, Schläge? Damit er genauso ein herzloses Wesen wird wie deine Mutter, wie Reent und du?«

Eike fasste sich an den Hals, weil sich saurer Mageninhalt nach oben schob.

»Warum, Eike? Warum tust du mir das alles an? Ich wollte an deiner Seite ein bisschen Glück ergattern. Ich habe alles getan, um die Weichen in diese Richtung zu stellen. Auch für dich, aber vor allem für Uwe!« Johanna schüttelte den Kopf, als könne sie nicht fassen, was hier mit ihr geschah.

Eike tastete nach ihrer Hand, die sie ihm aber sofort entzog.

Was er getan hatte, aufgestachelt von seiner Mutter und seinen Freunden, war unverzeihlich. Trotzdem fiel es ihm schwer, die richtigen Worte zu finden. »Du kümmerst dich gar nicht um Uwe. Du kannst ihn ja zurückhaben, wenn …«

»Ach, hör doch auf!«, fuhr Johanna ihm über den Mund. »Hab ich nicht alles getan, damit wir uns auf Augenhöhe begegnen?« Ihre Stimme brach. Unwillkürlich fasste sie an die Blutkruste an ihrer Lippe, die prompt wieder ein bisschen zu bluten begann.

Ja, alles, dachte Eike, alles hast du getan. Nur eines nicht: mich wirklich und wahrhaftig zu lieben.

Er verschluckte diese Worte und glaubte zugleich, an ihnen zu ersticken. »Es ist sicher vorerst eine gute Lösung so«, warf er mit schwacher Stimme ein.

»So, wie es eine gute Lösung war, mich mit besoffenem Kopf zu vergewaltigen?« Johanna lachte kurz auf. »Eike Deeken. Ich möchte, dass du mich von diesem Tag an nicht mehr anfasst. Hol es dir, wo immer du magst, es ist mir fortan gleichgültig. Auch wenn sich das ganze Dorf das Maul über uns zerreißt. Und ich will Uwe zurückhaben. Irgendwie.«

*

Rolf hatte vier Wochen gebraucht, um sich durchzuringen, aber dann hatte er sich getraut und den Zug nach

Sande genommen. Er war noch nicht sicher, ob es eine gute Entscheidung war. In Oldenburg musste er auf den Anschluss warten, aber dann näherte er sich Neusiel unaufhaltsam. Er verließ den Bahnhof und beschloss, das letzte Stück zu Fuß zu gehen. Es waren nur wenige Kilometer bis zum Dorf, von dort musste er noch etwa zwanzig Minuten durch die Marsch laufen. Der Gang wäre nach der stickigen Luft im Abteil bestimmt gut.

Rolf wollte auf dem Weg dorthin sowieso seine Gedanken sortieren, denn er hatte Angst vor der Begegnung mit Johanna, aber auch vor den Neusielern. Immerhin war er bei Nacht und Nebel zusammen mit seinem Vater vom Hof gejagt worden. Er hoffte einfach, dass alles gut ging.

Nach etwa fünfzehn Minuten Fußmarsch konnte Rolf bereits die Kirche von Neusiel sehen. Er hielt kurz inne.

Hatte Dagmar recht und es würde ein heilsamer Schock sein, Johanna in ihrem vermeintlichen Glück zu erleben? Oder aber konnte genau das Gegenteil passieren, und alle tiefen Gefühle würden wieder aufbrechen? So schlimm, dass es für ihn unerträglich war?

»Ich muss es herausfinden«, sagte er und stapfte weiter. Kurz vor Neusiel beschloss er, das Dorf zu umrunden und den Umweg über Altgödens zu nehmen. So lief er nicht Gefahr, sofort jemandem aus dem Dorf zu begegnen und unnötigen Tratsch anzufachen. Außerdem konnte er noch ein kleines Stück zum Tief weitergehen. Dahin, wo sein Vater verstorben war. Er würde ihm dort nah sein.

Rolf wusste nicht einmal, ob man ihn wenigstens anständig beerdigt hatte. Aufgefunden worden musste er sein, sonst hätte Reent nicht davon gewusst. Rolf plagte wieder einmal das schlechte Gewissen, weil er nicht dafür hatte sorgen können, seinem Vater einen schönen letzten Weg zu bescheren. Stattdessen hatte er ihn im Friedeburger Tief liegen lassen. Er war ein gottverdammter Feigling.

Als Rolf endlich an der Brücke angekommen war, blieb er lange stehen und schaute auf das moorig-braune Wasser. Es war ein friedlicher Ort, und nichts deutete mehr auf das Drama hin, das sich hier vor Jahren abgespielt hatte. »Vergib mir, Papa!«, flüsterte Rolf. »Ich bin zwar nicht in Amerika, aber ich habe es schon jetzt zu etwas gebracht. Und ich verspreche dir: Ich werde Steiger!«

Rolf stand noch lange am Tief. Es war ein kühler Novembernachmittag, vereinzelte Nebelschwaden krochen über die Marsch, die Bauern hatten noch nicht alle Kühe aufgestallt. Solange es ging, ließ man sie hier auf den Weiden grasen.

Es war zudem unglaublich still. Ganz anders, als Rolf es aus Oberhausen gewohnt war. Nur in der Ferne bellte ein Hund, ab und zu gab eine Kuh einen Laut von sich, und wenn er genau lauschte, brummte irgendwo der Motor eines Treckers. Rolf lebte im Ruhrgebiet in einer völlig anderen Welt, und er wusste nicht, ob er je wieder hierher zurück in diese Einöde wollte, wo die Landschaft weit, das Denken aber eng war. Er raffte sich schließlich auf und lief übers Land in Richtung Eilershof.

Als er das Gehöft passierte, entdeckte er vor den Stallungen ein kleines Mädchen, das Reent Deeken wie aus dem Gesicht geschnitten war. Es lief sofort neugierig auf ihn zu und musterte ihn.

»Wer bist denn du?«, fragte er.

Das Mädchen schaute ihn mit schief gelegtem Kopf an. »Deike.«

Dann sah er Theda, die gerade die Trockengarnelen verpackte. Ein fischiger Geruch waberte zu Rolf herüber und weckte Erinnerungen in ihm.

Theda wischte sich die Hände an der Schürze ab und trat auf Rolf zu. Er sah von Deike zu Theda und ahnte, was passiert war. Es gab ein Kind, aber der Vater war auf und davon.

»Hallo, Theda. Du wohnst hier und kümmerst dich um den Gammel?«

Sie nickte verlegen. »Kleines Zubrot. Stinkt leider, aber das kennst du ja.« Sie musterte ihn. »Und was tust du hier?«

Er zuckte mit den Schultern. »Hab Urlaub und wollte mal vorbeikommen.«

Theda zog ihn auf den Hof. »Komm, ich mache uns Tee, und dann erzählst du mir, wie es dir inzwischen ergangen ist.«

Rolf folgte ihr, war aber unschlüssig, ob dies eine gute Idee war. Sie setzte Wasser auf. Johannas Cousine kam ihm verändert vor, und das lag nicht nur daran, dass sie etwas fülliger geworden war. Sie wirkte – erwachsen und reifer.

Als der Tee fertig war und sie die Tassen gefüllt hatte, sah sie ihn freundlich an. Sie fragte vorsichtig: »Dass dein Vater gestorben ist, weißt du?«

Rolf nickte, aber er war noch zögerlich, weil er nicht wusste, ob er Theda vertrauen sollte. Die bemerkte seine Zurückhaltung und sah ihn mit offenem Blick an. »Wie du nicht übersehen kannst, hat Reent mir etwas dagelassen.«

»Die Kleine«, sagte Rolf. »Und er steht nicht dazu, stimmt's?«

»Ich habe wegen des Geredes die Hölle hinter mir, aber Ingo hat zu mir gehalten, genau wie meine Mutter, Foline und Johanna. Sie ist mir übrigens eine große Stütze.«

Theda sah Rolf so offenherzig an, dass er ihr schließlich erzählte, was damals in der Nacht mit seinem Vater passiert und was ihm in den drei Jahren seither widerfahren war. »Ich hatte Angst, man würde mir das auch noch anhängen. Nach dem, wie Reent an dem Abend mit mir und meinem Vater umgesprungen ist, war ich nicht sicher, ob ich mit heiler Haut davonkommen würde«, schloss er.

»Schlimm!«, sagte Theda. Sie griff kurz nach seiner Hand. »Ich hätte nicht anders gehandelt. Es ist so grausam, dass dein Vater keinen Lebensmut mehr hatte.«

Rolf senkte den Blick. »Am Ende wollte er mir nicht zur Last fallen und mich nicht daran hindern, nach Amerika auszuwandern. Das ist für mich das Furchtbarste. Vor allem, weil ich dort gar nicht hingegangen bin.« Dann erzählte Rolf, was er nun machte. Er schloss mit den Worten: »Kannst du mir sagen, wo ich das Grab meines Vaters finde? Hat er überhaupt eins?«

Theda nickte. »Aber ja. Darum haben sich Eike und Johanna gekümmert. Er liegt neben deiner Mutter.«

Das war mehr, als Rolf zu hoffen gewagt hatte, und er dankte Eike und Johanna im Stillen, dass sie dafür Sorge getragen hatten.

Theda nahm einen Schluck Tee und sah Rolf mit schief gelegtem Kopf an. »Du bist ihretwegen zurückgekommen, oder?«

Rolf kratzte sich am Kopf. Theda wusste also Bescheid.

»Was weißt du?«, hakte Rolf vorsichtig nach.

»Alles«, sagte Theda. »Mit irgendwem musste auch Johanna mal reden.«

Rolf nickte. »Es ist vermutlich eine dumme Idee, nur wollte ich sie unbedingt noch einmal sehen.«

Theda sagte bedächtig: »Sie hat mit Eike ein Kind, ansonsten redet man über sie genauso schlecht wie über mich. Weil sie inzwischen ihren eigenen Kopf hat.«

Das erstaunte Rolf dann doch, und Theda erzählte ihm von Johannas Drang, den Hof zu modernisieren. »Sie liebt die Technik und den Fortschritt, und sie kann unglaublich gut kalkulieren und Dinge einschätzen. Wenn sie so weitermacht, hat der Nordseehof eine große Zukunft vor sich. Der Eilershof und die Schäferei sind dank des unermüdlichen Einsatzes von Ingo und Johanna führend, was das angeht. Sie haben sogar eine Maschinen-Gemeinschaft auf die Beine gestellt.«

Rolf konnte sich Johanna in der Rolle gut vorstellen. Er erinnerte sich, wie umsichtig sie auch den Eilershof geleitet hatte, als die Eltern in Trauer waren. Gedankt hatte es ihr keiner. Er hoffte, dass es dieses Mal anders war. »Geht es ihr denn ansonsten gut? Auf dem Nordseehof?«

Jetzt antwortete Theda nicht gleich, sondern presste die Lippen aufeinander, als überlege sie, ob sie aussprechen durfte, was ihr auf der Zunge lag. »Ich möchte keine Gerüchte verbreiten, das steht mir nicht zu.«

»Was heißt das?«

»Nun, sie hat sich mir noch nicht geöffnet. Aber in den letzten Tagen war sie nur einmal hier und hat gesagt, sie könne momentan nicht weiter mit Ingo arbeiten. Das hat mich gewundert, denn sie waren dabei, über die Anschaffung einer Melkmaschine für den Eilershof zu sprechen.

Auch wenn sie so etwas in der Schäferei nicht braucht, fand Johanna das sehr spannend.« Theda leckte sich über die Lippen. »Na ja, sie kommt jedenfalls nicht mehr, und ihre Lippe war auch kaputt.«

Rolf sog die Luft einmal tief ein. »Schlägt Eike sie?« Das konnte er sich kaum vorstellen. Eike war ein unbeholfener, keineswegs gradliniger, aber freundlicher Mann. Nach dem Krieg zwar völlig verstört, aber trotz aller schlimmen Erlebnisse gutmütig. Wenn er Johanna schlug, musste er sich sehr verändert haben.

Theda zuckte wieder mit den Schultern. »Ich will, wie gesagt, keine falschen Dinge erzählen. Es reicht, dass über mich und auch über Johanna genug Unsinn im Umlauf ist. Ich sage nur: Leicht ist eine Ehe nicht, wenn sie nur von einer Seite freiwillig geschlossen wurde. Der Partner, der liebt, leidet genauso wie der, der es nicht tut. Es ist ein einziger großer Kompromiss.«

Rolf wurde abwechselnd heiß und kalt. Seine Hanna!

»Ich gehe sofort zu ihr!« Er sprang auf, aber Theda packte ihn am Arm. »Bitte geh nicht auf den Nordseehof. Thilo Deeken ist verstorben, und Lientje hat sich mittlerweile zu einer Hexe entwickelt. Sie wird in deinem Auftauchen ein gefundenes Fressen sehen, Johanna das Leben noch mehr zur Hölle zu machen. Tu ihr das, in Gottes Namen, nicht an. Es wäre vermutlich besser für alle, sie wüssten nicht, dass du hier bist. Ich werde dich nicht verraten. Aber du musst augenblicklich ins Ruhrgebiet zurückfahren.«

Rolf seufzte. Er wollte seine Hanna sehen, mit ihr den Stern anschauen und sie noch ein einziges Mal riechen. Doch plötzlich kam er sich schäbig vor.

Zu Hause wartete Dagmar, mit der er eine Zukunft hatte. Und er sehnte sich noch immer nach Johanna. Ihr aber würde er das Leben unnötig schwer machen. Theda hatte recht. Er musste unverrichteter Dinge wieder fahren und alles vergessen. Er gehörte nicht mehr hierher.

»Heute geht kein Zug mehr«, sagte er hilflos. »Aber morgen früh reise ich ab.«

»Danke!« Theda ergriff seine Hand. »Schlafen kannst du hier im Gästezimmer. Ich gebe Ingo Bescheid. Er wird nichts dagegen haben.«

*

Johanna hatte das Abendessen vorbereitet und fügte sich auch sonst in alles, was man von ihr verlangte. Sie fuhr nicht mehr Traktor, und sie ging nicht mehr zur Maschinen-Gemeinschaft. Das alles fehlte ihr sehr. Sie fühlte sich eingeengt und gedemütigt, denn sie wurde als schuldig gebrandmarkt für Dinge, die sie nie getan hatte.

Aber sie nahm es in Kauf. Weil sie Uwe zurückhaben wollte. Im Augenblick bekam sie den Jungen nur noch beim Abendessen zu Gesicht, und sie glaubte, dass sie ihm immer fremder wurde.

Eike schlich hingegen auf dem Gehöft herum, als hätte man ihn und nicht sie geschlagen – sein schlechtes Gewissen war unübersehbar.

Aber er tut nichts, dachte Johanna. Warum zum Teufel holt er unser Kind nicht zurück? Ich mache doch alles, was man von mir verlangt! Vielleicht würde ich ihm um des lieben Friedens willen sogar verzeihen.

Johanna goss gerade den Tee auf, als Lientje mit dem

kleinen Uwe in die Küche kam. Wie immer kontrollierte ihre Schwiegermutter, ob Johanna auch nichts vergessen hatte, rückte Messer, Gabeln und Teller millimeterweise zurecht und sagte: »Das sieht ganz manierlich aus. Immerhin kannst du es, wenn du willst.« Sie schürzte die Lippen. »Holst du uns bitte noch ein paar von den eingeweckten Kirschen aus dem Keller?«

Johanna nickte und lief los. Die Bezeichnung Keller war übertrieben. Die Deekens hatten unter der Treppe eine Abseite, die mit ein paar Stufen etwa zwei Meter in die Tiefe führte. Dort war es kühler als anderswo im Haus, und Lientje bewahrte seit jeher die eingekochten Lebensmittel da auf. Auch in diesem Jahr drohten die Regale unter den Köstlichkeiten zusammenzubrechen, weil die Ernte gut gewesen war. Auf den Borden standen eingeweckte Äpfel und Birnen sowie Süßkirschen, rote und schwarze Johannis- und Stachelbeeren. Lientje warf nie etwas weg, sondern konservierte alles.

Johanna stand nun davor und suchte nach den Kirschen.

Glücklicherweise hatte ihre Schwiegermutter alles sorgfältig beschriftet. »Das also soll ich tun, anstelle mich mit Landmaschinen zu befassen«, murmelte Johanna. »Dann noch Wolle kardieren, spinnen und Socken stricken. Sachen ausbessern und wieder am Herd stehen. Lämmer darf ich auf die Welt holen, und Klauen schneiden ist auch erlaubt. Heuwenden und Kartoffeln aufsammeln. Sie in den Gartöpfen für die zwei Schweine kochen. Die Tiere, die wir für uns schlachten, ausnehmen und daraus Wurst herstellen. Und Fleisch pökeln. Hühnern die Köpfe abschlagen und sie zu Suppen verarbeiten. Eier suchen.

Das darf ich alles tun. Nur keine Kredite mit den Banken aushandeln und andere Männersachen.« Sie biss sich wütend auf die Lippen.

»Hier bist du!«

Eikes Stimme ließ sie herumfahren, dabei stieß Johanna mit dem Ellenbogen gegen eines der Weckgläser, das mit lautem Scheppern auf dem Steinboden zerschellte.

»Hast du mich erschreckt«, entfuhr es ihr. »Und ich kann das gleich wieder ausbaden«, fügte sie hinzu und zeigte auf den Steinboden, wo sich der rote Saft wie eine Blutlache ausbreitete.

»Entschuldige!« Eike zuckte mit den Schultern. »Ich habe dich gesucht. Wir müssen reden.«

Johanna funkelte ihren Mann böse an. »Zuerst musst du mir meinen Sohn zurückgeben. Eher rede ich mit dir kein Wort mehr. Du«, sie zeigte mit dem Finger auf ihn, »du bist in der Bringschuld! Was bist du für ein Vater, der eine solche Grausamkeit duldet. Ja, guck nur! Es ist nicht nur grausam mir gegenüber, sondern auch für deinen Sohn!«

»Aber meine Mutter …«

»Du bist der Einzige, der mir Uwe zurückgeben kann. Warum kuschst du vor ihr?«

»Tu ich doch gar nicht, aber …«

»Was ist denn hier passiert?« Lientje Deeken schob sich am Treppenabsatz an ihrem Sohn vorbei. Dann streifte ihr abschätzender Blick Johanna. »Nicht einmal ein Glas Kirschen kannst du holen, ohne etwas kaputt zu machen.«

»Mutter …«, hob Eike an, aber sie war schon wieder verschwunden.

»Mehr hast du dazu nicht zu sagen, Eike?«

Ihr Mann erwiderte nichts.

»Du bist so schwach«, sagte Johanna nur. Sie drückte ihm ein Glas Kirschen in die Hand. »Hier, nimm. Und dann geh sie essen, und spiel dieses vermaledeite Spiel mit. Ich muss an die frische Luft!«

Johanna stürzte an Eike vorbei in den Hof. Sie war außerstande, ihn im Augenblick zu ertragen, seine Nähe war ihr zuwider. Wie konnte er sich nur so gegen seine eigene Frau und sein Kind stellen! Mittlerweile war ihr sogar der Grund dafür vollkommen egal.

Johanna überlegte kurz, wohin sie gehen sollte. Am liebsten hätte sie sich in den Stall verkrochen, denn der Geruch und die Anwesenheit der Schafe hatte auf sie eine beruhigende Wirkung. Aber die Tiere würden erst in der nächsten Woche vom Deich geholt werden. Und doch sehnte sie sich nach dem vertrauten Blöken.

Das Meer, schoss es Johanna durch den Kopf. Sie würde an den Jadebusen radeln und übers Wasser schauen. Egal, dass es schon stockdunkel war. Johanna holte rasch ihr Rad und strampelte los.

*

Rolf wollte noch einmal übers Meer schauen und den würzig-klaren Geruch der Nordsee in sich einsaugen. Er fühlte sich wie in einem Sumpf, aus dem er die Füße nicht herausbekam.

»Mein ganzes Leben ist eine einzige Erinnerung«, sagte er zu sich selbst, als er mit Ingos Rad in Richtung Jadebusen losstrampelte. Am Meer und bei seinen geliebten Schafen würde er endgültig von Johanna und Neusiel

Abschied nehmen und dann hoffentlich alles vergessen können. Er war so froh, dass er für diese eine Nacht bei Johannas Cousin Unterschlupf gefunden hatte! Ingo war ein feiner Kerl. Ruhig, wortkarg und immer auf den Punkt. Sie hatten vorhin noch eine Stunde beisammengesessen, und Rolf hatte auch ihm sein Herz ausgeschüttet.

Ingo hatte sich alles angehört. »Am besten, du gehst ans Meer, wenn dein Herz schwer ist. Das tun hier alle. Kurz den Kopp freipusten, und gut is.« Das wollte Rolf nun tun. Er hätte auch selbst darauf kommen können. Wie oft war er ans Meer gefahren, wenn er etwas Luft brauchte!

Nach etwa einer halben Stunde war er in Cäciliengroden angekommen, stellte das Rad ab und erklomm den Deich. Nach der rußigen Luft im Revier war es eine Wohltat, hier an der Küste tief durchatmen zu können. Der Abend war neblig und kühl, die Sterne konnte Rolf nicht erkennen. Er setzte sich ungeachtet der von unten kommenden Nässe ins Gras und schaute auf die Bucht. Es war Ebbe, der Mond schaffte es hin und wieder, sein Licht durch den Nebel zu schicken. Die vorgelagerte Salzwiese war karg, erst dahinter erstreckte sich das Wattenmeer. Von ferne blökten ein paar Schafe. Dorthin würde er später gehen. Eins nach dem anderen, schließlich würde er nie wieder zurückkommen.

Plötzlich hörte er Schritte und hastigen Atem. Ein leises Schluchzen. Rolf schnellte hoch und glaubte seinen Augen nicht zu trauen. Da stand Johanna! Blass, ein bisschen verändert; sie hatte ihre stolze Haltung verloren. Rolf schüttelte den Kopf. Konnte das wirklich sein? Träumte er?

Langsam stand er auf. Dann begann sein Herz zu rasen, denn er täuschte sich nicht. Sie war es!

»Hanna!«, stieß er schließlich hervor. »Meine Hanna!« Rolf schluckte.

Sie blieb wie angewurzelt stehen und schien sich ähnliche Fragen zu stellen wie er gerade. »Rolf! Du?«

Vorsichtig tastete sie sich näher, so als befürchtete sie, dass er gleich einfach wieder verschwinden würde.

»Ich bin es wirklich«, flüsterte er und griff nach ihrer Hand. »Komm!« Rolf sah seine Hanna an und stand sofort wieder in Flammen. Es passierte nicht das, was Dagmar gesagt hatte. Es wurde nicht besser. Es war alles wieder da! Nein, falsch: Es war nie weg gewesen.

Johanna starrte ihn noch immer an. Sie drückte seine Hand, machte einen Schritt auf ihn zu und legte ihren Kopf an seine Schulter. Vorsichtig nahm er sie in den Arm und wiegte sie hin und her, bis er feuchte Tränen in seiner Halsbeuge verspürte. »Es wird alles gut«, hörte er sich sagen und wusste, dass er log. Was zum Teufel sollte gut werden? Aber angesichts ihrer Verzweiflung fand er keine anderen Worte, um sie zu trösten. Als sie nicht mehr weinte, schob er Johanna ein Stück von sich fort und schaute ihr tief in die Augen. Dann näherten sich seine Lippen den ihren, aber plötzlich machte Johanna sich steif und stieß ihn weg. Sie schüttelte den Kopf und wirkte, als wäre sie eben aus einem Traum erwacht. Sie zitterte heftig, als sie sagte: »Nicht, Rolf. Das macht es alles nur noch schlimmer.«

»Was macht es schlimmer?«, fragte er.

Johanna strich ihm mit der Fingerkuppe einmal kurz über die Wange. Sie wirkte unglaublich traurig und verletzlich, aber dann straffte sie den Rücken. Ihre Stimme klang plötzlich schrill. »Rolf, ich bin jetzt Frau Deeken.

Und was immer du hier willst: Mit uns ist es vorbei. Ich hab einen Sohn mit Eike, und den will ich um nichts in der Welt verlieren.«

Ihre Augen waren vor Panik geweitet.

Rolf fuhr zurück. Was war nur mit seiner Hanna passiert?

Sie leckte sich kurz über die verkrustete Oberlippe, ehe sie wiederholte: »Ich bin jetzt Frau Deeken.« Sie schluckte. »Man kann das Rad nicht zurückdrehen, und wir müssen unsere eigenen Wege gehen.«

»Willst du denn gar nicht wissen, was mir in der ganzen Zeit widerfahren ist?« Rolf sah sie an. Mit Johanna stimmte tatsächlich etwas nicht, und sie versuchte, das vor ihm zu verbergen. Normalerweise hätte sie ihn doch gefragt, warum er nicht in Amerika war. Sie hätte ihm sagen müssen, dass sein Vater gestorben war und sie ihn beerdigt hatte.

Sie aber wandte sich ab, als wäre ihr alles zu viel. Selbst er.

»Hanna!«, versuchte Rolf es wieder.

»Lass mich! Bitte!« Dann rannte sie den Deich hinunter, wo auch ihr Fahrrad an einen Zaun gelehnt stand.

Dort blieb sie noch einmal stehen. Ihr Gesicht war so fahl wie das Licht des Mondes. »Ich bekomme schon wieder ein Kind. Von Eike! Bitte verschwinde! Wohin auch immer du gegangen bist, als du Neusiel verlassen hast: Es ist dort besser für dich als auf dem Nordseehof.«

1953–1954

Kapitel 29

Johanna saß mit Eike am frühen Morgen im Garten auf der Bank. Es waren zehn Monate vergangen, in denen sie umeinander herumgeschlichen waren und versucht hatten, trotz allem ein Stück Normalität aufrechtzuerhalten. Ihr Mann hatte sie jetzt um ein Gespräch gebeten und hielt nun ihre Hand, während sie auf die Graft blickten. Mehr konnte sie nicht zulassen seit jener Nacht.

Johanna hatte keinen Blick für die Enten und Schwäne auf der Graft. Obwohl sie den September und sein letztes Aufbegehren gegen den kommenden Herbst mochte, interessierten sie in diesem Jahr weder die letzten Sommerblumen noch die lilafarbenen Astern, die sich im leichten Spätsommerwind wiegten. Oder die blauen Disteln, die dunklen Rosen, die weißen Hortensien. Alles Blumen, die Rolf mit Hingabe gepflegt hatte.

Johanna fühlte sich so leer, dass sie nicht einmal Tränen hatte, um die verlorene Schwangerschaft und ihr Schicksal zu beweinen.

Johanna hatte das Kind im letzten Jahr kurz nach dem Zusammentreffen mit Rolf verloren. Sie war froh, dass sie die Fehlgeburt überlebt hatte, denn dieses Mal waren die Blutungen heftig, schmerzhaft und lang andauernd gewesen. Eike hatte sie ins Krankenhaus bringen lassen, wo hohes Fieber hinzugekommen war. Nach ihrer Rückkehr hatte es gedauert, ehe Johanna wieder bei Kräften war. Ihr emotionaler Zustand nach Eikes Vergewaltigung, ihr Streit mit Lientje und die Trennung von Uwe hatten ihr Übriges dazu beigetragen, dass die Genesung nur sehr langsam voranschritt. Zum ersten Mal empfand Johanna Erleichterung darüber, dass Lientje ihr Uwe abnahm, denn sie war lange Zeit zu schwach gewesen, sich um den kleinen Kerl zu kümmern. Oft hatte auch ihre Mutter vorbeigeschaut und einfach Johannas Hand gehalten.

Nun war aber auch das überstanden, und Johanna gewann langsam ihre alte Kraft zurück. Sie nahm ihre Aufgaben in der Deichschäferei wieder wahr, und zwischendurch konnte sie auch mehr Zeit mit Uwe verbringen, wenngleich Lientje sehr darauf achtete, dass es nicht überhandnahm. Von der Maschinen-Gemeinschaft und den geschäftlichen Dingen aber hielt Johanna sich fern.

Eike rückte ein Stück näher, doch Johanna rutschte ein Stück weg. »Bitte, verzeih mir!«, sagte er. »Ich habe damals einen Fehler gemacht, und ich bereue ihn zutiefst.«

Johanna biss sich auf die Lippen. Sie musste ihrem Mann vergeben, aber es fiel ihr so verdammt schwer. Immer wieder hatte sie die Bilder jener Nacht vor sich. Roch seinen alkoholgeschwängerten Atem. Spürte seine Faust in ihrem Gesicht. Schmeckte Blut.

Sie spielten nach außen hin das Ehepaar, hatten sich aber, wenn sie allein waren, nichts mehr zu sagen.

Johanna war dennoch froh, Rolf abgewiesen zu haben, sosehr es auch ihr Herz gebrochen hatte und sie seinen gebückten Gang, als er sich abwandte, kaum hatte ertragen können. Es nützte aber nichts: Er musste ohne sie leben. Und doch war da noch immer dieses Sehnen, die leise Stimme, ob sie nicht einfach mit ihm hätte gehen sollen. Johanna schob das wie sonst auch rasch von sich. Es brachte sie keinen Schritt weiter, sich an Rolf zu klammern, und ohne Uwe wollte sie nirgendwo hingehen.

»Johanna, was soll ich tun?«

Sie schwieg erst, dann aber sah sie ihren Mann mit feuchtem Blick an. Es war fast eine Erleichterung, dass sie endlich Tränen hatte.

»Manchmal sagte der Kleine Moma zu Lientje, eine Mischung aus Oma und Mama. Ich verliere ihn.«

Eike schluckte.

»An dir hängt Uwe mit einer abgöttischen Liebe, und ich? Ich fühle mich wie eine Zuschauerin in meiner eigenen Familie und bin mir keiner Schuld bewusst, warum ich derart von euch bestraft werde. Ich habe nichts getan.«

»Ich … ich weiß«, stammelte Eike. Wie immer hilflos, wie immer, ohne klar Stellung zu beziehen.

»Dann ändere es, Eike. Du bist der Einzige, der das kann. Nur dann, wirklich nur dann haben wir beide eine Chance.« Johanna stand auf.

»Wohin willst du?«, fragte Eike.

»Ich habe mich mit Theda verabredet. Aber ich bin am späten Vormittag zurück, um noch die Beeren einzukochen und die Suppe von gestern rechtzeitig zu erwärmen.«

Eike hielt Johanna nicht auf, als sie zurück ins Haus lief. Noch musste sie in der Schäferei nur leichte Arbeiten verrichten, und so war es ihr möglich, ihre Cousine oder ihre Eltern zwischendurch mal zu besuchen.

Sie holte ihre Stola aus dem Schlafzimmer und trat vor die Haustür. Dort blieb sie kurz auf der Treppe stehen und atmete tief durch. Sie hoffte so sehr, dass Eike endlich aus seiner Lethargie erwachte, aber sie ahnte, dass diese Hoffnung vermutlich vergebens sein würde.

Ihr Blick fiel nach rechts, weil sie glaubte, dass jemand aus dem Kontor gekommen und von dort direkt in die danebenliegende Scheune gehuscht war. Das Kontor war ausschließlich über den mit groben Steinen gepflasterten Hof zu erreichen.

»Merkwürdig«, flüsterte sie. Sie hatte schon zu der Zeit, als sie die Buchführung gemacht hatte, immer mal wieder den Eindruck gehabt, dass jemand im Kontor gewesen war und die Akten durchgesehen hatte. Mal lag der Stift woanders, mal war ein Papier nicht dort, wohin sie es ganz sicher abgelegt hatte.

Johanna schüttelte besorgt den Kopf. Leider hatte sie nicht erkannt, wer das gewesen war, aber getäuscht hatte sie sich bestimmt nicht.

Vorsichtig näherte sie sich dem Büro. Sie drückte die Klinke hinunter, doch die Tür war abgeschlossen. Hatte sie sich doch geirrt und war einem Trugbild aufgesessen? Trotzdem blieb ein ungutes Gefühl zurück.

Johanna verließ den Hof und machte sich auf den Weg zu Theda. Sie allein wusste von dem furchtbaren Zerwürfnis mit Eike und kannte auch die Gründe. Und sie war es gewesen, die Johanna am Krankenbett zugeflüstert hatte, was Rolf inzwischen tat. Zumindest schien es ihm gut zu gehen, dort im Bergbau, auch wenn es etwas völlig anderes war als sein Plan, nach Amerika auszuwandern.

Als Johanna den Eilershof betrat, wehte ihr wieder der leicht fischige Geruch von der Darre entgegen. Das war für Theda ein recht einträgliches Geschäft geworden.

Die Cousine erwartete sie schon an der Tür. »Tee ist fertig. Du hast ihn nötig, wie ich sehe.«

Johanna nickte. Kaum saß sie in der gemütlichen Küche vom Eilershof, wo sogar ein Elektroherd Einzug gehalten hatte, begann sie, sich zu entspannen. Hier lebten Menschen, die ihr wohlgesonnen waren, hier war sie aufgewachsen, und hier war auch Keno zu spüren. Ihren Bruder, den sie ein ums andere Mal mehr vermisste. Wäre er zurückgekommen, hätte auch ihr eigenes Leben ein anderes sein können. Johanna kniff die Lippen zusammen. Sie musste endlich aufhören zu hadern.

»Gibt es etwas Neues wegen Uwe?«, fragte Theda sogleich und goss Tee in die kleine Tasse, in die sie zuvor ein Kluntje gelegt hatte.

Johanna schüttelte resigniert den Kopf. »Ich kann machen, was ich will«, sagte sie. »Eike unternimmt rein gar nichts, damit ich mich wieder allein um Uwe kümmern kann. Er kuscht vor seiner Mutter! Vor irgendetwas hat er große Angst, aber er spricht nicht mit mir darüber. Glücklicherweise wird Lientje manchmal nachlässiger, und ich kann mehr Zeit mit Uwe verbringen. Er wird ihr wohl zu anstrengend.«

»Dein Mann ist ein Schwächling«, bestätigte Theda. »Du arbeitest nicht mehr mit Ingo, da kann keiner tratschen. Du sitzt auf keinem Trecker, gehst nicht zu den Versammlungen. Was denn sonst noch? Wofür straft er dich?«

»Ich liege nicht mehr bei ihm«, gab Johanna zu. »Seit jener Nacht kann ich das nicht mehr!«

Theda schluckte. »Verstehe. Männer nehmen sich leider oft einfach alles, als wären wir ein Geschenkeladen.«

Johanna lachte bitter auf. »Nun kann mein Gatte die Maschinen selbst bedienen, und er hat in diesem Jahr den ersten Schnitt bereits mit dem Trecker und dem Mäher gemacht. Das Heu musste nicht mehr von Hand gewendet werden. Und in der Buchhaltung versucht er sich auch. Ich hoffe, er bekommt es hin.« Johanna beneidete ihren Mann darum, dass er auf den Feldern und Wiesen herumfahren durfte. Dass er die Büroarbeit erledigte, mit den Kunden verhandelte …

»Ich würde an deiner Stelle wieder mit Eike schlafen«, schlug Theda schließlich vor. »Auch wenn es dich abstößt. Mach es Uwe zuliebe. Wenn die Männer im Bett ihren Willen haben, sind sie besser lenkbar.«

»Als ob sie Bullen wären!«, stieß Johanna verächtlich aus. Sie wusste nicht, ob Theda recht hatte, aber es war einen Versuch wert.

Die Teekanne war geleert und die Zeit arg fortgeschritten. Johanna musste zurück zum Nordseehof, wenn sie keinen Ärger bekommen wollte. »Ich geh dann mal. Ich habe gestern einen Eimer voll Brombeeren gepflückt, und daraus wird nun Marmelade. Lientje wird begeistert sein über meinen Eifer.«

Theda drückte ihre Freundin ganz fest. »Du schaffst das schon. Auch Eike muss schließlich mal erwachsen werden.«

Kapitel 30

Johanna begann gleich damit, die Marmelade zu kochen. Uwe spielte mit einem Holzpferd zu ihren Füßen und klackerte damit auf dem Steinfußboden herum. Es waren die seltenen Augenblicke, in denen sie mit ihrem Sohn allein war.

Als Johanna aus dem Fenster sah, fuhr eben ein dunkles Auto auf den Hof. Neugierig schaute sie, wer das sein könnte, denn so protzige Wagen waren in Ostfriesland äußerst selten. Die Fahrertür öffnete sich, und Johanna erstarrte, als sie Reent erkannte. Er war fast sechs Monate nicht mehr auf dem Nordseehof gewesen, und er wirkte noch ein wenig selbstbewusster als bei seinem letzten Besuch. Er trug dieses Mal einen grauen, vornehm wirkenden Anzug und natürlich einen Hut. Ihr Schwager sah sich auf dem Nordseehof um, als wäre er der Herr dieser Deichschäferei.

Johanna trat sofort zu Uwe und nahm ihren Sohn instinktiv auf den Arm, als müsse sie ihn schützen. »Das da draußen ist dein Onkel, Uwe. Wenn der man keinen Ärger macht. Er tut nämlich eigentlich nichts anderes.«

Johanna überkam ein leichtes Frösteln. Reent wirkte

schon jetzt mit seinem Auftreten viel zu aufsässig. Er führte bestimmt etwas im Schilde, und Eike folgte ihm normalerweise blind wie ein Schaf zur Schlachtbank, weil er nicht wahrnahm, was sein Bruder für ein Mensch war.

Reent sah nun zum Fenster hoch, und Johanna trat einen Schritt zurück. Ihr Schwager wirkte kräftiger und reifer und sah ausgesprochen gut aus. Hochgewachsen und selbstbewusst, sein Haar lugte unter der Hutkrempe hervor.

Johanna hörte Schritte im Flur, kurz darauf wurde die Haustür aufgestoßen, und ihre Schwiegermutter rannte hinaus in den Hof. Sie fiel ihrem Lieblingssohn um den Hals. »Reent, mien Jung! Wat moi!«

Uwe schaute mit unglücklichem Blick zu seiner Großmutter und reckte seine Ärmchen.

»Moma?«, rief er und verzog das Gesicht. »Moma da«, sagte er und zeigte nach draußen. »Will Moma gehn.«

»Das ist deine Oma«, sagte Johanna mit sanfter Stimme, obwohl es ihr das Herz zerriss. »Ich bin deine Mama. Eine Moma gibt es nicht.« Sie drückte ihrem Sohn einen Kuss auf die Wange. Er roch so gut, und sie genoss jede Sekunde, die sie ihn für sich haben konnte. »Komm, wir kochen weiter Marmelade«, schlug sie vor, in der Hoffnung, Reent und Lientje würden nicht sofort in die Küche kommen. »Dann kannst du naschen.« Bis zum Mittagessen würde sie noch die paar Gläser schaffen, denn sie hatte bereits alles vorbereitet, bevor sie zu Theda gegangen war.

Uwe war zuerst nicht damit einverstanden, dass er drinnen bleiben musste, ließ sich dann aber von Johanna mit seinem Holzpferdchen ablenken und spielte zu ihren

Füßen, während Johanna ihren Blick immer wieder sorgenvoll aus dem Fenster zu Lientje und Reent schweifen ließ. Schließlich verschwanden beide links in den Stallungen. Johanna verarbeitete das restliche Obst zu Marmelade und unterbrach ihr Tun nur dann, wenn Uwe ihre Aufmerksamkeit forderte.

Johanna war fast fertig, als ihre Schwiegermutter und Reent dann doch in die Küche traten. Ihr Schwager musterte Johanna abfällig, und sie wurde sich der Schäbigkeit ihres Aufzugs bewusst. Sie trug eine Kittelschürze und hatte das Haar unter einem Tuch verborgen. Ihre Hände waren von der Arbeit mit den Beeren violett gefärbt.

Reent grinste breit und schaute, wo er seinen Hut ablegen konnte. Er entschied sich dann dafür, ihn doch wieder aufzusetzen, denn überall klebte der Saft der Brombeeren.

»Moin, Johanna. Bei der Arbeit? Riecht gut.«

Reent hatte zwar einen verbindlichen Ton angeschlagen, aber Johanna war auf der Hut.

»Moin, Reent. Mal wieder im Lande?« Sie bemühte sich ebenfalls um einen lockeren Tonfall.

»Was macht der Lütte?« Reent beugte sich zu Uwe und strich ihm übers Haar. »Groß ist er geworden, mein Neffe.«

»Nun setz dich erst mal, mien Jung!«, forderte Lientje ihn auf. »Ich koch gleich Tee. Das schaffen wir vor dem Mittagessen noch. Es gibt Steckrüben, die hat Johanna gestern schon gekocht.« Lientje gab sich heute überraschend freundlich. »Oder willst du frischen Bohnenkaffee?«

»Eine Tasse Tee wäre das Richtige. So etwas Gutes gibt es im Ruhrgebiet schließlich nicht. Schwarzer Tee schmeckt da unten wie Knüppel auf den Kopp.«

Lientje erhob sich, stellte Wasser im Kessel an und mahlte mit der Mühle ein paar Kaffeebohnen. »Ich trinke lieber Bohnenkaffee«, betonte sie. »Aber du bekommst Tee.«

Johanna füllte derweil die letzten Gläser ab. Uwe hatte aufgehört zu spielen und sah mit großen Augen zwischen seiner Oma und seiner Mutter hin und her.

Lientje gab das Kaffeepulver in den Filter und goss Kaffee und Tee auf, während Johanna die Gläser schloss. Danach wischte sie die Arbeitsflächen und den Tisch ab, sodass Lientje und Reent dort sitzen konnten. Ob sie auch etwas wollte, fragten sie nicht. Deshalb beeilte Johanna sich und spülte rasch den großen Topf.

»Möchtest du auch eine Tasse Kaffee oder Tee?«, fragte Lientje dann doch, aber Johanna winkte ab. Sie konnte und wollte nicht mit den beiden hier sitzen. Da verbrachte sie lieber Zeit mit ihrem Kind.

»Ich gehe kurz mit Uwe raus«, sagte sie, als die Küche wieder manierlich aussah. Sie band die Schürze ab und reinigte ihre Hände. »Den Steckrübeneintopf mache ich pünktlich warm.« Sie zeigte auf den großen Topf, den sie nach dem Aufräumen bereitgestellt hatte. Johanna gab sich noch immer freundlich, war aber froh, dass sie den Raum verlassen konnte.

Johanna nahm ihren Sohn bei der Hand und ging hinaus. Ihre Schwiegermutter ließ sie zum Glück gewähren.

Auf dem Hof atmete Johanna erst einmal tief durch. Sie wollte eben in Richtung der Schafställe gehen, als ihr Eike mit blassem Gesicht aus dem Kontor entgegenkam. Er sah kurz zu Reents Auto und wurde noch ein wenig blasser. »Mein Bruder ist da?«

Johanna nickte. »Er sitzt mit deiner Mutter in der Küche. Willst du ihn kurz begrüßen?«

Eike winkte müde ab. »Später. Kommst du bitte mal mit?« Ihrem Mann stand die Verzweiflung ins Gesicht geschrieben.

»Eike, was ist los?«, fragte Johanna, nun doch besorgt.

»Wir haben ein großes Problem!«, stieß er hervor. »Kannst du mir helfen? Bitte!«

Johanna war erstaunt, dass Eike ausgerechnet sie um Hilfe bat. »Worum geht es denn genau?«

»Ich glaube, wir stehen kurz vor dem Ruin«, sagte er knapp. »Ich hätte dich längst bitten sollen, dir alles anzuschauen, aber ich dachte, ich kriege das irgendwie hin. Bitte komm mit, und hilf mir, die Bücher zu prüfen. Irgendwas stimmt nicht. Ich habe so viele unbezahlte Rechnungen und dazu Außenstände. Ich schaffe es nicht…« Er brach ab.

Johanna schluckte. Das klang gar nicht gut.

»Stimmen denn die Bilanzen? Die Einnahmen-Ausgaben-Berechnungen? Nicht dass wir auch noch Steuern nachzahlen müssen.«

Eike zuckte mit den Schultern.

Johanna folgte ihrem Mann mit Uwe auf dem Arm ins Kontor, wo etliche Aktenordner aufgeschlagen lagen. Noch vor einem halben Jahr hätte sie mit schnellem Blick erfasst, wenn etwas schiefgelaufen wäre, nun aber bot sich ihr ein heilloses Durcheinander, das sie so schnell nicht entwirren konnte.

Johanna setzte den Kleinen auf den Boden, wo er sogleich seine Entdeckungstour begann. Sie nahm auf dem Stuhl Platz, während Eike hinter ihr stehen blieb und ihr über die Schulter sah. »Bitte erzähl, was genau los ist, bevor ich hier beginne.«

Eike berichtete, dass der holländische Wollabnehmer plötzlich abgesprungen war und sie nun ihre Vliese nicht loswerden konnten. Die Engländer und die Deutschen hatten keinen Bedarf, weil sie andere Lieferanten hatten. Außerdem gab es einen erheblichen Schaden am Mähdrescher, den er sich nicht erklären konnte, und die Schlachterei in Groningen hatte schon jetzt abgelehnt, im nächsten Frühjahr die Osterlämmer abzunehmen.

»Drei solche Katastrophen auf einmal?«, hakte Johanna nach.

»Ja, und dazu die Bücher. Mir kommt schon länger alles seltsam vor.«

Johanna stimmte ihm zu. »Da passt doch was nicht. Vor allem, dass sie unsere Lämmer nicht kaufen wollen. Sie laufen doch das ganze Jahr auf dem Deich, haben gutes Marsch-und Salzwiesengras gefressen und hatten in jedem Jahr eine wunderbare Qualität.« Sie schüttelte fassungslos den Kopf. »Im kommenden März sind die Osterlämmer ein Jahr alt und haben ein optimales Gewicht. Wir haben keine Erkrankungen, wie also kann das sein?«

Eike wusste es nicht. Er begann zu zittern.

»Warum hast du nicht nach dem Grund gefragt?«, bohrte Johanna nach. Sie sah vor ihrem inneren Auge plötzlich Reent aus dem dicken Auto steigen. Siegessicher. Und sie dachte an den Schatten, den sie am Morgen aus dem Kontor hatte kommen sehen. War es Zufall, dass Reent gerade jetzt wie der neue Herr auf dem Nordseehof auftauchte? So, als wolle er dabei sein, wenn Eike auf den Ruin zusteuerte und sein Gesicht verlor.

»Ich weiß nicht. Hab keine Zeit gehabt, einen Brief zu schreiben, es war so viel anderes zu tun.« Eikes Stimme brach, und Johanna sah ihn prüfend an. »Das alles in Summe kann uns ruinieren.« Johanna legte ihre Hand auf seine. Er schien sehr erstaunt über diese ungewohnte Berührung. »Das wirkt doch alles so, als wollte uns jemand an den Karren fahren. Und ich ahne auch, wer dahintersteckt. Reent.«

Eike zitterte noch ein bisschen mehr. »Du hast mich oft genug gewarnt, ich weiß. Aber er ist mein Bruder, und ich kann es nicht glauben. Wirklich nicht!«

»Er hat es schon immer angedroht, und denk an den Brief, den du gefunden und von dem du mir erzählt hast. Warum hältst du noch zu ihm?«

Eikes Gesicht wurde hart. »Wir sind aus demselben Fleisch und Blut.«

Johanna aber gab nicht auf. »Was ist, wenn er wirklich gegen dich arbeitet, damit du verkaufen musst? Wenn er sich mit unseren Handelspartnern hinter deinem Rücken in Verbindung gesetzt hat? Und das alles, damit er am Ende gewinnt und den Nordseehof übernehmen kann.«

»Was soll er mit einer ruinierten Schäferei?«, fragte Eike zweifelnd.

Johanna spitzte die Lippen. »Reent ist inzwischen reich, das ist unübersehbar. Er kann dir locker alles abkaufen und den Hof sanieren. Und das Land ist an sich schon eine Menge wert.«

Eike schüttelte heftig den Kopf. »Würde ein Bruder dem anderen das antun?«

»Reent schon«, flüsterte Johanna. »Er wollte am Hochzeitstag sogar mich.« Johanna erzählte, was sich am

Hochzeitsabend zugetragen hatte. »Er schreckt vor nichts zurück. Er will Macht und Besitz. Und er will gegen dich gewinnen, warum auch immer. Um jeden Preis. Alles andere ist ihm gleich. Ich glaube, es ist für Reent eine Art Sport.«

Eike war jetzt so blass, dass Johanna fürchtete, er würde gleich umfallen. Dann stellte er sich aufrecht hin und quetschte zwischen seinen zusammengebissenen Zähnen hervor: »Mutter wollte schon immer, dass er den Betrieb bekommt, nicht ich.«

Johanna schwieg abwartend und drängte ihren Mann nicht weiter.

»Ich rede mit beiden.« Eike zögerte. »Ich hatte Angst vor meiner Mutter. Sie hält mich für zu weich und nicht durchsetzungsfähig. Ich wollte ihr beweisen, dass ich ein Mann bin und nicht unter dem Pantoffel stehe. Der Preis dafür waren unsere Ehe und Uwe…« Er winkte ab und reckte sein Kinn vor. »Lass gut sein, ich kläre das.«

Johanna hoffte, dass es diesmal wirklich so war, aber immerhin hatte er sich ihr und keinem anderen anvertraut. Sie nahm Uwe wieder hoch, gab ihm einen Kuss und setzte ihn auf ihren Schoß, weil sie ihm auf diese Weise nah war. »Zuvor schauen wir uns die Akten an. Wir müssen auf Nummer sicher gehen, dass deine Befürchtungen auch in Bezug auf die Bilanzen stimmen.«

Johanna versuchte, sich einen Überblick zu verschaffen, und wies ihren Mann auf mehrere Ungereimtheiten hin, die ihr sofort ins Auge stachen. »Das hätte dir nicht passieren dürfen!«

Eike schaute seine Frau hilflos an. »Ich kann das eben nicht. Mit den Zahlen. Und den Rechnungen. Ich bin

Schäfer und gehöre zum Vieh, auf die Weiden und in den Stall.«

Johanna zuckte mit den Schultern. »Nun, dann musst du es lernen. Ich werde mich jetzt darum kümmern, dass der Eintopf pünktlich auf dem Tisch steht, damit ich nicht wieder Ärger bekomme.«

Johanna ließ ihren Sohn hinunter, der sofort wieder mit seinem Pferd spielte.

»Wir sollten lieber zusammenhalten«, meinte Eike mit belegter Stimme. »Bitte, verzeih mir! Alles! Es wird nie wieder vorkommen. Es gibt wohl nichts, was ich mehr bereue. Ich liebe dich doch und will dir nicht wehtun!«

Johannas Blick wanderte zwischen ihm und Uwe hin und her. Sie dachte an Thedas Worte. Wenn sie ihren Sohn zurückhaben wollte, genügte es nicht, nur wieder mit ihrem Mann zu schlafen. Eike wollte mehr. Ihr Herz. Es war gewiss besser, auf ihn zuzugehen, sonst wäre sie für immer und ewig auf dem Nordseehof verloren.

Johanna holte tief Luft und sah Eike fest in die Augen. Lügen wollte sie dennoch nicht. »Vielleicht kann ich das, was passiert ist, eines Tages vergessen. Es fiele mir sicher leichter, wenn wir tatsächlich beisammenstehen würden.« Unvermittelt rollten Johanna die lange Zeit zurückgehaltenen Tränen über die Wangen, begleitet von einem Schluchzen, das ihr selbst fast wie ein tierischer Laut vorkam. Eike sah sie bestürzt an, aber Johanna hatte sich schon wieder in der Gewalt, als sie mit brüchiger Stimme sagte: »Jedem Mutterschaf lässt du das Lamm. Aber deiner eigenen Frau nimmst du das Kind.«

Eike legte von hinten seine Arme um Johanna. Er zitterte noch mehr als zu Beginn des Gesprächs. »Was habe ich nur getan?«, murmelte er in Johannas Nacken.

»Ich liebe Uwe«, sagte Johanna. »Bitte bringe das in Ordnung, und behandle mich endlich wie deine Ehefrau! Gib mir meine Arbeit zurück! Das muss doch Uwes Betreuung gar nicht beeinträchtigen. Ich will nicht nur Marmelade kochen. Ich liebe die Arbeit im Büro, aber ab und zu will ich auch aufs Feld. Mit dem Trecker!«

Eike lächelte sie vorsichtig an. In dem Augenblick glaubte sie, dass sie es schaffen konnten. Auch wenn die Zukunft vom Nordseehof gerade am seidenen Faden hing. Ihr Mann wollte genau wie sie, dass es weiterging. Es gab schließlich keinen anderen Weg. Auch wenn Johanna in den letzten Wochen mehrfach tatsächlich über eine Scheidung nachgedacht hatte: Sie würde dabei nicht nur ihr gesellschaftliches Ansehen, sondern vor allem Uwe verlieren.

»Du kannst auch wieder zur Maschinen-Gemeinschaft gehen«, versprach Eike. »Mich nehmen sie da sowieso nicht ernst.« Er nagte an der Unterlippe. Johanna nickte und stand auf. »Komm, Uwe.« Sie nahm ihren Sohn auf den Arm und tauchte ihre Nase in sein rotes Haar. »Ab heute darfst du wieder bei Mama sein.«

KAPITEL 31

Johanna saß wie immer über den Büchern, als Eike eintrat. Der nasskalte Dezemberwind strich ums Kontor, und sie hatte sich eine dicke Wolljacke angezogen.

»Kommst du voran?«, fragte er.

»Leider nicht«, antwortete Johanna. »Habe ich das eine bereinigt, folgt die nächste Katastrophe.«

Es hatte in der Tat unzählige nicht bezahlte Rechnungen und zugleich Außenstände in großer Höhe gegeben. Ihr Mann war sehr nachlässig mit der Buchführung umgegangen, sodass es unglaublich lange dauerte, alle Bücher neben dem Haushalt und der Hofarbeit wieder in Ordnung zu bringen.

Doch es war nicht nur das: Heute Morgen war Johanna auf weitere merkwürdige Ungereimtheiten gestoßen. Sie kontrollierte sie mehrfach, aber sie ließen nur einen Schluss zu: Hier war manipuliert worden. Und das nicht zu ihren Gunsten.

Einkünfte, die sie in jedem Fall gehabt hatten, waren nicht angegeben oder eindeutig ausradiert worden. Hätte Johanna sich nicht an die Bücher gesetzt und wäre vom Finanzamt eine Steuerprüfung verlangt worden: Der Nordseehof wäre nicht zu retten gewesen, denn sie hätten die Steuern in der mutmaßlichen Höhe niemals zurückzahlen können.

Vorsichtig erklärte sie Eike die Lage und äußerte auch ihren Verdacht erneut, dass sie Reent dahinter vermutete. Ihr Mann reagierte unerwartet unwirsch. »Bitte lass meinen Bruder aus dem Spiel, Johanna. Wie soll er die Bücher manipuliert haben? Er war weit weg!«

Johanna seufzte. »Du lässt dich von seinem Charme, den er neuerdings an den Tag legt, viel zu leicht um den Finger wickeln. Wir aber haben hier Fakten, und die sprechen eine eindeutige Sprache. Reent wird einen Weg gefunden haben, uns zu schaden. Wie auch immer.« Immerhin hatte er sich seit nunmehr drei Monaten bei ihnen auf dem Nordseehof in seinem alten Zimmer eingenistet und verschwand nur hin und wieder, um ein paar Geschäfte zu tätigen, wie er es so schön ausdrückte.

»Bitte sag so etwas nicht wieder, Johanna. Reent hat mir erklärt, dass alles in Ordnung ist.«

Johanna seufzte. Ihr Mann war manchmal so naiv und gutgläubig! Trotzdem ließ sie nicht locker, wenngleich sie ihre Gedanken vorsichtig formulierte, um Eike nicht zu erzürnen und wieder gegen sich aufzubringen. »Sie hätten uns angezeigt, und dann wäre der Nordseehof nicht mehr zu retten gewesen«, wiederholte sie.

»Es hat aber keiner von ihnen getan. Reent hat auch schon gesagt, mir hätte so ein Bürokram noch nie wirklich gelegen. Du siehst doch auch, was ich alles verbockt habe. Bestimmt war ich so dösig und habe es selbst zu verantworten. Und das mit den Handelspartnern und dem Mähdrescher in Holland war eben geballtes Pech.«

Johanna sah Eike befremdlich an. »Das glaubst du nicht wirklich!« Doch sie beließ es dabei, auch wenn es in ihrem Bauch grummelte, und wechselte das Thema. »Ich habe nun endlich die Rückmeldung unserer alten Handelspartner in Groningen. Sie wollen zwar unsere Ware nicht mehr haben, aber haben auf Nachfrage keine Gründe genannt. Leider haben sie immens spät geantwortet. Ich weiß nicht, was da los war. Doch stattdessen«, jetzt lächelte sie Eike an, »habe ich zwei andere Händler dort ausfindig gemacht, die zukünftig mit uns arbeiten werden. Sie zahlen etwas weniger, aber wir sind wieder im Geschäft.«

»Das klingt ja vielversprechend«, sagte Eike. »Ich bin mir sicher, dass der Nordseehof überleben kann.«

Er gab Johanna einen Kuss auf die Wange und ging zurück an die Arbeit. Sie wünschte, sie hätte Eikes Optimismus teilen können.

Johanna kaute am Ende des Bleistifts. Vor ihnen türmte sich ein riesiges Problem auf. Johanna war sich sicher, vor zwei Tagen nachts erst Licht im Kontor und später eine dunkle Gestalt gesehen zu haben, die die Größe und den Körperbau von Reent gehabt hatte. Als sie Eike geweckt hatte, war der Spuk leider schon vorbei gewesen. Reent direkt mit ihrem Verdacht zu konfrontieren wagte sie nicht, bevor sie es auch nachweisen konnte. »Ich glaube, ich habe dich gesehen« zu sagen, war zu wenig. Johanna hatte einfach viel zu verlieren. Nicht, dass man ihr noch einmal das Kind wegnahm.

Damit keiner Einblick in die Bücher nehmen konnte, war Johanna aber vorsichtig gewesen und hatte alle Akten ordentlich weggeschlossen. Reent konnte ihnen in dieser

Hinsicht vorerst nicht mehr schaden. Aber wer wusste schon, was er nun im Schilde führte, wo sein Plan gescheitert war, weil Johanna ihm dazwischengefunkt hatte? Sie mussten sich vor Eikes Bruder in Acht nehmen, nur wie sollte sie das ihrem Mann begreiflich machen, ohne den Frieden oder besser den Waffenstillstand zwischen ihnen zu gefährden?

Es klopfte, und Theda kam mit hochrotem Kopf ins Kontor.

»Du lieber Himmel, was ist passiert?«, fragte Johanna sofort.

»Ingo!«, japste Theda.

»Was ist mit ihm?«

Ihre Cousine schlug die Hände vors Gesicht. »Er liebt einen Mann!«

Johanna spitzte die Lippen. »Ich habe mich schon oft gefragt, warum er kein Mädchen hat. Aber das … Und nun?«

Theda sah sie verzweifelt an. »Sie reden doch in Neusiel schon genug über uns, weil ich ein uneheliches Kind habe. Und jetzt das!«

»Setz dich erst einmal.« Johanna deutete auf den Stuhl vor dem Schreibtisch. »Woher weißt du das denn?«

Theda druckste herum. »Ich hab es schon länger vermutet, weil Ingo häufig spät am Abend einen sogenannten *Freund* zu Besuch hatte.«

»Und dann?«, hakte Johanna nach.

»Dann habe ich sie gehört. Nicht, dass du denkst, ich lausche, aber sie waren nicht gerade diskret.«

Johanna malte ein paar Kringel auf das Blatt Papier vor ihr. »Außer dir weiß es also keiner, und wie ich die Sache sehe, legt Ingo auch keinen Wert darauf, dass es nach außen dringt. Wo liegt also das Problem?«

»Es könnte jemand auf einem anderen Weg herausbekommen. Und ich weiß nicht, ob ich ein solch böses Gerede ein zweites Mal überstehe.«

Johanna betrachtete Theda, die nervös an den Nägeln kaute. »Das ist es doch gar nicht. Sie würden sich schließlich nicht über dich, sondern über Ingo das Maul zerreißen. Was schert dich also Ingos Freund? Ich glaube eher, dich bedrückt etwas anderes.«

Theda senkte den Kopf. Und dann brach sie in Tränen aus. »Ach, Johanna! Die Neusieler werden auch wieder über mich reden! *Er* war bei mir.«

Johannas Herz begann zu rasen. »Mit *er* meinst du meinen Schwager, oder?«

Theda senkte den Kopf. »Ja. Und nun bin ich erneut schwanger. Im dritten Monat. Und wieder wird er nicht dazu stehen.«

Johanna erbleichte und sprang auf. »Hat er dich etwa …?«

Theda schüttelte den Kopf. »Nein, ich liebe diesen Mann. Warum auch immer. Er hat mich nicht lange überreden müssen. Jetzt bekomme ich ein Kind, und Ingo ist … schwul. Wir schaffen das nicht!«

Johanna grub ihre Zähne in die Unterlippe. Es gab keinen anderen Weg für Theda, als ihren Schwager in die Verantwortung zu nehmen. Nur war der gerade wegen eines »Kleinen Geschäfts« nach Bochum gefahren. Aber er würde bestimmt bald zurückkommen, denn er hatte nur wenige Sachen mitgenommen.

»Weiß Reent, dass er wieder Vater wird?«

Theda nickte. »Er sagt, ich wäre eine Duuvke, die es mit jedem treibt, und er hätte aufgepasst. Hat er aber nicht.«

»Oh, Theda«, flüsterte Johanna. Sie stand auf und nahm ihre Cousine fest in den Arm. »Ich stehe immer zu dir. Und auch zu Ingo, egal, was die Neusieler reden. Und ich werde mit Eike sprechen, damit wir dich notfalls finanziell unterstützen, immerhin bekommst du das zweite Kind von einem Deeken.«

Theda schluchzte noch immer herzzerreißend. »Das ist alles zu viel! Ich wollte das Kind schon wegmachen lassen, aber dann hat Gott bestimmt keinen Platz mehr für mich da oben. Und ins Wasser gehen kann ich schon wegen Deike nicht. Sie braucht mich doch!«

»Das wäre feige, Theda. Und so bist du nicht. Wir kriegen das schon hin. Irgendwie.«

Ihre Cousine schmiegte sich an Johanna. »Danke. Aber lehn dich bei deinem Mann für mich nicht zu weit aus dem Fenster. Ich will nicht, dass du meinetwegen deine Ehe gefährdest. Eike steht loyal zu seinem Bruder und zur Mutter. Warum auch immer.«

Johanna seufzte. Genau das war das Hauptproblem ihrer Ehe. Nicht etwa, dass es von ihrer Seite aus keine Liebesheirat gewesen war. Es war vielmehr Eikes Schwäche, der Wahrheit ins Auge zu sehen, und sein Unvermögen, sich gegen seine Mutter und den starken Bruder durchzusetzen.

Wenn sie das von ihm verlangte, bekam er stets den komischen Blick, den er auch nach dem Krieg gehabt hatte. Dieses In-sich-Gekehrte, das jeden aus seiner Welt ausschloss.

Johanna hatte sich viele Gedanken darüber gemacht und war zu dem Schluss gekommen, dass ihr Mann nur glücklich war, wenn er seine heile Welt hatte. Eine Welt, die wie seine Kindheit und Jugend vor dem Krieg war, und dazu gehörte seine Mutter. Das war gewiss der Grund, warum er sich von ihr und von seinem Bruder alles gefallen ließ. Er war immer der kleine Eike geblieben, der seiner Mutter gefallen wollte. Da war für eine selbstständige und erwachsene Frau kein Platz. Er brauchte die Johanna, mit der er im Sommer in seinem Garten Verstecken gespielt und die zu ihm aufgeschaut hatte.

Sie drückte Theda zum Abschied nur kurz und setzte sich wieder an die Bücher.

Kapitel 32

Rolf mochte die Arbeit unter Tage inzwischen sehr. Erst hatte sie ihm Angst gemacht, aber das war schnell vorbei gewesen. Er wohnte auch nicht mehr im Bergelehrlingsheim, dazu war er zu alt. Stattdessen hatte er in der Sachsenstraße mit zwei anderen Kumpeln bei einer Familie eine Unterkunft gefunden, die ebenfalls von der GHH bezahlt wurde, solange er sich in der Ausbildung befand. Vor allem jetzt im Sommer mit der heißen Julisonne war es eine Wohltat, auch einmal in den Garten des kleinen Hinterhofes gehen zu können.

Er hatte einiges Geld zurücklegen können, wovon er sich ein Motorrad gekauft hatte. Es war eine Horex, auch der heiße Ofen genannt. Damit konnte er bei den anderen Kumpeln durchaus punkten, weil es seinen Status hob. Auch bei den Frauen. Nur bei Dagmar nicht, denn sie hatte sich nach seiner Rückkehr aus Ostfriesland von ihm zurückgezogen.

Voller Hoffnung hatte sie ihn am Bahnhof abgeholt, aber gleich bemerkt, dass nicht das passiert war, was sie sich erhofft hatte. »Du liebst sie noch«, waren ihre Worte gewesen, nachdem sie sich begrüßt hatten.

Rolf konnte nur stumm nicken.

Dagmar hatte ihn noch nach Hause begleitet, war ihm aber danach aus dem Weg gegangen. Einmal waren sie sich zufällig über den Weg gelaufen, und Rolf hatte versucht, mit ihr zu reden. »Bitte, Rolf, lass mich in Ruhe«, hatte sie jedoch gesagt. »Hömma, ich will nicht zweite Wahl sein. Wir schenken uns gegenseitig die Freiheit. So ist dat besser für uns.«

Frauen spielten für Rolf im Augenblick nur noch eine untergeordnete Rolle. Er konnte Johanna nicht haben, und andere wollte er einfach nicht, auch wenn er Dagmar durchaus vermisste. So gab es nur die eine oder andere kurze Liaison für eine Nacht. Er merkte sich nicht einmal die Namen der Frauen. Und er wollte es auch nicht.

Die Arbeit lenkte Rolf ab, und er konzentrierte sich nunmehr auf andere Ziele. Er würde es bis ganz nach oben schaffen. Dorthin, wo man den Karman Ghia 1500 fuhr. Das taten nur die Fahr- und Obersteiger. Die einfachen Steiger fuhren das kleinere Modell – und das reichte ihm nicht. In seiner Vorstellung würde er eines Tages mit seinem dicken Wagen auf den Hof der Deichschäferei fahren und es allen zeigen. Er, der Flüchtling, hatte es geschafft. Vor allem Johanna sollte sehen, was sie verpasst hatte.

Mit diesen Tagträumen verbrachte Rolf seine Stunden unter Tage, und er schaffte mehr als alle anderen Knappenlehrlinge. In zwei Monaten konnte er seine Prüfung ablegen.

Heute hatte Rolf Frühschicht. Er machte sich nun mit dem Bus auf den Weg zur Arbeit auf Zeche Franz Haniel, wo er seine Schicht versah. Zuerst folgte er den anderen Kumpeln in die Kaue. Das war eine große Anlage über

Tage, in der sich die Arbeiter umziehen und nach der Schicht auch duschen konnten. In der Weißkaue legte er seine Alltagsklamotten ab, hängte sie an den Haken und zog das Ganze nach oben. Dann ging er hinüber zur Schwarzkaue, wo seine feuerfeste Wäsche, ein Hemd, Handschuhe und natürlich Sicherheitsstiefel bereit lagen. Anschließend schnallte er sich einen schweren Gürtel um die Taille. Daran befestigt war das Atemschutzgerät, der CO_Selbstretter. In der Lampenstube holte Rolf die Grubenlampe. Seine Kaffeepulle hatte er schon zu Hause fertig gemacht. Der gesamte Ablauf war zu einer selbstverständlichen Gewohnheit geworden.

Er machte sich auf den Weg zum Schacht, wo er mit der Seilfahrt einfuhr.

Er zwängte sich mit den anderen Kumpeln in den Förderkorb, und dann ging es rasant abwärts. Keiner sprach ein Wort. Irgendwann hielt der Korb am Füllort an und spuckte die Männer aus.

Es war warm hier unten. Dazu feucht. Mit dem Personenzug fuhren sie weiter tief in den Berg hinein, passierten den Alten Mann – so wurde eine abgebaute Strecke genannt –, bis sie den jeweiligen Streb mit seinen Gewinnungs-und Transportanlagen erreicht hatten, wo sich die Gezähekisten mit ihrer Ausrüstung befanden. Rolf rückte den Helm zurecht und folgte dem Steiger, der mit kurzen und knappen Worten seine Anweisungen gab.

Die Kohle wurde hier mit einem Walzenschrämlader gewonnen. Nach der Durchfahrt der Maschine mussten die Kumpel den Ausbau einbringen und den Kettenförderer wieder an den Kohlestoß rücken. So ging es Stunde um Stunde. Rolf war zwar von den anderen Kumpeln umgeben, aber dennoch allein, denn er kämpfte gegen den Berg. Verlor wie immer jegliches Gespür für Zeit und Raum. Er nahm den furchtbaren Lärm und die Hitze um sich herum nicht mehr wahr. Es zischte und knatterte. Je mehr Ausbau er einbrachte, desto besser. Der Berg war Freund und Feind zugleich. Und bei dieser Arbeit gab es nur noch ihn. Keine Hanna. Keine Dagmar. Nur die Kohle. Und die Hoffnung, den Streb immer wieder lebend zu verlassen.

Je länger er sich am Flöz maß, je länger er um jedes Stückchen Kohle rang, desto mehr machte Rolf die Arbeit Spaß.

Er arbeitete wie in Trance.

Am Ende der Schicht hatte er zwar noch lange nicht das übliche Soll der alten Bergleute geschafft, aber sein Ergebnis konnte sich sehen lassen. Der Steiger klopfte ihm anerkennend auf die Schulter. »Gut gemacht, Menzel!«

Sie stiegen erneut in den Förderkorb und rüttelten sich nach oben. Er hatte wieder einen Tag geschafft.

Rolf sog die Luft, die ringsum immer ein bisschen rußig roch, tief ein. War er jetzt glücklich?

Zufrieden, dachte er. Weil er eine Herausforderung hatte. Er kämpfte mit dem Berg, mit dem, was er hütete und nur ungern losließ. Der Kampf um das schwarze Gold war genau das Richtige für ihn. Hier konnte er nur siegen. Zentimeter für Zentimeter.

Als er sich in der Waschkaue mit den anderen duschte und die Kohle von allen in schwarzen Schlieren im Ausguss verschwand, fühlte er die Verbundenheit mit diesen Männern.

Sie gehörten zusammen. In dem Augenblick war Rolf sicher, dass er seinen Weg gefunden hatte. Auch ohne seine Hanna. Es hatte lange genug gedauert.

Als er die Zeche verließ, wartete Dagmar auf ihn. Rolf blieb erstaunt stehen. Mit ihr hatte er am allerwenigsten gerechnet.

»Was tust du hier?«, fragte er. Jetzt, da sie vor ihm stand, bemerkte er, dass er sie tatsächlich mehr vermisst hatte, als er es sich eingestehen wollte. Aber er war unsicher, wie er reagieren sollte.

Dagmar sah ihn mit schräg gelegtem Kopf an und stieß hervor: »Ich kann nicht ohne dich, Menzelchen. Ich will dich zurück.«

Rolf wusste nicht recht, wie er reagieren sollte. Erst lehnte sie ihn ab, wollte die Freiheit, und nun stand sie vor ihm, als wäre nie etwas gewesen.

»Ich weiß nicht«, sagte er. »Kommt ein bisschen plötzlich.«

Dagmar hatte ein Kaugummi im Mund, auf dem sie nun etwas hektisch herumkaute. »Ich habe es mir anders überlegt.« Sie strich ihm über den Handrücken, und seine Härchen stellten sich auf. »Ich hab dich wirklich vermisst.«

Rolfs Herz begann, schneller zu schlagen. »Was hast du denn die ganze Zeit gemacht?«

»So dies und das. Aber es ist alles fad ohne dich.«

Rolf lächelte. »Ohne dich auch. Und was jetzt?«

Dagmar spuckte das Kaugummi aus. »Heute ist das Fußballendspiel gegen Ungarn. Das würde ich nicht gern allein erleben. Wir schauen es im *Treffpunkt* zusammen an, oder?«

»Gute Idee«, sagte Rolf. »Eine sehr gute Idee.« Er hatte

nämlich schon überlegt, wo er das Spiel gucken sollte, und war versucht gewesen, zu den anderen ins Berglehrlingsheim zu gehen.

»Aber zuerst kommst du mit zu mir.«

Dagmar nahm seine Hand, und sie liefen zu ihrer Wohnung. So, als hätte es die Pause in ihrer Beziehung gar nicht gegeben. Das mochte Rolf an ihr. Dagmar war keine Frau der langen Diskussionen. Sie würde ihn jetzt so nehmen, wie er war. Und nie mehr nach Johanna fragen.

Kurz darauf standen sie vor dem Zweifamilienhaus, wo Dagmar im Obergeschoss wohnte.

Sie schloss die Haustür auf. »Wir müssen aufpassen, das kennst du ja«, flüsterte sie. »Nicht dass die Wirtin merkt, dass ich Herrenbesuch habe. Dann gibbet Ärger. Ledige Frauen und Herrenbesuch sind für sie ein rotes Tuch. Ach, das reimt sich sogar.« Dagmar lachte leise auf und lauschte kurz an der Tür der Vermieterin. Aber aus der unteren Wohnung war nur Vico Torriani zu hören. »Sie sitzt wieder vor dem Radio«, wisperte Dagmar. »Das ist gut, weil sie abgelenkt ist!« Sie zog Rolf in den Flur, und sie huschten, so leise es ging, die Treppen hinauf und betraten die Wohnung. Erstaunt sah Rolf sich um, denn es sah hier völlig anders aus als bei seinen Besuchen früher.

»Du hast dich ja ganz neu eingerichtet«, sagte er. Im Wohnzimmer standen nun ein Nierentischchen und ein Röhrenradio. Auf einem kleinen Schreibtisch befand sich eine grüne, nagelneue Olympia-Schreibmaschine.

»Das ist eine SM 3«, erklärte Dagmar. »Damit kann ich sehr schnell tippen.« Sie bückte sich und zog einen kleinen schwarzen Koffer unter der Anrichte aus Teakholz hervor. »Schau, ich kann sie damit sogar transportieren.«

Sie lächelte. »Nicht nur du hast dich verändert. Ich wollte auch endlich ein bisschen was hermachen. Sieh mal in die Küche. Da steht ein Elektroherd – und weißt du, was ich noch gemacht habe?«

Rolf zog fragend die Brauen hoch.

»Ich habe mir von Bosch einen Kühlschrank gekauft.«

»Du hast was?« Rolf lachte. »So was haben doch nur reiche Leute.«

»Und ich«, sagte Dagmar stolz. »Er hat 970 DM gekostet!«

»Das sind drei Monatsgehälter!« Rolf pustete die Luft aus.

»Ja, Menzelchen.«

»Woher hast du so viel Geld, Dagmar?«

Sie zog ihn zu dem kleinen Sofa, das gerade noch in der Schräge Platz gefunden hatte, und sie setzten sich.

»Ich habe mein Geld auf eine Weise verdient, die jeden anderen Mann von mir wegtreiben würde.« Sie stieß ihm den Finger in die Brust. »Bei dir aber weiß ich, dass du bleiben wirst.«

»Was hast du getan?« Rolf schluckte.

»Du hast in Walle mit genau solchen Frauen verkehrt, wie du mir erzählt hast. Deshalb wirst du mich jetzt nicht verurteilen können, Menzelchen.«

Das musste Rolf erst einmal verdauen, aber Dagmar hatte recht. Er konnte ihr wahrlich keine Vorwürfe machen. Sie hatten sich getrennt, und Dagmar konnte tun und lassen, was sie wollte. Er war schließlich auch durch andere Betten gestiegen.

»Und wie war dein Tag?«, lenkte Dagmar jetzt ab und fuhr ihm mit einer vertrauten Geste durchs Haar.

»Gut«, antwortete Rolf. Was sollte er Dagmar groß erzählen? Wie einzigartig es war, gegen einen Berg anzukämpfen? Weil er da gewinnen konnte, während ihm das Leben zuvor ein Schnippchen nach dem anderen geschlagen hatte?

»Ich habe eben im Konsum eingekauft. Jetzt koche ich uns wat Schönes!« Dagmar hauchte ihm einen Kuss auf die Wange und stand auf, um in die Küche zu gehen. »Es ist schön, dass du wieder da bist.«

»Das finde ich auch.« Rolf war noch immer über die neue Dagmar erstaunt.

»Wir sollten uns nie mehr trennen«, sagte sie und schaute um die Ecke, während sie ein Glas Gurken öffnete. »Das ist uns nicht gut bekommen.«

»Stimmt. Obwohl es dir ausgesprochen gut geht.«

Dagmar stellte das geöffnete Glas in der Küche ab und setzte sich zu Rolf aufs Sofa. »Ich meinte das eben ernst. Ich will dich immer bei mir haben. Komm, zieh zu mir!«

Rolf lachte auf. »Dagmar, du hast mich zum Teufel geschickt! Und jetzt soll ich zu dir ziehen? Ich darf dich nicht einmal offiziell besuchen!«

»Dann musst du mich eben heiraten!« Dagmar küsste ihn, und Rolf konnte und mochte sich nicht dagegen wehren. Ihre Zungen spielten miteinander, und er wollte nichts anderes mehr, als mit Dagmar zu schlafen. Sie wieder ganz für sich haben. Aber als sie ihre Bluse aufknöpfte, waren da plötzlich andere Bilder.

Rolf zuckte zurück und stieß Dagmar von sich. So konnte er das nicht.

»Welche Männer waren das?«, quetschte er zwischen den Zähnen hervor. »Mit denen du …?«

»Steiger, Obersteiger und andere Bonzen aus den Bergwerksbetrieben und der Industrie. Alle, die gut gezahlt haben«, sagte Dagmar leichthin. Sie küsste ihn erneut, aber Rolf schüttelte den Kopf. »Ich muss das erst klarkriegen«, sagte er.

Dagmar knöpfte die Bluse wieder zu und tat so, als mache ihr seine Zurückweisung nichts aus. »Kommst du mit in die Küche? Du wirst sehen, wie schnell das Wasser auf meinem neuen Herd kocht.«

Rolf war der Appetit vergangen. Aber er folgte ihr und ließ sich am Küchentisch auf einen Stuhl fallen, wo er Dagmar beim Kochen zusah.

Dagmar setzte Pellkartoffeln auf und rührte dazu Quark an. Die Gürkchen kippte sie in eine Schale und öffnete zwei Flaschen Bier. Eine reichte sie Rolf hinüber. Dann lehnte sie sich mit dem Hintern an die neue Nirosta-Spüle und lächelte ihn an. »Ich will ein Kind von dir, Menzelchen.«

Rolf fühlte sich komplett überfordert. »Mir geht das zu schnell, Dagmar. Lass es uns langsam angehen. Es ist zu viel passiert.«

Wenn Dagmar sich an seiner Aussage störte, sagte sie es nicht. Auch konnte Rolf nicht an ihrer Mimik ablesen, was sie dachte. Auf jeden Fall benahm sie sich verdammt merkwürdig.

Sie aßen schweigend, dann räumte Dagmar den Tisch ab und füllte das Abwaschbecken. Lange Zeit hörte man nur das Klappern des Geschirrs.

Rolf rang mit sich, wie sie wieder in ihre gewohnte Normalität zurückkehren sollten. Es war kompliziert. Er war mit Dagmar zusammen, obwohl er Johanna liebte.

Und er hatte in den letzten Wochen mit anderen Frauen geschlafen. Frauen, an deren Haarfarbe und Namen er sich nicht mehr erinnerte. Und Dagmar hatte im Gegenzug andere Männer gehabt. Für Geld.

Aber sie hatten nur sich. Sie und er in einer Welt, die für sie beide allein schwer zu bewältigen war.

Ich muss darüber hinwegsehen, sonst bleibe ich allein, dachte Rolf. Er nahm einen Schluck Bier und sagte: »Was meinst du, Dagmar? Gehen wir morgen ins Kino? Dort läuft *Grün ist die Heide* mit Rudolf Prack und Sonja Ziemann. So was magst du doch.«

Dagmar nickte. »Gute Idee, Menzelchen. Das machen wir. Aber heute Abend wird Fußball geschaut!«

Rolf nickte. Es war bestimmt gut, sie zu begleiten, weil es ihnen vielleicht das Stück Normalität zurückgeben würde, das sie in der letzten Zeit verloren hatten.

Dasselbe galt für ihren geplanten Kinobesuch morgen Abend. Es gab nichts, was Rolf mehr ersehnte, als Normalität und Ruhe in seinem Leben. Er ertappte sich plötzlich dabei, dass Dagmar bei dieser Sehnsucht durchaus eine Rolle spielte. Als sie aufgeräumt und abgewaschen hatten, zog Dagmar ihn in ihr Schlafzimmer. Und jetzt ließ Rolf es zu. Er genoss ihren vertrauten Duft, ihre vertrauten Geräusche. Es war ein bisschen wie ein Nach-Hause-Kommen. Und es war gut so.

Als es Zeit für das Fußballspiel wurde, schlüpften sie in ihre Jacken und zogen los.

Der Treffpunkt war unglaublich voll, es sah so aus, als wäre es unmöglich, einen Platz zu ergattern, von dem aus man den Bildschirm des kleinen Fernsehers gut erkennen konnte.

»Als Nächstes kaufe ich mir selbst so ein Ding. Wir laden Freunde ein und schauen Fußball bei uns«, murrte Dagmar. »Dann kommen Toni Turek und Ottmar Walter quasi direkt zu mir, und keiner sitzt mir im Weg.« Dagmar schwärmte sehr für den Torhüter und den jüngeren Bruder von Fritz Walter.

Rolf fasste Dagmar an die Hand und zog sie weiter durch die Kneipe, bis sie schließlich einen Ecktisch mit zwei Stühlen ergatterten. Nun war auch Dagmar zufrieden, denn sie konnte ungehindert auf den Bildschirm schauen.

Das Spiel begann mit einem Desaster, führten die Ungarn doch schon nach acht Minuten 2:0 gegen die deutsche Mannschaft.

»Ich glaube, wir können nach Hause gehen und noch mal Liebe machen«, sagte Dagmar mit einem anzüglichen Grinsen in Rolfs Richtung.

Doch er wurde abgelenkt, weil ein Raunen durch die Menge ging, dann ein Aufschrei, denn schon zwei Minuten nach dem letzten Treffer der Ungarn kam Helmut Rahn von der linken Seite an den Ball, spielte einen Pass in die Mitte, und Max Morlock grätschte mit dem langen Bein den Ball ins Tor zum 1:2.

»Jetzt zeigen wir es den Ungarn!«

»Deutschland! Deutschland!« Alles schrie durcheinander.

Es war seit Langem das erste Mal, dass Rolf bei einem solchen Ruf kein komisches Gefühl hatte. Hier ging es um den Sport. Um Ruhm und Ehre. Und um sonst nichts.

Kurz darauf kannte der Jubel kein Ende, als Fritz Walter den Ausgleichstreffer erzielte.

Rolf holte in der Pause zwei Bier, und er freute sich tatsächlich auf die zweite Halbzeit. Was würde passieren, wenn Deutschland dieses Spiel gewann? Der Pott würde toben, das war mal klar.

Aber die nächste Halbzeit war eine einzige Abwehrschlacht.

»Ohne Toni Turek lägen wir lange wieder hinten«, mutmaßte Dagmar, die schon mehrere Korn intus hatte und ständig nervös an den Nägeln kaute.

Aber kurz vor Schluss passierte das, womit keiner wirklich gerechnet hatte. Rahn schoss das 3:2 für die deutsche Mannschaft. Es gab kein Halten mehr. Die 84. Spielminute veränderte etwas, das war schon hier in dem kleinen Rahmen deutlich. Man war wieder stolz auf sein Land!

Rolf und Dagmar feierten lange mit den anderen. Und als sie in Dagmars Wohnung ankamen, fielen sie erneut wie zwei Ertrinkende übereinander her.

Fünf Wochen später eröffnete Dagmar ihm, dass sie schwanger war.

Kapitel 33

Johanna klappte die Bücher zu und legte sie zurück auf den Stapel. Sie hatte es geschafft und nach weiteren vier Wochen die letzten Bücher gesichtet und korrigiert. Unglaublich, was für ein Durcheinander Eike in die Buchhaltung gebracht hatte! An den letzten und neueren Eintragungen war wirklich manipuliert worden. Ab und zu hatte sie erkennen können, dass Zahlen ausradiert und durch andere ersetzt worden waren. Alle anderen Ungereimtheiten waren aber Eikes Schusseligkeit zuzuschreiben. Der Nordseehof war gerettet, das Schlimmste überstanden. Johanna hatte Biss bewiesen, nicht aufgegeben und am Ende gewonnen. Es grenzte an ein Wunder. Ähnlich wie dieses Fußballspiel, das noch immer in aller Munde war und einen wahren Ruck durchs Land hatte gehen lassen.

»Vielleicht brauchten wir ein kleines Wunder«, flüsterte Johanna. »Und wenn es nur im Fußball war. Oder wie bei Theda.« Ihre Cousine hatte im Juli einen gesunden Jungen auf die Welt gebracht, der ihr wie aus dem Gesicht geschnitten war. Wunder geschahen, nur durften sie für den Nordseehof gern noch ein bisschen länger andauern.

Johanna lehnte sich zurück und schaute über den Hof. Ihren Hof. Die groben Steine auf dem Boden flirrten in der Augustsonne, in ein paar Stunden würde es unerträglich heiß sein. Von Weitem hörte sie das Brummen der Mähdrescher. Alle Landwirte waren ringsum damit beschäftigt, das Heu einzufahren. Und es würde in diesem Jahr hoffentlich eine gute Ernte geben.

Mit Lientje lief es tatsächlich besser, seit Reent sich wieder öfter auf Nordseehof blicken ließ und ihr zeigen konnte, wie weit er es gebracht hatte.

»Mein Reent hat es geschafft«, betonte Lientje ein ums andere Mal. »Der ist jetzt wer! Guck, er fährt sogar einen großen Karman Ghia!«

Leider hing auch Uwe mit einer fast abgöttischen Liebe an seinem Onkel. Das gefiel Johanna nicht, fürchtete sie doch Reents schlechten Einfluss. Nur ändern konnte sie es nicht.

Uwe war heute bei ihrer Mutter, die sich über jede Abwechslung freute, denn die Pflege ihres dementen Mannes, der nunmehr vollends in der Kriegswelt lebte und auch tagsüber eine Schlacht nach der anderen kämpfte, war kräftezehrend.

Johanna hatte schon darüber nachgedacht, ihn in eine Einrichtung zu geben, denn hin und wieder warf ihr Vater in seinem Wahn mit Gegenständen um sich, was nicht ganz ungefährlich war. Aber davon wollte ihre Mutter partout nichts wissen.

Johanna seufzte, denn nun stand ihr ein überaus schwieriges Gespräch bevor. Sie gab sich einen Ruck. Um zehn Uhr wollte Eike ins Kontor kommen. Johanna hatte die Magd gebeten, Tee und Krintstuut, dick mit Butter bestrichen, zu bringen, damit Eike sich nach der Arbeit auf dem Feld an dem Rosinenstuten stärken konnte. Außerdem sprach es sich so leichter.

Ihr Mann war sehr beeindruckt von Johannas Einsatz und tat das auch überall kund. »Meine Frau kann nicht nur mit einem Traktor und Mähdrescher umgehen, sie ist auch ein Fuchs, wenn es ums Rechnen und die Buchhaltung geht!«

Sie schliefen wieder regelmäßig miteinander, vergessen war die andere schlimme Zeit. Johanna hatte beschlossen, hinter jene Nacht ein Häkchen zu setzen und ihrem Mann zu verzeihen, dass er ihr Uwe weggenommen hatte. Seine Angst, den Nordseehof zu verlieren und dafür allein verantwortlich zu sein, musste ihm immens zugesetzt haben.

Fortan wollte Johanna nur noch nach vorn sehen. Sie hatte ihrem Mann mit ihrem Engagement zeigen können, wie wichtig ihr der Hof und ihr gemeinsames Leben war. Aber trotzdem musste sie endlich mit ihm Klartext sprechen, denn nun hatte sie Beweise, wer ihnen das Dilemma eingebrockt hatte. Und das musste sie Eike sagen.

Johanna hörte Schritte. Erst brachte die Magd den Tee und den Stuten, danach trat Eike ein. Er war völlig verschwitzt und sah ziemlich müde aus. Im letzten Jahr hatte ihr Mann fast zehn Kilo abgenommen, sein Hemd schlotterte ihm nur noch um den Körper, die Augen lagen in tiefen Höhlen. Er gab ihr einen Kuss und sagte: »Ah, Tee, wat moi. Das schmeckt auch bei der Wärme. Es soll heute fast dreißig Grad warm werden. Aber gut fürs Heu.«

Johanna legte ein Kluntje in die kleine Rosentasse und schenkte ihrem Mann Tee ein. »Wulkje?«, fragte sie und reichte ihm das Sahnekännchen, in dem ein silberner Löffel hing, mit dem die Sahne in den Tee gelassen wurde.

Sie legte ihrem Mann auch noch eine Scheibe von dem Krintstuut auf den passenden Teller. Er biss ab und lächelte. »Ganz schön viele Rosinen drin. Lecker.«

»Hab ich gestern Abend noch gebacken«, antwortete Johanna.

Sie wartete, bis ihr Mann den Stuten gegessen und ausreichend Tee getrunken hatte.

Er stellte den Löffel in die Tasse, zum Zeichen, dass er fertig war. Dann sah er seine Frau aufmerksam an. »Was willst du mir erzählen, Liebes? Nur für das leckere Rosinenbrot und den Tee hast du mich sicher nicht herbestellt, oder?« Eike wischte sich den Schweiß von der Stirn.

»Das stimmt. Wir schreiben nun endgültig schwarze Zahlen, und wir werden auch keine Steuernachzahlung haben, die Bilanzen stimmen wieder. Die schlimme Zeit ist vorbei! Mit unseren neuen Handelspartnern läuft es ebenfalls gut.«

Eike nahm Johannas Hand und drückte sie. »Danke. Ich bin sehr erleichtert.«

Johanna sah ihren Mann liebevoll an. »Unser Zuhause ist gerettet.«

»Dank dir.«

Johanna nickte, schwieg dann aber länger, denn einfach war es nicht, was sie zu sagen hatte. Sie fürchtete Eikes Reaktion.

»Es ist aber noch etwas. Ich weiß gar nicht, wie ich beginnen soll.«

Ihr Mann lächelte sie aufmunternd an. »Schieß los!«

»Wir kommen wirklich nicht umhin, mit deiner Mutter und Reent zu sprechen«, begann Johanna vorsichtig. »Du erinnerst dich, dass ich es im Dezember schon einmal angesprochen hatte. Du wolltest es aber nicht wahrhaben. Und ich habe es auf sich beruhen lassen, bis ich jetzt wirklich das letzte Buch durchgesehen habe.«

Eike schaute seine Frau ernst, aber schweigend an.

Johanna tat sich mit den folgenden Worten sehr schwer. »Ich bin mir inzwischen ganz sicher, dass dein Bruder keinen unerheblichen Anteil an dem Desaster hat. Es sei denn, du selbst hast Zahlen ausradiert und durch andere ersetzt.«

Eike ließ ihre Hand abrupt los und rückte ein Stück von ihr ab. Er schüttelte unwirsch den Kopf. »Das habe ich natürlich nicht getan. Ich wüsste nicht einmal, wie das gehen soll.«

»Dann bleiben nur Reent und deine Mutter«, sagte Johanna. »Ich habe alles mehrfach geprüft. Es kann kein Zufall sein, was da passiert ist.«

»Das sind schwere Anschuldigungen gegen meine Familie, Johanna! Ich denke, wir haben uns schon damals geirrt, und auch jetzt wird es einen anderen Grund geben. Vielleicht war es einer der Arbeiter.«

»Eike, es *sind* Summen gezielt ausradiert und geändert worden. Ich erspare dir Details, aber wäre das publik geworden, gäbe es die Schäferei nicht mehr. Welcher Arbeiter sollte das tun und warum?«

Eike presste die Lippen zusammen, als Johanna weitersprach.

»Ich habe außerdem in der letzten Woche, als ich alles andere wieder in Ordnung gebracht hatte, mit allen Kunden, die abgesprungen sind, telefoniert. Gut, dass wir inzwischen einen solchen Apparat haben. Miteinander zu sprechen ist wirklich besser als jeglicher Briefverkehr, wo ich beim letzten Mal Wochen habe auf Antwort warten müssen.«

Eike trommelte nervös mit den Fingern auf der Schreibtischplatte herum, schwieg aber.

Johanna sprach langsam und überlegte weiter. »Sie alle haben Post von derselben Person bekommen. Und die Auskunft, dass der Nordseehof wegen schwerer Erkrankungen der Tiere nicht liefern kann. Nun rate, welche Unterschrift darunter zu finden war?«

Eike schwieg noch immer.

»Es war Reents Unterschrift. Es war sicher er, der sich Zutritt zum Kontor verschafft und die Bücher gefälscht hat. Das ist schwerer zu beweisen, allerdings habe ich ihn wohl mindestens zweimal gesehen, wie er aus dem Büro herauskam. Du musst dich der Wahrheit stellen, auch wenn sie unbequem ist!«

Eike nagte an der Unterlippe. »Aber er war doch zu der Zeit, als die Bücher gefälscht wurden, gar nicht hier! Auch das habe ich dir bereits erklärt!«

»Das stimmt nicht. Immer wieder ist er auf dem Hof aufgetaucht und hat sich überall umgesehen. Er hat mit deiner Mutter oft sehr geheimnisvoll getan.« Johanna überlegte, ehe sie weitersprach: »Das Kontor ist immer abgeschlossen. Nur zwei Menschen haben einen Schlüssel. Du und Lientje.«

Eike schluckte. »Du willst damit sagen, dass meine Mutter …?« Er hob die Hand. Sie zitterte so heftig, dass er sie rasch wieder senkte. »Besser, du sagst jetzt nichts mehr!«

Johanna umfasste seinen Unterarm und drückte ihn sacht. »Eike, Reent will den Hof, egal, was er in Bochum treibt. Es geht ihm dabei nicht um die Schafe oder die Feldarbeit. Es geht ihm nur ums Gewinnen und ums Renommee. Und deine Mutter wollte es ebenfalls von Beginn an. Ich glaube, ihnen ist jedes Mittel recht, uns drei von der Schäferei zu vertreiben. Reent ist mittlerweile vermögend. Du wärst am Boden gewesen. Er hätte dir ein Angebot gemacht, und schon wäre ihr Plan aufgegangen.«

Eike lief plötzlich feuerrot an. Er wirkte wie ein trotziges Kind, das erkannte, dass es hintergangen worden war, es aber nicht zulassen konnte. »Deine Anschuldigungen gegen meine Familie sind ungeheuerlich, Johanna! Ungeheuerlich! Das kann alles nicht stimmen! Er ist mein Bruder!« Eike sprang auf und raufte sich das Haar.

Johanna erhob sich ebenfalls und machte einen Schritt auf ihn zu. Aber Eike war völlig außer sich. »Fass mich nicht an! Jedes Mal, wenn ich denke, wir sind über den Berg, zerstörst du wieder alles!«

»Aber ich zerstöre doch nichts«, hob Johanna an. »Ich renne mit dem Wissen nicht durch Neusiel, sondern bespreche mit dir als meinem Mann und dem Schäfer vom Nordseehof, was wir tun sollen. Wenn wir nicht aufpassen und ihn stoppen, werden Reent und deine Mutter ein weiteres Mal versuchen, dir den Hof zu nehmen!«

Eikes Halsschlagader schwoll merklich an. Er sprach ruhig, aber in sehr scharfem Ton: »Ich will kein Wort mehr hören! Genau wie dein dummes Gerede, dass er deiner Cousine schon wieder ein Balg gemacht haben soll.«

Eikes Zittern der Hände hatte vollständig aufgehört.

»Ich gehe jetzt rüber ins Haus, Johanna. Bitte räume hier auf, und dann erwarte ich dich. Und ich möchte über das Thema nie wieder etwas hören. Meine Familie ist integer. Das scheint für dich nicht zuzutreffen. Manchmal denke ich, du bist krank im Kopf. Oder du legst es darauf an, meine Familie und den Hof zu zerstören.« Er lief zur Tür und ließ sie hinter sich zuknallen.

Johanna stützte den Kopf in die Hände und begann, hemmungslos zu weinen. Alles hätte gut sein können. Aber das war es nicht. Sie konnte in ihrem Leben einfach nichts mehr richtig machen. Es wäre vermutlich das Beste, Eike und den Nordseehof zu verlassen. Dass, was sie schon längst hätte tun sollen. Vielleicht gab es einen Weg, um Uwe zu kämpfen und ihn doch zugesprochen zu bekommen, schließlich hatte sie sich als Mutter nichts vorzuwerfen.

Wahrscheinlich war das allerdings nicht, wenn sie schuldig geschieden wurde. Lientje würde sich das Kind unter den Nagel reißen. Das würde Johanna auch nicht ertragen. Aber welche Wahl hatte sie noch? Ach, sie hätte gehen müssen, als es Uwe noch nicht gab und sie unweigerlich an Eike band. Oder sie hätte gleich zu Beginn Nein sagen müssen.

»Zu spät, Johanna. Alle Träume sind verloren. Fortgeweht wie ein Sandkorn im Wind«, flüsterte sie.

Sie konnte nicht mehr.

Kapitel 34

Eike war wutentbrannt davongelaufen. Er konnte jetzt nicht arbeiten, er musste für sich sein. Unwirsch herrschte er den Knecht an, schnappte sich das Fahrrad und raste in Richtung Deich davon. Schon bald wurde ihm zu warm, denn die Sonne brannte vom Himmel, und es wehte kaum ein Lüftchen.

Verdammt, was war das für ein Leben! Erst dieser Krieg, der ihm die Fähigkeit genommen hatte, sich noch irgendwo zu behaupten. Er konnte es nicht bei seiner Familie, nicht bei seiner Frau. Auch in der Maschinen-Gemeinschaft war er nur belächelt worden. Sich durchzusetzen war noch nie seine Stärke gewesen. Und noch schlimmer war es, seit er aus dem Krieg zurückgekommen war.

Nachdem man dort von ihm in diesen unmenschlichen Schlachten unbedingten Gehorsam erwartet hatte, gleichgültig, was passierte, nachdem das letzte Bild von seinem besten Freund der Torso ohne Kopf gewesen war und der Rest seiner Truppe fast ausgelöscht, war etwas in Eike zerbrochen. Diese Leere, diese Dunkelheit, die sich immer wieder von hinten anschlich wie ein schwarzer Panther und ihn lähmte. Die ihn dazu verdammte, eigene Entscheidungen zu verschleppen, weil er sich stets fürchtete, etwas falsch zu machen und dadurch sein ganzes Gefüge, das, was ihm geblieben war, zum Einsturz zu bringen.

Eike wollte Frieden. Familie. Und keinen Streit mehr. Nur noch Ruhe. Mit Johanna, die er liebte, seit er sie mit fünf Jahren zum ersten Mal gesehen hatte.

Und was war passiert?

Alles um ihn herum zerbrach, weil er keine eindeutige Stellung beziehen konnte.

Eike war am Deich angekommen und betrat die Schafweide. Er setzte sich auf die Wiese und schaute über den Jadebusen, dessen Wasser im Licht der hochstehenden Sonne glänzte. Es hätte alles so schön sein können. Sie hatten wieder Geld, ihnen ging es gut. Und sie hatten Uwe.

»Was ist dir wichtig?«, fragte Eike sich selbst. So weit war es also schon gekommen. Er musste sich mit sich selbst unterhalten, weil er nicht einmal einen Freund hatte, dem er sich anvertrauen konnte. Er hatte nur Johanna. Und die hatte, allen Widrigkeiten zum Trotz, den Nordseehof für ihn gerettet. Konnte es etwas Loyaleres geben? Johanna war eine Kämpferin, sie tat immer das, was sie für richtig hielt. Nur bei ihrer Hochzeit hatte sie das nicht getan. Und dennoch stand sie zu ihrem Wort.

»Was will ich Dösbaddel eigentlich mehr? Sie hat doch mit allem recht! Ich will es nur nicht wahrhaben, weil ich mich dann gegen meine Familie stellen müsste und wieder Angst habe, als Schwächling dazustehen.« Eike hieb mit der Faust ins Gras. »Ich bin ein Feigling! Wenn ich jetzt abermals nicht Manns genug bin, werde ich Johanna verlieren. Und Uwe auch, denn ich kann meinen Sohn seiner Mutter nicht mit gutem Gewissen ein weiteres Mal fortnehmen!«

Es knirschte. Eike fuhr zusammen und schaute hoch. Ingo war neben ihn getreten. »Hallo, Eike.«

»Was tust du hier?«

Ingo grinste. »Da ich gerade auf dem Nordseehof war und zufällig von draußen deinen Streit mit Johanna mitbekommen habe, bin ich dir gefolgt. Ich wusste um den Verdacht gegen Reent und deine Mutter.«

»Wieso weißt du schon wieder mehr als ich?«, herrschte Eike ihn an. Dann schluckte er. Bloß kein weiteres Fass aufmachen. Ingo wirkte nicht so, als wäre er da, um sich mit ihm zu streiten.

»Ich glaube, wir beide sollten mal was unter uns Männern klären.«

Eike runzelte die Stirn. »Und was?«

»Ich weiß, dass du oft denkst, ich habe an Johanna Interesse oder sie an mir«, begann Ingo vorsichtig.

Eike wurde rot. Es war ihm unangenehm, dass Ingo dieses Problem ansprach. »Es reden alle darüber«, konterte er. »Soll mich das gleichgültig lassen?«

Ingo schüttelte den Kopf. »Ich sag dir jetzt was im Vertrauen. Und ich wäre dir dankbar, wenn es unter uns bliebe. Ich verspreche dir, danach ist die Sache zwischen uns vom Tisch.«

Nun wurde Eike doch neugierig. »Was willst du mir sagen?«

»Ich will nichts von Johanna und kann es auch gar nicht. Ich mag Männer und habe seit einem Jahr einen

Freund. Warum ich das nicht an die große Glocke hängen will, muss ich wohl nicht erklären.«

»Du bist schwul?« Eike glaubte seinen Ohren nicht zu trauen. Er hatte mit allem gerechnet, aber nicht mit einer solchen Ansage.

»Ja«, antwortete Ingo knapp. »Damit ist alles gesagt, oder?«

Eike nickte. Ihm fiel sprichwörtlich der Fels vom Herzen. Da hatte er sich von seiner Mutter völlig grundlos aufstacheln lassen, und wieder hatte seine Frau es ausbaden müssen. »Wolltest du mir nur das sagen?«, fragte er dann nach.

Ingo schüttelte den Kopf. »Nein, es geht um unsere familiäre Verbandelung, und es geht um dich und Johanna.« Er räusperte sich. »Was ich sagen will ist: Es stimmt, dass dein Bruder Theda wieder ein Kind angehängt hat. Aber das muss die Deern mit sich und ihm ausmachen. Da erwarte ich nichts von euch Deekens. Aber um Johanna solltest du kämpfen. Sie liebt dich. Vielleicht nicht so wie Rolf damals, aber da war sie jung und romantisch. Nun ist Johanna eine reife Frau, und sie steht zu dir und dem Hof. Das hat sie doch ausreichend bewiesen. Bitte, fahr nach Holland und überprüfe, was sie dir gesagt hat. Und dann mach endlich reinen Tisch.« Ingo klopfte ihm auf die Schulter. »Das war es, was ich loswerden wollte. Und noch was: Wenn du mal wen zum Reden brauchst: Ich wäre da! Einen Freund zu haben ist nie verkehrt.«

»Danke!«

»Da nich für.« Ingo wandte sich zum Gehen. Er war ein typischer Ostfriese. Kein Mann der langen Gespräche, er war losgeworden, was er loswerden wollte.

»Augenblick!«, sagte Eike. »Wir können mal im *Schlüssel* ein Bier trinken.«

»Jo, das machen wir. Nun muss ich aber wieder an die Arbeit. Ist ja alles gesagt!« Ingo stapfte zurück über den Deich, dann knatterte ein Motorroller, und Eike war wieder allein.

Er saß noch lange am Deich, wartete, bis das Wasser sich ein Stück zurückgezogen hatte, und stand dann auf. Er hatte einen Entschluss gefasst. Langsam radelte er nach Hause, wo schon wieder dicke Luft herrschte.

»Wo ist denn deine Frau diesmal?« Lientje knallte die Holzbretter, von denen sie stets ihr Abendessen zu sich nahmen, auf den Tisch. »Warum verspätet sie sich immer? Hängt sie erneut über den Büchern?«

»Sie kommt gleich«, sagte Eike. Er hatte jetzt keine Kraft, mit seiner Mutter über Johanna zu diskutieren.

Peng – stand die Butterschale vor Eike. »Das hier wäre ihre Aufgabe!«

»Sie kommt ja gleich«, wiederholte Eike.

»Das geht noch so weit, dass sie mir die Schuld an der Pleite der Schäferei gibt.« Das Messer für den Käse tanzte vor ihm auf dem Tisch. »Sie denkt so.« Lientje beobachtete Eike und sagte ihm dann auf den Kopf zu: »Das hat sie schon gesagt, stimmt's? Ja, das hat sie schon gesagt!«

Eike erwiderte nichts. Derweil hatte auch Reent die Küche betreten. »Hab ich was verpasst?« Er flegelte sich breitbeinig auf den Stuhl und griente.

»Bestimmt nicht«, murmelte Eike. Er ärgerte sich über die Selbstverständlichkeit, mit der beide davon ausgingen, dass man ihnen niemals etwas anhaben konnte. Oder hatten sie tatsächlich nichts getan, und Johanna irrte doch?

Eike holte tief Luft. Er würde Ingos Rat befolgen und es herausfinden.

»Mutter, Reent«, begann Eike. Er stellte sich mit dem Rücken zum Fenster und hielt die Arme wie ein Schutzschild vor dem Oberkörper verschränkt. »Habt ihr die Bücher der Schäferei manipuliert und die Kunden vergrault, damit ich alles verliere?«

Lientje lachte schrill auf. »Ich sag doch, sie gibt uns die Schuld! Und ich sag es noch!«

Reent kniff die Augen zusammen und passte sich in seiner Körperhaltung der von Eike an. »Sag das noch einmal, Bruderherz.«

»Habt ihr die Bücher manipuliert und unsere Kunden vergrault, damit du die Schäferei bekommst?«, wiederholte Eike mit zitternder Stimme, räusperte sich dann und drückte den Rücken durch.

»Du bist doch krank!« Reent sagte es ganz ruhig und mit seinem typisch überlegenen Grinsen im Gesicht. »Bloß weil du unfähig bist, aus dem Nordseehof einen florierenden Betrieb zu machen, musst du jetzt nicht nach Schuldigen suchen, weil du es nicht auf die Reihe bekommen hast! Ich hätte es an deiner Stelle vermutlich tatsächlich besser gemacht!« Er senkte die Stimme. »Aber ich bin nun mal nicht der Erbe. Ich brauche den Nordseehof nicht. Wie du weißt, verdiene ich genug mit meinem Autohandel.« Reent verengte seine Augen.

»War's das? Beschäftigen wir uns mal wieder mit den wirklich wichtigen Dingen.«

»Gute Idee.« Eikes Stimme zitterte. Es kostete ihn erhebliche Überwindung, Reent weiter an die Kandare zu nehmen, aber er musste das jetzt tun!

»Dann erzähle uns doch, was mit Thedas Kindern ist. Ist das zweite auch von dir? So wie Deike?«

Reent hatte seine überhebliche Haltung noch nicht abgelegt. Allerdings krallte er die Fingerspitzen jetzt in seine Unterarme.

»Nicht meine Gören«, brach es aus ihm hervor. »Ich pflanze solchen Weibern doch kein Balg in den Bauch. Bevor du dir darüber Gedanken machst, solltest du vielleicht lieber mal überlegen, warum dein Weib nicht schwanger wird. Vielleicht tut ihr das Denken nicht gut. Sie ist doch völlig irre!« Reent plusterte sich nun auf wie ein Gockel.

Eike musterte ihn. Dann seine Mutter. Beide hatten einen unsteten Blick, der zwischen ihnen hin- und herhuschte. Beide gaben Lässigkeit vor, und doch waren sie unglaublich angespannt. Reents Fingerkuppen waren inzwischen weiß, seine Mutter biss sich heftig auf die Unterlippe.

In dem Augenblick erkannte Eike, dass Johanna recht gehabt hatte. Sie logen ihm ins Gesicht und schienen sich sicher zu sein, damit durchzukommen.

»Gut, ihr wollt nicht mit mir sprechen. Dann löse ich das Problem anders. Ich fahre nach Holland und rede mit den alten Partnern. Ich will die Wahrheit wissen!«

»Ja, fahr du nur!« Reent lachte jetzt hämisch. »Am Ende siege sowieso ich.«

Die Tür klackte, und Johanna trat in die Küche. Erstaunt sah sie ihren Mann an. Doch bevor sie fragen konnte, was los war, änderte sich Reents Gesichtsausdruck. Alles, was er zuvor mühsam hatte verbergen wollen, brach nun mit voller Wucht aus ihm heraus. »Ich nehme mir immer, was ich will! Das weißt du.« Er hob das Kinn und sah Johanna hasserfüllt an. »Ich habe übrigens sogar die Kleine von unserem alten Flüchtling, diesem Rolf, gevögelt. Für fünfzig Mark hat sie die Beine breitgemacht, diese Hure.« Dann grinste er breit. »Und jetzt fahre ich dahin, und krall mir die Braut noch einmal.«

Kapitel 35

Rolf kam eben von der Frühschicht zurück und sah, dass Dagmar heimlich ein Schnapsglas abwusch. Die Flasche hatte sie noch in der Hand. Als sie bemerkte, dass Rolf sie beobachtete, lief sie rot an und stellte sie rasch auf das Küchenbufett.

»Du bist schwanger, und nun trinkst du Korn? Überhaupt benimmst du dich eigenartig in den letzten Tagen.«

Dagmar senkte den Kopf und zeigte auf die Schnapsflasche. »Menzelchen, ich brauch das ab und zu. Ist eben gerade alles etwas viel.«

»Warum?« Rolf verstand nicht, was in ihr vorging. Er hatte ihr gleich nach ihrer Offenbarung, dass sie ein Kind von ihm erwartete, einen Antrag gemacht. Er wollte kein zweites Mal den Fehler begehen, die Frau zu verlieren, die er liebte. Schon in der nächsten Woche wollten sie das Aufgebot bestellen. »Was ist denn zu viel?«, fragte er und nahm ihr die Flasche aus der Hand. »Dass wir heiraten wollen? Dass du ein Kind bekommst?«

Dagmar zuckte mit den Schultern. »Alles.« Ihr lief eine Träne die Wange hinunter. Sie wischte sie rasch ab.

»Ich werde mein Zimmer in der Sachsenstraße wie vereinbart kündigen und uns eine neue Wohnung suchen. Dann ziehen wir nach der Hochzeit zusammen und sind eine echte kleine Familie.« Rolf zog sie an sich, spürte aber ihre Abwehr. »Macht dir *das* Angst?«

Dagmar stieß ihn weg. »Du wolltest ja gar keine Familie mit mir. Und nun musst du mich nehmen, weil es passiert ist. Das! Ist! Mir! Zu! Viel.«

Rolf hob abwehrend die Arme. »Dagmar, das stimmt doch gar nicht. Ich freue mich auf unsere Zukunft, das Kind …«

Dagmar lächelte verunglückt. »Hömma, Menzelchen, wir wissen beide, dass es nicht stimmt. Aber nun müssen wir das Beste draus machen. Aber heute nicht. Heute brauche ich Luft!« Sie stieß Rolf beiseite und ging ins Bad. Dort rumorte sie eine Weile. Als sie wieder herauskam, roch sie nach Parfüm.

»Willst du noch weg?«

Dagmar nickte und griff nach ihrem grauen Mantel. »Ich geh noch auf ein Bier raus. Wir sehen uns später.« Die Tür fiel nachdrücklich hinter ihr ins Schloss.

Rolf schaute noch lange fassungslos gegen das Grau. Dann schlich er ins Wohnzimmer, setzte sich auf das kleine Sofa und stützte den Kopf in die Hände. Was sollte er nur tun? Seitdem Dagmar ihm eröffnet hatte, dass sie für ihren Wohlstand mit anderen Männern geschlafen hatte, war sie verändert. Sie war nicht mehr die Frau, die er kennengelernt hatte. Manchmal dachte Rolf, etwas wäre in ihr zerbrochen.

Warum hatte sie sich das angetan? Nur für diesen Luxus? Was nützte ihr der neue Nierentisch, wenn ihre Seele zerbrach?

»Ich geh ihr nach«, murmelte er nach einer Weile. »Vielleicht wartet sie darauf, dass ich ihr folge und ihr dadurch zeige, wie wichtig sie mir ist. Und vielleicht kann ich ihr helfen.« Rolf griff nach seinem Mantel, schnappte sich den Hut und lief mit schnellen Schritten durchs Treppenhaus nach draußen.

Es war ein milder Septemberabend, auch wenn man den Herbst schon riechen konnte. Die kleinen Wölkchen wirkten wie an den Abendhimmel gezupft, die untergehende Sonne hatte ein kräftiges Orange.

Rolf eilte in Richtung *Treffpunkt*. Er schlug den Kragen hoch und zog den Hut tief ins Gesicht, weil er von niemandem angesprochen werden wollte. So eilte er durch Oberhausens Straßen. In der Thüringer Straße wurden neue Häuserzeilen hochgezogen. Sie waren dreistöckig und wirkten sehr modern. In den Gebäuden links sollten ein Konsum und eine Apotheke Einzug halten. Die anderen Häuser waren als reiner Wohnraum gedacht. Nach hinten raus gab es einen schmalen Garten, wo die Bewohner ihre Wäsche trocknen oder auch mal draußen sitzen konnten.

Ich finde heraus, wem das hier gehört, dachte Rolf bei sich. Und dann miete ich für Dagmar und mich eine Wohnung an. Das wird sie freuen und bestimmt entspannen. Schwangere nehmen so manches schwerer.

Kurz darauf hatte er den *Treffpunkt* erreicht, wo er Dagmar vermutete. Von drinnen drang lautes Gelächter, jemand spielte Saxofon.

Rolf öffnete die Tür. Wie immer konnte er vor lauter Qualm fast nichts erkennen, aber heute sorgte eine Band für ausgelassene Stimmung. Die Töne von Kontrabass und Saxofon mischten sich mit einem Gitarrensound und Klaviertönen, ein Sänger gab »Du, du, lass mein kleines Herz in Ruh« zum Besten. Danach folgte »Wenn bei Capri …«.

Alle wippten im Takt mit, ein paar Leute tanzten ausgelassen. Kein Wunder, dass Dagmar hierhergegangen war, tanzte sie doch für ihr Leben gern. Nur warum hatte sie ihn nicht mitnehmen wollen?

Rolf schob sich durch das Gewühl, grüßte mal den einen, mal den anderen Kumpel. Als er sich zum Tresen durchgekämpft hatte, bestellte er ein Bier und versuchte, Dagmar in der Menge auszumachen.

Und dann entdeckte er sie. Aber nicht allein. Ihm stockte der Atem. Dagmar hing an Reents Arm und himmelte ihn regelrecht an. Dann fanden sich ihre Lippen, Dagmar legte ihre Hände um seinen Hals, und Reent umkrallte ihre Pobacken.

Rolf schnappte nach Luft. Das musste ein Albtraum, ein Irrtum sein! Doch auch als er zum zweiten Mal hinsah, änderte sich das Bild nicht. Seine Dagmar betrog ihn mit Reent Deeken. Dem Mann, dem er nie wieder in seinem Leben hatte begegnen wollen. Doch es schien, als wären die Deekens mit seinem Schicksal verwoben und als wäre es sein Los, die Frauen, die er liebte, an einen der Deeken-Brüder zu verlieren.

Er spürte eine Hand auf seiner Schulter und sah in Kalles mitleidiges Gesicht. Auch Reinhold nickte ihm bedauernd zu.

Rolf kam sich plötzlich unglaublich verarscht vor und ergriff Kalles Handgelenk. »Seit wann wisst ihr davon?« Er deutete mit dem Kopf in Richtung Dagmar, die von

Reent förmlich aufgefressen wurde. Sie wollte ihn, das war unverkennbar. Rolf wurde übel.

»Sie macht das seit Längerem«, versuchte Kalle zu erklären. »Aber in den letzten Wochen seid ihr ja oft zusammen hier gewesen. Da ist mit Reent auch nichts gelaufen. Glaube ich. Er war ja auch wieder in Ostfriesland und ist eben erst zurück.«

»Sie kriegt ein Kind von mir«, entfuhr es Rolf.

»Das kann nicht sein.« Kalle schlug sich die Hand vor den Mund. »Hat sie das behauptet?«

Rolf nickte. Er umklammerte Kalles Handgelenk noch immer. Nun drückte er fester zu. »Warum sagst du, dass es nicht sein kann? Ich meine, ihre Schwangerschaft.«

»Ich will nichts dazu sagen. Bitte lass mich los.« Kalle versuchte, Rolf die Hand zu entreißen, aber der ließ nicht locker. »Raus mit der Sprache!«

Kalle senkte den Blick. »Erst loslassen, Rolf. Du machst mir Angst.«

Er lockerte den Griff. »Und?«

»Sie sagte mal, sie könne keine Blagen bekommen. Hatte mal eine Unterleibs-OP oder so.«

Rolf ließ Kalles Hand nun ganz los. Er schloss die Augen und zählte bis drei. Das konnte und durfte doch alles nicht wahr sein. Dagmar war eine solche Lügnerin! »Danke«, quetschte er zwischen zusammengebissenen Zähnen hervor. Dann schob er sich zu seiner Freundin, die so dicht mit Reent tanzte, dass keine Briefmarke zwischen sie gepasst hätte. Er riss Dagmar herum.

Als sie Rolf sah, wurde sie leichenblass. »Es ist …«

»Halt die Klappe!«, fuhr Rolf sie an. »Ich weiß, dass du nicht schwanger bist, und nach dem, was ich hier sehe, könnte ich mir ja nicht einmal sicher sein, dass das Kind von mir ist. Du bist nicht die Dagmar, in die ich mich verliebt habe. Du bist einfach nur ein Stück Dreck!«

Dagmar lachte auf und schrie gegen die laute Musik an: »Du hast mich doch erst dazu gemacht, Menzelchen! Ich habe dich geliebt. Ich habe alles getan, damit du mich wahrnimmst. Und was machst du? Du kannst deine alte Liebe nicht loslassen, obwohl die dich schon lange vergessen hat. Frag Reent, er kann es dir bestätigen! Johanna ist Schäferin durch und durch, und sie kann alles gebrauchen, nur keinen Mann wie dich! Ich übrigens auch nicht.« Sie wollte sich wegdrehen, doch Rolf hatte seinen Griff noch nicht gelockert.

»Ich wollte dich heiraten! Ich wollte mich um eine große Wohnung für uns kümmern, weil ich dachte, du bekommst mein Kind. Was aber gar nicht stimmt, wie ich eben gehört habe! Ich glaube an uns! Und du, du machst ausgerechnet mit dem Kerl rum?«

»Du wolltest mich nicht. Nicht so. Du musstest es tun, weil du den anständigen Mann spielen möchtest«, keifte Dagmar. »Aber das bist du nicht! Weil du nicht vergessen kannst. Weißt du eigentlich, wie weh es tut, wenn du Nacht für Nacht den Namen einer anderen Frau rufst? Obwohl ich dir gesagt habe, dass ich dein Kind unter dem Herzen trage?«

Rolf wich betroffen zurück und ließ Dagmar los. Ihre Gesichtszüge waren jetzt weicher, ihre Augen schimmerten feucht. Sie legte ihre schmale Hand auf seinen Unterarm. »Lass gut sein, Menzelchen. Es sollte nicht sein. Vielleicht ist es besser, dass ich keine Kinder bekommen kann. Wir hätten sie ins Unglück gestürzt. Ganz sicher.«

Sie schmiegte sich wieder an Reent, der Rolf triumphierend ansah und mit Dagmar weitertanzte, als hätte es den Streit gar nicht gegeben.

*

Rolf hatte sofort seine Sachen gepackt, sich kurzfristig ein paar Tage freigenommen und war mit seiner Horex auf dem Weg nach Neusiel.

Er wusste in seiner Verzweiflung nicht, wohin er sonst gehen sollte. Ingo war bei seinem letzten Besuch ein guter Zuhörer gewesen, und vielleicht konnte er, Rolf, auch jetzt dort sein Herz ausschütten. Auf dem Eilershof würde es gewiss ein Bett für ihn geben. »Hier bist du immer willkommen, Rolf! Wir sind nicht Familie Deeken!«, hatte Ingo beim Abschied gesagt.

Rolf wurde ruhiger, je näher er dem Norden kam. Ab Oldenburg wurden die Wiesen grüner, das Land weiter, und schließlich konnte er rechter Hand den Deich am Jadebusen erkennen. Als er von der B69 nach Neusiel abbog, stieg neben ihm auf der Wiese gerade ein Graureiher auf. Weiter hinten stolzierte ein Storchenpaar. Nicht mehr lange, und es würde sich auf den Weg nach Süden machen. Nie hätte er gedacht, dass es sich so gut anfühlen könnte, nach Ostfriesland zurückzukehren.

Er fuhr durch Neusiel, das an diesem Nachmittag fast ausgestorben war. Schon bald hatte er den Eilershof erreicht, der, von der Sonne angestrahlt, eine heimelige Atmosphäre ausströmte. Rolf tuckerte auf den Hof, stieg von seiner Horex und nahm den Helm ab. Sofort empfing ihn der unverkennbare Geruch des Gammels.

Ingo musste sich einen Hund angeschafft haben, denn als er den Eilershof betrat, sprang ihm bellend ein Schäferhund entgegen. Ihm folgte Theda mit einem Säugling auf dem Arm.

Sie war überrascht, Rolf zu sehen. »Mit dir hätte ich am allerwenigsten gerechnet«, sagte sie. »Du siehst aber nicht gut aus. Dann komm mal rein.«

Rolf folgte ihr in die Küche. Der Ofen bollerte, und Holzgeruch verbreitete sich, als Theda ein Scheit nachlegte. »Du willst doch bestimmt gern Tee.« Ohne seine Antwort abzuwarten, füllte sie den Kessel mit Wasser und gab Tee in einen Filter. Dann stellte sie zwei Tassen auf den Tisch. »Für dich und Ingo. Ich muss draußen noch meine Arbeit fertig machen, bevor Deike von Foline zurückkommt. Ist sicher auch besser, du klönst mit einem Mann.«

»Wie geht es Johanna?«, fragte Rolf, während er dabei zusah, wie Theda den Tee zubereitete.

»Sie hat den Nordseehof gerettet, aber es dankt ihr keiner.« Theda erzählte mit wenigen Worten, was sie wusste. »Eike ist jetzt nach Holland unterwegs. Ich hoffe, er hat sich Ingos Worte zu Herzen genommen. Sonst sehe ich schwarz für die beiden.«

Rolf ließ sich Tee einschenken, nachdem der lange genug gezogen war. »Dann ist Johanna unglücklich?«

Theda schürzte die Lippen und fixierte ihn. »Ja, das ist sie. Sie hält sich oft am Deich auf und macht dort lange Spaziergänge. Oder sie kommt zu uns. Ingo und ich, wir sind ein bisschen ihr Hafen, wo sie auch mal ankern darf.«

Es polterte vor der Tür, und Ingo trat ein. »Wat moi, du hast den Tee schon parat!«, rief er aus, stutzte dann, als er Rolf sah.

Er trat auf ihn zu und sagte: »Wenn du einfach so auf den Eilershof kommst, dann brennt es sicher. Ich hab dir gesagt, du bist immer willkommen, und so ist es auch. Du kannst bleiben, solange du willst. Du kannst reden oder nicht.«

Rolf nickte dankbar. Theda band sich ihr Tuch ums Haar, nahm ihre Kinder und ging raus an ihre Arbeit.

»Von wem ist das Kleine?«, fragte Rolf.

»Wieder von dem Deeken«, knurrte Ingo. »Aber da muss sie allein durch. Er wird sich auch dieses Mal drücken.«

Rolf rührte seinen Tee. »Hast du Zeit?«

»Jo, solange du mich brauchst!« Ingo sah ihn abwartend an. Und dann erzählte Rolf, was passiert war. Er endete mit den Worten: »Und Johanna geht es wohl auch nicht gut.«

»Nee, die Deern leidet«, bestätigte Ingo. »Ihr würde es helfen, wenn sie sich mit dir aussöhnen könnte. Dass sie dich so eiskalt weggeschickt hat, liegt ihr immer noch quer.« Er fasste kurz zusammen, wie es Johanna inzwischen ergangen war.

»Ich kann ja nicht einfach so auf den Nordseehof spazieren…«, begann Rolf.

Ingo grinste verschmitzt. »Das sicher nicht. Aber wie ich gesehen habe, bist du mit deinem heißen Ofen da. Und ich weiß, weil ich eben in der Schäferei war, dass Johanna nach Cäciliengroden an den Deich wollte.«

*

Eike hatte den Zug nach Groningen genommen. Dort wollte er sich mit dem Leiter der Schafschlachterei treffen und anschließend mit dem englischen Händler. Es hatte ein paar Wochen gedauert, ehe er es einrichten konnte, mit beiden gleichzeitig Termine zu vereinbaren, aber nun war es endlich geschafft. Eike musste Gewissheit haben, dass Johanna recht hatte.

Seine Ehe hing nur noch an einem seidenen Faden. Wenn er das Ruder nicht herumriss, würde er seine Frau verlieren. Johanna war bereits ins Gästezimmer gezogen und ging ihm und jedem Gespräch aus dem Weg. Er hatte sich bei ihr entschuldigen wollen, aber sie hatte ihm dieses Mal nicht vergeben.

»Ich habe alles getan, was in meiner Macht stand, Eike. Ich kann nicht mehr!«

»Lass uns reden!«

»Worüber denn? Du lenkst dann kurz ein, und sobald deine Mutter dich unter Druck setzt, änderst du schnell deine Meinung, weil du Angst hast, sie könnte dich gegen Reent austauschen.«

»Ich fahre nach Groningen und kläre alles. Ich glaube dir, Johanna, aber ich brauche Beweise. Nur die telefonische Auskunft reicht mir nicht.«

Einen Augenblick hatte Johanna ihn erstaunt angesehen.

»Mach das, Eike, es ist eine gute Idee. Ich weiß aber nicht, ob es noch etwas bringt. Es geht nicht nur um diese eine Sache. Du hältst nicht zu mir. Nie. Und wenn, dann nicht so, wie ich es mir als Ehefrau vorstelle.«

Das Rattern des Zuges beruhigte Eike etwas, denn die Gedanken an ihren Streit hatten ihn aufgewühlt.

Wenn es stimmte, was Johanna sagte, würde er sich gegen seinen Bruder durchsetzen müssen, und es gab nichts, was Eike mehr scheute. Es war schon immer so gewesen, dass Reent sagte, wo es langging, und Eike sich fügte. Dass der kleine Bruder dann nicht damit leben konnte, wenn der schwache Ältere das Erbe bekam, lag auf der Hand.

Nur, wie sollte Eike damit umgehen?

Er wusste es nicht. Es überforderte ihn alles total. Nur eines wusste er bestimmt: Ingo hatte recht. Er konnte und wollte nicht ohne Johanna leben. Und wenn der Preis dafür war, sich gegen Reent und seine Mutter durchzusetzen, würde er das dieses Mal ganz sicher tun.

Kapitel 36

Johanna war mit dem Rad zum Deich gefahren, um die Schafweiden zu kontrollieren. Sie liebte die Arbeit draußen an den Weiden. Uwe war bei Lientje geblieben, die beiden wollten zusammen in den Obstgarten gehen. Dort war der Kleine sehr gern. Ihre Schwiegermutter benahm sich im Moment recht zurückhaltend, so als fürchtete sie, dass Eike doch etwas herausfinden könnte, was nicht gut für sie war. Zweifelsohne war ihr Eikes Reise ein Dorn im Auge.

Johanna hatte ihre Überlegung, die Scheidung einzureichen, vorerst auf Eis gelegt. Der Preis wäre am Ende zu hoch gewesen.

Sie ertappte sich in der letzten Zeit wieder öfter dabei, an Rolf zu denken. Abends, wenn der Himmel klar war, ging sie oft vor die Tür und suchte nach ihrem Stern. Das stimmte sie einerseits glücklich, aber auch unendlich traurig, weil es ihr deutlich machte, was hätte sein können. Alle tun das, was sie für richtig halten, dachte sie jetzt verbittert. Nur für mich gilt das nicht.

Johanna war angekommen, stellte das Rad ab und erklomm die Deichkrone, wo sie sich ins Gras setzte und in die Weite schaute. Es war Ebbe, die Sonne brach sich in den Riffelmarken, und ihr bot sich ein beruhigender Blick über den Jadebusen mit der vorgelagerten Salzwiese. So saß sie eine Zeit lang da und hing ihren Gedanken nach, die unaufhörlich um das Thema kreisten, was sie mit ihrem Leben anfangen wollte.

Johanna schreckte zusammen, weil sie ein Motorrad hörte. Sie wandte sich um, und dann glaubte sie, ihren Augen nicht zu trauen, als sie das Gesicht des Fahrers erkannte, der zu ihr auf den Deich kam, als wäre es das Selbstverständlichste der Welt.

»Rolf?«, fragte sie und erwartete, dass sich der Mann vor ihr gleich in Luft auflösen würde. »Bist du es wirklich?« Johannas Herz machte einen Satz.

»Ja, Johanna, ich bin's. Ich und meine Horex, der heiße Ofen, wie man so schön sagt!«

Johanna machte einen Schritt auf ihn zu. Er aber nahm sie einfach in den Arm. Sie ließ es zu, lehnte ihren Kopf an seine Schulter und seufzte. »Schön, dass du da bist!«, sagte sie. Mehr konnte sie nicht sagen, weil es einfach so war, wie es war. Schließlich fügte sie noch ein »Endlich« hinzu.

»Ich war schon einmal bei dir. Genau hier, und da hast du mich weggeschickt«, sagte Rolf. Seine Stimme klang traurig.

Johanna schüttelte den Kopf. »Das habe ich nicht vergessen. Und es tut mir leid.« Sie merkte, wie die kleine Mauer zwischen ihnen immer mehr bröckelte. Rolf roch wie früher, vielleicht ein bisschen weniger nach Wiese, dafür hatte sich ein herberer Duft daruntergemischt.

»Heute können wir reden?«, fragte Rolf vorsichtig nach.

»Ja, das müssen wir. Ein bisschen weiß ich, weil Ingo und Theda mir schon von dir und deinem neuen Leben erzählt haben.« Johanna nahm Rolf bei der Hand. »Komm, gehen wir auf die andere Deichseite. An der Salzwiese ist keiner, der uns sehen könnte.« Sie zog ihn über die Deichkuppe, ehe sie sich nebeneinander im Gras niederließen.

»Erzähl du zuerst! Alles!«, forderte sie ihn auf. Und Rolf legte los. Er ließ nichts aus. Die Bremer Küste nicht. Volker nicht, und er berichtete auch von Dagmar und seiner Arbeit im Bergbau. Er erwähnte Reent, dem er ebenfalls in seiner neuen Heimat begegnet war und der nun etwas mit seiner Freundin angefangen hatte.

»Mann, das ist heftig«, sagte Johanna und drückte Rolfs Hand. »Das muss ich erst einmal sacken lassen.« Sie schauten gemeinsam über die Salzwiese, sahen ein paar Austernfischern zu, wie sie sich balgten, und beobachteten die Kaninchen, die unbeschwert miteinander spielten.

»Und nun du!«, forderte Rolf Johanna schließlich auf. »Du hast bei unserem letzten Treffen gesagt, du bekommst wieder ein Kind von deinem Mann.«

Johanna sah ihn mit schmerzhaftem Blick an. »Ich habe es verloren. So wie einige meiner Schwangerschaften schiefgegangen sind. Es war nie einfach. Einmal bin ich fast gestorben.«

Rolf legte vorsichtig seinen Arm um ihre Schultern.

Johanna brauchte ein bisschen Zeit, ehe sie weitersprechen konnte. Sie tat sich schwerer als er. Achtete darauf, ihn nicht zu verletzen, und wählte ihre Worte mit Bedacht. Aber sie erzählte Rolf alles.

»Dann hast du den Nordseehof also gerettet«, sagte er, als sie schließlich geendet hatte.

»Ja, und mal sehen, ob Eike mir irgendwann glaubt. Er ist auf dem Weg nach Holland, damit er meinen Verdacht prüfen kann. Ich hoffe vor allem für Uwe, dass wir es hinbekommen.«

Sie schauten wieder eine Weile über den Jadebusen. Das Wattenmeer war in ein bizarres Licht getaucht. Johanna rückte ein bisschen näher an Rolf heran. Dann berührten sich ihre Finger, und die Spitzen spielten eine Weile miteinander. Es war so vertraut und so selbstverständlich, als wäre Rolf nie weg gewesen. Alle Schwierigkeiten, alle Grenzen, die sie trennten, wirkten wie weggeblasen.

Johanna legte erneut ihren Kopf an seine Schulter. Über ihnen kreiste eine Möwe, in der Ferne war das Blöken der Schafe zu hören. »Es wirkt so friedlich hier«, flüsterte Johanna. »Warum scheint es so, obwohl es doch anders ist?«

»Es ist das Leben«, antwortete Rolf.

»Ich wünschte, es wäre immer genau so, wie es jetzt ist«, sagte Johanna. »Ach, könnte man doch die Zeit anhalten.«

Rolf drückte Johanna sacht. »Das wäre schön. Aber wir wissen beide, dass es nicht so sein wird. Du wirst mich wieder wegschicken.«

Johanna nickte unmerklich. »Das stimmt. Weil wir inzwischen in verschiedenen Welten leben und ich einen Sohn habe, für den ich verantwortlich bin. Wir können die Zeit nicht anhalten, und ich werde dich bitten müssen zu gehen. Weil ich nicht anders kann. Aber jetzt, jetzt in diesem Moment werde ich es nicht tun.« Sie hob ihr Gesicht, und dann küsste sie ihn. Erst sacht, dann immer fordernder.

Rolf schob sie nach dem Kuss ein Stück weg, sah sie

an und zog sie erneut an sich. Er drückte sie, weinte und lachte zugleich. »Meine Hanna!«

»Rolf!«

Sie küssten sich wieder. Es fühlte sich gut an. Richtig. Es war das Feuerwerk, auf das Johanna bei Eike vergebens gewartet hatte.

Von der anderen Deichseite hörten sie plötzlich Stimmen und das Scheppern eines Fahrrades. Johanna zuckte zusammen.

»Komm, wir suchen uns einen Platz, wo uns keiner sieht und stört. So schnell rechnen sie auf dem Nordseehof nicht mit mir.« Sie sah ihn ernst an und war selbst erstaunt über ihre Worte. »Ich möchte mit dir ungestört sein. Wir haben vielleicht nur dieses eine Mal.«

Rolf glitt ein so liebes Lächeln übers Gesicht, dass Johanna gern an Ort und Stelle weitergemacht hätte. Die Stimmen waren fort, und so erklommen sie den Deich, schauten sich noch einmal suchend um. »Wir sind allein, komm!«

Johanna schob das Rad, Rolf seine Horex. »Wohin willst du?«, fragte er. Dann fiel auch ihm ein, was Johanna im Blick hatte. »Ins Janßenhaus?«

»Genau!«

Mitten in der Marsch war im Krieg eine Stabbrandbombe auf ein Bauernhaus gefallen. Die Kühe waren dabei umgekommen, und die Bewohner hatten das Gehöft danach verlassen. Stall und Scheune waren vom Feuer zerstört, aber das Wohnhaus stand noch. Es war nicht zu befürchten, dass ausgerechnet heute jemand dorthin kam. Nach etwa zehn Minuten Fußmarsch erreichten sie das kleine Häuschen.

Es lag versteckt hinter einer hohen Ligusterhecke, vorn hing ein Gartentor schief in den Angeln, an dem die weiße Farbe abblätterte.

»Das hat auch schon besserer Zeiten hinter sich«, murmelte Rolf.

»O ja, aber heute bringen wir es zu neuer Blüte.«

Das alte Gartentor quietschte beim Öffnen laut. Johanna lachte auf.

»Du lachst so fröhlich wie früher, Hanna.«

Sie warf ihm einen Blick zu. Sie hatte schon lange nicht mehr unbeschwert gelacht. Mit Rolf ging es. Wie sehr sie ihn liebte!

Sie wusste, was er ihr eigentlich hatte sagen wollen. Sie lachte zwar noch so, aber ansonsten war sie längst eine andere geworden. Um ihren Mund waren tiefe Einkerbungen zu sehen, und auch um ihre Augen herum mäanderten die Falten. Die alte Johanna, die jeden Tag voller Optimismus begrüßte, gab es schon lange nicht mehr. Hier, in diesem Augenblick aber, holte sie sie für einen Moment zurück. Das Lächeln huschte deshalb nur flüchtig über ihr Gesicht. »Ich bin nicht mehr die Alte.«

»Für mich wohl«, murmelte Rolf leise, aber Johanna verstand ihn doch.

Sie versteckten die Horex und das Fahrrad in der alten Waschküche. Dort fehlte die Tür, aber vor dem Eingang wucherten Efeuranken. Dann umrundeten sie das kleine, weiße Haus. »Ich hoffe, dass man durch die Hintertür reinkann«, meinte Johanna. Sie schob einen Klematisstrang beiseite und drückte die Klinke hinunter, doch die Tür klemmte. Es brauchte ein paar Tritte gegen das Holz, ehe sie knirschend aufsprang. »Hereinspaziert in unser Schloss!« Johanna lachte wieder. Ja, sie war unbeschwert, wenn sie mit Rolf zusammen war. Und heute wollte sie es. Einfach sie selbst sein. Ohne sich zu fürchten, wieder einen Fehler zu machen.

Du machst gerade den größten Fehler deines Lebens, hörte sie dennoch eine warnende innere Stimme. Wenn dich jemand hier sieht, verlierst du alles.

Aber Johanna konnte und wollte jetzt nicht anders. Sie liebte Rolf. Sie wollte ihn küssen und seine Nähe spüren. Einfach nur lieben, ohne einen Gedanken an morgen – wie lange hatte sie das nicht mehr getan?

Im Haus roch es feucht und muffig. In der alten Küche fanden sich zahlreiche Mäuseködel. Johanna wandte sich angewidert ab. »So sehr Schloss ist es wohl doch nicht«, sagte sie. Wie tief war sie gesunken, dass sie ihre Liebe in so einem Rahmen leben musste! Damals die Kutsche, jetzt eine Ruine. Sie hatten Besseres verdient.

Oder auch nicht, dachte sie. Du bist dabei, Ehebruch zu begehen. Du bist genau die Duuvke, die Lientje in dir sieht.

Rolf war vorausgegangen, und sie standen vor dem Schlafzimmer. Auch hier stank es, aber das alte Bett stand noch immer da. Es war alles andere als einladend, denn die Matratze wies Löcher auf und war fleckig. Aber es war ein Bett, und sie waren im Janßenhaus ungestört.

Rolf drehte sich langsam zu Johanna um. Seine Stimme klang rau. »Hanna, ich wollte dir Amerika bieten. Die weite Welt. Und nun habe ich nur das!«

Johanna gab ihm einen Kuss. »Das ist das schönste Bett, das ich mir vorstellen kann. Mit dir, Rolf! Eigentlich bist du mein Mann. Du warst der Erste und der Einzige, mit dem ich zusammenliegen wollte.«

Rolf küsste sie, hielt dann aber inne. »Warte, du sollst es schön haben, meine Hanna!«

Er lief noch einmal hinaus und holte aus der Packtasche seinen Mantel, den er auf der fleckigen Matratze ausbreitete. Dann legte er sich darauf und zog Johanna über sich. Vorsichtig löste er ihre Spange und spielte mit ihrem Haar. Sie küssten sich, und schon bald wurden sie fordernder. Es war nicht wie beim ersten Mal, als sie beide noch nichts von der Liebe wussten. Es war mehr. Es ging tiefer. Das hier war eine reife Liebe, die nach Erlösung gierte. Eine Liebe, die zwar verboten, aber dennoch ehrlicher war als alles, was beide zuvor mit anderen erlebt hatten.

Er ist es, dachte Johanna immer wieder. Er ist mein eigentlicher Mann. Sie wollte ihn, so wie sie noch nie jemanden gewollt hatte, und als sie beide gemeinsam zum Höhepunkt kamen, erschien es ihr nicht wie ein Zufall, dass genau in dem Augenblick die Sonne hinter den Wolken hervorkam und auf ihre Gesichter schien.

Kapitel 37

Eike wollte sich mit dem Inhaber der Schlachterei treffen. Er umrundete das schwarz gemauerte Backsteinhaus und suchte den Eingang zum Büro. Jan van der Boek empfing ihn jedoch draußen vor der Tür, wo er genüsslich eine Zigarette rauchte. Er war ein gemächlicher und freundlicher Mann und zum Glück der deutschen Sprache mächtig. Jetzt musterte er Eike über seine Nickelbrille hinweg.

»Dann kommen Sie erst mal rein, Herr Deeken.« Er drückte die Zigarette aus und ging voraus. Im Büro setzte er sich an den Schreibtisch und bedeutete Eike, auf der anderen Seite Platz zu nehmen.

»Sie sind also der Sohn vom alten Thilo. War een fein Keerl, Ihr Herr Vater«, begann er das Gespräch.

Eike war kein Mann der vielen Worte, und er wollte auch keine Zeit damit verplempern, sich einzuschmeicheln. Er war von einer inneren Unruhe getrieben, die ihm sagte, es wäre besser, so schnell wie möglich wieder nach Hause zu kommen.

»Warum haben Sie dann plötzlich alle unsere Verträge gekündigt? Wir mussten uns einen anderen Abnehmer suchen. Das war nicht einfach. Ich bin auf der Suche nach einer plausiblen Erklärung«, fragte er deshalb gleich.

Jan van der Boek stützte seinen Kopf auf. »Es hieß, Ihre Schafe seien an Listerien erkrankt und dass sie nicht mehr liefern könnten, weil die Tiere notgeschlachtet wurden. Neben den Listerien seien auch Fälle von Moderhinke aufgetaucht.«

Eike ballte die Faust. Johanna hatte recht gehabt. »Können Sie mir das Schreiben zeigen?«

Van der Boek zog das Bein ein wenig nach, aber er schleppte sich zum Regal und zog einen Ordner heraus. Er blätterte kurz darin herum und zeigte Eike dann das Gewünschte. Es handelte sich zweifelsohne um ein Schreiben mit Reents Unterschrift.

Sein eigener Bruder hatte also tatsächlich gegen den Nordseehof intrigiert. »Der Brief ist von meinem Bruder, und nichts von dem, was darin steht, ist wahr. Unsere Tiere waren und sind alle gesund.«

Van der Boek schnalzte mit der Zunge. »Ich hatte mich schon gewundert, denn von Ihrer Schäferei haben wir immer die allerbeste Qualität erhalten. Ihre Schafe waren stets wohlgenährt und gesund, und dann ein solches Desaster. Es passte nicht zusammen, aber warum hätten wir dem nicht Glauben schenken sollen? Ihre Frau hat sich später auch schriftlich bei uns gemeldet, aber der Brief ist irgendwie untergegangen. Ich war krank, und mein Prokurist hat die Post bearbeitet. Sonst hätte ich eher reagiert, Herr Deeken. Ich war froh, als sie dann angerufen hat und ich das klären konnte.«

Eike nickte. »Hat mein Bruder dem Wollhändler gegenüber ähnliche Dinge geäußert?«

»Ich nehme es an. Vermutlich wird er dort aber eine andere Erkrankung angegeben haben.«

»Nichts für ungut, Herr van der Boek. Unsere Tiere sind kerngesund. Wie sieht es aus? Können wir wieder mit einer Zusammenarbeit rechnen? Die ersten Lämmer haben ein Gewicht von circa 50 Kilogramm erreicht. Die könnte ich kurzfristig liefern.« Er druckste kurz herum. »Der anderen Schlachterei kann ich absagen. Ich möchte lieber unsere alten Geschäftsbeziehungen wieder aufnehmen.«

Van der Boek schlug ein. »Ehrlich gesagt bin ich erleichtert, Herr Deeken, dass wir weitermachen können. Ich denke, Mr Edison wird es mit den Wollvliesen ähnlich gehen. Die Texelschafe haben zwar keine ergiebige Wolle, aber sie sind für ihn dennoch immer sehr lukrativ. Ich wünsche Ihnen viel Erfolg!«

Sie verabschiedeten sich. Draußen musste Eike erst einmal verschnaufen. Verdammt, was hatte Reent ihnen da eingebrockt?

Eike machte sich auf den Weg zum Hotel. Groningen war ein gemütlicher Ort, mit den wunderschönen Häusern und dem Diepenring rund um die Innenstadt. Dort lagen etliche Boote an den Kais vertäut. Sein Hotel befand sich in der Nähe von Grote Markt und Stadhuis. Bevor er sich mit Mr Edison traf, wollte er sich noch einmal frisch machen. Sollte der Termin genauso erfreulich verlaufen wie der bei van der Boek, konnte er schon morgen den Zug zurück zu Johanna nehmen.

Eike zog sich ein frisches Hemd an, schlüpfte wieder in den langen Mantel und setzte seinen Hut auf. Als er die Innenstadt durchquerte, schlug ihm der süßliche Duft von Pannekoeken entgegen. Eike lief das Wasser im Mund zusammen. Wie lange hatte er das nicht mehr gegessen? Einen leckeren Pfannkuchen mit Zucker und Zimt, ein bisschen Apfelmus dazu und einen starken Bohnenkaffee. Das würde ihm Kraft geben, auch den nächsten Geschäftstermin gut zu überstehen.

Er steuerte das *Poffertjes und Pannekoeken* an.

Die blonde Verkäuferin lächelte ihm freundlich zu, als er bestellte, wonach ihn gelüstete. Sie hatte zwischen den Schneidezähnen eine Lücke, was sie ungeheuer attraktiv machte.

»Hm, ein deutscher Mann?«, antwortete sie in Eikes Sprache. Für einen Moment wirkte sie distanziert, aber dann zeigte sich ihre Zahnlücke erneut. »Noch etwas? Außer dem Pannekoeken mit Apfelmus, Zucker und Zimt?«

»Nee hor, bedankt«, sagte Eike, konnte aber ihrem Blick nicht ausweichen.

Sie lächelte ihn mit schief gelegtem Kopf an. »Bestimmt noch einen Kaffee? Den hast du sicher vergessen. Jeder, der kommt, möchte Bohnenkaffee.«

Eike willigte ein. Er hatte wirklich vergessen, ihn zu bestellen. Im Laden war nichts los, und so setzte sich die junge Frau zu ihm.

»Ich bin Mariekje«, sagte sie.

»Eike. Aus Ostfriesland.«

Sie roch gut. Eine Mischung aus Vanille und Kaffee, aber dabei unglaublich weiblich.

Eike blieb länger als geplant, und er war überrascht, wie wunderbar er sich mit Mariekje unterhalten konnte. »Ich mag es, dass du Schäfer bist«, sagte sie. »Wir Holländer sind diesen Tieren sehr verbunden.«

Es war schön, in diesem Café für eine Weile alle Probleme und die Zeit vergessen zu dürfen. Eike überkam eine gnädige Ruhe, aber dann fiel sein Blick auf die Uhr. Er musste los, damit er den nächsten Termin nicht verpasste!

»Ich habe um sechs Uhr Feierabend. Wenn du magst, kannst du mich hier abholen«, schlug Mariekje ihm mit ihrem unvergleichlich charmanten holländischen Akzent vor. »Wir könnten was trinken gehen.«

»Ich überlege es mir.«

»Auf einen schönen Abend.«

Eike erhob sich und machte sich auf den Weg zu Mr Edison.

Das Gespräch verlief ähnlich wie das mit van der Boek, und es zeigte, dass Johanna mit allem recht gehabt hatte. Eike stand tief in ihrer Schuld. Würde er seine Ehe überhaupt noch retten können?

Es war kurz vor achtzehn Uhr, als Eike den Bürokomplex verließ.

Der Weg zum Hotel führte wieder am *Poffertjes und Pannekoeken* vorbei. Eike war unsicher, ob er Mariekjes Angebot annehmen sollte. Er war hier, um die Wahrheit über den Betrug in der Schäferei herauszufinden. Da konnte und sollte er sich nicht mit einer anderen Frau treffen. Aber Mariekje war so unbeschwert … Was war schon dabei, mit ihr etwas trinken zu gehen? Johanna war schließlich auch oft allein bei Ingo.

Eike steuerte mit klopfendem Herzen auf das *Poffertjes und Pannekoeken* zu. Mariekje stand schon am Eingang und rauchte eine Zigarette. Sie schaute die Straße hinunter, und Eike verbarg sich in einem Hauseingang. Ja, Mariekje war schön. Seine Gedanken überschlugen sich.

Ein paar Stunden einmal alles vergessen. Die Wut auf Reent. Die Angst um die Schäferei. Und die Angst, Johanna könnte ihn tatsächlich verlassen und zu Rolf gehen. Niemand würde je davon erfahren. Selbst wenn sie nicht nur etwas zusammen tranken.

Eike machte einen Schritt auf den Gehweg. Dann zögerte er wieder. Egal, was Mariekje ihm versprach: Er liebte Johanna und hatte noch nie eine andere Frau gehabt. Er war hier, um anschließend zu Hause alles wieder ins Lot bringen zu können. Nein, er konnte das nicht tun. Es wäre billig.

Mariekje hatte ihn jetzt gesehen und winkte zu ihm herüber.

Eike hielt inne und schluckte. Dann gab er sich einen Ruck. Johanna hatte alles getan, um den Hof zu retten. Sie war die Mutter seines Sohnes, und es sollten weitere Kinder folgen. Eike konnte sie jetzt nicht betrügen. Er liebte sie zu sehr. Er winkte Mariekje zu und lief in die entgegengesetzte Richtung davon.

Kapitel 38

»Es war wunderschön, meine Hanna.«

Sie gab ein zufriedenes Grunzen von sich. Wunderschön war gar kein Ausdruck für das, was sie empfunden hatte. »Es ist Liebe«, sagte sie nur.

»Ja, Liebe«, antwortete Rolf. »Und trotzdem wirst du mich wieder wegschicken.«

Johanna traten plötzlich Tränen in die Augen. »Ich muss das tun. Ich habe einen Sohn und dafür die Verantwortung. Ich kann nicht einfach mit dir weggehen. Wie schon damals nicht.«

»Ich könnte uns ein Haus kaufen. In Oberhausen. Da herrscht eine große Bautätigkeit. Moderne Häuser mit fließendem Wasser, wunderbaren Badezimmern mit Wannen und Wasserklosett und Strom überall. Du kannst dort ums Eck einkaufen, Ärzte sind in der Nähe, Apotheken. Ich muss zwar Schicht arbeiten, aber wir hätten genug Zeit miteinander. Wir würden eigene Kinder haben. Bis dahin können wir tanzen gehen …«

Johanna unterbrach ihn. »Rolf, tanzen kann ich hier auch. Im *Lütten Didi*. Da spielen sie regelmäßig auf. Mit Klavier, Schlagzeug, Akkordeon und Saxofon. Aber das alles ist nicht entscheidend. Ich habe hier meine Arbeit. Was sollte ich im Ruhrgebiet tun? Und ich kann Uwe nicht zurücklassen. Nicht bei meiner Schwiegermutter, denn sie ist ein Drachen. Und nicht bei Eike. Er ist dem Leben nicht gewachsen. Uwe braucht seine Mutter.«

»Dann nimmst du ihn mit! Ich werde zu ihm sein wie zu einem eigenen Sohn. Immerhin ist er zur Hälfte von dir, und da ich dich so sehr liebe, ist diese Hälfte schon gigantisch und unermesslich viel.«

Johanna strich Rolf übers kurze Haar. »Du weißt, dass es nicht geht. Ich würde in dem Fall schuldig geschieden werden wegen Ehebruch, und dann bekommt man auch als Mutter das Kind nicht. Uwe wäre meiner Schwiegermutter auf Gedeih und Verderb ausgeliefert. Das kann ich weder ihm noch mir antun.«

Rolf biss sich auf die Unterlippe. Er rang sichtlich mit sich. »Du hast ja recht, meine Hanna. Wenn du mitkommst, dann ginge es nur allein, und das wäre für dich unerträglich. Ich weiß um deine Liebe zu mir, aber die einer Mutter zu ihrem Kind ist immer größer.«

»Obgleich ich Uwe gar nicht so liebe, wie ich es sollte«, entfuhr es Johanna, und sie schlug sich sofort auf den Mund und berichtigte sich. »Also, ich liebe ihn schon, aber ich dachte immer, die Gefühle einer Mutter zu ihrem Kind wären von Beginn an unermesslich. Uwe und ich mussten uns erst aneinander gewöhnen.«

Rolf nahm Johanna in den Arm. »Hanna, was sagst du da? Du liebst dein Kind so sehr, dass du ihm aus freien Stücken *unsere* Liebe opferst, obwohl es dir das Herz bricht.«

»Meinst du?« In Johannas Stimme schwangen Zweifel.

»Aber ja, Hanna. Kann es sein, dass du dich, aus lauter schlechtem Gewissen mir gegenüber, nicht traust, dich ganz auf dein Kind einzulassen?«

Johanna fuhr zusammen. Rolf hatte es auf den Punkt gebracht. Ihr war das zuvor aber nie so klar gewesen. Uwe war genauso ein Opfer wie sie selbst. Und sie war nicht in der Lage, ihr Gefühlswirrwarr zu verstehen.

»Ich könnte es nicht ertragen, Uwe zu verlieren. Doch – ich liebe den kleinen Kerl. Mehr als mein Leben.«

Rolf nahm ihr Gesicht und küsste sie sanft auf die Lippen. »Meine Hanna. Du sollst dich nicht entscheiden müssen. Ich könnte es nicht ertragen, wenn du meinetwegen auf das Kind verzichtest. Ich will, dass du glücklich bist.«

»Wie kann ich das ohne dich sein, Rolf?«

Er küsste Johanna noch einmal. Es war nicht zu ändern.

Sie lagen eine Weile nebeneinander, und jeder hing seinen Gedanken nach.

»Erzähl mehr von deiner Arbeit im Bergwerk. Das ist so unvorstellbar für mich«, bat Johanna schließlich.

Rolf tat das gern. Er erklärte ihr, wie man sich umzog, dann einfuhr und schließlich die Kohle gewann. Johanna bekam einen Eindruck von der schweren Arbeit, die Rolf leistete.

»Wie sieht es denn aus in Oberhausen?«

»Viele Häuser. Viele Fabriken und ringsum Kohlehalden. Es gibt den Rhein-Herne-Kanal. Abends geht man aus. Kneipen. Theater. Opern.«

Johanna konnte sich seine neue Heimatstadt mit all den Fabriken und Kohlehalden wunderbar ausmalen. Aber es war eine fremde Welt. Wie es in Theatern und Opern oder

Operetten zuging, vermochte sie sich wiederum gar nicht vorzustellen. Auch nicht, wie viele Menschen dort schon einen Fernseher besaßen.

»Eines Tages werde ich dir alles zeigen«, versprach Rolf. Johanna lächelte nur. Sie wussten beide, dass es eine Utopie war. So wie alles, was sie sich erträumt hatten, keinen Bestand hatte. Sie waren am Leben gescheitert.

Rolf strich Johanna über den nackten Oberarm. »Lieb mich noch einmal, meine Hanna! Bitte!«

Sie kamen sich ein zweites Mal so nah, wie sich zwei Menschen nur nah sein konnten. Dann schlug die Kirchturmuhr in Neusiel fünfmal. Johanna hörte sie von Weitem, und es wurde Zeit, sich zurück zum Nordseehof zu machen.

»Du musst los«, sagte Rolf tonlos.

Johanna nickte, jedes Wort wäre störend gewesen. Ja, sie musste zurück in ihr altes Leben, fort von den gestohlenen Stunden des Glücks. Für beide war dieser Abschied fast unerträglich.

Johanna ließ sich viel Zeit, während sie in ihr Unterkleid schlüpfte. Dann zog sie das grobe Leinenkleid darüber. Ihr Haar zwängte sie zusammen mit der Spange unter das Kopftuch, die Füße in die derben Lederschuhe. Sie war froh, nicht ihre Holzschuhe, die Klotschen, anzuhaben. Rolf war sicherlich zierliche Füße in schicken Pumps gewohnt.

»Nun bin ich wieder die Schafbäuerin Hanna Deeken«, sagte sie betont leichthin, obwohl sie eigentlich gegen die Tränen ankämpfte. »Und morgen kommt mein Mann aus Groningen zurück.« Johanna gab Rolf einen letzten Kuss. Sie hätte alles dafür gegeben, wenn er nie endete.

Rolf schob sie sacht von sich. »Meine Hanna«, murmelte er. »Ich werde dich immer lieben.«

»Was wirst du jetzt tun?«, fragte Johanna. »Gehst du zurück zu Dagmar?« Allein der Gedanke machte ihr das Herz unendlich schwer, aber sie ging schließlich auch zurück zu ihrem Mann.

Rolf überlegte kurz. »Ich weiß es nicht. Sie hat mich verletzt. Belogen. Und sie ist anders geworden. Und doch mag ich sie.«

Johanna spitzte die Lippen. »Liebst du sie?«

»Liebst du Eike?«, schoss Rolf zurück.

Johanna senkte den Kopf. »Schon, glaube ich. Aber ganz anders als dich.«

Rolf küsste sie auf die Wange. »Es gibt viele Arten, Menschen zu lieben. Ich weiß genauso wenig wie du bei Eike, was das für Gefühle sind. Es ist wie ein Tapsen im Nebel. Mal bin ich dicht dran, und dann kommt alles nur gepuffert bei mir an.« Er küsste Johanna noch einmal. »Aber zwei Sachen weiß ich genau: Dich liebe ich, und du bist etwas ganz Besonderes. Daran wird sich nie etwas ändern. Egal, ob ich mich mit Dagmar versöhne oder nicht.«

Johanna sah Rolf lange an. »Das war die schönste Liebeserklärung, die du mir machen konntest. Und du hast recht. Wir dürfen Dagmar und Eike gernhaben. Es ändert nichts zwischen uns.«

»Wir müssen leben, meine Hanna. Auch wenn wir uns nie haben können.«

Johanna nickte stumm. Es tat so weh, jetzt gehen zu müssen … »Reent hat von seinem Spielzeug, mehr ist sie ja nicht für ihn, bestimmt bald die Nase voll. Er wollte sie dir nur wegnehmen. Ich hoffe, du findest dein Glück. Wie auch immer.«

Johanna sah ihn noch einmal mit einem langen Blick an. Sie hasste Abschiednehmen, und dieser hier erinnerte sie an den Weggang von Keno. Es war so endgültig. Ihre Augen füllten sich mit Tränen, der Kloß im Hals wurde dicker und dicker. Sie konnte doch jetzt nicht einfach verschwinden und Rolf in sein anderes Leben zurückschicken!

»Grüß Theda und Ingo, wenn du sie siehst«, sagte Rolf. »Und ihren süßen kleinen Hajo. Sie wird ihn auch ohne Reent groß bekommen. Sie hat ja dich.« Er lächelte traurig.

»Für uns gibt es noch immer den Stern da oben. Immer. Manchmal kann man eben nicht alles haben, was man sich wünscht. Mach's gut!« Johanna versuchte, tapfer zu sein, aber in ihr war alles leer. Sie musste hier weg, sonst würde sie doch noch zu weinen beginnen. Sie huschte in die Waschküche, zerrte das Rad heraus. Kaum stand sie auf dem Weg, traute sie erneut ihren Augen kaum: Ihre Mutter radelte am Janßenhaus vorbei! Sie hielt an, musterte ihre erhitzt wirkende Tochter, erkannte dann Rolf, der ebenfalls aus der Tür trat, und nickte nur.

»Mutter«, begann Johanna, aber die hob nur kurz die Hand und sagte mit brüchiger Stimme: »Ich habe nichts gesehen, mien Deern. Ich weiß von nichts.« Dann fuhr sie weiter, als wäre ihr die Tochter tatsächlich nicht begegnet.

*

Eike kam am nächsten Nachmittag aus Groningen zurück. Er wollte sofort mit Johanna und seiner Mutter sprechen. Als er Mariekje widerstanden und die ganze Wahrheit erkannt hatte, war ihm klar geworden, dass nur er allein seine Ehe retten konnte. Er musste stark sein. Er musste zu seiner Frau halten. Und er musste seiner Mutter endlich Paroli bieten.

Es war nicht leicht, aber wenn er es jetzt nicht tat, würde er alles verlieren, für das es sich zu kämpfen lohnte. Alle anderen hatten ihn belogen und hintergangen, während seine Frau immer zu ihm gehalten hatte.

Er bat die beiden ins Kontor, da erschien es ihm am wenigsten persönlich. Johanna war blass und war offenbar gar nicht richtig bei der Sache. Ständig fuhr sie sich mit der Hand durchs Haar und zwinkerte nervös mit den Augen.

»Ich habe hier schon aufgeräumt und Staub gewischt. Alle Ordner sind ordnungsgemäß verstaut«, sagte sie gleich zu Beginn des Gesprächs.

Und so war es auch. Die Eichenmöbel glänzten, keine Akte lag herum, alles war millimetergenau eingeordnet.

»Danke, Johanna«, lobte Eike sie mit weicher Stimme. Gut, dass er der Versuchung gestern nicht nachgegeben hatte. Er hätte Johanna nie wieder in die Augen sehen können.

Eike bat die beiden Frauen, Platz zu nehmen. Seine Mutter hatte noch kein Wort gesagt, aber auch sie wirkte nervös.

Eike klopfte das Herz ebenfalls bis zum Hals.

»Ich war in Groningen in der Schafschlachterei und auch beim Wollhändler«, begann er. »Beide haben bestätigt – und ich habe es an seiner Unterschrift gesehen –, dass ein R. Deeken etwas von Krankheiten der Schafe geschrieben hat. Johanna kann außerdem beweisen, dass die Bücher gefälscht wurden. Reent konnte zwar nicht allein ins Kontor kommen, wohl aber weiß er, wie man Zahlen manipulieren kann. Mutter, du hast ihm geholfen, nicht wahr?«

Lientje zuckte zurück, wollte eben laut aufbegehren, so wie es ihre Art war, aber Eike hob kurz die Hand. »Du musst gar nichts sagen, ich weiß auch so, was passiert ist.« Dann wurde er laut und schrie seiner Mutter all die aufgestaute Wut entgegen. »Ich dulde so etwas nicht! Verdammt, Mutter, *ich* bin der Erbe und der Schäfer! Nicht Reent! Er hat seine Ausgleichszahlung bekommen, so wie es üblich ist! Ich mache meine Sache gut und Johanna ihre auch. Wir haben den Betrieb erneuert, aber ihr beide wolltet das Erbe meines Vaters mit Füßen treten!«

Lientjes Mund klappte auf und zu, sie rang nach Worten, aber die schienen ihr im Hals stecken zu bleiben.

»Schweig, Mutter! Du hast genug Unheil angerichtet!«

Johanna sah Eike bewundernd an, und dieser Blick tat ihm unglaublich gut und bestärkte ihn. »Ich werde dennoch nichts weiter gegen dich und Reent unternehmen, wenn du nun das tust, was ich sage.«

»Ich bin deine Mutter«, begehrte Lientje auf, aber Eike fuhr ihr über den Mund. »Dann hättest du dich auch so benehmen sollen. Mir gegenüber und auch vor Johanna. Jetzt weiß ich, was sie durchmachen musste, nur weil ich immer an unsere Familienbande geglaubt habe.«

Johanna saß noch immer kreidebleich auf ihrem Stuhl. Sie wirkte mehr als überrascht.

»Erstens: Reent wird sich auf dem Nordseehof nicht mehr blicken lassen. Zweitens: Johanna hat das Sagen, und du wirst dich ihr unterordnen. In jeder Hinsicht. Drittens: Das letzte Wort habe immer noch ich.«

»Du bringst mich ins Grab«, sagte Lientje tonlos. »Was sollen die Leute im Dorf sagen?«

»Was würden sie sagen, wenn sie die Wahrheit wüssten, Mutter?«, gab Eike ungerührt zurück. »Das war es, jeder geht an seine Arbeit. Aber«, er bedachte Johanna mit einem liebevollen Blick, »du machst dich bitte heute Abend hübsch. Der Schäfer und die Schäferin vom Nordseehof gehen heute nach Strudden zum *Lütten Didi* zum Tanz!«

Kapitel 39

Johanna verspürte nur wenig Lust, tanzen zu gehen. Sie schmeckte Rolfs Küssen noch nach und sehnte sich nach seiner Liebe wie nie zuvor. Außerdem war ihr übel. Aber sie hatte keine Wahl und musste Rolf nun endgültig vergessen. Eike hatte sich hinter sie gestellt, sich offen gegen Lientje zur Wehr gesetzt. Das war mehr, als sie je erwarten durfte. Und sie war nun mal seine Frau. Rolf und ihr blieb nur der Stern am ewigen Firmament.

Johanna hatte Uwe zu Theda und Ingo gebracht, denn da fühlte der Kleine sich am wohlsten. Sie wollte ihrer Mutter jetzt nicht begegnen – wer wusste schon, ob sie ihr wirklich keine Fragen stellen würde.

Danach machte Johanna sich schick und schlüpfte in ihr dunkelblaues Kleid, das in der Hüfte mit einem schmalen Gürtel gehalten wurde und in einem Faltenrock über dem Knie endete. Eike hatte es ihr zum letzten Weihnachtsfest geschenkt, und sie hatte es bislang kein einziges Mal angehabt. Heute Abend war sicher ein guter Anlass. Ihr Mann würde sich freuen, und Johanna konnte ihm auf diese Weise ein bisschen Dankbarkeit zeigen.

»Und dein schlechtes Gewissen beruhigen«, murmelte

sie. »Du hast deinen Mann betrogen. Hast mit einem anderen Mann geschlafen, Johanna Deeken. Das ist nicht zu rechtfertigen.« Sie durfte Rolf nie wiedersehen, denn es würde jedes Mal genau dasselbe wieder passieren. Jetzt, wo beide nicht mehr unschuldig, sondern mit dem Wissen von Liebenden miteinander umgingen, wäre sie rettungslos verloren. »Konzentriere dich auf den Nordseehof, so wie deine Mutter es vor Jahren schon vorgeschlagen hat. Und sieh zu, dass deine Ehe in Ordnung kommt. Das bist du Eike schuldig. Vielleicht regelt sich die Sache mit dieser Dagmar auch wieder«, murmelte sie.

»Von welcher Dagmar sprichst du, Liebes?« Eike war unbemerkt ins Schlafzimmer getreten, und Johanna zuckte erschrocken zusammen. Fieberhaft suchte sie nach einer plausiblen Ausrede. Ihr fiel nur eine einzige ein. »Nichts, ich habe nur überlegt, wie wir unser zweites Kind nennen könnten – wenn wir noch eines bekämen.«

Eike sah übernächtigt aus, aber bei ihren Worten glitt ein breites Lächeln über sein blasses Gesicht. »Soll das heißen, du willst …?« Er sprach den Satz nicht zu Ende.

Johanna zuckte mit den Schultern.

Eike nahm das als Zustimmung, zog sie aufs Bett und zögerte nicht lange. Sie ließ es mit sich geschehen, spielte Leidenschaft vor und dachte doch nur an das, was sie mit Rolf am Tag zuvor erlebt hatte. Ihr war nicht zu helfen.

Anschließend hatten sie es eilig loszukommen, denn die Band wollte um 20 Uhr beginnen. Sie bestiegen die Fahrräder und strampelten Richtung Strudden, das kurz vor Friedeburg lag. Eike war ungewöhnlich gut gelaunt.

»Wie geht deine Mutter mit der Situation um?«, fragte Johanna, als sie in Höhe Etzel waren, denn sie hatte ihre Schwiegermutter nach dem Gespräch nicht mehr gesehen.

Eike stand vom schnellen Fahren der Schweiß auf der Stirn. Er hatte eine helle Stoffhose an und ein weißes Hemd, das sich nun leicht im Wind aufblähte. Seine Wangen glänzten rot, und er strahlte, wie Johanna es noch nie erlebt hatte. »Weißt du was, Johanna? Das interessiert mich gerade nicht. Sie hat auf jeden Fall Reent angerufen. Natürlich ist sie außer sich vor Wut. Wir aber leben fortan unser Leben, so wie es uns gefällt. Vermutlich bald mit zwei Kindern! Und weißt du, was ich beschlossen habe?«

Johanna sah ihn fragend an.

»Wir kaufen uns ein Auto. Jetzt, wo die Deichschäferei wieder auf festen Füßen steht, ist das eine sinnvolle Investition.«

Johanna sah ihn überrascht an. »Das ist eine wunderbare Idee. An welches Modell hast du denn gedacht? Ein Goggomobil oder eine Isetta?«

»Die sind für uns zu klein, Liebes. Nein, wir kaufen uns einen VW oder einen DKW. Und zusätzlich werde ich mir einen Roller zulegen. Ein Heinkel ist das Richtige. So einen wie Ingo fährt. Er will heute auch nach Strudden kommen.«

Dass Johannas Cousin mit seinem Roller durchs Dorf brauste, war einigen ein Dorn im Auge. Vermutlich waren die, die am lautesten darüber redeten, einfach nur neidisch.

Es knatterte prompt hinter ihnen, und Ingo fuhr mit Elsa, einem Mädchen aus Dykhausen, hinter ihm hupend und winkend an ihnen vorbei. Elsa wohnte noch nicht lange dort, sie war bei den Olympiawerken in Roffhausen beschäftigt. Dort hatten inzwischen viele der Vertriebenen Arbeit gefunden. Ab und zu ging Ingo mit einem Mädchen aus, um keinen Argwohn in Neusiel zu erwecken, denn es flackerten immer wieder böse Gerüchte auf.

»So machen wir das dann auch«, beschloss Eike. »Ich schenke dir sogar ein neues, getupftes Kopftuch dafür.«

Sie waren beim *Lütten Didi* angekommen. Auf der Diele gab es einen Fahrradstand, wo sie zwanzig Pfennig für die Bewachung der Räder zahlten. Eike übernahm für beide die fünfzehn Mark Eintritt, darin enthalten war auch die Verpflegung.

»Ab und zu müssen wir auch was für die Band ausgeben«, sagte Eike und schob Johanna in den Saal. Sie war lange nicht hier gewesen, zuletzt mit der Friesen-Jugend. Die Erinnerung daran tat schon wieder unglaublich weh.

In ihrer Ehe hatten Tanzvergnügen bislang keinen Platz gehabt, warum bestand Eike bloß jetzt darauf? In Johannas Kopf drehte sich alles.

»Die meisten von der Band haben tatsächlich das Konservatorium besucht«, erklärte Eike. »Mal was anderes, als Deichschäfer zu sein. Wir haben in den letzten Jahren viel zu wenig ans Vergnügen gedacht, auch das ändern wir jetzt. Ich will dich wieder unbeschwert lachen sehen, Johanna.«

Auf einer kleinen Bühne begann die achtköpfige Hauskapelle zu spielen. Eike wippte sofort im Takt der Musik mit. »Ist das nicht eine tolle Mischung der verschiedenen

Instrumente?« Er zeigte auf die Ansammlung von Schlagzeug, Klavier, Akkordeon und Geige sowie eine Klarinette, nebst Saxofon, Posaune und Bassgitarre.

Eike zog Johanna zu einem Tisch, wo sie ihr Täschchen ablegte. Dann kämpfte er sich zum Tresen vor und bestellte für sich ein Bier und für Johanna eine Sinalco mit Eierlikör.

Bald darauf tanzten sie. Walzer, Marsch, Foxtrott und am Ende Danz op de Deel, bis ihnen die Füße wehtaten. Johanna fühlte sich wie in einem Kokon, aber sie spielte das Spiel mit. Hauptsache, Eike fragte nicht, warum sie so seltsam war.

»Komm, jetzt trinken wir noch etwas.« Ihr Mann wirkte ein bisschen überdreht. Er kam mit zwei Gläsern zurück, in denen es braun-golden schimmerte. »Was ist denn das?« Johanna griff zu dem Glas, das Eike ihr reichte.

»Das ist Rum mit Bunk!«, erklärte er.

»Rum mit Knochen?« Dann erkannte Johanna den weiteren Inhalt. Auf dem Boden des Glases lag Würfelzucker, obenauf schwamm eine einzelne Kaffeebohne.

»Erst die Bohne kauen, dann schmeckt der Rum nicht so scharf«, sagte Eike und biss genussvoll zu.

Sie tanzten wieder und wieder, bis sie nicht mehr konnten.

Kaum zu Hause, war Eike nicht mehr zu halten. Er umfasste Johanna, küsste sie leidenschaftlich, und sie fielen hinterrücks aufs Bett. »Ich liebe dich, Johanna«, keuchte Eike. Johanna ließ es erneut zu, dass er sie auszog und seine Hose aufknöpfte. Sie ließ es zu, dass sie wieder ein Ehepaar waren, und träumte sich zu ihren Stunden im Janßenhaus.

Vier Wochen später blieb Johannas Regel aus.

*

Dieser Tag im Oktober mit den stürmischen Regenschauern passte perfekt zu Rolfs düsterer Stimmung. Er wusste selbst, dass er zum Fürchten aussah. Der endgültige Abschied von Johanna hatte ihn schwerer getroffen als gedacht. Zunächst war er der Überzeugung gewesen, dass er alles gut verkraften konnte, aber inzwischen wusste er, dass er sich selbst etwas vorgemacht hatte. Viel zu schnell hatte er wieder Trost im Alkohol gesucht und hatte nun oft Mühe, pünktlich zur Arbeit zu erscheinen und dort gewissenhaft seine Aufgaben zu verrichten. Und das konnte er sich schon gar nicht erlauben. Er musste sich unter Tage konzentrieren. Ein Fehler dort konnte tödlich sein.

Heute hatte er sich fast den Daumen gequetscht. So ging es nicht weiter. Er trat eben aus der Waschkaue, als er Kalles letzte Worte aufschnappte. »Und jetzt ist er weg.«

»Worum geht es?« Rolf rubbelte sich das Haar trocken.

»Na, die haben den Deeken angeklagt. Du weißt doch, dieser Schnösel, der immer dann auftaucht, wenn man ihn nicht brauchen kann, und der nichts anderes tut, als herumzumotzen. Aber immerhin hat er mit seinen Autoverkäufen ein Vermögen angehäuft.«

»Warum hat man ihn angeklagt?«, wollte Rolf wissen.

»Er soll etliche Spitzenfunktionäre bei der GHH übers Ohr gehauen haben. Dann war sein Vermögen wohl nicht nur auf rechtem Weg verdient. Wundern tut's mich nicht.«

Jetzt war Rolf hellwach. »Reent Deeken muss vor den Kadi? Dann geht es sicher um richtig viel Schotter.« Ihm glitt ein Lächeln übers Gesicht. »Vielleicht wandert der Mann endlich in den Knast. Verdient hat er es ja.«

Kalle schüttelte den Kopf. »Daraus wird vermutlich nichts. Er hat sich nämlich abgesetzt. Keiner weiß, wo er ist. Der Deeken ist untergetaucht.«

Rolf fuhr zusammen. Reent war weg?

Ihm wurde heiß und kalt. Wo könnte er stecken? War er zurück zum Nordseehof?

Dort hatte Reent schließlich noch eine Rechnung offen. Er würde nicht akzeptieren, dass er am Boden war. Er würde um sich schlagen und versuchen, alle, die er hasste, mit in den Abgrund zu ziehen. Johanna und Eike allen voran.

Dieser Absturz hatte das Böse in Reent garantiert restlos zum Entflammen gebracht, denn er hatte nun nichts mehr zu verlieren. Er wollte den Nordseehof, und den würde Reent Deeken sich holen. Um jeden Preis.

Rolf musste Johanna warnen. Irgendwie.

In dieser Nacht fand er kaum Schlaf. Und als er endlich zur Ruhe kam, träumte er von Johanna, wie sie inmitten der Ruine der Deichschäferei stand. Und er, er konnte nichts dagegen tun.

Gleich am nächsten Morgen schrieb er Theda. Doch er erhielt erst Wochen später eine Antwort.

»Johanna bekommt ein Kind. Bitte lass sie in Ruhe, es ist schwer genug. Du weißt schon …« Mehr nicht.

Rolf schlug die Hände vors Gesicht. Der letzte Satz sagte gar nichts und doch alles. Es war möglich, dass er Vater wurde!

Rolf wurde übel. Die ganze Welt hatte sich gegen ihn verschworen. Verdammt, was sollte er tun? Thedas Bitte Folge leisten, und das mit seinem Wissen? Und der Gefahr, die nun von Reent ausging? Er warf den Brief in die Ecke, griff nach der Jacke und lief hinaus. Machte einen langen Spaziergang am Kanal entlang. Versuchte, die kreisenden Gedanken im Rhythmus seiner Schritte in eine Bahn zu lenken. Irgendwas musste er doch tun …

Doch als er wieder in seinem Zimmer angekommen war, wusste er, dass Theda recht hatte. Er musste hierbleiben, ausharren – und seiner Hanna ihr Leben lassen. Er hatte es genug durcheinandergebracht. »Ich darf ihre Familie nicht noch mehr zerstören«, flüsterte er. »Auch wenn es mir das Herz bricht.«

Er ahnte, dass er es vermutlich nicht aushalten würde, sie nie mehr zu sehen, aber vorerst würde er Thedas Bitte Folge leisten.

Es musste schließlich auch für ihn weitergehen. Der Nordseehof und Johanna, das war ein anderes Leben, das es schnell zu verbannen galt.

Noch am selben Abend rief er bei Dagmar an. Vielleicht gab es ein Zurück. Er wollte nicht länger allein sein.

Kapitel 40

Morgen war Weihnachten, und es stürmte seit mehreren Tagen ununterbrochen. Ein Orkantief jagte das andere. Das Wasser lief mit jeder Flut höher auf, an einigen Stellen des Deiches vermutete man das Schlimmste. Johanna saß mit Uwe in der Küche und schaute nach draußen, wo eine Böe die andere jagte.

Lientje hatte sich in ihr Zimmer zurückgezogen, so wie sie es seit Eikes Ansage meistens tat. Reent war nie wieder aufgetaucht, sodass für Johanna tatsächlich eine ruhigere Zeit angebrochen war. Nur manchmal traute sie dem vermeintlichen Frieden nicht. Es war zu einfach gewesen, nach dem, was zuvor alles passiert war. Sie wollte sich jetzt, einen Tag vor Weihnachten, aber nicht damit belasten, es gab Ärger genug mit dem Wetter.

Der Wind rüttelte an den Fenstern, draußen drohte die Welt unterzugehen. Eben rollte ein Strohballen über den Hof und knallte gegen die Mauer der Remise. Gleich darauf schepperte es laut. Johanna hatte die beiden Hütehunde ins Haus geholt. Beide fiepten vor Schreck und versteckten sich mit eingeklemmter Rute unter dem Tisch.

Johanna fasste sich unwillkürlich an den Bauch. Sie war

tatsächlich schwanger, aber sie hatte es ihrem Mann noch nicht erzählt. Nur Theda wusste davon. Aber nach dem Fest musste sie Eike von dem Kind erzählen, denn man konnte es nicht mehr lange verheimlichen. Dieses Kind, von dem sie nicht wusste, wer der Vater war. Johanna wischte sich verstohlen eine Träne aus dem Augenwinkel.

Ein weiteres Rütteln ließ sie zusammenfahren. Sie war so froh, dass die Schafe sicher in den Ställen standen! Eike war mit anderen Männern an den Deich gefahren. Es galt aufzupassen, ob er irgendwo aufweichte oder gar brach, denn der Orkan hatte ihnen geradezu eine Sturmflutserie beschert, was die Deiche arg belastete.

Johanna fürchtete die Orkanfluten, momentan liefen sie allerdings vom Hinterland her zu. Die Siele zum Meer waren geschlossen, und das Land konnte nicht mehr entwässert werden, sodass die Schlote schon über die Ufer traten. Die Lehmbalje und das Neusieler Tief hatten sich an einigen Stellen zu einem großen See ausgeweitet. Es war nur eine Frage der Zeit, bis das Friedeburger Tief ebenfalls überlief.

Es war schon dämmrig, als Eike zurückkam. Er war blass und wirkte ausgezehrt. »Die Lage ist katastrophal, Johanna. Es ist die höchste Sturmflut seit 1906. Ich muss etwas essen, mich umziehen und gleich wieder los.«

Glücklicherweise hatten sie inzwischen einen VW Käfer angeschafft, sodass er die Strecke wenigstens nicht mit dem Fahrrad zurücklegen musste.

»Ich kümmere mich trotz allem darum, dass wir morgen ein schönes Fest haben«, sagte Johanna. Den Tannenbaum hatte Eike schon zusammen mit dem Knecht in der Stube aufgebaut. Nun musste er noch geschmückt werden. Uwe war schon ganz aufgeregt und konnte es gar nicht erwarten, die Strohsterne hineinzuhängen. Doch der Orkan rüttelte an den Fenstern und fegte alles, was nicht festgezurrt war, über den Hof, sodass keine festliche Stimmung aufkommen wollte. Trotzdem hatte Johanna die Gans gerupft.

»Mach das, Liebes.« Eike küsste Johanna innig. »Ich hoffe, wir können Weihnachten feiern. Ich liebe euch.« Er strich seiner Frau sacht über die Wange. Unwillkürlich überkam Johanna das schlechte Gewissen. Sie betete, dass es Eikes Kind war und man das auch sehen konnte. So sehr betete sie darum!

Es war stockdunkel, als ihr Mann wieder aufbrach. Johanna spürte seine Angst. Angst vor dem schweren Sturm. Angst vor dem Wasser. Angst, dass auch der Deich am Jadebusen brechen und Tod und Verderben bringen könnte.

Johanna sah den Lichtern des Autos lange nach. Sie begann den Tannenbaum zu schmücken und ließ Uwe dabei helfen, auch wenn er nur an die unteren Zweige herankam. Zwischendurch hielt sie immer wieder inne, weil der Sturm bedrohlich laut ums Haus heulte.

Als sie wieder einmal aus dem Fenster schaute, stutzte sie. In der Scheune flackerte es. Das war kein Licht! Verdammt, es brannte!

»Feuer!«, schrie sie. »Feuer!«

Johanna stürzte zum Telefon und wählte mit zitternden Fingern den Notruf. Man sagte ihr zwar Hilfe zu, wies aber zugleich darauf hin, dass fast alle verfügbaren Kräfte derzeit am Deich eingesetzt waren.

Johanna schnappte sich den Kleinen, um ihn zur Schwiegermutter zu bringen. Sie stürzte ins Obergeschoss, klopfte an die Schlafzimmertür, doch sie antwortete nicht. Wo steckte Lientje, zum Teufel? Johanna hastete wieder nach unten und setzte Uwe ab. Er sah sie mit großen Augen an. »Pass auf, mien Jung«, begann sie. »Mama zieht dich jetzt an, wir müssen zu den Schafen, hörst du?«

Sie steckte Uwe in eine warme Jacke, setzte den Zweijährigen in den Kinderwagen, schnallte ihn dort fest, wuchtete den Wagen die Treppe hinunter und rannte in den Sturm hinaus. Eine Böe riss ihr die Haustür aus der Hand, aber das war Johanna egal. Die Scheune brannte mittlerweile lichterloh. Die Schafe im Stall gegenüber blökten voller Panik, Johanna musste sie trotz des Sturms auf die Weide lassen. Wenn das Feuer auf die Stallungen übergriff, würden sie sonst elendig verbrennen. Aber stand der Wind tatsächlich so, dass es passieren konnte? Johanna vermochte es nicht einzuschätzen.

Sie rannte hin und her, wusste nicht, was sie allein gegen die Flammen ausrichten sollte. Dichte Qualmwolken umwaberten sie zwischenzeitlich, sodass sie husten und Uwe aus der Gefahrenzone bringen musste. Sie schob ihn zur Treppe unterhalb des Eingangs. Dort peitschte der Wind den Qualm nicht so stark hin, und ihr Sohn stand geschützt. Hier konnte der Sturm den Kinderwagen nicht umwerfen. Johanna deckte Uwe zu, doch plötzlich nahm sie hinter sich eine Bewegung wahr. Sie schnellte herum und stieß mit Reent zusammen.

»Was machst du denn hier?«, schrie sie ihn an. »Wir müssen was tun! Los, hilf mir, die Tiere zu retten! Oder hol von irgendwo Hilfe! Die Feuerwehr ist am Deich!«

Jetzt war keine Zeit dafür, darüber nachzudenken, was

ihr Schwager hier wollte. Jetzt musste die Schäferei gerettet werden!

Reent aber schaute nur zum Feuer. Sein feister Bauch hing ihm über dem Gürtel. Er trug eine dunkle Hornbrille, und sein dunkler Mantel umwehte ihn. »Hübsches Feuerchen so kurz vor Weihnachten«, schmatzte er und warf seine Zigarre ärgerlich auf den Boden, weil eine Böe die Spitze hatte erlöschen lassen. »Gut, dass alle am Deich sind, dann kann es nicht so rasch gelöscht werden.«

Johanna glaubte ihren Ohren nicht zu trauen! Hatte Reent etwa …? Auch für diese Spekulationen blieb jetzt keine Zeit. Sie stieß ihren Schwager einfach beiseite, wollte zum Stall. »Lass mich durch! Die Tiere müssen auf die Weide!«, herrschte sie ihn an. »Wenn das Feuer auf den Stall übergreift, verbrennen sie!«

Johanna mochte nicht wahrhaben, dass Reent an dieser Katastrophe schuld war. So böse konnte doch kein Mensch sein, dass er das Leben der ganzen Tiere, ja sogar der Familie in Kauf nahm, um selbst einen Vorteil zu haben! Diese Gedanken überstiegen Johannas Vorstellungskraft.

Reent packte sie am Arm und hinderte sie am Fortkommen.

Sein Atem stank nach dem Rauch der Zigarre und unterschwellig nach Alkohol. »Hast du mich nicht verstanden, Johanna Deeken? Es *soll* brennen!«

Johanna starrte ihren Schwager an. »Warum?«, formte sie mit den Lippen, aber sie kannte die Antwort. Er wollte sie ruinieren, und ihm schien jedes Mittel recht.

»Ich habe ein paar, sagen wir mal, größere Schwierigkeiten mit meinem Autohandel. Kurzum: Ich brauche wieder eine Aufgabe, und da kam mir der Nordseehof in den Kopf. Der gehört mir eigentlich ohnehin zur Hälfte, nicht wahr?«

»Was willst du mit einer abgebrannten Schäferei? Und wie willst du sie führen, wenn du im Gefängnis sitzt? Oder wie groß sind deine Schwierigkeiten?« Johanna sah sich hektisch um. Das Feuer griff immer mehr um sich und wütete mit dem Orkan um die Wette. Es wäre besser, sich aus der Gefahrenzone zu bringen, denn die Flammen leckten fast gierig aus dem Scheunentor.

Reent grinste nur. »Das lass mal meine Sorge sein. Ich kann alles wiederaufbauen. Hab ja genug Geld beiseitegelegt. Eike aber wird es ohne mich nicht stemmen können. Jetzt muss er mich einbinden. Eine ganz einfache Rechnung.«

»Du solltest dich lieber um deinen Sohn und deine Tochter kümmern!«, herrschte Johanna ihn an und versuchte, sich von ihm loszureißen.

Ich muss zu den Tieren, dachte sie verzweifelt. Aber Reent ließ nicht locker. Das panische Blöken der Schafe und das Wiehern der Pferde machten Johanna nervös. Sie musste den Tieren doch helfen! Nun weinte auch noch Uwe, weil der Sturm seine Mütze vom Kopf gerissen hatte und sie in einer Pfütze schwamm. Verdammt, worum sollte sie sich zuerst kümmern? »Ich muss den Lütten in Sicherheit bringen«, flüsterte sie.

»Du musst gar nichts mehr«, sagte Reent knirschend. »Ich kann nämlich keine Zeugen brauchen.« Er zog sie in Richtung Scheune. Johanna stemmte sich mit den Füßen fest in den Boden, aber Reent war um so vieles stärker als sie. Es war heiß, und sie hustete, als sie den beißenden Qualm einatmete. Johanna wehrte sich mit aller Macht, sie hatte Angst, dass er auch Uwe etwas antun würde, doch der Kleine konnte schließlich nicht reden und ihn verpetzen. Johanna stolperte und krallte sich an Reents Arm fest. Er versuchte, sie in die Flammen zu stoßen, aber Johanna drehte sich blitzschnell um. Sie schlug ihm ins Gesicht, und mit einer Kraft, die sie sich selbst nicht zugetraut hätte, die aber alle Wut gegen ihn in sich vereinte, stieß sie ihn von sich fort. Sie hasste ihn. Weil er den Nordseehof zerstören wollte. Weil er Theda mit zwei Kindern hängen ließ. Reent Deeken war einfach nur Abschaum. Johanna trat noch einmal nach, denn er machte Anstalten, ein weiteres Mal nach ihr zu greifen, doch dann vernahm sie aus der Ferne Martinshörner.

»Die Feuerwehr!«, stieß Johanna keuchend aus.

Wieder packte Reent sie, aber Johannas Wut verlieh ihr ungeahnte Kräfte. Sie wehrte ihn ab, griff nach einem Ast, den ihr eine Böe direkt vor die Füße geweht hatte, und schlug zu. Sie traf ihren Schwager am Kopf. Seine Schläfe blutete.

Reent begann zu taumeln. Er machte ein paar Schritte, doch er entfernte sich nicht von der Scheune, sondern lief geradewegs darauf zu.

»Reent!«, schrie Johanna auf, doch da stürzte er schon rücklings ins Feuer. Über ihm krachte ein brennender Balken zu Boden.

Johanna stand kurz wie erstarrt da, dann rannte sie zu Uwe – ihrem Kind ging es gut.

Als sie sich umsah, war von Reent keine Spur mehr zu sehen. Nur diese lodernde Glut.

Das angstvolle Geschrei der Tiere war inzwischen

unerträglich. Um sie herum brüllten der Orkan und das Feuer um die Wette, es knackte laut, als ein weiterer Balken in der Scheune zerbarst.

»Du musst etwas tun!«

Johanna fuhr herum, doch sie hatte diesen Satz selbst ausgestoßen. Sie schaute zum Kinderwagen hinunter. Er schaukelte heftig. Erst das Kind, schoss es ihr durch den Kopf. Nur mein Sohn! Sie fing den Kinderwagen gerade noch auf, bevor er von einer Orkanböe umgeworfen wurde, raste ins Haus und verbarrikadierte sich dort. Doch auch das war keine Lösung. Es war ihre Pflicht, den Nordseehof zu retten!

Uwe musste zu ihrer Schwiegermutter, dann konnte sie wieder raus. Wasser schleppen, versuchen, das Feuer in Schach zu halten. Sie musste die Feuerwehr unterstützen! Löschen. In Johannas Kopf purzelten die Gedanken durcheinander. Dann rief sie verzweifelt nach Lientje, doch ihre Schwiegermutter antwortete nicht.

Verdammt, warum schlief sie ausgerechnet heute so fest? Johanna schnappte sich Uwe und hastete die Treppe hinauf zu Lientjes Schlafzimmer. Sie hatte es in all den Jahren noch nie betreten, und auch jetzt scheute sie sich, einfach so einzutreten. Sie hämmerte mit der Faust gegen die Tür. »Lientje, es brennt! Du musst Uwe nehmen!« Ihre Stimme überschlug sich, aber ihre Schwiegermutter öffnete nicht. Gerade als Johanna überlegte, doch einfach hineinzugehen, fuhr die Feuerwehr auf den Hof. Das Blau der Blinklichter vermischte sich mit dem Qualm und dem unheilvollen Orange des Scheunenbrandes.

Johanna rannte die Treppe wieder hinunter, um den Feuerwehrmännern entgegenzugehen. Es dauerte nicht lange, bis auch Eike angerast kam. Er unterhielt sich kurz mit einem der Männer und stürzte dann sofort zu Johanna und Uwe. Er nahm beide in den Arm. »Gott sei Dank, euch geht es gut!«, stieß er hervor. »Die Feuerwehr sagt, das Haus können sie schützen. Genau wie den Schafstall, weil der Wind von der anderen Seite kommt und der Abstand groß genug ist. Deshalb geh lieber mit dem Jungen rein und bleib dort. Ich kümmere mich um alles.« Er wollte eben davoneilen, als er kurz innehielt. »Wo ist Mutter?«

Johanna zuckte mit den Schultern.

»Vermutlich oben und schläft«, sagte Eike und stürmte auf den Einsatzleiter zu. Johannas Worte »Reent war hier« hörte er nicht mehr.

Johanna versorgte Uwe fast mechanisch und war froh, dass er schnell einschlief. Sie stellte ihn im Kinderwagen in die Küche, damit sie zwischendurch immer wieder nach ihm sehen konnte, zog sich wieder an und lief auf den Hof. Dort half sie, Eimer aufzufüllen, löschte kleinere Glutnester und holte immer wieder Wasser, Wasser, Wasser.

Zwischendurch versorgte sie die Feuerwehrleute, die eine Pause brauchten, mit geschmierten Broten und Tee, lauschte, ob Uwe noch schlief, und löschte dann wieder. Sie verschwendete keine weiteren Gedanken an ihre Schwiegermutter. Sie war bestimmt zusammen mit ihrem Sohn schuld daran, dass der Nordseehof in Gefahr war. Lientje Deeken würde schon klarkommen. Auch in einer Nacht wie dieser. Einmal glaubte Johanna, am Fenster des Schlafzimmers ihrer Schwiegermutter eine Bewegung gesehen zu haben.

Johanna funktionierte, weil sie funktionieren musste. Sie ignorierte die aufgeplatzten Blasen an den Händen, sie ignorierte ihre müden Füße und den Schweiß, der ihre Kleidung durchtränkte. Es galt nur, ihr Zuhause zu retten.

Es war früher Morgen, als der Brand gelöscht war und Eike und sie müde ins Haus gingen. Sie setzten sich gemeinsam an den Küchentisch. Johanna brühte wie ferngesteuert Tee auf und richtete ein paar Brote her. Ihr war so kalt, sie konnte nicht denken, fühlte nichts, hatte nur Reents furchtbare Schreie im Ohr und sah das Wackeln der Gardine vor Lientjes Schlafzimmerfenster. Hörte das verzweifelte Blöken der Schafe. Das Wiehern der Pferde. Uwes Weinen. Alles tanzte in ihren Gedanken wild durcheinander.

Sie sagte aber nichts. Es war unmöglich, das Erlebte in Worte zu fassen.

»Die Scheune ist komplett abgebrannt und das gesamte Winterfutter vernichtet«, sagte Eike schließlich stumpf, ließ sich auf den Stuhl fallen und schenkte sich eine Tasse Tee ein. »Aber alle Bauern der Maschinen-Gemeinschaft sagen ihre Unterstützung zu. Ingo war schon da. Er hat mit ihnen gesprochen. Weil die Ernte gut war, können sie uns aushelfen.« Er drückte Johannas Hand. »Ich bin froh, dass dir und Uwe nichts passiert ist. So viele Unglücke auf einmal, und das alles an Weihnachten. Die Sturmflut hat auch Schlimmes angerichtet.«

»Was ist passiert?«, fragte Johanna müde. »Die Feuerwehrleute haben doch bestimmt viel erzählt.«

»Ja, über Funk konnten sie sich kurzschließen. In Maadesiel in Wilhelmshaven ist der Deich auf einer Länge von siebzig bis achtzig Metern gebrochen. Östlich von

Bensersiel und Neuharlingersiel haben sie auch einen Durchbruch gemeldet, der soll aber nicht so schlimm sein wie in Wilhelmshaven. Auf Borkum ist die Strandmauer völlig zerstört. Man spricht insgesamt von bis zu siebzig Toten.«

»Du siehst so müde aus, Eike. Leg dich ein wenig hin.«

»Ich bin völlig erschöpft. Ist Mutter schon auf?«

Johanna zuckte zusammen. An Lientje hatte sie gar nicht mehr gedacht. »Nein, ich weiß nicht, wo sie ist. Ich habe sie gestern verzweifelt gesucht und nicht gefunden.«

Die Tür öffnete sich, und der Hauptmann der Feuerwehr, Thore, trat ein. Er umklammerte seine Mütze. »Es gibt jetzt keine Glutnester mehr. Wir brechen dann mal auf.« Er tippte sich mit der Handkante an die Stirn.

»Wie konnte das nur passieren?« Eike war blass wie die Wand. Eine heftige Böe ließ den Nordseehof erzittern, dann war es eine Weile still, ehe der Sturm wieder loslegte.

Johanna sah zu Boden, schabte mit der Schuhspitze hin und her.

Eike nahm ihr Kinn und drehte ihren Kopf zu sich. »Du weißt, warum es gebrannt hat?«

Sie nickte vorsichtig. »Reent«, sagte sie nur.

Eike musterte sie mit langem Blick. »Du hast ihn gesehen, stimmt's?«, fragte er schließlich.

Johanna musste jetzt etwas sagen, aber ihre Stimme brach, sobald sie einen Ton herausbringen wollte. Es dauerte, ehe es ihr gelang. »Ja. Das habe ich. Er wollte mich töten. Ich habe mich gewehrt. Er ist in die Glut gestürzt.« Sie schlug die Hände vors Gesicht. Weinen konnte sie nicht. In ihr war alles leer. »Er ist tot, Eike. Und ich bin schuld.«

Das letzte Wort klang unheilvoll nach.

Eike sah Johanna an. Die Küchenuhr tickte laut und schien jedes andere Geräusch zu übertönen. Auch Uwe muckste sich nicht in seinem Kinderwagen.

»Ich verstehe«, sagte Eike schließlich. »Ich verstehe.« Er malte mit den Fingern Kreise auf das Holz. Noch immer tickte die Uhr überlaut, und Johanna hätte sie am liebsten ausgeschlagen. Sie kam sich vor wie in einem Tunnel. Wenn sie nicht achtgab, würde sie darin ersticken.

Schließlich atmete Eike einmal tief ein. Dann reckte er das Kinn, als er begriff, was Johannas Worte bedeuteten. »Er hat das Feuer gelegt, weil er uns zerstören wollte.« Eike legte den Kopf in die Hände.

Johanna rang mit sich, aber dann sagte sie: »Er steckt in Schwierigkeiten und wollte dich auf diese Weise zwingen, ihn am Nordseehof zu beteiligen.« Ihr gelang es, mit stockender Stimme von der vergangenen Nacht zu erzählen.

Eike aber sackte dieses Mal nicht in sich zusammen, sondern er schien förmlich zu wachsen. Er straffte die Schultern, und sein Gesicht wurde von Sekunde zu Sekunde härter. Seine Augen verengten sich, als er schließlich hervorstieß: »Und wo, verdammt, steckt meine Mutter? Sie ist noch immer nicht aufgetaucht!«

Johanna zuckte mit den Schultern.

»Ich gehe sie suchen«, sagte Eike.

»Ich komme mit!«, erwiderte Johanna. Sie nahm den schlafenden Uwe auf den Arm und folgte ihrem Mann. Auch die Hunde hielten sich dicht an Eikes Fersen.

Gemeinsam durchsuchten sie jeden Raum, doch Lientje blieb unauffindbar.

»Ob sie im Stall ist?«, fragte Johanna. Sie konnte sich kaum noch auf den Beinen halten.

»Johanna, geh wieder in die Küche, wo es warm ist. Es weht nach wie vor heftig draußen. Ich bin gleich zurück.«

Eike sah selbst unglaublich müde aus, und Johanna wollte ihn jetzt nicht allein lassen. »Das schaffe ich schon.«

Sie zog Uwe ein Jäckchen an und setzte ihm ein Mützchen auf. Dann durchkämmten sie die Gebäude, die das Feuer verschont hatte.

»Was ist, wenn sie in der Scheune war?«, überlegte Eike schließlich.

Johanna fror unglaublich. Hinzu kam ein furchtbarer Schwindel. »Ich habe sie draußen nicht gesehen.«

Eike bemerkte ihre Schwäche. Sein Blick schweifte zum Dach. Er wurde blass.

»Der Dachboden!«, sagte er. »Sie könnte auf dem Dachboden sein.« Seine Stimme wurde leiser. »Aber dort hinauf kommst du nicht mit.«

Johanna nickte. Ihr Bauch zog, und sie wollte dieses Kind nicht verlieren. Wenn hier alles wieder seine Ordnung hatte, musste sie es Eike sagen. Aber jetzt – jetzt war nicht der richtige Zeitpunkt.

Johanna ging mit Uwe in die Küche und heizte den Ofen an. Eike aber machte sich auf den Weg nach oben. Sie konnte jeden seiner schweren Schritte auf der Treppe hören, als er wieder herunterkam. Er verharrte im Flur, wo das Telefon auf der Kommode stand. Johanna hörte seine Stimme, aber nicht, was er sagte. Mit einem tiefen Seufzer setzte sie sich an den Tisch.

Nach etwa fünf Minuten kam er in die Küche. Er zitterte. »Meine Mutter… Sie hat sich erhängt. Auf dem Dachboden. Die Polizei ist verständigt. Ich habe eben dort angerufen.«

Eike ließ sich auf einen Stuhl fallen und trommelte mit den Fingerspitzen auf dem Tisch herum. Er atmete schwer. Dann stand er wieder auf, griff nach der Uhr und zerschmetterte sie auf dem Küchenboden. Die Hunde sprangen auf und bellten. Uwe begann zu weinen. Eike ließ die Tiere raus, während Johanna versuchte, ihren Sohn zu beruhigen.

Als ihr Mann zurückkam, stellte er sich hinter Johanna und umfasste sie. »Ich weiß, wie er sein konnte. Ich weiß, wozu sie fähig waren.«

Johanna schwieg. Instinktiv legte sie ihre Hand auf den Bauch und streichelte ihr Kind.

Eike war die Geste nicht verborgen geblieben. Er sah sie fragend an, und Johanna nickte stumm. Sie hätte es ihm lieber anders gesagt. In einer besseren Situation. Nun aber war es so gekommen. Ob Eike sich freute, konnte sie seinem Gesicht nicht ablesen. Johanna saß wie erstarrt da. »Und jetzt?«, fragte sie schließlich.

»Jetzt sehen wir nach vorn«, presste Eike hervor. »Was auch immer passiert ist, es wird den Hof nicht verlassen. Du bist meine Frau, und wir halten zusammen. Es war ein Unfall. Ein schlimmer Unfall. Und ich will auch meine Familie nicht mit Dreck bewerfen. Mutter ist tot, sie kann uns nicht mehr schaden. Aber ich habe auch keine Tränen für sie.« Eike drückte Johannas Unterarm. »Ich bin froh, dass du lebst und Uwe auch. Wir bekommen das hin, Johanna. Alles.«

Sie schob Eike vorsichtig fort und sah ihn mit einem langen Blick an. Unwillkürlich fuhr ihre Hand wieder zum Bauch.

»Unser Kind?«, sagte er. »Unser Kind.«

»Ja«, antwortet Johanna. Es war die halbe Wahrheit, weil sie die ganze selbst nicht kannte. »Es ist ein scheußliches Weihnachtsfest, ich weiß. Aber macht uns das neue Leben Hoffnung?«

Ihr Mann zog sie vom Stuhl hoch und nahm sie fest in den Arm. Johanna hörte Eikes Herz schlagen. »Ja, das tut es, Johanna! Und wie es das tut!«

Sie kniff die Augen fest zusammen. Sie betete, dass das Kind von Eike und nicht von Rolf war. Und wie sie betete.

Epilog – 1959

Johanna saß am Fenster auf dem Nordseehof und schaute hinaus. Seit Lientjes Tod hatte sich hier viel verändert. In der Stube stand ein Fernseher, sie besaßen einen Kühlschrank und einen Elektroherd, und in allen Räumen gab es Strom. Zudem hatte Eike das Bad modernisieren lassen, sie hatten nunmehr auch ein WC, und er hatte Johanna versprochen, alle Räume in Kürze heller und wohnlicher zu gestalten.

Das Lachen der Kinder riss sie aus ihren Gedanken. Adda stürmte draußen mit Uwe und Thedas Sohn Hajo über das Pflaster. Ihre dunklen Haare wehten im Wind, die blauen Augen blitzten schelmisch. Sie war Rolfs Kind, unverkennbar. Ob Eike es ahnte, konnte Johanna nicht sagen. Er hinterfragte nichts. Wie sollte er auch? Er wusste nichts von Rolfs Rückkehr damals. Für ihn war Adda seine Tochter. Doch manchmal sah er sie nachdenklich an, und dann verfinsterte sich sein Blick, den er zu Johanna schweifen ließ. Doch er schwieg, genau wie er damals nach dem Brand geschwiegen und weder seinen Bruder noch seine Mutter oder auch sie verraten hatte.

Unsere große Stille, dachte sie oft. Sie schwingt zwischen uns, und wir wissen, dass wir an ihr nicht rühren dürfen, wenn wir eine Zukunft haben wollen. Manchmal war es unerträglich. Diese Schuld, die eigentlich gar keine war und sie doch erdrückte und ihr die Luft nahm.

»Fang mich doch!«, hörte Johanna jetzt und sah, wie Hajo nach Adda griff. Er küsste sie auf die Nasenspitze. »Ich heirate dich, wenn ich groß bin!«, rief er, aber Adda lachte nur.

»Mich heiratet aber keiner!«, kreischte sie.

Wie Eike und ich, dachte Johanna. Hoffentlich war Adda mehr Glück beschert in der Liebe.

Es klopfte, und ihre Mutter trat ein. Sie küsste Johanna auf die Wange. »Moin, mien Deern.«

»Hallo, Mutter«, antwortete Johanna. »Sieh, wie schön sie miteinander spielen.«

»Ja, sie wissen noch nichts von der Welt«, seufzte ihre Mutter. »Aber das ist auch gut so.« Sie nahm ihren Strickstrumpf aus der Tasche und setzte sich an den Tisch. Eine Weile hörte man nur das Klimpern der Nadeln. »Ich hoffe, er merkt es nicht«, sagte sie plötzlich.

Johanna wusste sofort, wovon sie sprach. »Danke, dass du damals geschwiegen hast, Mutter.«

»Wem hätte mein Reden denn genützt? Gegen Liebe kann man nichts machen. Sie sucht sich ihren Weg. Und ich bin froh, dass du sie wenigstens erleben durftest.«

Johanna sah ihre Mutter erstaunt an.

Die legte den Strickstrumpf beiseite, stand auf und kam zögernd auf ihre Tochter zu. Sie stellte sich neben sie und ergriff Johannas Hand. Gemeinsam betrachteten sie das Spiel der drei Kinder. Jetzt lachte Adda und war Rolf dabei wie aus dem Gesicht geschnitten. Sie hatte seine wunderbaren und einzigartigen Augen.

Die Stimme von Johannas Mutter zitterte ein wenig, als sie sagte: »Ich hoffe, du kannst mir und Vater verzeihen. Ich hätte das damals nicht zulassen sollen. Vieles wäre so anders gekommen.«

Johanna lächelte leicht. »Ja, Mutter. Es wird nie wirklich gut sein, aber ich habe die Liebe wenigstens spüren können. Sie war bei mir zu Besuch, und wer weiß, vielleicht kommt sie irgendwann wieder. In einem anderen Gewand. Aber meinen Kindern wird es an nichts fehlen. Auch Adda nicht. Egal, was kommen mag. Es wird immer den Nordseehof geben. Ihr Zuhause. Dafür werde ich kämpfen. Mein Leben lang! Ich hoffe, dass auch Rolf seinen Anker gefunden hat.«

Johanna stand auf und machte das Radio an.

Die beiden Frauen beobachteten die spielenden Kinder noch immer, als die Stimme des Moderators sie aufschrecken ließ.

»Bottrop. Auf der Zeche Franz Haniel ist am frühen Morgen ein Grubenunglück passiert. Auf einer Länge von achtzig Metern ist ein Streb zu Bruch gegangen. Sechs Bergleute wurden verschüttet und konnten später nur noch tot geborgen werden. Einer von ihnen war beim Eintreffen des Arztes noch am Leben, aber er verschied an der Unglücksstelle.«

Johanna schluckte. Sie wurde leichenblass und spürte noch die Hand ihrer Mutter, ehe sie in sich zusammensackte.

Ich muss ihn suchen, dachte sie noch. Ich muss wissen, ob er lebt.

Zum Roman

Ich freue mich, dass Sie mir bei diesem Roman bis hierher gefolgt sind. Für die Story war eine Menge Hintergrundarbeit notwendig, und ich habe auch Teile der eigenen Familiengeschichte miteinfließen lassen, wenngleich alle Personen und Handlungen erfunden sind. Genau das ist es ja, was mich am Schreiben reizt.

Der Roman spielt im damaligen Ostfriesland an der Grenze zum Landkreis Friesland. Später gab es dort eine Gebietsreform, die die Grenzen etwas verschoben hat. Der Nordseehof wird aber in allen Bänden ostfriesisch bleiben. Das Dorf Neusiel ist aus dem Grund fiktiv, genau wie die Höfe Nordseehof und Eilershof. Alle anderen Orte im Roman entsprechen der Realität, und der Jadebusen liegt in der Nähe und in Friesland.

Meine Recherche führte mich auch in eine Deichschäferei, wo ich mir einen grundlegenden Eindruck der Arbeiten dort verschafft habe. Danke an die Schäferei Sassen für die tollen Informationen!

Aufgrund der Erfahrung meines Schwiegervaters war es mir möglich, eine Vorstellung von der damaligen Landwirtschaft und zunehmenden Technisierung in der Nachkriegszeit in Ostfriesland zu bekommen. Und auch, wie man an Kredite herankam. Herzlichen Dank!

Weil Teile des Romans auch im Ruhrgebiet und im Bergbau spielen, bin ich froh, auf die beruflichen Erfahrungen meines Vaters zurückgreifen zu können. Seine Erlebnisse waren für mich unglaublich wichtig! Zudem habe ich mir in Bochum zusammen mit ihm das Bergbaumuseum angesehen, viele Gespräche über das Bergarbeiterleben geführt und das Nachkriegsleben in Oberhausen. Ich habe größten Respekt für seine damalige Arbeit unter Tage! Danke, Papa!

Inspirierend waren zudem die Gespräche mit meiner Mutter, die im Oberhausen zur Nachkriegszeit aufgewachsen ist und mir viele Dinge erzählen konnte, die den Roman lebendiger werden ließen. Danke, Mama!

Interessant war auch meine Rechercheereise nach Bremen, um vor Ort herauszufinden, wie es dort zur Zeit meines Romans aussah und wie die Menschen nach dem schweren Bombenangriff gelebt haben. Auch der Besuch im Auswandererhaus in Bremerhaven hat mir nachhaltige Eindrücke verschafft.

Wichtig war es mir, die Situation vieler schlesischer Flüchtlinge darzustellen, denn das ging nicht immer reibungslos. Dabei haben mir eine Reise mit meinen Eltern nach Schlesien, aber auch die vielen Erzählungen meines Vaters aus der Nachkriegszeit geholfen.

Sturmfluten waren und sind noch eine große Gefahr für die Küste, sodass ich eine sehr dramatische Flut, die zum Weihnachtsfest 1954 in Ostfriesland und Wilhelmshaven aufgelaufen ist, eingebaut habe.

Für diesen Roman habe ich nicht nur viele Bücher gelesen, sondern mich auch intensiv mit Zeitzeugen unterhalten.

Weiter bedanke ich mich:

- bei meinem Mann Frank, der mich nicht nur immer wunderbar unterstützt und meine Lesungen oft musikalisch begleitet. Durch dich habe ich auch eine Menge über Buchführung gelernt.
- bei Ilse Bredehorn für die Geschichten aus Friesland und Ostfriesland, wo dieser Roman spielt. So kamen die getrockneten Garnelen ins Spiel und viele andere Dinge, die einen Roman lebendig machen.
- bei Hilke und Karl-Edzard Heeren für die großartigen Hintergrundinfos, die ich für das Setting brauchte.
- bei Gitta Edelmann, mit der ich einen wunderbaren Recherchetag in Bremen hatte. Wir haben alle Schauplätze aufgesucht.

Und mein Dank gilt

- meiner Agentin Anna Mechler, die mit mir dieses Projekt zu einer Trilogie gemacht hat.
- Dr. Andrea Müller vom Piper Verlag! Einfach nur »Danke«.
- Gisela Klemt für die Redaktion und den letzten Schliff. Wir sind ein gutes Team!
- meiner wunderbaren und geliebten Familie mit Kindern, Schwiegerkindern und Enkeln.

Literaturverzeichnis

Bode, Sabine: *Nachkriegskinder – Die 1950er Jahrgänge und ihre Soldatenväter*. Klett-Cotta 2011.

Das Erste, Hrsg.: *Fremde Heimat – Das Schicksal der Vertriebenen nach 1945*. Rowohlt Berlin 2011.

Deutsches Bergbaumuseum, Hrsg.: *Deutsches Bergbau-Museum*. Thales Verlag 1991.

Frisé, Maria: *Eine schlesische Kindheit*. Weltbild 1999.

Heimatverein Gödens/Sande, Hrsg.: *Schriftenreihe Am Schwarzen Brack No 10 – Wie erlebten 8–18jährige Jungen und Mädchen die Kriegs- und Nachkriegsjahre*. 1999.

Heimatverein Gödens / Sande, Hrsg.: *Schriftenreihe Am Schwarzen Brack No 11 – Dass Alltagsleben in der zweiten Hälfte des 20. Jahrhunderts in den Dörfern rund um das Schwarze Brack*. 2001.

Hermann, Wilhelm und Gertrude, Hrsg.: *Die alten Zechen an der Ruhr*. Die Blauen Bücher, Langewiesche 1981.

Hofschen, Heinz-Gerd / Sommer, Karl Ludwig, Hrsg.: *Bremen 1945–2010 – So viel Wandel war nie. Weserkurier*/Focke-Museum 2010.

Kawohl, Helmut / Plitt, Ha-Jo / Schmitz, Michael, Hrsg.: *Oberhausen '98. Ein Jahrbuch.* Plitt Druck und Verlag GmbH 1997.

Kroker, Evelyn: *Wer zahlt die Zeche? Plakate und Flugblätter aus dem Bergbauarchiv Bochum.* Deutsches Bergbaumuseum 1995.

Lemberg, Hans / Franzen, K. Erik, Hrsg.: *Die Vertriebenen.* Weltbild Paperback, 2001.

Münch-Müller, Ingrid: *Die geprügelte Generation.* Piper 2013.

Potthoff, Rolf / Nöllenheidt, Achim, Hrsg.: *Damals auf'm Pütt – Erinnerungen aus dem Bergmannsleben im Ruhrgebiet.* Heimat Ruhrgebiet/WAZ Edition Klartext 2018.

Strybny, Joachim: *Wer fragt schon die Kinder? – Von Schlesien nach Ostfriesland. Erinnerungen eines Kindes, Jugendlichen und jungen Erwachsenen.* Isensee Verlag 2019.

Turnerbund Osterfeld, Hrsg.: *Turnerbund Osterfeld, Chronik 1911–1998.* ICS Communikationsservice GmbH 1998.

Wilhelm, Frauke: *Die Taschen waren voller Geld – Hafen- und Rotlichtgeschichten von der Bremer »Küste« in den 50er und 60er Jahren.* Edition Temmen 2014.